U0040710

1749

THE HISTORY OF TOM JONES, A FOUNDLING

湯姆·瓊斯

(全譯本｜下冊)

Henry Fielding 亨利·費爾丁

陳錦慧——譯

第四卷　歷時一年　137

第八卷　大約兩天時間　

第十二卷 跟前一卷同一段時期 605

第十卷　接下來的十二小時

第一章
當代批評家務必詳讀的教誨

讀者，我不可能知道你是什麼樣的人，你可能跟莎士比亞一樣熟知人性，或者你也許比他的某些編輯高明不到哪兒去。如果你屬於後者，那麼我覺得最好在這個時間點提供你幾個有益的忠告，以免你誤解歪曲我的意思，就像前述編輯令人作嘔地誤解歪曲他們的作者。

那麼首先我要勸諫你，別太倉促指責這部歷史裡的任何事件不切題、脫跳故事主軸，因為你沒辦法立即判斷這類事件與故事本身的關聯。不瞞你說，這部作品可以說是我的完美佳作，那些區區的批評家爬蟲不知道故事架構如何串連，也還沒讀到最後結局，就自以為是地針對其中某些段落貶抑非難，實在是最放肆無禮的荒謬之舉。我必須承認，我用上述影射和隱喻比較作家與批評家，肯定有誇大之嫌。只是，我真的找不到其他語詞來充分表達一流作家和最下等批評家之間的差別。

我的爬行動物，我要給你們的另一個忠告是，不要輕易斷定書中某個人物和某個人物太相似。比如第七卷的老闆娘和第九卷的老闆娘。朋友，你應該知道人性中有某些特質是各行各業人士共有的。優秀作家的才華之一，就是既能夠保留人物的這些特質，還能以不同方式呈現出來。優秀作家的另一種才華是，能夠點出兩個做出同樣劣行或蠢事的人物之間的細微差別。由於後面這項才華在作家之中極為罕見，自然而然也就鮮少有讀者能夠辨識。不過，我相信能夠觀察到這點的人，必定能從中體會到極大的樂趣。比方說，任何人都看得出埃匹奎爾．馬蒙爵士[1]和法普林．弗拉特爵士[2]之間的不同，但要看出法普林．弗拉特爵士和寇特利．奈斯爵士[3]的差異，就需要更敏銳的判斷力。劇院裡那些鄙俗觀眾正是因為欠缺這種判斷力，才會做出極不公平的批判。偶爾我會在劇院裡發現某些劇作家險些被定罪，就像小偷在法庭裡光憑筆跡相似就被判刑一樣。事實上，幸好我們絕大多數劇評家對拉丁文懂得不夠多，沒有能力讀維吉爾，否則我不免為所有出現在舞台上的風流寡婦擔憂，因為她們可能都會被誤認為曲意模仿狄多[4]而來。

我可敬的朋友（因為你即使沒有大腦，仍然可能有一副好心腸），接下來我必須告誡你，不要因為某個角色不夠完美，就斷定他是壞人。如果你偏好那種完美人格，坊間多得是能夠滿足你品味的書籍。不過，由於我跟人們互動過程中從來沒有遇見過那樣的人，所以也就不在書中呈現。坦白說，我有點懷疑世上有沒有人能達到那種至善境界，也懷疑世上有沒有哪個惡人壞到像尤維諾[5]所說「沒有一丁點美德來消滅他的惡行」。事實上，我也不認為在虛構作品裡創造這種天使般的完人或魔鬼般的惡人，能有什麼好處。畢竟，人們看見這兩種角色，更可能感到悲傷或羞愧，很難從中獲益。因為完美的角色會令

1 Sir Epicure Mammon，英國劇作家班．強森（Ben Jonson, 一五七二～一六三七）的代表作《煉金士》（*The Alchemist*）裡的人物。他的名字Epicure意為貪好享受，Mammon意為錢財。

2 Sir Fopling Flutter，英國劇作家喬治．埃斯里奇（George Etherege, 約一六三六～一六九二）的作品《模範之王》（*The Man of Mode, or, Sir Fopling Flutter*）裡的人物，是個典型的紈褲子弟。

3 Sir Courtly Nice，英國劇作家約翰．克朗（John Crowne, 一六四一～一七一二）的同名作品裡的人物，courtly nice意為文雅和善。

4 Dido，古迦太基女王。

5 此處引言出自古羅馬詩人及諷刺作家Juvenal的作品《諷喻詩》。

他自慚形穢，合理地認為自己永遠達不到那樣的境界。看到邪惡的角色時，他可能會深感不安，因為他發現自己也擁有的某些特質竟然能夠墮落到如此可鄙可憎的地步。

事實上，如果某個人物身上有足夠的優點，能在友好的心靈裡激發出欣賞與愛慕，即使那個人物同時也有著某些賀拉斯所謂「人性難以避免的弱點」，我們對他們的感覺反而是憐憫，而非嫌惡。說實在話，這種不完美的人物，恰恰最具有道德意義，因為這有出乎意料的效果，比起那些喪盡天良之輩的缺點更發人深省，更深植人心。人性的缺失與劣習如果夾雜在許多美好品德之中，就會被那些美德襯托得更為醒目突兀，醜態畢露。當我們目睹最喜歡的人物因為這些弱點而遭受惡果，不但會引以為戒，更會因為那些劣行害我們喜愛的人物受罪，因而對它們深惡痛絕。

我的朋友，經過上面那一番告誡，我就繼續說故事了。

第二章
一位愛爾蘭紳士來到，以及緊接著在客店發生的奇事

那隻顫抖的小野兔因為害怕牠的無數敵人，特別是人類這種狡猾又殘酷的肉食動物，在藏身處躲了一整天，此刻正在草地上盡情嬉戲蹦跳；樹洞裡的貓頭鷹扯著嗓門高唱夜曲，咕咕咯的音符或許能迷倒當代音樂鑑賞家的耳朵；喝得半醉的鄉下人踩著踉蹌腳步返家，經過教堂院子（也可以說是墳地），內心的恐懼勾勒出血淋淋的妖怪；小偷和暴徒都醒了，正直的守夜人卻在熟睡。用白話說，時間正值午夜，客店裡的人們，包括先前描述過的那些，以及晚上抵達的其他客人，都已經進入夢鄉。只有女僕蘇姍還沒睡，因為她必須先把廚房刷洗乾淨，才能回到等候著她的馬夫的溫柔懷抱。

在這樣的情況下，有個男士來到客店，從馬背上跳下來走到蘇姍面前，又急又喘地打聽客店裡有沒有女士投宿。他的態度魯莽中帶點浮躁，蘇姍想到這時已經是深夜，男人狂亂的眼神一直盯著她，不免一陣心驚，遲遲沒有回答。那男人加倍著急地要她據實回答，因為他妻子跑了，他正在追她。他激動地說，「真的，我在其他兩三個地方差點逮到她，可是我才趕到，她就跑了。如果她在這家店，妳一定要摸黑帶我上去，告訴我她住哪一間。如果她已經離開了，那就告訴我該往哪個方向去追。我發誓，我會讓妳變成全國最有錢的窮女人。」說著，他掏出一把金幣。就算是身分比可憐的蘇姍高貴的人，看見這些錢，也願意去做比男人提出的要求更糟糕的事。

蘇姍聽說過華特夫人的事，一心一意認定她就是這位男士正在追捕的逃妻。因此，她合情合理地認為，她只是幫做丈夫的找回妻子，有什麼意外之財的來路比這更正當。她於是毫不猶豫地告訴那位男士他要找的人就在店裡，接著馬上應對方要求（那人答應重重酬謝，而且預先支付部分酬金），帶他前往華特夫人的廂房。

上流社會有個行之已久、理由充分而具體的慣例，那就是做丈夫的進妻子房間以前一定要先敲門。這種慣例有諸多功能，讀者只要對世間事有初淺了解，就不需要我多做解釋。因為敲門這個動作可以給女士時間整理妝容，或移除任何礙眼物品，畢竟體面文雅的女性總有些不便被丈夫發現的事。坦白說，上流社會制定的某些儀式在鄙俗之輩眼中看來似乎只是空洞的形式，更有洞察力的人們卻認為不無道理。那位男士如果知道我剛才提及的這種敲門禮儀，就能避開很多麻煩。其實他的確敲了門，卻不是在這種情況下常見的那種輕叩。相反地，當他發現門從裡面反鎖，立刻猛力一撞，門鎖應聲損壞、房門洞開，他一個踉蹌衝進房裡。

他才剛站直雙腳，另外一雙腳也從床上跳下來。我不得不慚愧而遺憾地說，那正是我們的主角。他用惡狠狠的口氣質問對方是什麼人，為什麼用這種粗暴的方式衝進他房間。

那位男士以為自己弄錯了，正準備道歉離開。可是，當時月光極為皎潔，他突然瞥見地板上散落著緊身褡、長衣、襯裙、圓帽、緞帶、長襪、襪帶、鞋子、木底鞋等物品。這些東西激發他的嫉妒天性，他氣得說不出話來，不理會湯姆的問題，直接走向床鋪。

湯姆立刻上前攔阻，兩人發生激烈爭吵，演變為肢體衝突。這時華特夫人（我必須承認她就在那張床上）想必被吵醒了，看見兩個男人在她房裡打架，開始發出最淒厲的尖叫聲，狂喊「殺人啊！搶劫啊！」，喊得最多的是「強姦啊！」。可能有人會納悶她為什麼喊「強姦」，這些人有所不知，女性害怕的時候喊叫的這些話語，其實就跟音樂裡的「嘩、啦、啦、嗟」之類的沒什麼兩樣，只是聲音的媒介，沒有特別意義。

華特夫人隔壁房住著一位愛爾蘭紳士，因為抵達客店的時間太晚，所以還沒有機會提到他。這位男士就是愛爾蘭人所謂的「騎士」。他出生在好人家，由於身為次子，沒有財產可以繼承，不得不離鄉背井尋找財路。他基於這個目的打算前往巴斯，希望靠賭博或女人發跡。

當時這個年輕人正躺在床上讀貝恩[6]的小說，因為有個朋友告訴他，想要打動女士芳心，最好的方法就是多讀書，在腦袋裡塞滿優美的文學作品。他聽見隔壁房間的吵鬧聲，馬上從靠枕上跳起來，一手拿劍，一手拿原本就點著的蠟燭，直接趕到華特夫人房間。

華特夫人看見又來了一個只穿襯衣的男人，驚嚇程度又升高幾分，幸好這個變化大幅度消除她的恐懼，因為那個騎士一進到房間，馬上叫道，「費茲派翠先生，你們見鬼的在吵什麼？」那位男士馬上回答，「哎呀，麥克拉蘭先生！在這裡見到你太開心了。這個壞蛋拐跑內人，還跟她上了床。」

那人詫異道，「什麼內人？我很清楚尊夫人的長相，也知道跟這位穿著襯衣站在這裡的先生上床的女士不是尊夫人。」

到這時費茲派翠因為眼睛瞄到、耳朵聽見（即使距離遠也分辨得出來），已經知道自己犯了非常不幸的錯誤，開始連聲向華特夫人道歉，又轉頭對湯姆說，「我要你知道我不向你道歉，因為你打了我，等天亮我就要跟你決鬥討回公道。」

6 指 Aphra Behn（一六四〇～一六八九），英國第一位女性職業作家。

對於他的威脅，湯姆嗤之以鼻。麥克拉蘭出面打圓場，「費茲派翠，你這種時候打擾別人，該覺得慚愧。如果客店裡其他人還沒睡熟，也會跟我一樣被你驚動。這位先生打你一點也沒錯。雖然我沒有妻子，如果你這樣對待她，我一定會殺了你。」

湯姆太擔心破壞華特夫人的名譽，一時之間不知道該說什麼，該做什麼。不過根據觀察，女人的應變能力比男人強得多。華特夫人想起她房間跟湯姆的房間可以互通，因此，憑藉湯姆的人格和自己的厚顏，說道，「我不懂你們這些惡人在說些什麼！我不是你們任何人的老婆。救命啊！強姦啊！殺人啊！強姦啊！」這時老闆娘也趕到，華特夫人惡聲惡氣地對她叫嚷，「我以為我住的是正派客店，不是私娼寮。現在一群男人闖進我房間，就算不是想要我的命，恐怕也是想毀我的清白。這兩樣都是我最珍貴的東西。」

老闆娘開始咆哮，音量不輸華特夫人剛才的叫嚷。她嘶吼道，「我完了，我這家店的名聲從來沒出過碴子，這下全都毀了。」她轉頭對那些男人吼道，「真是見鬼了，為什麼闖進來打擾夫人？」

費茲派翠低下頭，再次表示，「是我弄錯了，真的很抱歉。」說完就跟同鄉一起離開。

湯姆腦子還算靈光，聽懂情人給他的暗示，大膽地聲稱，「我聽見夫人的房門被撞開，趕緊跑過來幫忙。我不清楚那些人為什麼闖進來，除非是為了搶劫。如果真是這樣，幸好我及時趕來阻止。」

老闆娘氣呼呼地說，「我這家店開這麼久了，從沒發生過搶案。先生，我可告訴你，我店裡不窩藏強盜。『強盜』這兩個字我連說出口都會髒了嘴。我的店只歡迎正派善良的上流先生和女士。謝天謝地，我已經接待過很多上流顧客。比如高貴的……」這時她念出一長串姓名和頭銜，其中很多我如果列在這裡，可能有侵犯隱私權之嫌。

湯姆耐著性子聽了老半天，才打斷老闆娘的話。他轉頭向華特夫人致歉，請她原諒他穿著襯衣出現在她面前，他強調自己會這麼失態，都是因為擔心她的安危。讀者已經知道她目前偽裝成端莊仕女，在自己房裡熟睡，被三名男子吵醒，那麼就不難想像她的回應，甚至可以猜到她的表情姿態又是如何。她就是扮演這樣的角色，而且演得活靈活現，當今戲劇界的女伶無論在舞台上或舞台下的表現，都無法超越她。

說到這裡，我想我不妨提出一個客觀論點，證明貞潔對女性而言是多麼自然的特質。雖然有能力成為優秀演員的女性不及萬分之一，即使是優秀演員，我們也很難找到演技登峰造極，能把同一個角色詮釋得維妙維肖的人。不過，她們卻是個個都能裝得三貞九烈，不管私底下貞潔與否，都能把這樣的角色演得入木三分。

等男士們都離開以後，華特夫人的恐懼消退，怒氣也平息了，用比較溫和的語氣對老闆娘說話。老闆娘念茲在茲的還是客店的聲譽，於是又開始清點曾經來投宿的大人物。華特夫人打斷老闆娘的話，說她很清楚剛才發生的事跟老闆娘一點關係也沒有，她說她想繼續睡覺，也希望天亮以前不會再被人打擾。老闆娘又說了一番客套話，行了幾個禮，才告退離開。

第三章

老闆娘和蘇姍的對話，所有客棧店東和客棧僕役都該讀一讀；來了一位漂亮小姐，敘述她和藹可親的作風，上流社會的人也許可以從中學到如何受人敬重

老闆娘想起門被撞開的時候，店裡只有蘇姍還沒睡，馬上去找她詢問第一時間的事發經過，順便問清楚那位陌生先生是什麼人，抵達的時間和方式。

蘇姍把讀者已經知道的故事說了一遍，只是因地制宜地調整了部分情節，有關她拿到的那筆錢自然是隻字不提。不過，由於老闆娘口口聲聲替那位夫人抱不平，說她因為擔心清白受辱，嚇得花容失色。蘇姍忍不住想讓老闆娘寬心，堅定地表示她親眼看見湯姆從夫人的床上跳下來。

老闆娘聽見這話勃然大怒，說道，「如果真像妳說的，一個女人會那樣不怕丟人現眼地大呼小叫！我看全客店上上下下至少二十個人聽見她的叫聲，我倒想知道，除了大聲叫嚷，還有什麼更能證明一個女人的清白？妳不要散布客人的謠言，因為這不但中傷客人，也破壞店裡的名譽。我相信店裡不會有生性浪蕩或下賤的壞人。」

蘇姍說，「那我就不能相信自己的眼睛了。」

老闆娘答，「沒錯，永遠不要相信妳的眼睛。他們是這麼好的客人，不管我看見什麼，都不會相信。他們昨天點的晚餐，是這半年來店裡賣過最上等的菜色。他們又是這麼隨和，這麼客氣，我把伍斯特郡梨酒當成香檳賣給他們，也沒聽他們挑剔半句。當然，我的梨酒味道和品質比得上全國最頂級的香

檳，否則我也不敢給他們送去。他們一口氣喝掉兩瓶。不，不，像這樣穩重的好人，我絕不相信他們會做壞事。」

蘇姍只好閉嘴，老闆娘繼續交代其他事。「妳說那位陌生先生來住店，外面還有個僕人在看馬，那他一定也是個有身分的紳士。妳為什麼沒問他要不要吃晚飯？這時候他應該在另外那個先生的房間，妳上樓去問問他有沒有叫人。如果他發現店裡還有人醒著，能幫他料理，也許會想吃點東西。還有，別像平時那樣糊里糊塗跟他說什麼爐火已經滅了、雞鴨還沒宰。如果他要吃羊肉，也別口沒遮攔地說店裡沒羊肉。我知道我上床前屠夫才宰了一頭羊，只要我吩咐一聲，他一定肯現切一塊給我。去吧，別忘了店裡有羊肉也有各種禽類。去吧，進門就問『先生，你們叫人了嗎？』如果他們沒說話，就問先生們要不要用晚餐。別忘了用尊稱。去吧，如果這些事妳不多用點心，一輩子也不會有出息。」

蘇姍走了，不一會兒又回來，說兩位紳士擠在一張床上，已經睡了。老闆娘說，「兩位紳士擠一張床！不可能！我敢說他們一定是卑鄙的小氣鬼。看來歐渥希小少爺說對了，那個傢伙確實打算搶夫人的錢。如果他撞門進去是為了幹紳士們的下流事，就絕不會躲進別人的房間，省下晚餐和住店的錢。他們一定是小偷，說什麼找妻子，一定是藉口。」

老闆娘實在錯怪費茲派翠了，他雖然是個窮光蛋，原本確實出身高貴。雖然他的情感和理智都不完美，卻不是偷雞摸狗之輩，也並非一毛不拔。事實上，他為人太過慷慨大方，雖然跟妻子擁有一大筆財富，到如今已經揮霍光了，只剩妻子名下一點資產。他為了占有那筆資產，對妻子態度非常惡劣，加上醋勁極大，逼得他可憐的妻子不得不遠走高飛。

費茲派翠一天之內從切斯特趕到這裡，已經非常疲倦，剛才打架時又挨了幾拳，渾身發疼。加上心亂如麻，根本沒有胃口吃東西。另外，蘇姍帶他找到的不是他妻子，他失望透頂，壓根沒想到就算第一個找的對象出錯，他妻子還是可能就在店裡。於是，他聽從朋友勸告，這天晚上的尋妻行動暫時告一段落，也接受朋友的好意，兩人將就著擠一張床過夜。

他的男僕和馬夫就不一樣了。雖然老闆娘不樂意做他們的生意，他們卻急著想吃點東西。老闆娘聽他們說明事情真相，知道費茲派翠不是匪類，才勉強幫他們弄點冷肉。他們正在狼吞虎嚥之際，帕崔吉就走進廚房。帕崔吉被我們剛才描述的那件事吵醒，他躺在床上努力鎮定的時候，窗外的貓頭鷹為他唱了一曲尖嘯刺耳的催眠曲。他驚恐萬分地從床上跳起來，火速穿好衣裳，聽見廚房有說話聲，連忙跑下樓找人做伴。

他碰見正要回房睡覺的老闆娘。老闆娘覺得男僕和馬夫留給蘇姍招呼就行了，歐渥希少爺的朋友卻不能怠慢，更何況他要她熱上一品脫葡萄酒。她馬上去熱酒，倒出一品脫的梨酒，放上爐子加熱。不管客人點哪一種葡萄酒，她一律用梨酒充數。

那個愛爾蘭男僕回房睡覺了。馬夫正要離開，帕崔吉將他攔下，邀他喝杯酒，他連聲道謝地接受了。帕崔吉其實不敢一個人睡覺，又擔心老闆娘可能不久後就會回房，才決定把馬夫留下，他相信只要馬夫在，魔鬼和他的嘍囉就不敢來嚇他。

這時大門外來了另一個馬夫，蘇姍奉命出去查看，帶進兩名身穿騎裝的年輕小姐，其中一位的衣裳綴滿了蕾絲，帕崔吉和原來那個馬夫見狀連忙起身，老闆娘立刻趕上去又行禮又問候，熱誠地接待。

穿著華麗騎裝的小姐非常謙卑地笑了笑：「老闆娘，如果可以的話，我想借妳的爐火烤幾分鐘，天氣實在太冷。不過我絕不希望害別人沒位子坐。」她指的是帕崔吉，他被小姐那一身華麗衣裳嚇得目瞪口呆，避走廚房另一頭。事實上小姐令人肅然起敬的不只那一身錦衣繡服，她還是舉世無雙的美人。

小姐殷切地請帕崔吉回座，可惜沒用。她於是脫下手套，伸手在爐火前烤著。她那雙玉手具備雪花的一切特質，只差不會融化。另一位小姐其實是她的侍女，此時同樣脫下手套，那雙手無論溫度或顏色，都像極了冰凍的牛肉。

侍女說，「我希望小姐今晚別再趕路了，我很擔心小姐累過頭。」

老闆娘說，「什麼，那是當然。我的天，尊貴的小姐今晚肯定不會再趕路了。真是！我請小姐不要有那種念頭。當然，小姐一定不會的。小姐想吃點什麼晚餐？我有各種羊肉，還有好吃的雞肉。」

小姐答道，「謝謝妳。這時候應該算是早餐了。不過我什麼都吃不下。如果我住下來，也只是躺一兩小時。可以的話，請給我一點牛奶酒，一點點就好，酒味要淡。」

老闆娘說，「好的，小姐，我有頂級白酒。」

小姐說，「那麼妳沒有牛奶酒？」

老闆娘答，「我有，小姐想喝，我這裡就有，走遍全國也找不到……不過，請小姐還是吃點東西吧。」

小姐答，「我真的一點都吃不下。如果妳能盡快幫我把房間準備好，那就再好不過，因為我打算停留三小時就出發。」

老闆娘問蘇姍，「野雁房的爐火還燒著嗎？小姐，真對不住，今晚我店裡上好的房間都有人住了。有好幾個身分最高貴的人都在店裡住著。其中有個年輕少爺，還有其他很多紳士小姐。」

蘇姍答，「那兩個愛爾蘭人住的就是野雁房。」

老闆娘說，「怎麼會有這種事？妳明知道店裡每天都有貴客上門，為什麼不預留幾間上等客房？不過，如果那兩位是紳士，知道是小姐要住，一定肯起床換房間。」

小姐說，「千萬不要為了我而打擾別人。只要有個乾淨整齊的房間就行了，普通點沒關係。請別為我費心。」

老闆娘叫道，「哎呀，小姐！既然這樣，我還有好幾間不錯的廂房，只是都配不上高貴的小姐您。既然您願意住目前最好的空房間，蘇姍，馬上去玫瑰房把火生起來。小姐現在就要上樓，或等火點著？」

小姐答，「我烤得夠暖了，可以的話，我想現在上樓。我好像害別人受凍太久了，尤其是那位先生（指帕崔吉）。天氣這麼冷，我實在不願意害別人不能留在爐火旁。」說完，她就帶著侍女走了，老闆娘拿著兩根點亮的蠟燭在前面帶路。

老闆娘回來以後，廚房裡的談話焦點轉移到那位小姐。極致的美貌確實是一種沒有人能抗拒的力量。老闆娘推銷晚餐不成雖然不太開心，還是承認她從沒見過這麼漂亮的小姐。帕崔吉嘔心瀝血地讚揚她標致的臉蛋，當然也忍不住褒揚她騎裝上的金色蕾絲。馬夫則是頌揚她的善良，剛進門的另一個馬夫也呼應他的話。「我保證她真是個好心的小姐，連對啞巴畜牲都特別仁慈，她一路上不停問我騎這麼快會不會傷到馬兒。她進來以前還交代我盡量讓牠們吃飽。」

和善的態度就是這麼有魅力，也一定能得到各種人的稱讚。也許可以拿來和名聞遐邇的赫希太太[7]相比。這種特質既可以突顯女性的一切優點，也能美化或隱藏每一個瑕疵。讀者在這裡見識到親切性格是如何甜美迷人，所以我忍不住提出這個小小見解。不過，為求寫實，我不得不呈現相反性格，做個對照。

第四章
想要人見人厭、狗見狗嫌，這招保證萬無一失

那位小姐才剛躺下，她的侍女就回到廚房，打算享用小姐拒絕的一切美味。她一走進廚房，在場的人就像先前對待她家小姐時一樣起身致意，她卻忘了效法她家小姐請他們各自留在自己的位子上。事實上，那些人也不可能辦得到，因為她把自己的椅子拉過去，幾乎霸占所有爐火。接著她叫人馬上幫她烤雞，還說如果十五分鐘內菜沒上桌，她就不等了。可是，那隻雞此刻還在雞舍，還得經過捉拿、宰殺、拔毛等儀式，才能送上烤架。儘管如此，老闆娘多半還是會滿口答應在時限之內達成。很不幸地，這個客人看來沒那麼好商量，眼看真相就要拆穿，老闆娘只好承認店裡此時沒有雞肉。她說，「不過小姐，不管妳要什麼部位的羊肉，我隨時可以去屠夫那裡拿來。」

那個侍女說，「妳當我胃口跟馬一樣、大半夜吃得下羊肉？你們這些開客棧的八成以為比你們高貴的人都跟你們一樣。本來我也不奢望在這種破地方能吃到什麼好東西，搞不懂我家小姐怎麼會進來。我猜只有賣東西的和趕牛羊的會上門。」

老闆娘聽見自己的店被數落得如此不堪，心頭火起，卻還是耐住性子，只說，「感謝上帝！我的店

7 原注：倫敦河岸街知名的女裝裁縫，以善於襯托女性身材著稱。

經常有上等人上門。」

那侍女說，「別跟我說什麼上等人！我認識的上等人比妳多得多。不過我拜託妳別說這麼多廢話，跟我說說店裡還有什麼東西可吃。俗話說餓得吃得下馬肉，雖然我不吃馬肉，卻真的很餓。」

老闆娘回答，「哎呀，小姐，妳來得真不是時候，這會兒店裡真的什麼都沒有，原本還有一塊冷牛肉，不過已經被某位紳士的男僕和馬夫吃得幾乎只剩骨頭了。」

亞比該[8]（為求方便，我們就如此稱呼她）說，「我拜託妳別說這麼噁心的話，就算我齋戒一個月，也絕不吃那種人的手指碰過的東西。這差勁的地方難道沒有一點乾淨體面的東西可吃？」

老闆娘問，「小姐要不要來點雞蛋和燻肉？」

亞比該問，「雞蛋新鮮嗎？妳確定是今天下的蛋嗎？燻肉記得切成漂亮的薄片，我可不吃粗食。拜託妳偶爾弄出點像樣的東西，別把我當成農婦那一類的人。」

老闆娘拿起刀正要切肉，亞比該又攔住她，說道，「好婦人，我必須要求妳先去洗個手。因為我樣樣非常講究，打從在搖籃裡開始，吃的用的都是一流的東西。」

老闆娘費好大勁才憋住氣，開始動手料理。至於蘇姍，她老早就被嫌棄了，而且受盡奚落，咬緊牙根才管住一雙拳頭，就像她的女主人好不容易才管住舌頭一樣。不過，她倒是沒有完全管住舌頭，因為雖然她沒有說出口，嘴裡卻也喃喃有辭，「呸，我的出身也不比妳低。」以及其他諸如此類的氣話。

等候晚餐的過程中，亞比該懊惱沒有早點命人把接待室的爐火生起來，現在來不及了。她說，「不過，廚房倒有一種新鮮感，我還沒在廚房吃過飯。」說著，她轉向兩名馬夫，問道，「你們怎麼不在馬廄陪著馬兒？」又大聲對老闆娘說，「如果我非得在這裡吃粗食，至少廚房要清靜點，別讓鎮上那些不三不四的人圍在一旁。至於你，先生，」她轉向帕崔吉，「你看起來還像個紳士，願意的話就繼續坐著。我不打擾上等人。」

帕崔吉說：「沒錯，沒錯，小姐，我向妳保證我是個紳士，也沒那麼容易被打擾。拉丁話說，『動詞的主語未必是句子的主詞。』」

她以為那句拉丁話是在罵人，就說：「先生，你也許是個紳士，可是跟女人說拉丁話很不紳士。」

帕崔吉和氣地回應，又說了更多拉丁話。亞比該揚起下巴，諷刺他是個大學者。

晚餐已經上桌，照說以亞比該這麼嬌貴的人，吃相實在應該更文雅些才對。她吃完又點了第二份，等待的時刻，她說：「老闆娘，妳說這裡經常有上等人來住店？」

老闆娘給她肯定答覆，「現在就有很多非常高貴的紳士住在店裡。比如有個歐渥希少爺，那邊那位先生認識他。」

亞比該問：「那麼請問這位身分高貴的歐渥希少爺是什麼人？」

帕崔吉答：「還能有誰，當然是薩默塞特郡大善人歐渥希老爺的兒子兼繼承人。」

亞比該說：「你這話也太奇怪，薩默塞特郡的歐渥希老爺我很熟，據我所知他沒有兒子。」

老闆娘聽見這話豎起耳朵，帕崔吉顯得有點困窘。不過，他遲疑半晌後又說，「小姐，妳說得沒錯。沒有人知道他是歐渥希老爺的兒子，因為老先生沒有娶這孩子的母親過門。不過他確實是他兒子，將來也會繼承他的財產，就跟他姓瓊斯一樣確定。」

8　Abigail，原為《聖經》人物，十七世紀英國劇作家鮑蒙特（Francis Beaumont，一五八四～一六一六）和弗列徹（John Fletcher，一五七九～一六二五）共同創作的劇本《傲慢的夫人》（*The Scornful Lady*）的女僕角色以此命名，之後許多作家沿用，Abigail因此成為侍女的通稱。

亞比該聽到這裡，正要送進嘴裡的燻肉掉了下來。她叫道，「先生，我太震驚了！瓊斯先生有可能就住在這家店嗎？」

帕崔吉答：「『有何不可？』有可能，而且確定。」

亞比該草草把東西吃完，回房去見她的小姐。她們之間的對話請見下章分曉。

第五章
揭曉那位溫柔小姐和她那位不溫柔侍女的身分

就像在六月時節，一株紅玫瑰碰巧生長在百合花叢裡，用它的硃砂點綴純白花海；或者歡欣的五月天，淘氣的小母牛在鮮花綻放的草地上散發牠的獨特氣味；或者百花盛開的四月，溫柔、忠實的鴿子停棲在嬌嬈的枝椏上，思念牠的伴侶。同樣地，如花似玉吐氣如蘭、單純善良面貌姣好的蘇菲亞（確實就是她）可愛的腦袋枕著手臂斜躺，正在牽腸掛肚念念不忘她的湯姆，這時她的侍女進了房間，衝到床邊激動地叫嚷，「小姐，小姐，妳猜猜誰也住在這家客店？」

蘇菲亞嚇得坐起來，問道：「希望不是爸爸趕上我們了。」

阿娜回答：「不，小姐，這個比一百個爸爸都好。瓊斯少爺現在就在這家店。」

蘇菲亞說：「瓊斯少爺，不可能！我不可能這麼幸運。」

阿娜保證是真的。她馬上被派去要湯姆等著小姐去見他，因為小姐說她決定立刻跟他見面。

阿娜如我先前描述的情景離開廚房後，老闆娘就開始痛罵她。可憐的老闆娘憋了一肚子髒話，現在一股腦從她的嘴巴傾瀉出來，就像爛泥車的擋板移開後，車上的髒東西沖刷而下。帕崔吉也把自己的污衊言語添加進去，而且（可能會令讀者震驚）不但詆毀侍女，甚至企圖污損蘇菲亞潔白無瑕的性格。「物以類聚，都是一路貨色。拉丁話說得沒錯，『觀其友知其人。』沒錯，我承認那位穿高貴衣裳的小姐是比較懂禮貌，不過我敢說她們兩個都好不到哪兒去。一定是巴斯來的妓女。上等人不會不帶僕人三更半夜騎馬到處跑。」

老闆娘附和道：「我呸！你說得對，事情一定就像你說的，上等人進了客店都會點晚餐，不管他們吃不吃。」

他們正說著，阿娜又回來分派她的任務，要老闆娘馬上去把湯姆叫醒，告訴他有個小姐要見他。老闆娘要她找帕崔吉，說道：「他是那位少爺的朋友。至於我，我從來不會主動找男人，尤其是紳士。」說完她就臭著臉走出廚房。

阿娜於是指派帕崔吉，但他拒絕：「我朋友很晚才上床，這麼快就吵醒他，他會生氣。」阿娜還是堅持要安排小姐去見他，她說：「我相信少爺不但不會生氣，如果他知道是誰要見他，一定會開心得不得了。」

帕崔吉說：「如果是其他時候，他也許會開心，可是『人非萬能』，明智的男人一次一個女人就夠了。」

阿娜問：「你這傢伙，你說一個女人是什麼意思？」

帕崔吉答：「別喊我『傢伙』。」接著他明白告訴她，湯姆此時跟女人在床上，還用了一個不適合寫在這裡的下流字眼，把阿娜氣壞，罵他狂妄無禮，又急沖沖回到小姐房間，報告任務執行結果，也轉述她聽到的話。她太氣湯姆，一副帕崔吉說的那些話全出自湯姆的嘴似地，所以極盡誇張之能事。她把湯姆批評得體無完膚，要小姐別再想一個從來不把她當回事的男人。接著她又重翻莫莉那筆舊帳，還加油添醋地醜化湯姆寫的那封訣別信，我必須承認，她對那封信的解釋，多多少少受了目前的怒氣扭曲。

蘇菲亞聽得心亂如麻，沒有精神阻止滔滔不絕的阿娜。不過，最後她總算打斷她，「我絕不相信這種話，一定是壞人中傷他。妳說妳是聽他朋友說的，如果真是朋友，絕不會洩露這種祕密。」阿娜說：「我猜那傢伙是幫他拉皮條的，因為我從沒見過這麼醜的惡人。再者，瓊斯少爺這種浪蕩子不會覺得這種事有什麼丟人的。」

坦白說，帕崔吉這種行為實在有點不可原諒，可是他前一天晚上喝的酒還沒退，凌晨又添上超過一品脫葡萄酒，其實該說是麥芽酒，因為客店的梨酒成分一點也不純。另外，造物者在他腦袋裡配置的飲酒水壩非常淺，只要灌入少量烈酒就會滿溢，沖開他心房的閘門，儲存在裡面的祕密就會奔流出來。他心房的閘門實在天生不牢靠，我盡可能幫他說句好話：他其實為人十分正直。他可說是天底下最好奇的人，總是打聽別人的隱私，但他從不占人便宜，所以會用自己探聽來的祕密公平地回報對方。

蘇菲亞著急又苦惱，不知道該相信什麼，也不知道該如何是好，這時蘇姍帶著牛奶酒來了。阿娜悄聲建議蘇菲亞刺探這個僕人，也許能問出一點真相。蘇菲亞於是對蘇姍說，「孩子，過來，妳老實回答我的問題，我會好好獎賞妳。店裡是不是住了個年輕紳士，是個英俊的年輕紳士……」這時她臉紅了，顯得難為情。

阿娜接著說：「就是跟廚房裡那個莽撞無賴一起來的年輕紳士。」

蘇姍答，「是的。」

蘇菲亞又問，「那麼有沒有女人？任何女人？我不知道她美不美，也許不美，我要問的不是這個。妳知不知道有沒有女人？」

阿娜叫道，「哎呀，小姐。妳實在不適合問案。妳聽好，孩子，有沒有一個很年輕的紳士跟這個或那個下流妓女一起上床？」

蘇姍笑了笑，卻沒答話。

蘇菲亞說：「孩子，回答問題，這一基尼給妳。」

蘇姍說：「一基尼！小姐，一基尼做什麼用？萬一被老闆娘發現，我馬上會丟飯碗。」

蘇菲亞說：「再給妳一基尼，我保證妳老闆娘絕不會知道。」

蘇姍只遲疑了一下，就接了錢，把事情全說出來，最後說，「小姐，如果妳真想知道，我可以偷偷進他房間，看他在不在床上。」蘇菲亞馬上派她去，她回來說人不在床上。

蘇菲亞渾身發抖臉色慘白。阿娜要她別難過，別再想那種不值得惦記的傢伙。

蘇姍說：「我說，小姐，希望我沒冒犯妳，妳是不是蘇菲亞・威斯頓小姐？」

蘇菲亞問，「妳怎麼會知道我的名字？」

蘇姍說：「那位小姐說的那個人，就是在廚房那個男人，昨天晚上提到妳。不過我希望小姐沒生我的氣。」

蘇菲亞說：「孩子，我真的沒生氣。妳都跟我說了，我一定會獎賞妳。」

蘇姍說：「小姐，那男人告訴廚房裡所有人，蘇菲亞・威斯頓小姐……我實在不知道怎麼說出口。」說到這裡她停下來，經過蘇菲亞的鼓勵和阿娜凶惡的催促，才又說，「小姐，那些一定是騙人的，不過他告訴我們妳愛那位少爺愛得死去活來，那位少爺要去打仗，就是為了甩掉妳。當時我心想，他真是個沒良心的卑鄙小人。不過，現在看到小姐這麼高貴、有錢又漂亮，竟然為了這麼普通的女人就被拋棄。那女人真的很普通，甚至還是別人的老婆。說起來，這事真是非常古怪，不合常理。」

蘇菲亞又給她一基尼，叮囑她別跟任何人說起這件事，也別告訴任何人她是誰。然後吩咐她去叫馬夫立刻備馬。

現在房裡只剩可靠的阿娜，蘇菲亞說，「我的心情從來沒有這麼輕鬆過。現在我相信，他不只是個流氓，還是個卑劣可恥的小人。我什麼都不介意，卻不能原諒他在別人面前把我說得這麼不堪。這件事讓我瞧不起他。沒錯，阿娜，我現在很平靜。真的，我非常平靜。」說完，她眼淚撲簌簌流下來。

蘇菲亞一面哭，一面告訴阿娜她心情非常平靜。過了一陣子，蘇姍回來通報馬已經備好了。這時蘇菲亞腦海突然冒出一個古怪念頭，決定讓湯姆知道她來過這家客店。這麼一來，如果他對她還有一點情意，至少就會為自己犯的過錯受到懲罰。

有一只手籠很榮幸地在本書亮相不只一次，讀者想必記憶猶新。自從湯姆離家後，這只手籠白天跟蘇菲亞形影不離，夜晚跟她同床共枕，此時此刻就戴在她手上。這時她氣呼呼地拿下來，拿了一張紙寫上自己的名字，別在手籠上，再花錢請蘇姍偷偷把手籠放在湯姆床上。萬一湯姆沒看見，天亮後蘇姍就要想辦法送到他眼前。

之後，她結清阿娜的晚餐帳單（金額包括她自己可能會吃的那份），坐上馬匹，再一次告訴阿娜她心情平靜得不得了，就繼續往前走了。

第六章
帕崔吉的智計、湯姆的瘋狂、費茲派翠的愚蠢，以及其他事

時間已經過了清晨五點，其他人陸續起床走進廚房，包括中士和馬車夫。他們已經化干戈為玉帛，正在一起祭酒，用白話說，就是痛快乾幾杯。

喝酒過程一切平順，唯一的例外是帕崔吉的行為。中士舉杯高喊喬治國王萬歲，帕崔吉卻只肯說國王萬歲，怎麼也不肯稱呼國王名諱。因為他雖然可以違背自己的信念上戰場，卻不能違背自己的信念敬酒。

湯姆已經回到自己房裡（懇請讀者原諒我不便說明他從哪裡回去），把帕崔吉從剛才那個歡樂場合召回房間。

帕崔吉說了幾句冠冕堂皇的開場白，徵得湯姆同意後提出以下建言：「先生，古人有句話說得很對，聰明人偶爾也需要聽聽傻人的意見。所以容我冒昧給你幾點淺見。那就是回家去，把這場『可怕的戰爭』和那血腥的戰場留給那些沒有東西可吃、只好去吞彈藥的人。大家都知道你在家裡不愁吃不愁穿。既然是這樣，為什麼要在外面流浪？」

湯姆大聲說，「帕崔吉，你真是個懦夫。我希望你自己回家去，別再煩我了。」

帕崔吉說，「請你原諒，我是為你著想，不是為我自己。因為上帝知道我的際遇已經太悲慘，我非

但不害怕，手槍、短槍之類的東西在我眼裡根本是玩具槍。每個人到頭來都會死，怎麼死又有什麼差別？再者，也許我能活下來，只是少條路膊或缺條腿。先生，我向你保證，我這輩子從來沒有像現在這麼勇敢，所以，如果你決定往前走，我就決定跟著你。不過，如果要往前走，也請你聽我的建議。像你這種身分高貴的少爺，出門在外只靠兩條腿，實在太丟臉。馬廄裡有兩、三匹好馬，我相信店東會很樂意借給你。就算他不肯，我三兩下就可以把牠們偷出來。即使最後事情敗露，國王也不會怪罪你，畢竟你是要為他上戰場。」

帕崔吉這人的誠實度跟他的理解力不相上下，而且都只能處理小事。如果他認為偷馬有任何危險，無論如何也不敢去做。因為他是那種在乎絞刑架勝過事物正當性的人。事實上，他覺得這件事沒有一點風險。一來他認為歐渥希的名聲就足以讓店東閉嘴，二來不管事情如何發展，他們都不會有事，因為他猜想湯姆一定會有能幫得上忙的朋友，再不然他自己的朋友也會救他脫困。

湯姆發現帕崔吉不是開玩笑，馬上嚴厲斥責他一頓。他罵得太凶，帕崔吉只好一笑帶過，連忙轉移話題，說他們一定是住進了窯子，因為夜裡他費了好一番工夫，才阻止兩個娼婦打擾湯姆清眠。他說，「喲！看樣子她還是闖進來了，她們其中一個戴的手籠就躺在地上。」湯姆摸黑回房時沒看見棉被上的手籠，跳上床時手籠滾到地板上。帕崔吉拾起手籠正要塞進自己口袋，湯姆要他拿給他看。那只手籠實在太別致，即使沒有附在上面的字條，湯姆一定也能認出來。不過他的記憶沒有機會做苦工，因為他一拿到手籠，馬上看見別在上面的「蘇菲亞·威斯頓」字跡。他的表情一陣慌亂，焦急地大喊，「天哪！這手籠怎麼會在這裡？」

帕崔吉說，「我也不知道，不過那兩個女人想打擾你（幸虧被我攔住），其中一個手上戴著這個。」

湯姆從床上跳下來，一面伸手抓衣服，一面大聲問，「她們在哪裡？」

帕崔吉說，「這時候應該在好幾公里外了。」

湯姆又追問一番，終於確知手籠的主人確實是可愛的蘇菲亞本人。此時湯姆的行為舉止，他的思緒、表情、言語、行動，都不是筆墨所能形容。他狠狠咒罵帕崔吉幾頓，也沒少罵自己。之後他命令嚇得不知所措的帕崔吉下樓幫他雇馬，不管花多少錢都沒關係。短短幾分鐘後，他也穿好衣服趕下樓去執行自己剛才指派的任務。

我繼續描述他進廚房後的情景之前，必須先說明早先帕崔吉離開廚房後發生的事。

中士帶著士兵剛出發，兩名愛爾蘭男士也起身下樓來，異口同聲地抱怨一直被客店裡的聲音吵醒，整個晚上都沒闔眼。

前一天那位年輕女士和她的侍女搭馬車前來，讀者可能會以為那是她自己的馬車，事實上是向巴斯某位金先生租來的回頭車。金先生經營馬車出租，是業界最可敬、最誠實的人。讀者如果要前往那個地方，我衷心建議你租用他的馬車，這麼一來或許有機會坐到本書提及的那部馬車，遇上那位馬車夫。

那位馬車夫只載兩名乘客，聽說麥克拉蘭要去巴斯，主動表示可以用非常優惠的價格送他一程。車夫之所以這麼做，是因為他聽旅館的車夫說，麥克拉蘭在伍斯特雇的馬兒不想再走遠路，寧可回伍斯特跟那裡的朋友相聚。因為那匹馬其實只有兩條腿，不是四條腿的動物。

麥克拉蘭立刻跟車夫談妥交易，也說服他朋友費茲派翠一起搭車。費茲派翠全身酸痛，覺得搭車比騎馬來得舒適。另外，他相信到了巴斯一定能找到妻子，就算耽擱一點時間也無妨。

麥克拉蘭的腦袋比他朋友靈光得多，他聽說前一天搭車的女士來自切斯特，又想到他從客店車夫那裡聽來的消息，馬上聯想到她可能就是費茲派翠的妻子。他向費茲派翠提出這點猜測之前，費茲派翠其實連想都沒想到過。坦白說，造物者造人有時太倉促，忘了在某些人的腦袋裡填裝大腦，費茲派翠就是這種急就章成品。

這種人往往就像愚鈍的獵犬，自己從來嗅不到獵物氣息，可是只要其他聰慧的狗兒張嘴吠叫，牠們馬上跟著叫。明明不知道獵物在哪裡，卻用最快的速度往前衝。同樣地，麥克拉蘭表達自己的猜測以後，費茲派翠馬上認同，還沒打聽清楚妻子的所在位置，就直接奔上樓想突襲她。很不幸地（命運女神總愛捉弄那些聽任她擺布的人）一無所獲，只是腦袋瓜子平白撞了幾扇門和幾根柱子。命運女神對我就仁慈得多，讓我想到剛才那個獵犬的妙喻，因為在這種情況下，那個可憐的妻子的處境很像被追捕的野兔。她跟那悲慘的小動物一樣，豎起耳朵聆聽獵犬的聲響；也跟小野兔一樣，一聽見聲響就嚇得倉皇逃命；同樣地，到最後通常會被趕上，被毀滅。

不過，目前的情況並非如此。費茲派翠忙了半天找不到妻子，失望地回到廚房。這幾乎像一場真正的狩獵，因為就在此時有個先生「赫啦」地走進廚房，像在呼喚嗅到獵物氣息的獵犬。那位先生剛跳下馬，背後跟著大批隨從。

讀者，我必須向你報告幾件事，如果你已經猜到了，那麼你比我想像中聰明。你會在下一章讀到這些事。

第七章
厄普頓鬧劇告終

首先，剛抵達的這位紳士不是別人，正是威斯頓。他一路追蹤女兒來到這裡，如果他幸運地早到兩小時，不只會找到女兒，還買一送一找到姪女。他姪女就是費茲派翠的妻子，五年前跟費茲派翠私奔，逃離她當時的監護人，也就是英明睿智的威斯頓女士。

費茲派翠的妻子大約跟蘇菲亞同時離開客店。她半夜被丈夫的聲音驚醒，派人把老闆娘找上樓，得知丈夫已經找來，就花一大筆錢收買老闆娘，要她準備馬匹讓她逃走。這家店真是有錢萬事通，老闆娘如果消息跟讀者一樣靈通，知道女僕收賄的事，一定會叫她捲鋪蓋。只是，她自己面對金錢誘惑時，抵抗力並沒有比可憐的蘇姍強。

威斯頓沒見過這個姪婿，即使認識，見了面多半也不會理睬他。因為這樁婚姻不是明媒正娶，在為人如此正派的鄉紳威斯頓眼中，當然是悖離常道的。自從姪女私奔後，他就宣布與她斷絕關係，聲稱她天性凶殘（當時她才十八歲），從此不准任何人在他面前提起她。

此時廚房亂成一團：威斯頓打聽女兒下落；費茲派翠追查妻子行蹤。碰巧湯姆走進來，很不幸手裡拿著蘇菲亞的手籠。

威斯頓一看見湯姆，就像獵人看見獵物，大吼一聲「赫啦」，跑過去抓住湯姆，嚷嚷道，「逮到公狐狸啦，我敢說母狐狸也在附近。」這類獵家術語他一口氣說了幾分鐘，在此同時很多人也說了很多話，實在不容易描寫，就算寫出來，讀來恐怕也不暢快。

湯姆好不容易擺脫威斯頓，其他人連忙隔開他們。湯姆說他不知道蘇菲亞在哪裡。

這時薩坡牧師走出來說，「罪證就在你手上，狡辯實在不聰明。我可以宣誓做證，你手裡那個手籠是蘇菲亞小姐的東西，近來我經常看見她戴著。」

威斯頓氣得大吼，「我女兒的手籠！他拿著我女兒的手籠？大家做證，東西是在他身上找到的。我要馬上把他送到治安官面前。惡人，我女兒在哪裡？」

湯姆說，「先生，請你冷靜。我承認這手籠是小姐的，可是我以個人名譽發誓，我沒見到她本人。」

威斯頓聽見這些話氣得七竅生煙，口齒不清。

有些僕人告訴費茲派翠，威斯頓是什麼人。費茲派翠於是認為自己有機會為長輩服務，也許可以因此贏得對方的讚賞，於是走到湯姆面前說，「先生，我說句公道話，你當著我的面否認見過這位先生的女兒，真是可恥，你明知我親眼看見你跟她同睡一張床。」說完，他轉身對威斯頓說，他可以帶他上樓去他女兒的房間。威斯頓同意。於是他帶著威斯頓、牧師和其他幾個人上樓，直奔華特夫人的房間，撞開門闖進去，氣勢不輸他先前的行動。

可憐的華特夫人睡夢中被驚醒，既困惑又害怕，看見床鋪旁站著一個簡直像從精神病院逃出來的人。神情既狂暴又混亂的威斯頓一看見華特夫人，立刻後退一步。他不需要開口說話，光看他的舉止反應，就知道那不是他要找的人。

在女人心目中，名節比人身安全珍貴得多，此時華特夫人雖然人身安全似乎比先前面臨更大威脅，名節卻是安穩無虞，所以她的尖叫聲就不如先前那麼激烈。不過，等那些人離開後，她決定不再睡了。

這家客店實在太令她失望，因此她以最快的速度起身著裝。

威斯頓繼續搜尋整間客店，可惜結果就像擅闖可憐的華特夫人房間一樣，令他大失所望。他鬱悶地回到廚房，看見被他人留置的湯姆。

這時天才濛濛亮，但剛才的騷動已經吵醒全店的客人，包括一位正氣凜然的男士，他正是伍斯特郡的治安官。威斯頓得知他的身分，馬上表示他要提出控告。那位治安官拒絕受理，理由是現場沒有書記，他也沒帶相關書籍，畢竟他不可能把有關誘拐女兒那類事情的法條全記在腦袋裡。

費茲派翠說他可以幫得上忙。他告訴大家他年輕時受過法律教育。（他確實曾經在愛爾蘭北部跟著某位律師見習三年，後來決定更上層樓，就離開那位律師來到英格蘭，從此踏上一門不需要見習的行業，那就是當紳士。如我先前所說，他成功了。）

費茲派翠宣布，目前誘拐女兒案不成立，不過偷竊手籠肯定是重大罪行，而且贓物就在嫌犯身上，可說人贓俱獲。

治安官發現助手學養深厚，大受鼓舞，加上威斯頓極力要求，終於答應開庭審案。他坐上審判席後，看見湯姆手裡還拿著手籠，又聽見牧師宣誓證明那手籠是威斯頓家的物品，就指示費茲派翠草擬收監令，由他簽署執行。

湯姆要求為自己辯護，費了一番唇舌才取得治安官同意。他說手籠是帕崔吉找到的，帕崔吉可以做證。不只如此，蘇姍也出庭做證，說蘇菲亞親自把手籠交給她，命令她送到瓊斯先生房裡。

蘇姍挺身而出說出真相，究竟是因為天生急公好義，或者因為湯姆英氣逼人，我不敢斷定。總之，她的證詞威力強大，治安官頹然靠回椅背，宣布目前的證據足以證明被告無罪，就像先前的證據確認他有罪一樣。牧師也同意，他說，上帝不允許他害無辜的人身陷囹圄。治安官站起來，指示嫌犯當庭開釋，宣布退庭。

威斯頓把現場每個人都臭罵一頓，立刻命人備馬，繼續追女兒去了。雖然費茲派翠幫了他大忙，又向他表明身分，他卻沒有任何回應，甚至理都不理他。還有，他走得太匆忙，又怒氣沖沖，幸運地忘記向湯姆拿回手籠。我說「幸運」，是因為湯姆為了保住手籠，可以連命都不要。

湯姆付清住店的錢，馬上就跟他朋友帕崔吉一起去追他可愛的蘇菲亞。現在他決定再也不放棄蘇菲亞，他也沒辦法去向華特夫人告別，甚至光是想到她都覺得厭惡，因為她雖然不是有意，卻害他錯過跟蘇菲亞之間最快樂的重逢。他也誓言從此對蘇菲亞忠心不二。

至於華特夫人，她搭上那輛駛往巴斯的馬車，跟那兩位愛爾蘭男士同車。老闆娘好心借她那套衣裳，心滿意足地只收取兩倍價金。旅途中她跟費茲派翠握手言和，費茲派翠生得一表人才，所以她盡心盡力撫慰妻子不在身邊的他。

湯姆在厄普頓這家客店碰上的種種怪事到這裡告一段落，客店裡的人到如今還傳頌著迷人的蘇菲亞的花容月貌與溫柔舉止，稱呼她是薩默塞特郡天使。

第八章
故事到這裡調頭往回走

我們繼續說故事以前，也許應該暫時調頭，說明蘇菲亞和她父親為什麼突然來到厄普頓那家客店。讀者或許還記得，我在本書第七卷第九章提到，蘇菲亞面臨孝道與愛情的衝突，經過一番天人交戰，最後選擇了愛情。我相信這個結果是人之常情。

我當時說過，她跟父親一番懇談後陷入掙扎。她父親強迫她嫁給布里菲，也深信女兒的答覆「我不該、也不能拒絕服從您的命令」充分暗示她已經同意。

威斯頓從女兒口中得到滿意答覆，心花怒放，帶著愉悅的心情宴請朋友。他生性好客，樂於分享喜悅，下令啤酒無限暢飲，所以那天晚上十一點不到，除了威斯頓女士和可愛的蘇菲亞，整棟房子裡的人都醉倒了。

隔天一早，威斯頓派人把布里菲找來。他雖然不知道布里菲已經得知蘇菲亞討厭他，卻很確定他還不知道蘇菲亞已經答應婚事，迫不及待要向他報喜，也深信準新娘會親口向未來夫婿確認。至於良辰吉時，男士們前一天晚上已經議妥，就定在後天上午。

客廳已經擺好早餐，布里菲也到了，威斯頓兄妹就坐，他命人去請蘇菲亞。

噢，莎士比亞！但願我有你的文采！噢，霍加斯，但願我有你那枝畫筆！那麼我會畫出那可憐僕人

的模樣，他一臉慘白、雙眼圓瞪、牙齒打顫、結結巴巴、嘴唇顫抖，

> 這樣一個人，神態萎靡、無精打采、
> 垂頭喪氣、面色煞白、憂心如焚，
> 在死寂的黑夜揭開普里阿摩的帷帳，
> 想告訴他，他的半個特洛伊已經燒毀。[9]

走進客廳通報：蘇菲亞小姐不在房裡。

「不在房裡！」威斯頓從椅子上跳起來罵道，「他媽的，下地獄去吧！可惱可恨！哪裡、什麼時候、怎麼、什麼……不在房裡！在哪裡？」

「呀！哥哥，」威斯頓女士展現政治家的從容冷靜，「你老是這樣無緣無故發脾氣。我敢說姪女只是在花園散步。你真是越來越不可理喻，簡直沒辦法跟你住在同一個屋簷下。」

「對，對。」威斯頓瞬間恢復理智，就跟剛才失去理智一樣突然。「如果真是這樣，那就沒事。不過說真的，那傢伙說她不見了，我嚇得慌了手腳。」說完，他命人到花園搖鈴，然後安心地坐下。

這對兄妹在很多方面見解分歧的程度，實在是世上少見。尤其在這方面：哥哥沒有一點預測未來的遠見，但事情發生時，卻能夠敏銳地看清真相；妹妹永遠能精準判斷未來，卻常常忽視眼前的事實。這

9 摘自莎士比亞作品《亨利四世》下篇第一幕第一場。摩頓（Morton）告訴諾森伯蘭伯爵（Northumberland）他兒子死在戰場。普里阿摩（Priam）是希臘神話中特洛伊戰爭發生時的特洛伊國王。

兩方面讀者想必都已經看見不少例證。事實上，他們在這兩方面的才華都稍嫌過度，因為妹妹經常預見永遠不會發生的事；哥哥也總是誇大眼前的事實。

不過，目前的情況卻不是如此。僕人從花園帶回來的消息跟早先一樣：蘇菲亞小姐不在花園裡。

威斯頓起身衝出屋外呼喚女兒的名字，喊得跟過去的海克力斯叫喚海拉斯[10]時一樣響亮、一樣沙啞。正如詩人描述美少年海拉斯的名字響徹岸邊，威斯頓府的宅子、花園和附近的田野也回響著蘇菲亞的名字：有男人粗啞的嗓音，有女人的尖叫聲。回音仙子似乎非常喜愛重複這悅耳的名字，如果世上真有回音仙子，我相信奧維德弄錯了她的性別。[11]

接下來很長一段時間場面亂糟糟，最後威斯頓再也喊不出聲音，重新回到客廳，看見妹妹和布里菲，垂頭喪氣把自己拋進一張大椅子。

威斯頓女士用以下的話安慰哥哥：

「哥哥，發生這種事我很難過，沒想到姪女會做出這種有辱家門的事。不過這都怪你，所有的一切都是你咎由自取。你教育她的方式完全違背我的理念，現在你看到後果了。我不是跟你爭辯過一千次，叫你不要什麼都讓姪女自己做主？你也知道你從來不聽我的勸，當年我費盡苦心拔除她那些固執想法，扭轉你錯誤的教導方式，你就把她從我身邊接走，所以這事我一點責任都沒有。如果由我一手調教，你今天也不會碰上這樣的事。所以你也不必怪誰怨誰，一切都是你的錯。說實在話，你這樣溺愛她，還能期待有什麼不同的結果？」

威斯頓回應道，「咄！妹妹，妳真能把人逼瘋。我溺愛她了嗎？我讓她自己做主了嗎？昨天晚上我不是還威脅她，如果不聽我的話，就要把她鎖在房間裡，只給麵包和開水，到她死為止。約伯[12]再好的耐性都會被妳激怒。」

威斯頓女士說，「天底下有人聽過這種話嗎？哥哥，多虧我有五十個約伯的耐性，否則早就被你氣得什麼禮儀風度都不顧了。你為什麼要插手干涉？我不是拜託你、求你把整件事都交給我處理？你走錯一步棋，就把我所有的布局全毀了。哪個理智的男人會用這種威脅刺激女兒？我跟你說過多少次了，英國女人不能被當成塞拉歇西[13]奴隸對待。我們受到社會的保護，只能用溫柔的方式說服，不能用欺凌、脅迫或毆打逼我們就範。謝天謝地，我們國家採用的不是薩利克法典[14]。哥哥，你的行為實在太粗暴，除了我，沒有哪個女人受得了。也難怪我姪女會驚恐害怕，不得不逃家。坦白說，我認為外人不會怪姪女做出這種事。哥哥，我再說一次，你要記住，一切都是你咎由自取。我勸你多少次……」這時，威斯頓從椅子上跳起來，吼了兩三聲恐怖的詛咒，就跑出去了。

他離開以後，他妹妹罵了他更多難聽話（如果有此可能），還要布里菲評評理，看她罵得對不對。布里菲花言巧語地認同她所說的一切，卻也為威斯頓的所有過錯辯解，說道，「這些過錯都來自父親的過度寵愛，這種行為可以說是一種良善的弱點。」

威斯頓女士說，「那就更不可原諒，因為他的寵愛只會毀掉自己的孩子。」布里菲馬上表示贊同。

威斯頓女士開始向布里菲表達內心的過意不去，她說布里菲好意來跟他們結親，卻遭受到這種對

10 根據希臘神話，海拉斯（Hylas）是海克力斯的侍童兼好友，海拉斯汲水時被水中仙子拉進水裡失蹤，海克力斯傷痛不已。

11 在奧維德的《變形記》裡，Echo（意為回音）是林中仙子，有優美的嗓音。

12 典故出自《聖經・約伯記》，約伯善良虔誠，即使受到魔鬼種種考驗，仍然相信上帝。

13 原注：她指的應該是切爾克斯人（Circassian）。

14 Salique Law，中世紀通行西歐的蠻族法典，主要特色是規定女性不得有權承權。

待。說到這裡，她嚴厲譴責姪女的愚蠢，最後再把一切罪過推到哥哥身上，說她哥哥沒有得到女兒同意就急著辦婚事，實在不可原諒。她說，「不過他向來都是這種固執的壞脾氣，我簡直沒辦法原諒自己白費力氣給他那麼多忠告。」

她又說了很多諸如此類的話，如果細細記錄下來，讀者可能沒有興趣看。布里菲告辭回家，事情變成這樣，他內心多少有點失落，幸好斯奎爾教他的哲學和史瓦坎灌輸他的宗教信仰跟其他一些理念通力合作，讓他比那些更深情的戀人更能承受這種挫折。

第九章
蘇菲亞逃家

現在該來看看蘇菲亞。讀者喜愛她的程度如果有我的一半，一定很開心見到她順利逃出狂暴父親和冷漠未婚夫的手掌心。

那具鐵製報時器宏亮地敲了十二響，召喚鬼魂醒來，展開它們的夜巡。用白話說，現在是午夜十二點，如我先前所說，整棟屋子裡的人都喝醉酒呼呼大睡，只有威斯頓女士例外，她專注地讀著政治小冊子；還有我們的女主角，她現在悄悄走下樓，拉開門閂打開門鎖，匆匆往外走，趕到約定地點。

儘管女士們會在各種小事上運用許多惹人憐愛的手法展現她們的膽小（幾乎就跟男士們用來掩飾膽小的手法一樣多），她們肯定也擁有某種程度的勇氣。這種勇氣不但無損她的嬌柔，甚至是她為人處事的要件。事實上，破壞女性特質的是凶惡，而非勇氣。畢竟，任何人讀到值得稱道的阿麗亞[15]的故事，不但會讚賞她的溫柔和深情，更會佩服她的剛毅。在此同時，很多女人看見錢鼠或田鼠，可能會驚聲尖叫，卻能夠下毒謀殺親夫。更糟的是，能夠逼得他服毒自盡。

15　Arria，古羅馬女性，她的丈夫帕伊圖斯（Caecina Paetus）涉及叛亂罪，皇帝克勞狄烏斯一世（Claudius）賜他自盡，他卻遲遲下不了手。阿麗亞先刺自己一刀，再把匕首交給丈夫，告訴他一點也不痛。

蘇菲亞擁有女性的一切溫柔，也有她該有的氣魄。於是，當她來到約定地點，看不見跟她約好的阿娜，反倒有個男人騎馬朝她直奔而來，她沒有尖叫也沒有暈倒。當然，她的脈搏不像平時那麼規律，因為一開始她有點驚訝與擔憂。不過這些情緒來得快去得快，因為那男人摘下帽子，用極其謙遜的態度問她，「小姐是不是在等另一位小姐？」然後表明他奉命來帶她去跟那位小姐會合。

蘇菲亞認為那人的說詞可信，於是堅定地上馬，坐在那人身後，安全地去到大約八公里外的小鎮，終於見到忠實的阿娜。阿娜滿腹心思記掛著那些曾經披掛在她身上的衣物，無論如何都不肯讓它們離開她的視線。於是她親自留下來守護它們，派剛才那傢伙前往指定地點接小姐。

她們知道再過幾小時威斯頓就會派人來追，連忙討論接下來該走哪條路。阿娜一心嚮往倫敦，非常希望走直奔倫敦的大道。她說，家人要到早上八、九點才會發現小姐不在，就算他們知道她走哪條路，也不可能追得上。可是這件事對蘇菲亞而言事關重大，她不能輕易冒險。此外，接下來的成敗取決於速度，她不敢太信任她嬌弱的肢體。因此她決定先走鄉間小路，大約四、五十公里後才改走通往倫敦的大道。於是，她雇馬時說要往甲地三十公里，就帶著去約定地點接她的那個嚮導上路了。那個嚮導身後原本蘇菲亞坐過的位置此刻載著某個比較笨重、也比較不可愛的負累。那是一個巨大的行李箱，裡面裝著許多衣物飾品。美麗的阿娜小姐打算用那些東西在倫敦擄獲無數追求者的心，最後飛上枝頭做鳳凰。

他們離開客棧、在往倫敦的路上走了大約二十步以後，蘇菲亞騎著馬趕上嚮導，用含蜜成分高於柏拉圖（據說他的嘴唇是蜂巢[16]）的嗓音求他在通往布里斯托的路口就改道。

讀者，我不是迷信的人，也不太相信那些當代奇蹟，所以我以下陳述的這件事未必為真，因為連我自己都不信。只是，為了忠於史家身分，我不得不記錄別人斬釘截鐵轉述的事實。聽說當時嚮導騎的那匹馬被蘇菲亞的嗓音迷住，立刻停下來，一步都不肯再往前走。

然而，這件事也許是真的，而且不像人們所說那麼神奇，因為自然因素就足以造成這種結果。當時嚮導配備武器的右腳跟（他跟修迪布拉斯[17]一樣只戴單邊馬刺）原本踢個不停，這時突然靜止不動。光是這個動作的省略，就可能讓馬兒停下腳步，尤其牠在其他很多時候也都是如此。

不過，就算蘇菲亞的嗓音果真迷倒了馬兒，它對馬背上的騎士卻起不了一點作用。他生氣地答道，「那不是老闆吩咐我走的路，如果我不聽老闆的話，可能會丟飯碗。」

蘇菲亞發現她說什都沒用，於是在嗓音之外添加另一種魔咒。古諺有云，魔咒能讓賴在原地的老馬健步如飛。現代人認為這種魔咒有著古人賦予一流雄辯術那種所向披靡的威力。簡言之，她答應給他令他滿意的獎賞。

這個小夥子對這類承諾並非無動於衷，卻不喜歡語焉不詳。儘管他可能沒聽過「語焉不詳」這個成語，但他在意的確實就是這點。他說，「上等人都不替窮苦人著想。前些天我帶一位從歐渥希先生家出來的先生在鄉間走了好些路，那位先生卻沒有付他該付的錢，害我差點被老闆開除。」

蘇菲亞急著問，「帶誰？」

嚮導答道，「帶一位從歐渥希先生家出來的先生。人家說他是歐渥希先生的兒子。」

蘇菲亞又問，「去哪裡？他往哪裡去？」

嚮導回答，「去到離布里斯托不遠的地方，離這裡大約三十公里。」

蘇菲亞說，「帶我去那裡，我給你一基尼，如果一基尼不夠，就兩基尼。」

16 據說柏拉圖在嬰兒時期曾有蜂蜜在他唇上，所以他才有那麼出色的口才。

17 英國劇作家巴特勒（Samuel Butler）的諷刺史詩《修迪布拉斯》（*Hudibras*）裡的主角。

嚮導說，「說真格的，應該要兩基尼，小姐該知道我冒多大的風險。如果小姐給我兩基尼，我願意冒這個險。說真格的，騎著老闆的馬到處跑實在很不應該。不過有一點值得安慰，那就是我頂多被趕走，兩基尼至少也算一點補償。」

價錢談妥，嚮導調頭往布里斯托的方向走。於是蘇菲亞不顧阿娜的勸阻，開始追趕湯姆。阿娜見倫敦的意願比見湯姆強得多，她不像小姐那麼喜歡湯姆，因為湯姆忽略了某種金錢上的禮儀，那就是戀愛中的人照慣例該給侍女的賞金，特別是這種偷偷摸摸的戀情。有關這點疏失，我認為湯姆只是粗心大意，並非天性吝嗇，但阿娜也許不這麼認為。可以確定的是，她因為這個緣故非常痛恨湯姆，決定一有機會就在小姐面前說他壞話。可惜她運氣實在太差，竟然在湯姆去過的小鎮和客棧等小姐。更倒楣的是，她還碰上同一個嚮導，蘇菲亞因此意外得知湯姆的去向。

黎明時，他們來到漢布魯克[18]，阿娜心不甘情不願地奉命去打聽湯姆走哪條路。事實上這個問題嚮導就能給她們答案，可是不知為何，蘇菲亞始終沒問他。

阿娜回報向店東打聽的結果，蘇菲亞克服不少困難才雇到兩匹普通的馬匹，來到湯姆養傷的客棧。他之所以在這裡養傷，與其說是腦袋被打破，不如說是不幸碰上某個外科大夫。

阿娜在這裡又奉命打聽消息，她剛找到老闆娘，描述了湯姆的外形，精明的老闆娘立刻嗅出（說得粗俗點）貓膩。等她看見蘇菲亞走進來，不忙著回答阿娜，直接向蘇菲亞自我介紹，開始滔滔不絕，「我的老天！這可真巧，誰會想得到？我敢說你們是天底下最漂亮的一對。小姐，怪不得那位少爺把小姐掛在嘴邊。真的，他告訴我您是世上最標致的小姐，您的確就是。天可憐見！我看見他抱著枕頭喊著親愛的蘇菲亞小姐，我瞧著心都碎了。我說好說歹勸他別去打仗。我告訴他世上已經有太多除了被殺沒半點用處的男人，何況那些人沒有這麼漂亮的小姐可愛。」

蘇菲亞說，「這位太太一定是精神錯亂了。」

老闆娘急忙說，「不，不，我沒錯亂。小姐以為我什麼都不知道嗎？他什麼都告訴我了。」

阿娜罵道，「哪個無賴漢告訴妳小姐的事？」

老闆娘答，「不是無賴漢。就是妳打聽的那個年輕紳士，他長得可真俊俏，而且死心塌地愛著蘇菲亞·威斯頓小姐。」

阿娜說，「他愛我家小姐！女人，我可告訴妳，憑他還不配。」

蘇菲亞打斷她，「阿娜，別這樣，別跟這位好婦人生氣，她沒有惡意。」

老闆娘答，「是啊，絕對沒有。」她聽見蘇菲亞溫柔的語調，壯起膽子又說了一大堆，內容實在太冗長，不適合抄錄在這裡。

那番話有些地方冒犯了蘇菲亞，阿娜更是氣不過，等老闆娘離開，就把握機會向小姐批評湯姆的不是，「他一定是個可鄙的傢伙，對小姐沒有一點愛，才會在酒館隨便提起小姐的名字。」

蘇菲亞倒不覺得湯姆的行為有什麼不好，也許還為他對自己的痴戀（老闆娘照她平時說話的習慣盡可能誇大其詞）芳心竊喜，也就不那麼在乎那些不中聽的話。她認為他那些行為都是因為他滿懷奔放的熱情，而且胸懷坦蕩有話直說。

不過，後來她想起這件事，搭配阿娜的刻意抹黑，反倒突顯厄普頓不幸事件的可信度，她才會接受阿娜的建議立刻離開厄普頓那家客店，沒有留下來見湯姆。

老闆娘發現蘇菲亞只打算停留到馬兒備好，也不想吃喝任何東西，不一會兒就離開了。阿娜於是

18 原注：就是湯姆遇見貴格教徒的村莊。

開始責備小姐（這方面她實在肆無忌憚），喋喋不休地說了一大串，提醒小姐倫敦才是她們的目的地，也頻頻暗示這樣追男人有失體統，最後以這句嚴正的規勸終結，「小姐，看在老天份上，想想妳在做什麼，又要去哪裡。」

對於一個在不怎麼舒適的季節騎了將近七十公里路的小姐，這樣的勸告未免愚蠢。畢竟小姐想必早就考慮清楚，也下定了決心。不，根據阿娜拋出的暗示，連她也認為小姐志在追情人。我相信很多讀者也抱持相同見解，畢竟讀者很久以前就知道女主角的心意，也許認定她是個任性又孟浪的女子。

事實並非如此。近期以來蘇菲亞的心情起伏跌宕：希望與恐懼、她的孝道與對父親的愛、對布里菲的憎恨、她的同情心、她（我們何不說出真相？）對湯姆的愛，最後還有她父親、姑姑和所有人（尤其是湯姆）的行為，全都化做一團火焰。她的大腦已經陷入一種可以說不知道自己在做什麼、或往哪裡去的狀態，或者，也不在乎一切後果。

不過，阿娜審慎睿智的忠告讓她稍微恢復冷靜，最後她決定去格洛斯特，從那裡直奔倫敦。

不幸的是，她們在離格洛斯特幾公里的地方遇見我先前提過、曾經跟湯姆同桌用餐的那個訟棍。那人認識阿娜，停下來跟她寒暄幾句。當時蘇菲亞不以為意，只是問一聲那是什麼人。

她們到了格洛斯特以後，蘇菲亞聽阿娜說起那個人，知道他經常到處跑，而且以快速聞名（正如我早先所說），又想起阿娜告訴那人她們要去格洛斯特，開始擔心她父親可能會因為那個傢伙追到格洛斯特。如果她從格洛斯特走上往倫敦那條路，很可能半途就被她父親追上。所以她又改變心意，雇了一星期馬匹到一個她不會去的地方，打算吃過簡單點心就上路，違背阿娜的意願和懇求，也不顧客店老闆娘懷特腓太太的極力諫言。懷特腓太太基於良好教養，或者善良天性（因為可憐的小姐看起來累壞了），苦口婆心勸她在格洛斯特過夜。

等待備馬的時間裡，蘇菲亞簡單喝了茶，在床上躺了二小時，大約深夜一點鐘，堅決地離開懷特腓太太的店，直接奔上往伍斯特的路，不到四小時就抵達我們上回見到她的那家旅店。

我詳細說明了蘇菲亞從出發到抵達厄普頓的經過，接下來就用幾句話交代她父親為何也去到那個地方。一開始，他從帶蘇菲亞前往漢布魯克村那個嚮導口中得知女兒行蹤，輕而易舉就追蹤到格洛斯特。再從那裡追蹤到厄普頓，因為他聽說湯姆往那個方向去（套用威斯頓的語氣，帕崔吉走到哪裡都會留下強烈氣味），深信女兒也走（照他的說法，是「逃」）那條路。事實上，他用了非常粗魯的詞語，不需要在這裡複述，因為那種話只有獵家聽得懂，並能輕易說出口。

第十一卷　大約三天

第一章
給批評家的刺耳言語

在上一卷第一章，我嚴詞抨擊人稱「批評家」那個叫人望而生畏的族群，似乎有點失禮，因為他們要求（通常也能如願以償）作家在他們面前卑躬屈膝。因此，我要說明我為什麼如此對待這些大人物，也許還會以前所未有的角度剖析他們。

「批評家」（critic）這個字來自希臘文，意思是「評斷」（judgment）。因此，我猜那些看不懂原文的人根據最早的英文譯法，會以為它指的是法律上的「審判」。在這種情況下，它常常是「譴責」的同義詞。

我也傾向認同這種看法，因為近年來大多數批評家本業都是律師。這些紳士們也許覺得今生與最高法院法官席無緣，失望之餘擠進劇院的評論席，在那裡發揮他們的司法才能，毫不留情地提出評斷，也就是譴責。

我剛才以全國最重要、最尊貴的職位來跟那些先生做比較，假使我就此打住不再多言，他們想必稱心如意。如果我有意討他們歡心，就會這麼做。然而，既然我決定要非常真誠、非常坦白地對待他們，就得提醒他們：司法系統還有另一種階級低得多的職位，那些人不只自行宣判，還親自執行，跟批評家們的行徑不無相似之處。

事實上，我們還可以用另一個極為公正合宜的角度看待當代這些批評家，也就是將他們視為粗鄙的誹謗者。有些人探索他人性格的目的只是為了發掘別人的缺點，再公諸於世。這種行為如果可以稱為誹謗他人名譽，那麼批評家懷著同樣的惡意閱讀他人作品，不也可以說是詆毀書籍名譽嗎？

我相信：罪惡找不到比誹謗者更卑鄙的奴僕；社會創造不出更可恨的害蟲；魔鬼也請不到更配得上他、更受他歡迎的座上賓。我擔心世人對這個惡魔的嫌惡不及於他應得的一半，更害怕探究這種於法不容的姑息背後的原因。可以肯定的是，偷竊相較之下根本談不上犯罪。不，連殺人犯都不如他惡行重大，畢竟誹謗的言語是比刀劍更殘忍的武器，因為它造成的傷通常無法痊癒。只有一種最卑劣、最凶殘的殺人手法，可以跟我這裡討伐的罪行相比擬，那就是下毒。這種害人方式實在太可恥，太驚悚，我國法律一度明智地將它獨立於所有殺人罪之外，給予最嚴厲的制裁。

誹謗通常以卑鄙下流的手段執行，往往造成恐怖禍患。除此之外，還有其他原因使得它更為駭人聽聞。比如說，誹謗往往不需要誘因，多半也得不到報酬（除非生性陰險猙獰，只要見到別人沉淪落難，就覺得值回票價）。

莎士比亞曾經勇敢地探討這種惡行，他說：

> 偷我錢包的人只偷到無用之物。那東西一文不值，
> 今天是我的，明天是他的，也曾做過千萬人的奴隸。
> 但如果有人竊取我的好名聲，
> 他不會從此變得富裕，
> 我卻會一貧如洗。

說到這裡，我的好讀者想必深表認同。那些話如果用來控訴書籍誹謗者，也許顯得太嚴厲。不過別忘了，這兩種誹謗都出自邪惡心靈，同樣都師出無名。另外，我們也不該認為誹謗帶來的傷害不足掛齒，畢竟書籍可以說是作家的子嗣，也確實是他大腦的產物。

讀者如果讓他的繆思女神始終保持處子之身，就無法體會這種對子女的親情。在此，我不妨借用麥克德夫[1]的感人話語稍加改編：「唉，你沒寫過書。」當我提到繆思女神十月懷胎的各種不適、生產過程的痛苦，最後還有慈父對子女的呵護和疼愛，慢慢將他養育成人，讓他踏入社會，作家的繆思女神如果曾經分娩，就會心有戚戚焉，也許會跟我一起落淚（特別是如果他的心肝寶貝已經不在人世）。

世上沒有哪一種父愛像作家對書籍的愛，非但不是出於本能，而且充滿人間智慧。這些書孩子確確實實可以稱為它們父親的財富，其中不少懷著真正的孝心，奉養父母終老。因此，當誹謗者用他們呼出的毒氣害作家的書提前夭折，不但嚴重傷害作家的情感，更損及他的利益。

最後，誹謗書籍事實上等於誹謗作者。畢竟，當你罵別人雜種，就等於罵他的母親婊子。因此，任何人如果用「差勁透頂」、「胡言亂語」等言語批評某本書，就等於罵它的作者笨蛋。從道德層面來看，「笨蛋」這個詞或許不像「流氓」那麼可憎，卻可能對作家的世俗利益造成更大損害。

某些人可能會覺得這些道理可笑至極，然而，我相信還有其他人能夠體會、也會肯定那是事實。不只如此，他們也許會認為我看待這個議題的態度不夠嚴肅。不過，一個人就算闡述的是真理，也可以面帶笑容。事實上，惡意貶低書籍，甚至只是任性妄為，可說是非常歹毒的行為。批評家如果陰晴不定、見人就咬，我相信我們可以認定他是壞人。

因此，在接下來的篇幅，我會盡力解釋本章的目標，並且申明我排斥的是哪一種批評。除了我上面提到的那種批評家，我不希望任何人認為我在暗示世上沒有稱職的文學批評家，或誤以為我致力將那些對知識界有卓越貢獻的偉大批評家逐出文學界。那些人包括古代的亞里斯多德、賀拉斯和朗吉努斯，法國的達西耶和鮑舒[2]，也許還有幾個當代英國批評家。這些人肯定得到授權，至少可以在「文學法庭」裡執行公正的判決。

批評家應當具備什麼樣的資格，我在其他地方已經略有著墨，這裡就不再多說。但我覺得我可以大膽地反對任何人任意譴責自己沒讀過的書。這種譴責不管是出於自己的猜測或懷疑、或根據別人的報導或見解，都可以視為詆毀他們譴責的那本書的名譽。

還有一種人也可以歸入這一類，他們沒有指出書本的任何缺失，直接以一般性的誹謗語句譴責整本書，比如「毫無價值」、「枯燥乏味」、「糟糕透頂」等，特別是使用簡短的「低俗」二字。除了那些可敬的批評家，沒有人配使用這樣的字眼。

還有，儘管批評家合理地指出作品的某些疏失，只要那些缺點不是出現在書本最重要的段落，或書中有其他足以彌補的出色優點，那麼，僅僅根據某些失誤就對整本書判處重刑，那就是誹謗者的惡意，而非正派批評家的評斷了。這種行為違反賀拉斯的觀點：

只要整體妙趣橫生瑕不掩瑜，

1 Macduff，莎士比亞劇本《馬克白》裡的人物，他聽說自己的妻子兒女都被馬克白殺死，說道，「他自己沒有孩子。」

2 指十七世紀法國批評家 René Le Bossu（一六三一～一六八〇）。

我不苛責一時大意或人性弱點
衍生的某個散漫語句
（以及些許零星疏失。）[3]
——法蘭西斯先生譯

馬提亞爾[4]曾說，「所有書籍都是這樣寫出來的。」性格的優點，或容貌的姣好，以及人類的所有特質，都不該以這種方式來檢驗。比如本書這樣的歷史是花費數千小時寫成，如果只因為其中某一章（或者某幾章）確實可憎，理應受到公平又合理的指正，就據以譴責整本書，未免太過殘酷。對於書中的缺失即使指責有理（通常未必如此），也不該因此埋沒整本書的優點。然而，光憑這些指責就對全書做出最嚴厲的判決，卻是時下再普遍不過的現象。在劇院裡更是如此，只要演出有一丁點不符合觀眾（或觀眾之中的某位批評家）的口味，就一定會被喝倒采。只要有一場戲不被接受，整齣戲都會面臨危機。在這種嚴酷的規則下創作，就像舉手投足都得依循他人乖戾無常的見解，根本是不可能的任務。如果我們根據某些批評家或某些基督教徒的情緒評斷一切，那麼沒有作者能在這個世界生存，正如沒有人死後能得救。

第二章
蘇菲亞離開厄普頓後的經歷

我們的歷史不得不調頭往回走到以前，蘇菲亞帶著阿娜離開客店。現在我們要繼續追蹤這位美人兒的足跡，將她那個不像話的情人撇開一段時間，讓他哀悼自己的不幸（其實該說「劣行」）。

蘇菲亞指示嚮導走偏僻小路橫越鄉間。此時他們越過塞文河，離開客店還不到二公里。蘇菲亞回頭看見幾匹馬朝她奔馳而來，不禁提心吊膽，催促嚮導加快趕路。

嚮導立刻聽從，一行人快馬加鞭往前跑。可是他們跑得越快，對方就追得更急。由於追兵馬匹的速度比被追的快，所以被追的不一會兒就被趕上了。值得慶幸的是，當蘇菲亞的精神幾乎被恐懼與疲倦壓垮，一個女人的說話聲讓她鬆了一大口氣。那聲音用最溫柔的語調和最周到的禮儀招呼她。蘇菲亞喘過氣之後，立刻以同樣的禮儀和最欣喜的口氣回應對方。

這批趕上蘇菲亞、又帶給她極大驚恐的人，組成分子跟蘇菲亞一行人一樣，有兩名女性和一名嚮導。兩批人馬繼續往前走了整整五公里，誰也沒再開口說話。這時我們的女主角的恐懼已經完全消退，

3 出自賀拉斯的《詩藝》。
4 Martial，指 Marcus Valerius Martialis（三八～一〇〇），古羅馬諷刺詩人。

只是心裡有點納悶對方為什麼一直跟她同行，畢竟她走的是偏僻小路，而且剛才已經過了幾個路口。她用最客氣的語氣對那位女性說，「很高興我們要走的路都一樣。」

那名女子像個等著人家跟她說話的鬼魂，馬上回應說，「我更高興。這地方我不熟，路上能夠遇見同性旅伴，實在太開心了。我自作主張跟著妳，可能有點無禮，要請妳多多包涵。」

兩人又說了許多客套話，此時阿娜已經退到後面，把位置讓給那位女士身上的漂亮騎裝。雖然蘇菲亞很好奇對方為什麼繼續跟著她走在這條小路上，甚至覺得有點不安，可是基於恐懼，或謙遜，或其他考量，遲遲不敢開口詢問。

這時那個陌生女士碰到一個實在不值得記錄在這本莊嚴歷史裡的小麻煩：過去這兩公里路程裡，她的帽子已經差點飛走至少五次，因為她沒有緞帶或手帕可以把帽子綁在下巴。蘇菲亞發現後，馬上借給她一條手帕。她掏手帕時也許一時疏忽沒有控制好馬匹，馬兒很不幸踩空一步前腳跪地，害牠的美人騎士摔落地面。

蘇菲亞摔下馬時雖然頭部先著地，幸好沒有受到一點傷害。導致她落馬的原因，或許也幫她避開一場困窘。換句話說，當時她們走的小路非常狹窄，兩旁樹木的枝椏密集交錯，月光原本就難以穿透，何況此時烏雲蔽月，小路幾乎伸手不見五指。正因如此，臉皮極薄的蘇菲亞免去一場尷尬，她的端莊正如她的四肢，安然無恙。她重新坐上馬鞍，除了一點驚嚇，全身毫髮無傷。

到這時天色已經大亮，兩位女士並肩橫越一片公有地。她們望向對方，目光同時定住，各自的馬兒也停下腳步，兩人不約而同開心地叫喚，一個喊「蘇菲亞」，另一個喊「哈麗葉」。

這次意外相逢，英明的讀者恐怕不像兩位女士那般震驚，因為你一定已經想到那位女士不是別人，正是費茲派翠太太，也就是蘇菲亞的堂姊。我早先說過她只比蘇菲亞晚幾分鐘離開那家客店。

她們兩個曾經一起在姑姑威斯頓女士家住過很長時間，感情非常好。這回重逢既意外又歡喜，兩人之間說不完的開心話語，這裡實在無法一一陳述。不過，最後終於有人提出一個最自然的問題，那就是，「妳上哪兒去？」

哈麗葉搶先發問，只是，問題雖然簡單又順口，蘇菲亞卻找不出方便又肯定的答覆。因此她請堂姊暫時按捺住好奇心，等找到客店再說。她說，「我猜前面不遠就會有客店。還有，哈麗葉，我對妳也非常好奇。我相信到時候我們會一樣驚訝。」

兩位女士在路上交談的內容恐怕不值得敘述，兩名侍女之間的談話更是如此，因為她們開始跟對方說些應酬話。至於兩名嚮導，他們一個在前頭帶路，一個在後面壓陣，沒有機會享受交談的樂趣。

一行人就這樣往前走了幾小時，最後來到一條車轍遍布的寬敞道路。他們轉向右邊，很快找到一家看起來雅致整潔的旅店，陸續下馬。蘇菲亞實在累癱了，在最後那七、八公里路程中幾乎沒辦法坐在馬鞍上，所以現在連下馬的力氣都沒有。幫她拉馬的店東發現了，主動表示可以抱她下馬，她毫不猶豫地接受他的好意。只是，這天命運女神好像下定決心讓蘇菲亞羞紅臉，而且第二次出招比第一次成功。店東的雙手才抱住蘇菲亞，他近期飽受痛風所苦的雙腳撐不住，整個人撲倒在地。不過，他靈巧又英勇地用自己的身體為他美麗的負累墊底。因此，儘管兩人一起落地，卻只有他皮肉瘀傷。蘇菲亞受到的重大創傷是面子上的震撼，因為她從地上爬起來的時候，看見很多圍觀者樂呵呵地笑著。她因此猜到發生了什麼事。這件事我決定不寫在這裡，以免縱容那些看見年輕小姐出糗竟能哈哈大笑的讀者。我從來不認為這種事有什麼好笑，我也不怕在這裡大聲說，那些只為了尋點淺薄的開心就犧牲美麗妙齡女子的面子的人，肯定不明白面子對年輕小姐有多麼重要。

驚嚇與震撼，加上身心極度疲憊，幾乎壓垮蘇菲亞原本強健的體質。她顫顫巍巍扶著阿娜手臂，幾乎沒有體力走進客店，一坐下來馬上要開水喝。阿娜自作主張換成葡萄酒，我認為她換得很對。

哈麗葉聽阿娜說蘇菲亞已經兩夜沒睡，又看見蘇菲亞累得蒼白又憔悴，關切地要她去睡一覺養足精神。她還不知道蘇菲亞發生了什麼事，也不知道她在擔心什麼。即使她知道了，也會給她相同建議，因為蘇菲亞明顯需要休息。何況她們走偏僻小路過來，行蹤夠隱密，所以她自己也不擔心被追上。阿娜熱烈贊同哈麗葉的建議，蘇菲亞也就不再堅持。哈麗葉表示她可以陪蘇菲亞一起休息，蘇菲亞開心地同意了。

蘇菲亞上床以後，阿娜也準備跟進，她向她的亞比該姊妹再三道歉，因為她必須丟下她，讓她獨自待在客店這麼恐怖的地方。哈麗葉的侍女打斷她的話，說她也想小睡片刻，希望有那份榮幸跟她共榻。阿娜滿口答應，直說是她的榮幸才對。兩人經過一番行禮恭維，就效法各自的女主人，回房睡覺去了。

這家客店的店東有個習慣（其實做這行的都是），總會向車夫、僕人、馬夫或別的人打聽上門的客人的姓名，有多少資產，家住何處。蘇菲亞一行人各種異乎尋常的情況，特別是在上午十點鐘這麼奇怪的時間全都上床睡覺，令他好奇心大起。於是，嚮導一走進廚房，他就開始打聽那兩位女士是什麼人、從哪裡來。只是，嚮導雖然知無不言，卻沒能給出滿意的答覆。店東的好奇心不但沒有消失，反而更強烈了。

店東在鄰里間以智慧見稱，街坊都覺得他看事情的角度比教區裡的任何人都更深更廣，連牧師都比不上他。他之所以受到這樣的肯定，他的長相可能是一大功臣。他的外表不知為何就是特別聰明、特別醒目，尤其是他嘴裡咬著菸斗的時候，而他幾乎菸斗不離嘴。他的行為同樣也給人高深莫測的印象，因為他舉手投足之間雖然不到悶悶不樂的程度，也算得上不苟言笑。他很少說話，偶爾開金口總是慢條斯理，一句話沒幾個字，中間還穿插不少嗯、啊、唔之類的語助詞。因此，即使他說話時會搭配肢體動作解釋，比如搖頭、點頭，或伸出食指東指西點，聽的人卻常常覺得他語帶玄機。不只如此，人們總覺得他好像深藏不露，故意有所保留。他之所以得到智者的稱號，主要可能就是因為最後這一個特質，畢竟人類偏好崇拜他們不懂的事物。這是個天大的祕密，很多騙子就是靠這招行「騙」天下。

這時風雅的店東把妻子拉到一旁，問道，「妳對剛到那兩位女士有什麼看法？」

他妻子說，「看法？怎麼，我該有什麼看法？」

店東說，「我就有。她們的嚮導說的話太古怪，其中一個說他們從格洛斯特來，另一個卻說他們從厄普頓來。我問來問去，發現他們都不知道接下來要去哪裡。問題是，有什麼人會從厄普頓走小路到這裡來，尤其是要去倫敦的人？因為其中有個侍女下馬前問我這是不是去倫敦的路。我把所有蛛絲馬跡拼湊起來，妳猜我發現她們是什麼人？」

她答道，「不知道，你也知道我從來不會假裝知道你在想什麼。」

他摸摸妻子下巴，說道，「這才是好女人，妳確實從來不會質疑我的判斷。那麼，我絕不會弄錯。妳聽好了，她們是叛黨的女眷，準沒錯。聽說她們跟那位年輕騎士[5]一起出來，繞了一大圈避開公爵的部隊。」

那妻子說，「當家的，你說的準沒錯，因為其中一位女士的打扮不輸任何公主。還有，任誰見了也會說她像個公主。只是，我琢磨一件事……」

店東不屑地說，「『妳琢磨……』，呵，說來聽聽，妳琢磨出什麼？」

那妻子說，「她太客氣，不像身分高貴的女士。我們的貝蒂幫她們暖床的時候，她一直喊她『好孩

5 指當時企圖奪取王位的查爾斯王子。

子』、『親愛的』、『寶貝』。貝蒂想幫她脫鞋襪，她說什都不肯，直說不想麻煩她。」

店東說，「呸！這有什麼。只因妳見過某些高貴女士對階級比她們低的人粗魯無禮，就以為那種人沒有一個懂得善待底下的人嗎？我見到真正高貴的人還是分辨得出來的，我敢打包票。她進門的時候不是要開水喝嗎？其他女人就會要酒，這妳也知道。如果她不是地位非常高的女士，妳就把我當傻子賣了，不過買我的人肯定會賠本。如果不是情況特殊，像她那樣高貴的女士出門會不帶男僕嗎？」

他妻子說，「不會。沒錯，當家的，這種事你比我清楚，也比大多數人清楚。」

他又說，「我確實知道得比別人多。」

他妻子說，「說真格的，那可憐的小東西坐下來的時候真叫人心疼，當時我忍不住同情她，就像看見普通的可憐人一樣。不過我們該怎麼辦？如果她是叛黨，我猜你會向朝廷告密。她個性這麼溫柔善良，不管她是什麼人，如果我聽說她被吊死或砍頭，一定會忍不住掉眼淚。」

店東說，「胡扯！至於該怎麼辦，這就需要好好想一想。希望她離開以前我們能收到戰場的消息。如果那位騎士占上風，我們也許可以靠她在新朝廷討點好處，不必舉發她也能發一筆橫財。」

他妻子說，「說得很對，我真希望到時候她有能力這麼做。她實在是個漂亮又善良的小姐，我很不願意害她受到傷害。」

店東說，「胡扯！真是婦人之仁。妳總不會想窩藏叛黨吧？」

他妻子叫道，「當然不會。就算我們告發她，不管結果如何，誰也不能怪我們。任何人碰上這種事都會這麼做。」

我們都看到了，這位精於算計的店東會成為地方上的智者，果然不是浪得虛名。他左思右想斟酌對策（他從來不把妻子的意見當回事）的過程中消息傳來，據說叛軍擺脫公爵的兵馬，已經往倫敦前進一天了。不久後，有個知名的詹姆斯黨鄉紳來到客店，眉開眼笑地跟店東握手，說道，「兄弟，我們贏了，有一萬個忠誠的法國人在薩福克郡登陸。老英國萬歲！勇敢的兄弟，一萬個法國兵啊！我馬上去告訴大家這個消息。」

這個消息幫睿智的店東做出抉擇，他決定等年輕小姐起床後馬上去巴結，因為他現在已經（據他說）確認她就是珍妮．卡麥隆小姐本人[6]。

6 Jenny Cameron，據說是企圖復辟的查爾斯王子的情婦。

第三章

篇幅極短，裡面卻有太陽、月亮、星星和天使

蘇菲亞精神飽滿地起床時，太陽（每年這個時節它總是晚出早歸）已經下山一段時間。她雖然睡得不久，但如果不是因為疲勞過度，絕不可能白天裡睡得著。儘管她離開厄普頓時告訴阿娜（或許也告訴自己）她很平靜，她的心肯定還是受到那種會引起發燒等種種煩躁症狀的疾病影響，那種病也許就是醫生們所謂的（如果他們說得出所以然的話）心靈熱病。

哈麗葉也同一時間起床，她把侍女叫來，很快就著裝完畢。她實在是非常美麗的女人，而且，如果她身邊的人不是蘇菲亞，而是別人，她的容貌就會更出眾。哈麗葉的嬌媚像日出前的金星，在東方天際獨領風騷。不過，等阿娜主動過來侍候小姐（因為小姐不願意吵醒她），幫小姐打扮好，哈麗葉也步上金星的後塵，被光芒萬丈的朝陽遮蔽。

蘇菲亞這時可能展現了前所未有的花容月貌，所以不能怪客店的女僕用辭誇張。她上樓生火後回到樓下，指天誓日地說，如果世上有天使，那麼她此刻就在樓上。

蘇菲亞早先告訴過哈麗葉她打算去倫敦，哈麗葉決定跟她同行。她見到丈夫追到厄普頓，立刻打消前往巴斯或去找姑姑的念頭。她們吃過簡單餐點，蘇菲亞就提議馬上出發，她說月色非常明亮，她不在乎冰霜，也不像其他年輕小姐一樣害怕夜間趕路。畢竟我們都看到了，她天生有些膽氣，加上目前近乎

絕望的心情，更是天不怕地不怕。再者，她已經兩度趁著月色趕路，也都一路平安，才敢大著膽子嘗試第三次。

哈麗葉生性比較膽怯。她前一天會摸黑逃離厄普頓，是因為她丈夫出現，主要恐懼凌駕次要恐懼。現在她來到一個她認為丈夫追不到的地方，那些次要恐懼（我不清楚是什麼）作用力增強，她極力要求蘇菲亞等天亮再走，不要冒險走夜路。

蘇菲亞為人極為隨和，她發現無論輕聲說笑或嚴肅講道理，都不能化解哈麗葉的擔憂，不再堅持己見。事實上，如果她知道她父親已經到了厄普頓，恐怕沒那麼容易被說服。至於湯姆，我覺得她恐怕不太擔心被他趕上。我甚至敢說，與其說她擔心、不如說她期待湯姆追上她。不過，我就算沒有向讀者挑明這點，也不算隱瞞。畢竟這種情感通常深藏心底，而且不由自主，理性多半無法察覺。

兩位年輕小姐一致決定住下來以後，老闆娘親自來招待，詢問她們晚餐想吃點什麼。蘇菲亞的語氣、態度與和藹可親的舉止實在太迷人，老闆娘整顆心都被她收服，深信自己接待的是珍妮・卡麥隆，政治立場因此不變，轉為堅定的詹姆斯黨徒，衷心希望叛徒查爾斯王子早日成就大業，只因他的假想情婦用這麼溫柔親切的態度對待她。

接下來這對堂姊妹向對方表達自己的好奇，都想知道究竟是什麼特殊事件導致她們這場意外重逢。最後哈麗葉要蘇菲亞保證也會坦承相告之後，開始訴說自己的經歷，讀者如果對她的故事有興趣，請讀下一章。

第四章
哈麗葉的故事

哈麗葉沉默片刻後，深深嘆了一口氣，開始細說從頭：

「生活不如意的人想起過去那些最美好的時光，內心會自然而然生起一股哀愁。過去快樂的回憶總會帶給我們一點淡淡的哀傷，就像懷念已經不在人世的親友。這兩種心情可以說都會縈繞我們腦海，久久不散。

「正因如此，每回我想到我們一起住在姑姑家那段日子（那是我生命中最開心的時期），內心總是無比惆悵。唉！『正經小姐』和『魯莽小姐』為什麼消失了呢？我相信妳還記得，當時我們只用這兩個綽號稱呼對方。妳喊我『魯莽小姐』實在太貼切了，因為後來我體認到它多麼適合我。我的蘇菲亞，妳在各方面都比我優秀，我真心希望妳的命運也會比我好。有一次我對某一場舞會非常失望，我永遠記得當時妳給了我多麼有智慧又穩重的忠告，雖然當時妳才十四歲。親愛的蘇菲亞，如果一場失望的舞會對我而言就是大不幸，也確實是我碰見過最倒楣的事，當時的我多麼幸福啊！」

「可是親愛的哈麗葉，」蘇菲亞回應，「當時對妳來說那的確是件大事。所以妳不妨這樣自我安慰：現在讓妳懊悔難過的不管是什麼，將來都會跟那場舞會一樣，變得微不足道又不值一提。」

「唉，我的蘇菲亞，」哈麗葉說，「等妳聽完我的故事，妳就不會這麼想了。因為如果我的遭遇沒能引起妳連連嘆息，甚至傷心落淚，那麼妳那顆溫柔的心一定已經變了。想到這裡，我就不忍心再講下去，因為我要說的事一定會惹妳心痛。」說到這裡，她停下來，經過蘇菲亞再三懇求，才又接著說：

「妳應該聽說了不少我結婚的事，不過傳聞總不免歪曲，所以我就從我不幸遇見我那個丈夫的經過講起吧。事情發生在巴斯，就在妳離開姑姑家回自己家後不久。

「當時巴斯有一群活潑開朗的年輕男人，費茲派翠先生就是其中之一。他外表英俊瀟灑，對女人殷勤備至，穿著打扮比大多數人有派頭。親愛的，簡而言之，如果妳現在不幸見到他，我只能用一句話描述他，那就是當時的他跟現在的他是兩個極端。因為他長久以來不求長進，已經徹徹底底變成愛爾蘭老粗。不過我還是說故事：當時他的外在條件帶給他很多優勢，雖然那些上流社會的人不跟他那群人往來，不讓他們參加任何派對，他卻總是找得到辦法受邀。想排擠他可能也沒那麼容易，因為他不需要正式邀請，甚至會不請自來。再者，他相貌堂堂又溫柔體貼，輕易就贏得女士們的歡心。另外，他動不動就拔劍找人決鬥，男士們也不願意公開招惹他。如果不是因為這些原因，我相信他早就被男士們趕出圈子了，畢竟他的身分不足以贏得英格蘭達官貴人的喜愛。那些人也確實並不特別禮遇他，甚至會在背後羞辱他。不過這可能是出於嫉妒，因為女士們都很喜歡他，也特別看重他。

「姑姑雖然沒有高貴的身分，卻因為經常出入宮廷，所以也是那些派對的常客。不管你用什麼方法打進上流社會的圈子，只要你變成他們的一份子，這本身就是充足的優勢。當時妳雖然年紀小，應該也能從姑姑身上觀察到這個現象。她對人的態度有時輕鬆有時冷淡，取決於對方擁有多少這種優勢。

「我相信費茲派翠就是因為這種優勢，才得到姑姑的青睞。姑姑實在太欣賞他，經常邀他單獨來家裡做客。他也熱情回應姑姑的另眼相待，對待她的態度與眾不同。不久後那些愛嚼舌根的人就注意到了，也有好事者開始把他們湊成一對。至於我，坦白說我認為他的企圖就像俗話說的，非常『光明正大』，也就是想藉由婚姻奪取女方的財產。因為我覺得姑姑不年輕又不漂亮，沒有足夠的女性魅力，她的婚姻魅力倒是綽綽有餘。

「我跟他初相識的時候，他對我格外尊重，所以我更確認那樣的觀點。我認為他是為了化解我的敵意，免得我因為姑姑結婚會損及我的權益而反對。他這種手段好像有一點效果，畢竟我對自己擁有的財產已經很滿足，也不是那種一切以利益考量的人，所以不可能討厭一個對我百般討好的男人。更何況我獨享他的敬重，因為他對其他身分高貴的女人不屑一顧。

「他那種態度已經很讓我很開心了，不久後他又換另一種方式對我，更讓我心花怒放。他裝得非常溫柔多情，偶爾面帶愁容長吁短嘆，有時不知道是裝模作樣或天生自然，他會表現出一貫的爽朗與輕快，不過那都是在大庭廣眾之下或跟其他女人相處的時候。就連跳宮廷舞，只要我的舞伴不是他，他就板著臉，來到我身邊又馬上換成最溫柔的表情。說實在話，任何時候他對我的態度都非常特別，除非我眼睛瞎了，否則不可能看不出來。於是，於是，於是……」

蘇菲亞接腔，「於是妳更開心了，親愛的哈麗葉。妳不需要難為情……」蘇菲亞嘆了一口氣，「這種柔情確實叫人難以抵擋，而且有太多男人裝得出來。」

哈麗葉說，「說得對，那些在其他各方面顯得欠缺判斷力的男人，在愛情遊戲裡卻是詭計多端。真希望我沒碰上這種事。好啦，原本繞著姑姑打轉的謠言，現在把矛頭轉向我。有些高貴女士甚至毫不顧忌地斷言費茲派翠想大小通吃勾引我跟姑姑。

「令人驚訝的是，我跟他的言行舉止一定表現得非常明顯，姑姑卻絲毫沒有察覺，甚至沒有一點懷疑。你不得不相信愛情果然會讓老女人盲目。事實上，她們貪婪地吞食心儀對象說的話，就像那些狼吞虎嚥的貪吃鬼，沒有心思留意同桌的人在做什麼。除了我自己的例子，我還見過其他人也是這樣，姑姑的情況特別嚴重。因此，雖然她去做溫泉水療回來後經常撞見我跟他單獨相處，但他只要說幾句虛情假意的話，假裝等她等得不耐煩，就可以消除她的所有疑慮。他有個計謀對她最有效，那就是把我當成年幼小孩，在她面前永遠喊我『漂亮丫頭』。我當然有點不高興，不過我很快就明白他的用意。何況像我之前說的，只要她不在，他對我的態度又是截然不同。然而，他這個計謀雖然沒有讓我失望難過，卻也害我吃了不少苦。因為姑姑真的以為我是她情人（她確實這麼認為）口中的幼稚小孩，隨時隨地都把我當小孩看待。坦白說，我很訝異她沒有要求我戴學走路用的引繩。

「最後，我的情人（他的確是）認為時機成熟，可以透露一個我早就知道的祕密。他正經嚴肅地向我告白，說他假裝愛慕姑姑都是為了接近我。他可憐兮兮地哀聲嘆氣，強調都是姑姑主動向他示好，還誇口自己多麼有耐心，陪她說了那麼多話。親愛的蘇菲亞，我該怎麼跟妳說呢？我跟妳說實話吧：我對他很滿意。情場的勝利讓我很開心；打敗姑姑我沾沾自喜；打敗那麼多女人，我簡直樂不可支。簡而言之，我的表現不夠矜持，當時只是他第一次告白，實在不應該給他幾乎肯定的答覆。

「整個巴斯傳言紛紛。我甚至可以說，所有人都對我咆哮。有些年輕小姐裝做不認識我，也許未必真的懷疑我什麼，只是想把我逐出她們的圈子，因為我獨占她們最喜歡的男人。說到這裡，我必須表達我對納許先生的感激，因為當時他待我很和善，有一天他把我拉到一旁，勸告了我一番。如果我當時聽他的話，就會變成快樂的女人。他說，『孩子，我看見妳跟一個配不上妳的男人處得那麼熱絡，心裡覺得很遺憾，妳的人生可能會毀在他手上。至於妳姑姑那個臭老姑婆，如果不擔心損害妳和我美麗的蘇菲亞·威斯頓（他真是這麼說的）的權益，我衷心希望那男人把她的財產全騙走。我從來不勸老女人，因為如果她們決心投向魔鬼懷抱，誰也勸不了，也不值得費那個心思。天真、年輕又漂亮的女孩值得更美好的命運，我願意救她們掙脫魔掌。所以，親愛的孩子，別再給那傢伙任何機會接近妳。』他還說了很多話，我都不記得了。當時我根本聽不進去，因為我的心反駁他說的一切。再者，我認為如果費茲派翠真是他描述的那種人，那些上流社會的女士怎麼可能屈尊俯就接納他。

「親愛的，接下來的事如果要一一詳述，妳可能會聽得厭煩，所以我長話短說。妳就想像我結了婚，想像我跟我丈夫跪在姑姑面前，再想像瘋人院病情最嚴重的女人瘋病大發。妳腦海浮現的畫面大概跟事實相去不遠。

「隔天姑姑就走了，可能是為了避開費茲派翠或我，也可能是為了避開其他所有人。雖然後來我聽說她堅決否認過去的傳聞，我相信當時她情場失利多少有點挫折。從那時起，我寫過很多信給她，卻沒收到過回信。我必須承認這件事讓我很難過，畢竟她雖然不是有意，卻害我吃了這麼多苦。當時費茲派翠假意追求她，才有機會偷走我的心。如果不是這樣，我自認沒那麼容易被這種人引誘。事實上，如果我只靠自己的判斷力，絕不會錯得這麼離譜。可是當時我聽信別人的意見，傻傻地認為一個男人能廣受女人喜愛，他的優點一定不會是假的。親愛的，我們的見識明明不輸最聰明最理智的男人，為什麼在挑選伴侶或愛人時偏偏選上最愚蠢的人？想到有多少聰明女人一生毀在蠢男人手上，我就憤怒到極點。」

這時她停下來，見蘇菲亞沒有回應，她又繼續說下一章的故事。

第五章
哈麗葉繼續說故事

「我們結婚後在巴斯停留不到兩星期，因為我顯然沒有機會跟姑姑和好。我的財產要等到成年後才拿得到，那就是還得再等兩年，我丈夫於是決定回愛爾蘭。我非常反對搬回愛爾蘭，也不斷提醒他婚前曾經答應不會違反我的意願帶我去愛爾蘭。事實上我早就打定主意絕不去愛爾蘭，我相信不會有人為這件事責怪我。只是，我沒跟我丈夫透露我的心意，只是請他晚一個月動身。但他出發的日子都選好了，無論如何不肯改變。

「出發前一天晚上我們又為這件事激烈爭吵，他突然從椅子上站起來，說他要去舞廳，頭也不回就走了。他出門後我看見地上有張紙，我猜是他掏手帕時從口袋裡掉出來的。我把紙撿起來，發現那是一封信，不假思索打開來讀。這封信我讀了太多遍，幾乎可以一字不漏背給妳聽。內容是這樣的：

致布萊恩．費茲派翠先生，

先生，來信收悉。我很驚訝您竟然這麼對待我，因為我沒收到您的現金，只拿到一件麻毛外套，而您的欠款已經超過一百五十十鎊。先生，請您想想，您已經騙我多少次，總說您要跟這個或那個女士結婚。我不能靠希望或承諾過日子，也不能拿它們去向我的毛衣供應商抵帳。您告訴我那對姑姪您一定要得到其中一個，還說如果不是考慮到那個姪女手頭有現金可用，您早就娶那個姑姑了，畢竟她死掉的丈夫留給她一大筆遺產。先生，拜託您，聽一次傻子的忠告吧，誰願意嫁您就趕緊娶。您知道我向來為您設想，一定不會怪我大膽給您出主意。下一封信會附上約翰卓傑特公司請款單，期限十四天，相信您會準時付款。

山姆．科斯格雷夫敬上

「這就是信的內容，一字不差。親愛的，妳猜猜，我讀完信是什麼心情。『考慮到那個姪女手頭有現金可用！』如果這個句子裡每個字都是利刃，我會樂意把它們都刺進他的心臟。不過我不多說我當時的瘋狂反應。他回到家以前，我的眼淚已經流光了，只是還有不少留在我浮腫的眼眶裡。他繃著臉坐下來，很長一段時間我們誰都沒說話。最後，他用揶揄的口氣對我說，『夫人，希望妳的僕人把行李收拾好了，馬車明天一早六點就到。』我被他的態度激怒，什麼耐性都沒了，回嘴道，『還沒，先生，還有一封信還沒收。』說完就把信扔在桌上，開始用我想像得到最難聽的話責罵他。

「我不知道是因為罪惡感、內疚或謹慎，總之，他原本脾氣非常暴躁，這回卻沒有生氣。相反地，他用最溫柔的態度安撫我。他發誓信裡那些最惹我生氣的話不是他說的，他也沒有寫過那種話。他承認他確實跟那人提過結婚的事，也說過他傾向選擇我，卻又連連賭咒，否認那跟金錢有任何關係。他說他之所以會跟人提起這些事，都是因為當時他愛爾蘭的產業長時間疏於管理，導致他財務出現困難。他說，這就是他堅持要回愛爾蘭的原因，只是不忍心告訴我。接著他又說了很多甜言蜜語，最後很親密地撫摸我，口口聲聲說他愛我。

「有件事他雖然沒有提出來，我卻認為足以為他辯白，那就是裁縫師信裡提到『死去的丈夫的遺產』。姑姑從來沒結過婚，這點費茲派翠也很清楚。我猜這一定是那人自己胡思亂想或道聽途說來的，所以我告訴自己那句可惡的話多半也是他編出來的。親愛的，這是什麼理論？我是不是像個辯護人，而不是法官？但我又何必提起這件事，何必用它來證明自己寬恕有理？簡單一句話，就算他犯的過錯比這嚴重二十倍，只要他表現出當時柔情蜜意的一半，我就會原諒他。接下來我不再反對去愛爾蘭，隔天早上我們就出發了，一個多星期後回到費茲派翠的老家。

「妳一定很好奇，但請原諒我不多說旅途中的一切，因為那是一段不值得回味的鬱悶旅程，沒必要害妳跟著我不開心。他的老家是一棟古老的大宅。如果我現在的心情還像過去我們相處時那麼輕鬆愉快，一定可以好好描述那棟房子，逗得妳笑呵呵。那房子看起來曾經是紳士的住宅。屋子裡很寬敞，並沒有因為家具變窄，因為幾乎沒有家具。有個老婦人在大門口迎接我們，她看起來跟房子一樣古老，酷似奧大維的《孤兒》裡查蒙特提到的那個老嫗。她用不像人類的嘯叫聲歡迎她的主人回家，我一個字也聽不懂。總之，那幕景象實在太陰沉、太鬱悶，我的心情直接跌落谷底。我丈夫發現了，不但沒有安慰我，還用兩三句惡毒的話激怒我。他說，『夫人，妳看見了吧，除了英格蘭，別地方也是有豪宅的。不過也許妳寧可窩在巴斯那個髒兮兮的小屋子。』

「親愛的，女人不管生活境遇如何，只要有個性開朗、心地善良的另一半來支持她、安慰她，就是天大的幸福。但我又何必想像幸福的情景來突顯自己的可憐呢？我的另一半不但沒有消除我內心的淒涼，我反而發現，不管到哪裡、處於任何情況，只要跟他在一起，我都會悲慘度日。總之，他是個陰沉的傢伙，妳恐怕沒有見識過這種性格。畢竟女人只會在自己父親、兄弟或丈夫身上見到這種性格。雖然妳有父親，他卻不是那種人。這個陰沉的傢伙過去在我面前表現出截然不同的面貌，如今在其他任何人面前也還是維持那種形象。我的天！人怎麼有辦法在公開場合或跟別人相處時一直戴著假面具，回到家之後才露出猙獰的真面目？親愛的，他們在外面忍氣吞聲憋得難受，回到家就盡情發洩。因為我發現，我丈夫跟朋友相處時越是歡天喜地、談笑風生，下一回我們單獨相處時他就更乖戾、更壞脾氣。我該怎麼形容他的粗暴？他對我表現的情意冷漠無感。我偶爾耍寶，妳和其他人都覺得很有趣，他卻不屑一顧；我最嚴肅的時刻，他唱歌又吹口哨；如果我情緒低落、愁眉苦臉，他就會發怒辱罵我。因為他不喜歡看到我心情好，也不認為我心情好是因為跟他在一起很開心。但我如果意志消沉，他一定會發火，會說我是後悔（套用他的話）嫁了個愛爾蘭人。

「親愛的正經小姐（原諒我脫口而出），妳不難想見，一個女人結了在世人看來有欠謹慎的婚姻，也就是說，她沒有基於金錢考量出賣自己，那麼她對她的丈夫一定有某種程度的喜愛和真情。妳同樣不難相信這份真情可能會消退。不，我向妳保證，鄙夷可以將它連根拔除。我開始鄙視我丈夫，因為我發現他是……我必須用這個詞……無可救藥的蠢貨。也許妳認為我很久以前就該看出來了，但女人可以為她們心儀對象的顢頇編造上千個藉口。再者，容許我告訴妳，只有最敏銳的眼光，才能看穿一個裝得開朗斯文的膿包。

「既然妳知道我瞧不起我丈夫，就不難想像我討厭跟他相處。幸運的是，我少有這方面的困擾。因為這時我們的房子已經布置得精緻優雅，地窖裝滿了酒，也養了許多獵犬和馬匹。由於我家這位紳士對待鄰居慷慨大方，鄰居也就欣然接受他的招待。他整天都在喝酒打獵，只有一小部分時間（也就是他壞脾氣的時間）屬於我。

「如果我能夠避開其他所有不愉快的事物，該有多開心啊！唉，可惜我卻被某些糾纏不休的東西折磨，這些東西更令我痛苦不堪，因為我顯然無法擺脫它們。那就是我腦海裡那些苦澀的思緒，它們苦惱著我，日日夜夜縈繞不去。在這種情況下我又經歷了一件事，那種恐怖難以形容，也無法想像。親愛的，妳試想一下，盡可能揣摩我當時的心境。我為那個自己唾棄、憎恨、厭惡的男人生了孩子。我彷彿在沙漠裡經歷了女人分娩的一切苦楚與慘狀（比起為心愛的男人生產面臨的最高度痛苦還嚴重十倍），或者該說在喧鬧與狂歡的環境裡，沒有半個朋友，沒有人陪伴，也沒有任何慰藉來減輕（或彌補）生產過程中那份痛苦。」

第六章 店東的誤解將蘇菲亞推入恐懼深淵

哈麗葉正要繼續敘述往事，卻因為晚餐送到，只得中斷。蘇菲亞感到沮喪，因為堂姊的悲慘遭遇令她憂心如焚，急著想知道後續，沒有胃口吃東西。

店東腋下夾著托盤站在一旁侍候，表情言語滿是恭敬，像在侍候搭著六駕馬車上門的女客。哈麗葉的心情倒沒有像蘇菲亞那樣受自己的遭遇影響，她吃得津津有味，蘇菲亞卻幾乎一口都吃不下。蘇菲亞的表情也顯得比堂姊更擔憂、更哀傷，哈麗葉要她安心，說道，「也許事情的結果會比妳我預期更好。」

店東覺得這正是插嘴的好時機，不打算錯過。他說，「小姐，很遺憾您沒有胃口，因為您中餐也沒吃，應該很餓了。希望小姐不要為任何事操心，就像那位女士說的，事情也許會有出乎意料的好結果。剛才有位男士帶來天大的好消息，某些順利甩開別人的人也許有機會在被追上以前趕到倫敦。如果真是這樣，我相信那裡已經有人準備好迎接他們。」

身處險境的人無論看見或聽見什麼，都會聯想到自己身上。蘇菲亞聽了店東的話，馬上認定自己身分暴露、父親已經追來了，嚇得不知所措，連話都說不出來。等她回過神來，馬上請店東打發僕人出去，親口問他，「先生，看樣子你已經知道我們是誰，我請求你……不，我相信……只要你有一點同情心或慈悲心，一定不會出賣我們。」

「我出賣小姐！」店東驚叫，「不可能（他適時發了幾個重誓），我寧可被千刀萬剮。我痛恨背叛。我！我這輩子沒有背叛過任何人，更不可能背叛您這麼溫柔的小姐。如果我真那麼做，全世界都會來責怪我，何況小姐再過不久就有能力回報我。我妻子可以為我做證，小姐來到小店，我就認出您來了。我扶您下馬以前就知道小姐是誰。我為小姐受的瘀傷將會隨著我進墳墓。不過，只要救了小姐，那又算得了什麼？說真格的，今早還有人想去領賞金。我寧可餓死，也不願意拿背叛小姐的賞金。」

「先生，我保證，」蘇菲亞說，「只要我有能力回報你，你的好心付出一定不會落空。」

「哎呀呀，小姐！」店東說，「『只要小姐有能力！』小姐有心就做得到！我只擔心小姐到時候不會記得一個卑微的店東。不過如果小姐記得，希望小姐知道我拒絕了多少賞金……拒絕！我是說我一定會拒絕。還有，說真格的，的確可以說是『拒絕』，因為我確實有機會得到，那麼一來您就可能被關起來。不過，我不希望小姐誤以為我曾經想過背叛小姐，即使在我聽見好消息以前也沒有。」

「什麼消息，請跟我說說？」蘇菲亞有點心急。

「小姐還沒聽說嗎？」店東答，「也對，我也是幾分鐘前才聽到的。就算我沒聽說那件事，如果我背叛小姐您，就讓魔鬼馬上把我抓走！不，如果我出賣您，就……」這裡他搭配了許多嚇人的詛咒，最後蘇菲亞只好打斷他，請他說明他所謂的「消息」是什麼。

店東正要回答，阿娜突然跑進房間，臉色蒼白氣喘吁吁，嚷嚷著，「小姐，我們都完了，毀了。他們來了，他們來了！」

蘇菲亞聽得全身僵住。哈麗葉問阿娜誰來了。阿娜答，「還有誰，當然是法國人。幾十萬個法國人登陸了，我們都會被殺死，被強姦。」

就像一個守財奴，在一座堅固的城市裡擁有一間價值二十先令的小屋子。他在外地聽說城裡發生火災，頓時面無血色驚慌失措，擔心財物受損。後來發現燒掉的是那些美輪美奐的宮殿，他的小屋完好如初，馬上放下擔憂，為自己的幸運笑逐顏開。或者就像（因為我不太喜歡前面那個例子）愛子心切的母親得知自己的寶貝兒子可能溺水，震驚得暈死過去，差點一命嗚呼。後來聽說小少爺安然無恙，沉入大海的只是「勝利號」和船上一千二百名勇士[7]。這位母親立刻醒轉，滿腔母愛享受著恐懼化解後的喜悅。原本聽見重大災難必然深感哀慟的慈悲心，這時卻在她腦海裡沉睡。蘇菲亞也是這樣。原本她聽見國家面臨災禍會比任何人更哀戚，這時由於被父親追上的憂慮消失，鬆了一大口氣，反倒不怎麼在意法國人兵臨城下。她輕柔地責罵阿娜害她嚇一大跳，說道，「很高興不是什麼更糟的事。我還以為其他人趕來了。」

「是啊，」店東笑著說，「小姐心裡比誰都清楚，她知道法國人是我們最忠實的朋友，他們過來也是為了我們好，老英國就靠他們繁榮昌盛了。我猜小姐擔心的一定是公爵，也難怪她嚇了一大跳。剛才我正要告訴小姐這個消息。英明的殿下（上帝保佑他）已經擺脫公爵，正用最快的速度趕往倫敦，有一萬名法國人會在路上跟他會合。」

蘇菲亞聽見這些消息不怎麼高興，對傳達消息的店東自然也不無嫌惡。只是她仍然誤以為店東認識她（因為她不可能猜到真相），才不敢表現出內心的不悅。店東撤掉餐具後走了，臨走前再三表示希望小姐以後別忘了他。

蘇菲亞仍然把店東對珍妮・卡麥隆說的那些話投射到自己身上，覺得身分已經暴露，沒辦法繼續安心待在這家客店。她命阿娜去刺探店東是如何獲知她的身分、什麼人提供賞金追查她的行蹤。另外，她也命人準備好馬匹，清晨四點就要出發（哈麗葉也同意）。之後她盡量穩定情緒，要堂姊繼續說故事。

第七章
哈麗葉的故事結束

阿娜為了執行小姐的命令，下樓點了一碗潘趣酒，邀店東夫婦陪她喝。哈麗葉接著說：

「當時駐紮在附近小鎮的很多軍官都跟我丈夫認識。其中有個中尉長相俊俏，他夫人脾氣好談吐幽默，我跟她第一次見面是在我生產後不久，之後變成形影不離的朋友，因為我有幸也得到她的認同。中尉既不愛喝酒也不愛打獵，所以經常跟我們在一起。事實上他很少跟我丈夫相處，偶爾跟他聊幾句，也只是基於禮貌，畢竟他們經常出入我們家。中尉比較喜歡跟我說話，我丈夫很不以為然。他經常為這件事跟我生氣，惡毒地咒罵我搶走他的賓客。他說，『妳把世上罕見的美男子變成娘娘腔，真該下地獄。』

「親愛的蘇菲亞，如果妳以為我丈夫氣我搶走他的朋友，那妳就錯了。因為蠢蛋不會喜歡跟中尉那種人相處。即使我相信他是為了少交一個朋友發怒，他也實在沒資格生這種氣，因為我相信中尉會來到我們家，其實是為了接近我。不是的，孩子，他只是嫉妒，最下流、最惡毒的嫉妒，嫉妒別人比他有見識。那個爛人在中尉身上挑不到任何毛病，所以不能忍受中尉選擇跟我往來而不跟他親近。親愛的蘇菲

7 Victory，英國海軍將領約翰．鮑爾欽（Sir John Balchen，一六七〇～一七四四）的旗艦，一七四四年在英吉利海峽失事沉沒。

亞，妳是個明理的女人，哪天妳嫁了人（妳八成會），而那人能力不如妳，記得婚前一定要好好考驗他的脾氣，看看他能不能接受妻子比自己優秀。親愛的，答應我，妳會聽我的建議，因為以後妳會知道這有多重要。」

蘇菲亞答，「我很可能永遠不會結婚，至少不會嫁一個婚前就發現他缺乏見地的人。我跟妳保證，我寧可放棄理解力，也不願意讓自己淪落到那種地步。」

哈麗葉說，「放棄理解力！咄！孩子！我不相信妳這麼沒用。我放棄什麼都可以，就是不能放棄理解力。如果造物者的本意就是要當妻子的比丈夫無能，祂就不會造出那麼多聰明女人。明智的男人絕不會認為女人必須比丈夫蠢，我剛才提到的那個中尉就是最明顯的例子。他自己雖然也有卓越的見解，卻經常稱讚他夫人比他更有智慧（因為那是事實）。可能因為這樣，我那個暴君丈夫才會討厭他夫人。

「他說，要他聽妻子的，尤其是這麼個醜八怪（她確實稱不上美女，只是非常好相處，非常有教養），他寧可全世界的女人都去見魔鬼（這句話是他的口頭禪）。他說他不明白我到底看上她哪一點，這麼愛跟她相處，他說，『妳自從認識那女人，就放棄妳喜愛的書本。妳以前不是總說妳太愛看書，沒時間去回拜本地那些女士。』我必須承認這方面我是有點不禮貌，可是那地方的女士比我們這裡的鄉下姑娘好不到哪兒去。我想妳能夠理解我為什麼不願意跟她們太親近。

「這段友誼維持了整整一年，也就是中尉駐紮在小鎮的期間。為了這段友誼，我甘願忍受我丈夫的頻繁羞辱（像我剛才所說那樣）。我是指他在家的時間，因為他經常在都柏林一待就是一個月，還一度去倫敦停留兩個月。他出門從來不要我跟隨，我覺得這是天大的幸福。他甚至經常取笑那些出門總要把妻子拴在屁股後頭（套用他的話）的男人。他還充分向我暗示，要我別奢望跟他一起出門。上天明鑑，我一點這種念頭都沒有。

「最後我朋友離開了，我再次過著孤單的生活，飽受回憶的折磨，只能看書解悶。這段時間我幾乎整天讀書。妳猜我三個月內讀了多少書？」

蘇菲亞答，「我真猜不出來。十本吧。」

哈麗葉說，「十本！孩子，五百本！我讀了蓋布里歐的《法國史》、普魯塔克的《希臘羅馬名人傳》、達拉薇爾．曼莉的《新亞特蘭提斯》、波普譯的荷馬史詩、德萊頓的戲劇、威廉．齊林渥思的書、奧努瓦女伯爵的書，還有洛克的《人類理解論》。

「這段期間我寫了非常誠懇，也自認非常動人的信給姑姑，卻沒有收到任何回音，我的傲氣不允許我再向她求饒。」說到這裡，她停下來，定定地望著蘇菲亞，說道，「親愛的，我在妳眼裡看見責備，怪我沒跟妳聯絡，因為妳一定會給我善意的回應。」

蘇菲亞答，「親愛的哈麗葉，聽了妳的故事，我怎麼忍心怪妳不找我。相反地，我因為疏忽了妳感到非常內疚，畢竟我沒有像妳那麼充分的理由。不過請妳接著說，雖然我很害怕，卻很想知道結果。」

於是哈麗葉繼續說她的故事：「這時我丈夫第二次去倫敦，在那裡停留超過三個月。那三個月的大部分時間，我過著沉悶的苦日子，只因我曾經度過更難熬的日子，才勉強挨過來。我天生喜歡交朋友，如果不是因為可以擺脫自己痛恨的人，恐怕無法忍受這種全然孤寂的生活。更悲慘的是，我失去了我的孩子。雖然因為孩子的父親的關係，我對那孩子沒有滿溢的母愛，但我還是決定當個稱職的母親。也是因為哺育那孩子，我才度過那段最苦悶、最枯燥的日子。

「我幾乎一個人生活了整整十個星期，除了僕人和少數幾個訪客，沒見到其他任何人。後來有個年輕小姐從愛爾蘭某個遙遠的地方來看我。她是我丈夫的親戚，曾經來我家做客一星期，當時我極力邀請她一定要再來，因為她個性非常隨和，也受過相當程度的教育。她這次來訪，對我而言就像一場及時雨。她在我家住了幾天以後，發現我情緒低落。她沒有問原因，因為她其實心裡很清楚，也非常同情我。她說，『我知道妳基於禮貌，不願對丈夫的親戚抱怨他的所做所為，但大家什麼都知道，也非常擔心，尤其是我。』她又聊了一些這方面的事，我不得不承認我同意她的看法。最後，她先提醒我別太驚訝，又一再囑咐我保密，才告訴我一個天大的祕密：我丈夫在外面有女人。

「妳一定會認為我聽見這個消息不會有任何感覺。如果真是這樣，妳想錯了。我對我丈夫的鄙視並沒有抵銷我對他的怒氣，這件事重新勾起我對他的恨意。這到底是為什麼？我們難道自私到這種地步，即使是自己唾棄的東西，也不願意讓別人占有？或者我們是不是太虛榮，而這種事剛好嚴重傷害我們的自尊？蘇菲亞，妳覺得呢？」

「我真的不知道，」蘇菲亞答道，「我從來沒有思考過這麼深奧的問題。不過我覺得那位小姐跟妳說這種祕密，實在做得不對。」

「可是親愛的，這種行為很自然，」哈麗葉說，「等妳閱歷夠多，書也讀得跟我一樣多，妳就會明白的。」

「妳說這種行為很自然，我很遺憾。」蘇菲亞表示，「我不需要太多閱歷或書本，也知道這種行為卑鄙又壞心眼。不只如此，向某個人揭發他另一半的缺點，就跟當面指出別人的缺點一樣沒教養。」

哈麗葉接著說，「我丈夫終於回來了，如果我心裡的想法可供參考，我現在更恨他了，卻不像以前那麼鄙視他。因為自尊和虛榮一旦受傷，我們對別人的鄙視也會減弱。

「他現在對我的態度跟近期以來截然不同，幾乎像我們新婚那星期一樣。如果我對他還有一丁點感情，也許就會重燃愛火。不過，雖然憎恨會取代鄙視，甚至可能凌駕它，我相信愛情不行。事實上，愛情的本質太多變，如果不能從對象身上得到滿意的回應，它就會乾涸。心中有愛的人一定會去愛，就像有眼睛的人一定會看。所以，當妻子不再愛丈夫，那麼極有可能有某個男人……親愛的，我是說，如果妳的丈夫失去妳的愛……如果妳瞧不起他。我是說，如果妳心裡還有一份激情……天哪！我自己都聽糊塗了。不過，聊這種抽象話題，思緒不連貫是常有的事。像洛克說的：簡言之，事實上……簡言之，我根本不知道事實是什麼。總之，像我剛才說的，我丈夫回來了。一開始，他的行為讓我很驚訝，不過我很快就明白他的動機和背後的因素。那就是，他已經把我那筆可支配的現金花光賭光了，他的不動產沒辦法再抵押，所以想賣掉我的一小筆不動產應付他奢華的生活，但必須取得我的同意。他之所以對我虛情假意，純粹只是為了騙我答應。

「我斷然拒絕他的要求。我告訴他，直截了當告訴他，我們剛結婚時，如果整個印度群島都是我的，我也會全權交給他，因為我向來的原則就是，女人把心交給誰，就該把財產交給誰。可是，很久以前他已經好心好意把我的心還給我，所以我決定留住手中僅剩的財產。

「我就不跟妳描述他聽見我那些話、看見我堅決的態度，有多麼震怒，更不想拿接下來我跟他之間的爭吵惹妳心煩。妳一定猜到我把他養情婦的事說出來了。確實沒錯，我用最憤怒、最輕蔑的口氣說出那件事。

「他好像有點驚呆了，我從沒見過他那麼迷惘的模樣，天曉得他的腦子本來已經夠糊塗的了。他沒有為自己開脫，卻採取一個同樣令我震驚的策略，那就是反過來怪罪我。他假裝自己這麼做是因為吃醋。天曉得，也許他天生愛吃醋。不，一定是天性，否則就是魔鬼把那種念頭塞進他腦袋。我自信行得正坐得端，沒有什麼可讓人說嘴的。就算最惡毒的嘴，也不能污損我的人格。感謝上帝，我的名譽向來跟我的人生一樣清清白白，看哪個人敢造謠中傷我。親愛的正經小姐，不管別人如何激怒我，如何虧待我，如何傷害我的情感，我堅持絕不在這方面做出半點可議之事。可是親愛的，天底下就是有某些心腸歹毒的人，也有含血噴人的舌頭，再清白的人也躲不開他們的讒害。最不經意的話語、最偶然的一瞥、態度稍微親切一點、行為稍微隨便一點，某些人就會想入非非，誇大渲染某些我也不知道的東西。但我不屑，親愛的正經小姐，我不屑這所有中傷。我向妳保證，我從來不為這種惡意傷神。不，不，我向妳保證我格調沒那麼低。不過我說到哪兒啦？嗯，我想想，我說我丈夫在吃醋。妳猜他吃誰的醋？哈，就是我先前跟妳提過的那個中尉！為了幫自己不可理喻的醋勁（如果他真的吃醋，而不是裝出來的）找個對象，他竟然大費周章翻出一年多以前的舊事，目的只是為了辱罵我。

「不過我說太多細節，妳一定聽煩了。我會加快把故事說完。總之，經過很多不值得重述的場面，過程中那位夫家親戚始終站在我這邊替我說話，她最後被費茲派翠趕走。他發現不論安撫或脅迫都達不到目的，就採取一個非常激烈的手段。也許妳會猜想他對我使用暴力，確實有好幾次他差點動手，但都忍住了。他把我關在我自己的房間裡，不給我筆、墨水、紙張或書本，派一個僕人每天幫我整理房間，給我送吃的。

「一星期後他來看我，用小學老師（或暴君，這兩種差別不大）的口氣問我，『妳肯聽話了嗎？』我非常頑強地回答，『我寧可死掉。』他吼道，『那就如妳的意！該死！妳永遠別想活著走出這個房間。』

「我又被關了兩星期。坦白說，我的意志已經瀕臨崩潰，我開始考慮讓步。有一天，我丈夫不在家，他暫時到外地去。由於天大的好運，發生了一件事。當時我幾乎向絕望屈服，在那種情況下實在情有可原。當時我收到……不過這些細節至少要講一小時。總之（我不要拿那些小事煩妳），黃金這把萬能鑰匙打開我的房門，讓我重獲自由。

「我匆匆趕到都柏林，立刻想辦法回到英格蘭。原本打算去巴斯投奔姑姑，或妳父親，或任何願意保護我的親戚。昨晚我丈夫找到我投宿的客店，我幸運擺脫他，晚妳幾分鐘離開那家店，最後追上妳。

親愛的，我故事說完了。我自己覺得這是悲劇，不過，也許我該為它的枯燥乏味向妳致歉。」

蘇菲亞深深嘆了一口氣，答道，「哈麗葉，我發自肺腑同情妳！可是妳又能奢望什麼？為什麼？為什麼妳要嫁愛爾蘭人？」

「我覺得妳這話不公道。」哈麗葉說，「愛爾蘭也有很多值得敬佩、堂堂正正的男人，就跟英格蘭一樣。不，坦白說，他們的心胸反而更寬大。我在那裡見過很多好丈夫，在英格蘭未必有那麼多。妳不如問我：嫁個蠢材還能奢望什麼。我可以告訴妳一個嚴肅的真相：當初我不知道他是那種人。」

蘇菲亞換種口氣低聲問，「妳認為有腦子的男人就會是好丈夫嗎？」

哈麗葉說，「這又太以偏概全。但我相信無知的人多半不會是好丈夫。我認識的人之中，最蠢的人對妻子最刻薄。我想我可以確定，明理的男人一定會善待值得他善待的妻子。」

第八章
客店一場驚嚇，哈麗葉的朋友意外來到

在哈麗葉的要求下，蘇菲亞敘述了先前本書描寫的那些經過（而不是兩人分開後的事），所以我猜讀者不會怪我沒有重複說明。

然而，我忍不住對她敘述的故事發表一點看法，那就是，她自始至終都沒提到湯姆，一副世上根本沒有這個人似的。我不打算為她這種行為做解釋或找藉口。事實上，她這麼做實在有點不誠懇。相較於哈麗葉的開誠布公、據實以告，更顯得不可原諒。

蘇菲亞的故事接近尾聲時，外面傳來巨大聲響，有點像一群剛出籠的獵犬。那拔尖的音頻也像貓兒叫春，或貓頭鷹的嘯叫。或者，更像（畢竟動物的叫聲跟人不一樣）從那些古代名為奈阿迪絲[8]的美麗河仙嘴巴（有時是鼻孔）發出的聲音。那些河仙所在的歡鬧房舍鄰近某座城門，城門名稱似乎與口是心非有關[9]。河仙的俗稱就是賣牡蠣的女人，她們的清早獻祭不像古代使用牛奶、蜂蜜和油脂，而是灌下大量醇厚的杜松酒或麥芽酒。如果哪個大膽傢伙膽敢口出狂言褻瀆（也就是貶低）肥美的密爾頓牡蠣、肉質結實的歐鰈、鮮得像還在水裡游著的比目魚、個頭不輸明蝦的蝦子、幾小時前還活蹦亂跳的鱈魚，或在大海或溪河捕魚的水神交給河仙照料的奇珍異寶，憤怒的河仙就會扯開她們非人的嗓門，震得那個褻瀆神明的可鄙傢伙當場耳聾。

此時樓下某個地方傳來這樣的聲音。不久以後，那在遠處隆隆作響已久的雷聲越來越近，音量沿著樓梯往上攀升，最後衝進兩位小姐房間。拋開那些隱喻與描繪，簡言之，阿娜在樓下破口大罵，一路罵到樓上，暴跳如雷衝進小姐的房間，大叫道，「小姐，妳猜怎麼著？妳能想像那個無恥的惡棍，就是這家店的店東，竟敢厚著臉皮告訴我，竟敢當著我的面說小姐是那個下賤的臭婊子（他們喊她珍妮．卡麥隆），就是跟著那個謀奪王位的傢伙到處跑的臭女人。何止這樣，那個滿口胡說的無禮傢伙竟然有臉告訴我小姐親口承認了。我狠狠抓了那個無賴，在他那張無恥的臉上留下我指甲的抓痕。我告訴他，『你這下流的惡棍，我家小姐不是什麼叛國賊的女人。她是全薩默塞特郡最高貴、家世最好、身價最高的小姐。你聽過鼎鼎大名的鄉紳威斯頓嗎？她是他的獨生女，她是……將來會繼承他的全部財產。這個無賴竟敢說我家小姐是蘇格蘭臭婊子！我真該拿那個潘趣碗砸出他的腦漿。」

有關這件事，造成蘇菲亞不安的主要是阿娜，因為她盛怒之下透露她的身分。不過，店東的誤會充分澄清了蘇菲亞自己先前的誤解，她反倒放下心裡的大石頭，忍不住露出笑容。阿娜見了更生氣，叫道，「小姐，說真格的，妳被這麼無禮、這麼低賤的傢伙當成婊子，竟還笑得出來。天曉得，說不定小姐甚至氣我為妳出頭呢，因為人家都說多管閒事會惹人嫌。不過，說真格的，誰敢罵我侍候的小姐是婊子，我絕不能忍受，也拒絕忍受。我相信小姐是全英格蘭最清白的小姐，有哪個混蛋敢說妳這方面任何一丁點不是，看我不挖出他的眼珠子。只要是我侍候過的夫人小姐，誰也不能說她們半點壞話。」

8 Naïades，希臘神話中的水澤仙女。

9 指倫敦的比靈門（Billingsgate）魚市場，那裡的魚販以出口成髒聞名。Billingsgate 發音近似 bilingual（雙語），作者因此拿來做文章。

像拉丁俗語說的，「這就是問題所在。」實話說，阿娜對女主人的忠誠不亞於大多數僕人。可是除此之外，她的自尊要求她必須維護女主人的名譽，因為她覺得某種程度上這跟她自己的名譽唇齒相依。女主人的名譽有多高，她自己的也跟著水漲船高。相反的，如果一邊往下沉，另一邊很難不被拖下水。

讀者，聊到這裡，我必須停下來跟你說個故事：有一天奈兒・格溫[10]訪友結束踏上馬車時，看見一群人圍在街上，她的男僕身上又是血跡又是髒污。她問男僕出了什麼事，那人答道，「小姐，我剛才跟一個冒失的惡徒打了一架，因為他喊小姐娼婦。」格溫小姐罵那人，「你這笨蛋，照這樣你這輩子每天都得跟人打架。你這傻瓜，這件事全天下都知道。」車夫關上車門後喃喃念叨，「是嗎？不管怎樣，他們不能說我是娼婦的僕人。」

因此，就算只為這個理由，阿娜生氣也是再自然不過。只是，她的憤怒確實還有另一個原因，為了加以說明，我必須冒昧請讀者回想先前使用的那個比喻。世上確實有某些液體如果澆在我們的脾氣上，或火焰上，就會產生跟澆水完全相反的效果：不但不能熄滅火焰，反倒助長火勢。潘趣酒就是其中之一。正因如此，博學多聞的錢尼醫師才會說：飲用潘趣酒等於往喉嚨倒液態火焰。

很不幸地，阿娜往自己的喉嚨倒進太多這種液態火焰，它的煙氣竄進了據說她的理智所在的顱骨膜，遮蔽她的理智之眼。火焰本身則從她的胃直抵她的心，點燃了自尊這種高貴情操。所以，儘管乍看之下這事不值得大動肝火，了解前因後果之後，我們也就不再納悶她為什麼大發雷霆。

蘇菲亞和哈麗葉兩人盡全力撲滅這陣響徹整間客店的咆哮聲，最後總算順利達成任務。或者，進一步沿用這個比喻，那把怒火耗盡了言語提供的燃料。換句話說，所有罵人的話都罵盡了，火焰終於自行熄滅。

只是，樓上雖然恢復平靜，樓下卻還沒安寧。老闆娘為了丈夫俊俏的臉蛋被阿娜的肉鏟抓破，怒不可遏，大聲地嚷嚷著要為夫婿報仇討公道。那可憐的男人雖然是事件中的主要受害者，這時卻默不吭聲。也許他流失的鮮血冷卻了他的怒氣，因為敵人不只用爪子耙抓他臉頰，也用拳頭招呼他鼻孔，他鼻孔的哀傷鮮血因此撲簌簌如雨下。另一個原因也許是他醒悟到自己的誤解。事實上，他之所以敢怒不敢言，主要是因為他終於明白自己錯在哪裡。阿娜的行為只是讓他肯定自己的判斷。這時有個大人物帶著大批隨從上門，他因此更加確認樓上兩位女士之中有一位身分高貴，而且跟大人物關係深厚。

在這位先生吩咐下，店東上樓去通知兩位女士。他說有位高貴紳士希望給她們榮幸，跟她們見上一面。讀者一定聽得出來店東雖然笨嘴笨舌說錯話，傳達的口信卻是彬彬有禮，不可能來自威斯頓。蘇菲亞卻仍然嚇得臉色煞白，渾身顫慄。這是因為恐懼有個跟治安官一樣的通病，常常沒有仔細檢視雙方證據，僅憑一些枝微末節就遽下定論[10]。

因此，為了平息讀者的好奇心（而非憂慮），我要告訴他，有個正要趕往倫敦的愛爾蘭貴族深夜投宿這家客店，吃晚餐時聽見我先前描述的那場強烈風暴，走出房間查看，遇見哈麗葉的女僕。這位貴族跟哈麗葉素有交情，稍加打聽之後得知哈麗葉就在樓上，就把店東找來，安撫一番後派他上樓。貴族傳達的口信其實比小姐們聽到的恭敬有禮得多。

讀者不免納悶，為什麼貴族不直接請那個女僕上樓傳話。我很遺憾地指出，當時她無法勝任這項差事（以及其他任何差事）。蘭姆酒（店東就是如此稱呼他那以麥芽蒸餾得來的液體）卑鄙地利用那可憐女人一路奔波的勞累，選在這個她身體的高貴機能最無力抵禦外敵的時刻恣意蹂躪。

這幕悲劇場景就這樣點到為止。原本我寧可略過不提，但既然我是以忠實為己任的史家，只好匆匆

10 Nell Gwyn（一六五〇～一六八七），英國舞台劇演員，也是當時英國國王查理二世的情婦。

一筆帶過。事實上，大多數史家就是不夠注重忠實度，或不夠勤勞（話就別說太重），通常讓讀者自行在五里霧中尋找線索，到最後還是不知所以然。

蘇菲亞的無端恐懼很快就消失，因為貴族迅速來到。這位貴族不但跟哈麗葉頗有交情，更是她非常特別的朋友。事實上，正是由於此人的協助，她才能夠逃出丈夫手掌心。這位貴族跟我們在英雄故事裡讀到的那些知名騎士同樣喜歡行俠仗義，拯救過許多遭受監禁的美麗女子。實話說，他可以說是那些無理控制年輕貌美女子的丈夫或父親們的頭號敵人，正如中世紀遊俠騎士是殘暴魔法師的天敵。不只如此，我經常猜想，那些充斥在所有傳奇小說裡的魔法師，其實就是那個時代的人夫，而婚姻本身就是那些女子被禁錮的魔法城堡。

這位貴族在費茲派翠家附近有一片產業，跟哈麗葉認識已經一段時間。因此，當他聽說她被丈夫監禁，立即設法救她脫困。他順利辦成，倒不是效法古代英雄殺進城堡，而是採用現代兵法買通看守人。在戰場上謀略往往勝過勇氣，黃金也比槍砲刀劍更難抵擋。

不過，當初哈麗葉覺得沒有必要向蘇菲亞敘述這段經過，因此我也就沒有向讀者透露，寧可讓讀者揣測她自己無中生有、或透過某種異乎尋常（或許超自然）的手段弄到賄賂獄卒的財物，也不願打斷她的敘述來說明一件她覺得無足輕重不值得提起的事。

簡短交談後，這位貴族忍不住表示他很意外在這裡遇見費茲派翠太太，並說他以為她去了巴斯。哈麗葉毫無顧忌地回答，「因為有個我不需要提起的人出現，我的計畫只好改變。簡單說，我被我丈夫追上了（這件事大家都知道了，我就不需要隱瞞）。我很幸運，在最不可思議的情況下逃開，現在決定跟這位小姐去倫敦。她是我的近親，跟我一樣逃離暴君的魔掌。」

貴族猜想那個暴君應該也是個人夫，於是說了一番話盛讚兩位女士，也嚴詞抨擊天下男人。在此同時他也語帶含蓄地檢討婚姻制度，感慨這種不公平制度讓男性有權控制比他們更明理、更可敬的女性。一番慷慨陳辭結束後，他主動表示願意護送兩位女士，邀請她們搭乘他的六駕馬車。哈麗葉一口同意，也說服蘇菲亞答應。

細節討論過後，貴族告退，兩位女士上床就寢。哈麗葉向蘇菲亞描述那位貴族人品如何高尚，特別強調他對妻子如何百般疼愛。她說，她相信那些達官貴人之中只有他從不背叛妻子。她還說，「親愛的蘇菲亞，在上流社會，做得到這點的男人少之又少。將來妳找對象的時候不要有這種期待，否則妳注定要上當受騙。」

蘇菲亞聽了這些話發出一聲輕嘆，也許還因此做了個不太愉快的夢。不過，她沒有向任何人提起這個夢，讀者當然沒辦法在這裡讀到。

第九章

以優美文字描述清晨的到來；關於驛馬車；女僕的謙讓；蘇菲亞的豪邁性格；她的慷慨大方，以及得到的回報；一行人出發，抵達倫敦；給旅人的建議

來到人間創造幸福的人們這時點亮蠟燭，準備展開他們一天的勞動，以便服侍那些來到人間享受幸福的人。結實的農夫去照料他同甘共苦的公牛夥伴；靈巧的工匠、勤奮的技師跳下他們的硬板床；骨瘦如柴的女僕開始整理一片狼藉的午茶會場；而把現場搞得一片狼藉的那些放蕩人士在床上翻來覆去，時睡時醒，彷彿羽絨睡墊硬得讓他們難以成眠。簡單地說，時鐘剛敲七下，兩位女士已經整裝待發。經過她們催促，貴族和他的隨從也準備好護送她們。

這時卻出現一個難題，那就是貴族本人要坐在哪裡。如果是驛馬車，乘客恰如其分地被視為等量行李，精明的車夫輕易就能將六名乘客塞進四人座馬車。因為在他心目中，胖太太和大肚腩貴客需要的座位空間跟苗條小姐或細瘦少爺不相上下。人類的腹部有個特質，受到擠壓就會讓位，縮進窄小的空間裡。不過，在這些為了以示區別稱為「紳士馬車」的交通工具裡，空間雖然比驛馬車寬敞，卻從來不採用這種填塞方式。

問題原本可以迎刃而解，因為貴族大方地表示他願意騎馬，但哈麗葉絕不同意。最後議定由兩位亞比該輪流騎貴族的馬匹，馬匹因此加裝側鞍。

客店裡的事都處理好了，兩位女士打發了各自的嚮導，蘇菲亞致贈店東一份禮，一來彌補他為她受

的瘀傷，二來也賠償憤怒的阿娜對他造成的傷害。這時蘇菲亞發現她遺失了一件物品，內心感到不安，那就是她離家出走前父親給她的一百鎊銀票，除了一點零錢，那筆錢是她身上的全部財物。她到處找遍了，把所有東西都翻出來，卻始終找不到。最後她確定，銀票一定是她在那條漆黑小路不幸摔下馬時掉出去了：她越想越覺得有此可能，因為她記得當時為了幫哈麗葉解決帽子的困擾，摔下馬前費了好一番工夫才從不太配合的口袋掏出手帕。

一個人如果心靈堅定有力，又不看重錢財，碰上這種倒楣事時，不管造成多少不便，都不會感到沮喪。因此，儘管這件事發生在最不巧的時刻，蘇菲亞卻馬上拋開煩惱去跟大家會合，表情像平常一樣平靜愉快。貴族扶兩位女士和阿娜上馬車，阿娜與哈麗葉的女僕一陣謙讓，滿口「親愛的小姐」，最後在她的亞比該姊妹客氣有禮地堅持下，終於答應先搭馬車。事實上她十分願意搭著馬車一路到倫敦，只不過，蘇菲亞幾番明示暗示無效後，乾脆命令她下車去替換。

乘客都上了馬車以後，一行人就出發了，後面跟著大批僕從，前面有兩名領隊帶路。那兩人原本跟貴族一起搭馬車，即使不是為了護送女士這麼重大的事，他們輕易也能把座位騰讓出來。這次他們只是扮演紳士，但在其他任何時候，他們甚至樂於扮演男僕，或其他更卑微的職務，只為追隨貴族左右，並且有機會上他家餐桌。

店東對蘇菲亞的餽贈非常滿意，以至於他對自己的瘀傷和抓傷幾乎是歡喜多於懊惱。讀者或許想知道這份餽贈的「額度」，可惜我沒辦法滿足你的好奇心。那份贈禮價值不明，總之療癒了店東的皮肉傷。只是，他後悔沒有早點知道小姐出手這麼闊綽。他說，「當然啦，我就算每樣東西都算她兩倍價錢，她看到帳單也不會皺一下眉頭。」

不過，他妻子完全不能苟同。對於丈夫受到的傷害，她是不是比她丈夫更心疼，這點我不予置評。

可以確定的是，她對蘇菲亞的慷慨不像她丈夫那麼滿意。她嚷嚷道，「親愛的，說實在話，那位小姐比你想像中更懂得精打細算。她一定知道我們如果沒有得到補償，就會去告官。到時候她要付出的就不只是這一點錢了。我想不通你怎麼肯收下那麼一點錢。」

她丈夫說，「妳真他媽的聰明。打官司她會付更多錢，是嗎？妳以為這種事我會不知道？問題是，她就算多付很多，那錢會跑進我們口袋嗎？說實在話，要是我們當律師的兒子湯姆還活著，我一定把這筆大生意交給他，讓他發一筆小財。可是現在我沒有親人在當律師，我為什麼要打官司讓陌生人賺錢？」

妻子說，「哎，說真格的，你懂得比較多。」

他答道，「那還用說。我在想，只要跟錢有關，我的嗅覺不比別人遲鈍。我可告訴妳，不是隨便哪個人都有本事哄得別人掏出錢來。記住我的話，不是每個人都能讓她拿錢出來，記住這話。」那妻子於是滿口稱讚丈夫的英明，兩人之間對這件事的簡短對話就此結束。

我們要揮別這對好夫妻，隨著貴族大爺和他的兩位美貌旅伴上路。馬車一路順暢，兩天內走了一百五十公里，第二天晚上抵達倫敦，路上沒有發生任何值得載入本書的事件。因此，我的筆要追上它描寫的速度，故事的腳步也要趕上這段故事的諸位主角。事實上，在這方面出色的作家通常效法睿智的旅人，他們會選擇優美、雅致或奇特的地點適度停留。在埃舍爾、斯托、威爾頓、伊斯特伯里、普萊爾帕克這些地方，我們讚嘆鬼斧神工的巧藝如何為大自然的美景增色，幾天的時間都不夠想像力馳騁。在其中某些地方，我們欣賞的主要是人工的雕琢；在其他地方，大自然與人造景觀爭奪我們的讚美；在最後那些地方，大自然似乎略勝一籌。大自然在這裡展現她最華麗的衣飾，人工則是妝點著最適度的簡樸，陪襯慈愛的大地。在這裡，大自然毫不吝惜地拋出她用以點綴這美麗世界的珍奇瑰寶；在那裡，人工為你呈現只有另一個世界能超越的美景。

同樣的品味與想像力，既能如痴如醉地沉浸於這些優美景致，也能欣賞平凡得多的景色。德文郡和多塞特郡的樹林、溪流與草地會吸引睿智旅人的視線，讓他放慢腳步。事後他會加快腳程趕路，匆匆走過巴沙特陰鬱的石南原，或斯塔克布里吉那一片向西方延伸的平原。你在那片平原走了整整二十五公里，只會看見一棵樹，除非雲朵憐憫我們精神的疲憊，好心地打開它們斑駁多變的宅邸供我們觀賞。

有些人不是這樣旅行，比如滿腦子金錢的商人、英明的法官、穩重的醫生、穿著保暖衣裳的牧者，以及數不清的愚蠢富家子弟。他們用一樣的步伐往前邁進，穿過翠綠的草地或光禿禿的石南原。他們的馬兒每小時走七公里路，毫無誤差。馬兒的眼睛和主人的眼睛一樣直視前方，用同樣的方式思考著同樣的事。無論是最美輪美奐的建築物，或不知名建築師在富裕紡織小鎮建造的漂亮屋舍，在馬背上的騎者眼中沒什麼不同，都算是磚塊堆疊起的紀念碑，昭告世人這裡曾經有成堆的金錢。

親愛的讀者，此刻我急於追趕女主角，只好請你發揮自己的聰慧，運用上面的道理審視那些魯鈍作家，以及與他們背道而馳的作家。這種事你的能力綽綽有餘，不需要我的協助。那麼，這裡就請你動動腦吧，我會在艱深的地方助你一臂之力，畢竟我不像其他某些人，期待你用卜筮之術推敲我的用意。不過，假使你只需要一點專注就能心領神會，我就不會縱容你的懶散。如果你認為我寫這本書打算讓你的智慧束諸高閣，或者誤以為完全不需要動用自己的大腦，就能從字裡行間獲得任何樂趣或益處，那你就大錯特錯了。

第十章
含蓄地聊聊貞節；深入探討猜疑

我們的旅人來到倫敦，在貴族的家稍事休息，掃除旅途的疲累。在此同時，貴族的僕人奉命出去為兩位女士尋找住處，因為貴族的夫人不在倫敦的家，哈麗葉無論如何都不肯借住貴族家。

某些讀者可能會譴責這種貞節上的小題大作（在我看來），認為太講究，避嫌過了頭。但我們必須考慮她當時的敏感處境。再者，如果我們想到那些說三道四的毒舌，就必須承認，就算她的做法有錯，也只能算是求好心切，處境跟她相同的女性如果採取同樣做法有益無害。貞節這種事就算形式上表現得冠冕堂皇，但如果徒具形式，在抽象意義上未必比不具形式的貞節更值得欽佩。儘管如此，講究形式還是比較可取的做法。另外，除非情況特殊，否則不管具不具形式，貞節都是每一個女性必須看重的東西，這點我相信大家都會認可。

住處安排妥當後，蘇菲亞陪哈麗葉住了一晚。隔天一早她就決定打聽我們先前提過她打算投奔的那位夫人的住處。她離家出走時就已經決定要請求那位夫人的保護，如今她基於在馬車上觀察到的某些現象，更急著去執行。

我不希望把蘇菲亞描寫成生性多疑的可鄙人物，所以不敢向讀者透露當時她對哈麗葉的看法。她對哈麗葉確實有些疑慮，但由於那些最卑劣的人也很容易生起這種疑慮，我認為揭曉以前最好先跟讀者聊聊猜疑這件事。

我認為猜疑有兩種。第一種來自內心：首先，心靈的洞察力極為迅速，顯然意味著它具備某些既存念頭；再者，這種誇大的猜疑通常會無中生有，會看見不真實的現象，而且通常是不存在的東西。這就是那種鷹隼般的銳利眼光，任何邪惡都難逃它的法眼。它不但觀察人們的行為，也審酌他們的言語和表情。由於它發乎觀察者的內心，因此也就直達被觀察者的心，在那裡偵查胚胎剛形成的邪念。不，偶爾甚至還沒受孕就察覺了。只要絕不出錯，這就會是非常值得讚賞的能力。不過，世上還沒有任何人敢自稱擁有這種完美覺察力，因此，這種靈敏的觀察力不免對無辜的好人造成許多悲傷禍患與錐心之痛。因此，我不禁將這種迅速辨別邪惡的能力視為無節制的暴行，本身就是一種有害行為。我其實更傾向於這種見解，因為就像前面所說，這種覺察力通常源於壞心腸，而且我從來沒見過任何好人擁有這種能力。我在此強調，蘇菲亞內心沒有一丁點這種猜疑。

第二種猜疑似乎來自頭腦。事實上，這種特質就是能夠看見眼前事物、並且根據見到的一切做出判斷。只要有眼睛，就能看見；同樣地，只要有大腦，做出判斷也是確定又必然的結果。這種猜疑可說是罪惡的大敵，正如前一種猜疑勢必危害無辜者。人非聖賢，這種猜疑也可能出錯。儘管如此，我還是予以肯定。比方說，如果丈夫撞見妻子坐在其他男人腿上或被人擁在懷裡，而那人年輕又帥氣，勾搭有夫之婦盛名在外，那麼，就算他根據自己看見的親密畫面想入非非，我也不會太責難。那種親密行為，我們如果稱之為無邪的放肆，已經算客氣了。讀者輕易就能舉出更多這種例子，這裡我只再舉一例。或許有人會認為這個例子違反基督精神，我卻不由得認為它絕對正當，那就是我們有理由相信人會重複過去的行為：一個人只要當過惡棍，再度扮演這種角色的機率就很高。坦白說，我認為蘇菲亞的猜疑就是屬於第二種。事實上，她基於這種猜疑，認為堂姊的行為或許有可議之處。

事情好像是這樣的：哈麗葉明智地認為，在社會上，年輕女子的貞節就像可憐的野兔，只要離開自己的窩，就會碰上敵人。因為外面除了敵人，幾乎不會有別的。因此，當女人決定離開丈夫的保護傘，她第一時間想到的就是接受另一個男人的保護。那麼，她理所當然會選擇一個有地位、有財富、有聲望的男人。那人不但天生俠骨柔腸，樂意扮演拯救落難美人的英雄，更經常向她表達強烈的愛慕之情，也已經在他能力範圍之內以行動證明。

然而，由於法律愚蠢地疏於確立這種「代理丈夫」（或者該說「逃家女子的守護者」）的職銜，而且毒舌之輩傾向以另一個更不堪入耳的名號稱呼他，貴族大人因此決定以祕密方式為女士提供這類善心服務，對外不以她的守護者自居。更甚者，為了掩人耳目，他們商定女士前往巴斯，貴族則先去倫敦，而後在醫生建議下轉往巴斯。

這些事蘇菲亞知道得一清二楚。她不是從哈麗葉的言語或行為得知，而是那位貴族。那位貴族保密工夫比哈麗葉差得多。再者，哈麗葉早先提到這件事時語焉不詳，也許進一步強化蘇菲亞內心的疑惑。

蘇菲亞不費吹灰之力就找到她想找的那位夫人，因為城裡沒有哪個轎夫不知道她住在什麼地方。那位夫人以熱烈的邀請回覆她託人帶去的信息，她立刻接受了。哈麗葉只是基於禮貌稍加挽留。她是不是察覺蘇菲亞對她的猜疑，心生不滿，或基於其他原因，我不清楚。可以確定的是，蘇菲亞有多想離開，哈麗葉就有多麼不希望她留下來。

蘇菲亞向堂姊告辭的時候，免不了婉轉地給了幾句忠告。她請堂姊看在老天份上好好照顧自己，要看清自己的處境多麼危險，還說她希望他們兩夫妻有機會言歸於好。她說，「親愛的，妳一定記得姑姑以前經常教導我們：如果婚姻關係破裂，夫妻感情失和，不管在什麼樣的情況下，妻子主動求和總是有利無弊。姑姑就是這麼說的，而她是個見多識廣的人。」

哈麗葉輕蔑地一笑，說道，「孩子，別擔心我。妳自己當心點才是，畢竟妳比我年輕。過幾天我會去看妳。不過，親愛的蘇菲亞，聽我一句忠告，把『正經小姐』的性格留在鄉下。相信我，在倫敦，那種個性對妳沒有好處。」

她們就這樣分開了，蘇菲亞直奔貝拉斯頓夫人的家，受到最熱忱、禮貌最周到的歡迎。過去蘇菲亞跟姑姑住的那段時間，這位夫人就非常喜歡她，這回看見她顯得格外開心，聽蘇菲亞說起離家逃到倫敦的原因，對她的明智與決心表達高度讚賞。另外，蘇菲亞說她知道夫人一定會認同她的做法，才會選擇投奔她，夫人顯得非常滿意，答應會盡她所能保護她。

我已經把蘇菲亞送到安全處所，相信讀者不介意暫時離開她，回頭看看其他人物，尤其是可憐的湯姆。我已經給他很多時間反省自己犯下的過錯，那些過失跟所有劣行一樣，本身就是對他最好的懲罰。

第十二卷　跟前一卷同一段時期

第一章
探討現代作家哪種行為算是剽竊，哪種又是文采的展現

博學的讀者一定已經發現，在這本巨著之中，我經常直接翻譯古代最傑出作家的文字，而非直接引用原文，也不在乎那些文字究竟從哪本書借來的。

聰明絕頂的安托萬．巴尼[1]曾經對這種寫作方式提出非常恰當的評論。他在那本廣博精深、見解獨到的作品《神話》序言寫到，「讀者諸君應該不難發現，比起我自己的名聲，我往往更在乎你。因為作者原本可以輕鬆抄錄一些隨手可得的名言佳句，卻放棄這麼做，這可以說是對讀者的最高敬意。」

用拾來的牙慧填滿整篇作品，實在是對淵博讀者的欺瞞。因為這種手法等於強迫讀者以片段、零星的方式重複購買他們已經擁有一整本的書籍。那些書他們就算沒有記在腦海裡，至少也擺放在書架上。對於那些不諳古文的讀者，這種行為更是殘酷，因為他們花錢買了對他們沒有一點用處的東西。作家在作品裡摻雜大量希臘文與拉丁文，等於是用拍賣商的卑鄙手段對待他的男女讀者。拍賣商經常把商品擺放得雜亂無章，你為了買自己需要的東西，往往不得不多買些對你毫無用處的物品。

然而，人的行為不管多麼公正無私，總難免遭到愚騃者的誤解與惡毒之人的中傷，所以有時候我幾乎想放棄堅持，想犧牲讀者的利益來維護自己的名聲，在引用別人的觀點或說法時直接抄錄原文，或至少交代來源出處。我確實有點擔心採用相反做法反而對自己不利，也擔心因為沒有交代原作者的姓名，

人們會誤認我在蓄意剽竊，而非出於可敬可佩的巴尼先生所說的那種善意動機。

為免日後遭到這種指控，我要在這裡承認這個事實，並且稍做申辯。我們不妨把古人視為一片肥沃的公有地，任何人只要在帕爾納斯山[2]擁有一丁點產業，就可以自由地在這裡放養他的繆思。說得更明白些，我們現代人跟古人之間的關係，就像窮人跟富人的關係。我所謂的窮人，指的是那個廣大、可敬的族群，也就是平民百姓。任何人只要跟這個族群稍有接觸，一定很清楚他們有個行之已久的準則，那就是為所欲為地侵吞掠奪他們的富有鄰居，而且從不認為這種事有什麼罪過或羞恥可言。他們是如此持續不懈地遵守並奉行這條準則，以至於幾乎全國所有教區都有某種聯盟，專門對付某個冠有鄉紳頭銜的富人。這些窮鄰居把鄉紳的財物視為任人拿取的戰利品，認為這種掠奪行為不是罪過，甚至認為隱瞞掩護、保護同黨免於受罰是一種榮譽，更是道德上的義務。

同樣地，荷馬、維吉爾、賀拉斯、西塞羅和其他那些古人，在我們這些作家眼中都是財力雄厚的鄉紳，我們這些窮困的帕爾納斯百姓依據某種行之久遠的慣例，可以見什麼拿什麼。我要求擁有這份特權，也容許我的窮苦鄰居享受這份權利。我唯一的主張，也是我對同道中人唯一的要求，就是彼此之間嚴守誠信原則，就像平民百姓之間的相互扶持。向盟友偷竊是一種非常可恥又下流的行為，因為這根本就是詐騙窮人（有時甚至是比我們自己還窮的人），或者，用最難聽的話形容，就是趁火打劫。

經過最嚴密的檢視，我確定自己不曾涉及這種可鄙的竊盜罪行。因此，對於前面那項指控，我樂於

1 Antoine Banier（一六七三～一七四一），法國神職人員兼作家。後文的《神話》指的是他的作品《古代神話與寓話》（*Mythologie et la fable expliqués par l'histoire*）。

2 Parnassus，希臘中部的山，根據希臘神話，這裡是繆思女神的家鄉。

認罪。往後我如果在古代作品之中看見合用的段落，就會不假思索地據為己有，不會標明作者姓名。不只如此，那些文字一旦融入我的作品，我就會主張那些觀點都屬於我，從此以後所有讀者也應該認定那些東西純粹、完全為我個人所有。然而，我希望我這個主張只在一種情況下得到認可，那就是對窮困的同道絕對誠實：假使我借用他們手頭上的微薄資財，一定會標示他們的姓名，方便它們隨時可以物歸原主。

有位摩爾先生[3]在這方面就疏忽了，實在太不應該。他借用了波普先生的幾句話，擅自在他的劇本《爭奇鬥豔》裡用了其中六句。波普先生幸運地在那個劇本裡發現那些句子，使出暴力手段奪回自己的財產，重新寫進自己的諷刺長詩《愚人誌》裡。為了懲罰那位摩爾先生，他將他監禁在那首詩的可憎地牢裡。摩爾先生的大名至今仍然鬱悶地困坐那間地牢，而且永遠無法獲釋，算是適度懲戒他在文人界的不當行為。

第二章
鄉紳雖然沒有找到女兒，卻因為找到某件東西，決定停止追逐

故事回到厄普頓那家客棧，我要從那裡追尋鄉紳威斯頓的足跡，因為他再過不久就會結束這段旅程，屆時我就有足夠閒暇照料我們的主角。

讀者也許記得鄉紳怒氣沖天離開客店去追女兒。旅館的馬夫說他女兒度過了塞文河，因此他也帶著大批隨從渡河，急如星火地趕路，惡狠狠地強調如果追上蘇菲亞，一定要狠狠教訓她。

不久他來到一個十字路口，停下來召開簡短的軍事會議。聆聽各方意見後，他決定讓命運女神指示追逐方向，於是直奔往伍斯特那條路。

他在這條路上走了大約三公里，就開始氣惱萬分地自怨自艾，嚷嚷道，「太悲哀了！我真是天底下最倒楣的老狗！」接著爆出連串粗口咒罵不迭。

薩坡牧師設法安撫他的情緒：「先生，別跟那些絕望的人一樣難過。雖然還沒趕上小姐，至少到目前為止我們追的方向是正確的，所以應該覺得慶幸。或許她再過不久就會因為旅途勞累，找家客棧休

3 指James Moore Smythe（一七〇二～一七三四），本名James Moore，英國作家，他在劇本《*The Rival Modes*》裡用了波普的詩句，波普後來寫《愚人誌》（*The Dunciad*），將他描寫成專事剽竊的作家。

息，以利恢復身體機能。那麼一來，先生肯定很快可以如願以償。」

「呸！去他的小賤貨！」威斯頓答道，「我難過的是可惜了這麼適合打獵的早晨。這種季節最適合追蹤獵物，尤其下了這麼久的霜，就這麼平白浪費掉，太可惡了！」

命運女神即使以最惡意的把戲捉弄人，偶爾也會流露一點慈悲心。她會不會是同情威斯頓，覺得既然決心不讓他追上女兒，不妨給他另一方面的補償，這我說不準。總之，威斯頓剛說完上面那番話，又咒罵了幾聲，就聽見不遠處一群獵犬發出悅耳的吠叫聲。威斯頓和他的馬兒都聽見了，同一時間豎起耳朵。威斯頓大喊，「她跑了，她跑了！沒跑掉我就下地獄去！」他腳上的馬刺回踢馬肚，但馬兒不需要刺激，因為牠跟主人習性相同。這下子整隊人馬都衝進一片玉米田，呼呼喝喝地朝那些獵犬全速前進，可憐的牧師跟在最後頭，忙著在胸前畫十字。

根據神話記載，維納斯女神應葛麗瑪金的情人要求，將她從貓兒變成美麗女子。可是她本性難移，始終沒忘記過去的本事，某天看見老鼠，立刻跳下床去追逐那隻小動物。

這個故事告訴我們什麼？新娘並非嫌棄新郎的溫柔懷抱。雖然有人說貓兒是不知感恩的動物，但女人跟貓兒都一樣，某些時刻都會心滿意足地嗚嗚叫。真相正如睿智的羅傑·列斯特倫[4]這番深刻見解：「如果我們把天性關在門外，她會從窗子鑽進來。那隻貓如今雖然變成女子，始終還是一隻貓。」正因如此，我們不會譴責威斯頓不愛女兒，因為事實上他非常愛女兒。我們只需要知道他是個鄉紳，也是個獵家，就可以將這個寓言故事（以及那番深刻見解）套用在他身上。

那群獵犬沒命地往前跑，鄉紳在後追趕，越過樹籬和溝渠，身手像平時打獵時一樣敏捷，嘴裡照樣大呼小叫，心情也是興奮莫名，女兒的事完全沒有浮現腦海破壞他追逐獵物的興致。他說他從不曾追得這麼痛快，再追個八十公里都值得。既然鄉紳忘了女兒，我們也就不難推測他的僕從也忘了小姐，牧師私底下用拉丁語對自己表達震驚，最後也把小姐的事拋到腦後，遠遠跟在隊伍後頭，開始構思接下來那個星期天講道的部分內容。

那群獵犬的主人見到另一位鄉紳兼獵家來到，格外歡喜，因為人都喜歡自己的同好。威斯頓的騎獵之術可算數一數二，也沒有人比他更懂得用叫聲鼓舞獵犬，或者用他的「赫啦」為整場獵事注入活力。打獵的人追獵物追得正起勁時，是不講究任何虛禮的。不，他們甚至不顧人性。隊伍中如果有人發生意外摔進水溝或溪流，其他人會毫不在意地往前衝，任他自生自滅。所以，在追逐獵物過程中，兩位鄉紳雖然經常貼近彼此，卻完全沒有交談。不過，獵犬的主人非常讚賞陌生鄉紳將失誤的獵犬導回正途的高超本領，因而對他的判斷力產生極高評價。當然，對方的隨從人數也激起他不少敬意。過不了多少，引發這場追逐的小動物一命嗚呼，這場獵事也隨之終結，兩位鄉紳正式見面，拿出鄉紳該有的禮儀彼此致意。

兩人之間的對話生動有趣，我或許會以附錄或其他方式記載，但由於內容與本故事無關，所以我不能在這裡為它浪費篇幅。第二場追逐結束兩人的談話，之後是邀請用餐。受邀的人接受，接著就是開懷暢飲，最後威斯頓呼呼大睡。

那天晚上威斯頓的酒量遠遠比不上主人家，甚至輸給薩坡牧師，不過這完全是因為他身心極度疲憊，無損他的酒國英名。套句俗話，他喝得爛醉如泥。第三瓶還沒喝完，就已經不勝酒力，雖然要到很久以後才被送上床，但牧師老早就當他不在場，向東道主說明蘇菲亞的事，請對方隔天早上協助他勸威斯頓回家。

4 Roger L'Estrange（一六一六～一七〇四），英國作家，此處引言出自他一六九二年翻譯的《伊索寓言》。

隔天早上威斯頓宿醉全消，馬上命人送來清晨的醒神酒，也吩咐備馬，準備繼續追女兒。這時薩坡牧師開始婉言相勸，主人家極力附和，最後勸退成功，威斯頓同意回家去。他之所以改變主意，主要是因為他不知道該往哪兒追，再追下去可能只是離女兒越來越遠。於是他向狩獵同好告辭，說他非常高興霜終於停了（這可能也是他急著趕回家的原因之一），就出發前往（應該說「退回」）薩默塞特。不過他還是派了部分隨從去追女兒，免不了又用他想得到最難聽的話臭罵女兒一頓。

第三章 湯姆離開厄普頓的客店；聊聊他跟帕崔吉在路上的事

我們終於又回到我們的主角身邊。坦白說，我不得不跟他分開那麼久，考慮到我們離開時他的狀態，我猜很多讀者已經認定我永遠將他拋棄了。畢竟以他當時的處境，明智的人通常不會再探詢他的近況，以免聽見他上吊的消息嚇壞自己。

事實上，我雖然沒有明智人士的一切優點，至少敢大膽宣稱我也沒有他們那些劣根性。雖然可憐的湯姆目前的景況已經悲慘到無以復加，我還是會回頭看看他，並且勤奮地描寫他的一切，就跟他受到命運女神百般關愛時一樣。

威斯頓離開客店幾分鐘後，湯姆和他的旅伴帕崔吉也動身了，徒步走上同一條道路，因為客店的馬夫告訴他們，當時整個厄普頓都雇不到馬匹。他們帶著沉重的心情往前走，兩人沉默的原因各自不同，心情卻是同樣鬱悶。湯姆不停嘆氣，帕崔吉也是滿腹哀戚，一步一沉吟。

他們來到鄉紳召開會議的那個路口，湯姆停下腳步，轉身問帕崔吉該走哪條路。帕崔吉答，「啊，先生，但願你肯接受我的建議。」

湯姆回道，「我為什麼不肯？反正我已經不在乎自己往哪裡去，不在乎命運如何。」

帕崔吉說，「那麼先生，我的建議就是，你馬上調頭回家去。有那樣的家可回，哪個人會像你這樣跟個流浪漢似地到處亂闖?很抱歉,『我只能這麼說。』」

湯姆答說,「唉,我已經無家可歸。就算我的好友,我的父親願意接納我,我能夠忍受沒有蘇菲亞的地方嗎?殘忍的蘇菲亞!殘忍!不,我該怪自己!不,我該怪你!你這該下地獄的傢伙,蠢蛋,糊塗蟲!你把我給毀了,我要殺了你!」說到這裡,他狠狠揪住可憐的帕崔吉的衣領,帕崔吉被他晃得比打寒顫或恐懼害怕時抖得更厲害。

帕崔吉打著哆嗦跪下地,請求湯姆原諒。他發誓他不是故意要害他。湯姆用發狂的眼神瞪了他半晌,才放開他,開始對自己發脾氣。這波怒氣如果發洩在帕崔吉身上,帕崔吉肯定會沒命。事實上,他光是嚇都快嚇死了。

我原本願意不辭勞苦鉅細靡遺描寫湯姆如何瘋狂地自虐,只要我能確定讀者也肯不辭勞苦細細品讀。可是,我認為即使費盡心力描繪那幕場景,讀者多半會整段略過,不如給自己省點麻煩。說實在話,單純基於這個原因,我屢次殘忍地扼殺我洋溢的才華,省略了許多原該出現在本書的奇文瑰句。坦白說,這份猜疑源於我自己的邪惡心靈(通常都是如此),因為我自己拜讀史家巨著時,也慣常跳著看。

簡單說,湯姆扮演瘋漢幾分鐘後,理智慢慢恢復。他一清醒過來,馬上轉頭看著帕崔吉,為自己盛怒之下對他動粗誠心致歉,最後他希望帕崔吉不要再勸他回家,因為他下定決心不再踏上那片土地。

帕崔吉輕易就寬恕湯姆,也承諾遵守湯姆的命令。然後湯姆爽朗地說,「既然我已經追不上我的天使的腳步,我就去追逐榮耀。走吧,我勇敢的小子,咱們打仗去。這是光榮使命,雖然這條命還值得保留,我也願意為國犧牲。」說完,他轉頭踏上跟鄉紳不同的方向,因此碰巧選中蘇菲亞走過的路。

他們往前走了將近二公里,彼此沒有交談。湯姆喃喃自語念叨個沒停,帕崔吉始終默不吭聲,也許早先的驚嚇還沒完全消退。再者,他不敢再次激怒湯姆,尤其他現在腦海裡又生出一個念頭,讀者知道了多半不意外：他開始懷疑湯姆徹底發瘋了。

最後湯姆厭倦了獨白，終於對帕崔吉說話，責怪他太沉默。帕崔吉坦誠表示他是因為害怕冒犯湯姆。湯姆於是保證無論如何都不會怪罪他，帕崔吉的恐懼因此移除，終於解開拴住舌頭的繮繩。他的舌頭重獲自由，欣喜的程度恐怕不亞於解下轡頭奔向草原的小公馬。

帕崔吉腦海第一個浮現的話題已經被湯姆禁下了禁令，他只好退而求其次聊第二個重要話題，那就是山中人。他說，「先生，那個一定不是人，哪有人穿成那樣，過那麼奇怪的生活，一點都不像其他人。再者，那老婦人告訴我，他主要的食物是草類，那種東西比較適合馬兒，不適合基督徒。還有，厄普頓的店東說，那附近的人都把他想成可怕的東西。我有個古怪的念頭，總覺得那一定是某種神靈，被派來警告我們。天曉得，他跟我們說的那些話，比如去打仗、被俘虜、差點被送上絞刑架，說不定是在警告我們，因為我們也要去打仗。再者，昨天我一晚上都夢見打仗，鼻子鮮血直流，像酒桶流出來的酒。先生，『女王陛下，您勾起我難以啟齒的傷心事。』」

湯姆說，「帕崔吉，你的故事就跟你的拉丁語一樣，牛頭不對馬嘴。上戰場的人送命的機會本來就很大。也許我們兩個都會死在戰場上，那又怎樣？」

帕崔吉答道，「那又怎樣？那麼我們的人生就都結束了，不是嗎？如果我死了，那麼一切對我而言都結束了。如果我死了，那麼戰爭、誰勝誰敗對我又有什麼意義？我永遠享受不到勝利的好處。一個埋在地底下兩公尺深的人，是聽不見也看不到勝利的鐘聲和篝火的？可憐的帕崔吉就這麼沒了。」

湯姆說，「可憐的帕崔吉遲早都會沒了。既然你喜歡拉丁語，我就念幾句賀拉斯《頌詩》裡的優美詩句給你聽，它可以為懦夫注入勇氣。」

「我希望你可以解釋一下，」帕崔吉說，「因為賀拉斯的文字很難，你念的東西我聽不懂。」

「那我就用我自己不高明的仿作（應該說是改寫）重說一遍。」湯姆說，「因為我是個蹩腳詩人。」

誰不肯為心愛的國家粉身碎骨？
就算恐懼令他撤回怯懦的腳步，
他終究難逃一死。因為，
懦夫與英雄都會化為塵土。

帕崔吉說，「確實如此。欸，沒錯，『凡人必死』。可是，一個人像個良善的基督徒，活了很多年以後死在自己床上，親朋好友圍在旁邊哭泣，跟今天或明天像條瘋狗似地被開槍打死，或被人用刀劍砍成二十段，連懺悔一生罪過的機會都沒有，這兩種死法天差地別。噢，上帝垂憐我們！軍人都不是好東西，我從來就不想跟他們扯上關係。我幾乎沒辦法把他們當基督徒看待，他們滿口髒話賭咒。希望先生您回頭是岸，別去從軍。我真心希望您及早醒悟，以免悔不當初。損友令人墮落，這就是我主要的理由。關於死亡這件事，我並不比別人害怕，我不怕死。我知道所有人都會死，可是死亡以前卻有機會活很多年。我現在才中年，也許還能活很久。我讀到過有些人活到一百歲，甚至有人超過一百歲很多。我不是說我希望活那麼久，也沒有向自己保證一定要活那麼久。活到八、九十歲也就夠了。感謝上帝，那也還有很多年，到那時我就不會怕死，不會比別人怕死。可是，時間還沒到就去找死，在我看來是非常邪惡、非常放肆的行為。再者，就算是為了做好事……可是，不管是為了什麼原因，區區兩個人能有什麼力量？打仗的事我一點都不懂，我這一生開槍不到十次，而且都沒裝子彈。至於劍，我沒學過劍術，什麼都不懂。還有那些大砲，自己跑去被大砲轟，肯定是最荒唐的行為。除了瘋子……請先生原諒，我絕對沒有冒犯的意思，希望不會又惹先生發脾氣。」

湯姆說，「帕崔吉，別擔心，現在我完全相信你是個懦夫，無論如何都不會跟你生氣。」

帕崔吉回應，「先生可以說我是懦夫，或別的什麼，您高興就好。如果想得個全屍就是懦夫，那麼『誰都會犯這種過失』。我在教科書上從沒讀過人一定得打仗才能是好人。『何謂好人？就是遵守元老院頒定的律令、規則與法律的人。[5]』根本沒提到打仗。我相信《聖經》也極力反對戰爭，我絕不相信殺害基督徒的人會是好基督徒。」

5 此句摘自賀拉斯的《書信集》。賀拉斯其實是在諷刺那些因畏懼懲罰而守法的人。

第四章
乞丐的奇遇

帕崔吉剛說完前一章末尾那篇神聖莊嚴的演說，他們來到另一個十字路口，有個衣衫襤褸的跛子向他們乞討。帕崔吉嚴厲斥責那人一頓，說道，「教區應該照顧好自己的窮人。」

湯姆聽得哈哈大笑，問帕崔吉，「你不丟臉嗎？滿口仁義道德，心裡沒有一點慈悲。你的信仰只是方便你原諒自己的過錯，不能激勵你做個好人。真正的基督徒，會拒絕幫助像這樣窮困潦倒的弟兄嗎？」他一面說，一面伸手進口袋，掏出一先令交給那可憐人。

「少爺，」那人謝過湯姆後說，「我口袋裡有個稀罕東西，我在三公里外撿到的，看少爺想不想買下來。我不敢隨便問別人，不過，看少爺是個好人，對窮人這麼仁慈，一定不會只因為別人窮，就懷疑他是小偷。」他從口袋拿出一個鍍金皮夾交給湯姆。

湯姆打開皮夾，看見（讀者啊，你猜他是什麼心情）「蘇菲亞·威斯頓」這幾個字，是她的玉手親筆書寫。他一看見她的名字，馬上把皮夾按在嘴唇上，顧不得身旁有人，沉浸在痴狂的喜悅中。不過，也可能是因為喜出望外，才會忘了其他人的存在。

湯姆瘋狂地親吻皮夾，像嚼著東西咕咕噥噥地，彷彿吃著塗了奶油、酥脆可口的麵包，也像個書蛀蟲，或窮得只能吃自己的作品的作家。這時皮夾裡滑出一張紙，掉在地上，帕崔吉撿起來交給湯姆。湯姆發現那是一張銀票。那其實就是蘇菲亞離家那天晚上父親給她的那張銀票。精打細算的猶太人會毫不遲疑用低於面額五先令的價格買下來。

湯姆大聲說出銀票的面額，帕崔吉聽得眼睛都亮了，撿到皮夾那個可憐傢伙也是，只不過心情不大相同。那人始終沒有打開皮夾，但願是因為誠實。不過，如果我們不透露一個重要細節，就是對讀者不誠實，那就是那個傢伙不識字。

湯姆拿到這個皮夾，心情只是歡喜和激動，這時卻生起一股擔憂。他馬上想到，如果不能及時把皮夾送還給蘇菲亞，她可能會缺錢用。這時他告訴那乞丐，他認識皮夾的主人，一定會設法盡快找到她，把皮夾交還給她。

那個皮夾是威斯頓女士不久前送給姪女的禮物，她花了二十五先令在某家知名精品飾物店買的。皮夾的純銀釦子真實價值差不多是十八便士，這個皮夾因為保存得跟剛從店裡賣出去一樣好，那位精品店老闆會願意用十八便士買回。不過，精明的人則會欺負這個傢伙不識貨，出價不會高於一先令，甚至只有六便士。不，有些人甚至一毛錢也不出，任由那個可憐傢伙去打侵占官司。考量當下情況，精通法律的高等律師會認為他勝訴機會渺茫。

湯姆恰恰相反，他個性何止慷慨，就算說他視金錢如糞土都不為過，所以他不假思索拿出一基尼買下皮夾。那窮人已經很久沒拿過這麼大一筆錢，向湯姆千謝萬謝，興奮的程度可比剛拿到皮夾時的湯姆。那傢伙同意帶湯姆去他撿到皮夾的地方，三人立刻動身。湯姆對前進的速度深感失望，因為他的嚮導很不幸是個瘸子，一小時走不到一點五公里。他撿到皮夾的地方在五公里外（雖然那可憐人說三公里），所以我就不必告訴讀者他們走了多久才到目的地。

走路的過程中湯姆打開皮夾上百次，親吻了一樣多次，跟自己說了很多話，幾乎沒有理會同伴。他們的嚮導看見他的模樣，向帕崔吉表達他的驚訝。帕崔吉不只一次搖頭，說道，「可憐的先生！『讓我們祈求他健全的體格裡住著健全的心靈。』」

最後他們來到蘇菲亞不幸遺失、被那傢伙幸運撿到皮夾的地方。湯姆向他的嚮導告別，想加速趕路，那傢伙卻露出不滿意的表情。他當初拿到一基尼金幣的強烈驚奇與欣喜已經消退，又有充分時間思前想後，現在他搔搔腦門說，「希望先生再多給我一點錢。先生應該想想，如果我不誠實，就會把錢全留下來。」讀者必須承認這話說得沒錯。他又說，「如果那張紙值一百鎊，那麼撿到的人可以拿到的不只一基尼。再者，假使先生找不到那位小姐，或者沒有交給她……雖然先生外表像紳士，說話也像紳士，可是空口無憑。萬一找不到失主，東西就該歸第一個撿到的人。我希望先生考慮到這些。我只是個窮人，我不敢一個人獨吞，可是我該拿到應得的一份。先生看起來是個好人，希望先生考慮我的誠實，因為我本來可以把錢全留下來，誰也不會知道。」

湯姆說，「我以我的名譽向你保證，我認識皮夾的主人，也一定會交還給她。」

那人說，「不，先生只要把我的那一份給我，你想怎麼做都行。也就是說，先生給我一半，其他的您喜歡的話可以自己留著。」說到這裡，他發了幾個重誓，又說，「我絕不會跟任何一個活人說半個字。」

湯姆說，「朋友，你聽好，皮夾的主人一定會拿回她的失物。我很願意對你表示更多謝意，只是現在拿不出來。告訴我你叫什麼名字，住什麼地方，將來你很可能有更多理由為今天早上的奇遇感到慶幸。」

那人嚷嚷道，「我不懂你說的什麼遇不遇的。你會不會把東西交還給那位小姐，我還說不準呢。我希望先生能想一想……」

帕崔吉打斷他的話，「好了，好了，告訴先生你叫什麼名字，上哪兒可以找到你，我保證你絕不會後悔把那筆錢交給他。」

那人明白皮夾再也拿不回來，只好說出自己的姓名地址，湯姆用蘇菲亞的鉛筆記在一張紙上，再把那張紙放在蘇菲亞的名字旁邊，說道，「朋友，你是全世界最幸福的男人，我把你的名字跟天使的名字放在一起。」

那人說，「我不知道什麼天使不天使的，我只希望先生多給我一點錢，或者把皮夾還給我。」

帕崔吉發火了，他用很多惡毒又粗魯的話罵那個跛子，幾乎動手打人，可是湯姆阻止他。湯姆告訴那人，他一定會找機會答謝他，說完拔腿就跑，用最快的速度離開。至於帕崔吉，那一百鎊令他精神抖擻，跟著湯姆跑了。那可憐的傢伙追不上，只好咒罵他們解氣。他也罵自己的父母，說道，「當初如果送我進義學，學會讀書寫字和算術，我就能跟別人一樣知道那些東西值多少錢。」

第五章
湯姆和帕崔吉旅途上的更多事

湯姆和帕崔吉走得飛快，幾乎沒有時間和力氣說話。湯姆一路想著蘇菲亞，帕崔吉想著那張銀票。那張銀票雖然帶給他些許振奮，卻也令他為自己的運氣扼腕，因為他走過那麼多路，從來沒碰上這種展現誠實的機會。他們走了大約五公里路，帕崔吉再也趕不上湯姆，於是大聲叫喊，請湯姆腳步放慢一點。湯姆馬上配合，因為他已經有一段時間不確定該往哪裡走。原本融雪後的路面有清晰的馬蹄印，他循著走了幾公里，現在來到一片開闊的公有地，有好幾條路往四面八方而去。

湯姆在這裡停下，考慮該走哪條路，突然聽見陣陣鼓聲，好像就在不遠處。鼓聲激起帕崔吉內心的恐懼，他驚叫道，「上帝垂憐我們大家，他們真的來了！」

湯姆大聲問，「誰來了？」他的恐懼老早被其他更溫柔的情懷取代。自從遇見跛子，他已經下定決心去找蘇菲亞，完全沒想到敵軍的事。

帕崔吉叫道，「還有誰？當然是叛軍。可是我為什麼喊他們叛軍？他們說不定都是非常正直的紳士。就讓魔鬼把那些跟他們對抗的人帶走吧。只要他們不來跟我打交道，我絕不會去跟他們打交道，但會跟他們客客氣氣的。先生，看在上帝份上，萬一他們來了，別跟他們起衝突，也許他們不會傷害我們。不過，如果我們鑽進那邊的樹叢，等他們走過去，是不是明智得多？兩個手無寸鐵的人怎麼打得過五萬大軍？除了瘋子……希望沒有冒犯先生。可是，任何人只要擁有『健全身體和健全心靈』，肯定不會……」

湯姆打斷這篇恐懼引發的滔滔宏論，說道，「根據鼓聲，我猜附近應該有城鎮。」說完，他就往鼓聲的方向走去，要求帕崔吉：「勇敢點，我不會帶你去危險的地方。」又說，「叛軍不可能在這附近。」

帕崔吉聽了湯姆最後一句話，才稍微放心下來。雖然他寧可往相反方向去，卻還是跟著湯姆。他的心臟隨著鼓聲打節拍，卻不是英勇軍士那樣。鼓聲一路帶領他們，直到他們越過公有地、走上一條小路才停止。

此時帕崔吉已經趕上湯姆的步伐，他看見彩色旗幟在空中飄揚，而且就在前面幾公尺的地方。那旗子的顏色跟敵軍的軍旗類似，他嚇得鬼吼鬼叫，「天哪！先生，他們來了，那是皇冠和棺材[6]。噢，上帝啊！我沒見過這麼恐怖的東西，我們已經進入他們槍砲的射程了。」

湯姆抬頭一看，馬上發現帕崔吉弄錯了。他說，「帕崔吉，我認為這支軍隊你一個人就能對付。根據那旗子的顏色，我知道先前的鼓聲是什麼：那是為了號召大家去看木偶戲。」

「木偶戲！」帕崔吉眼神發亮。「真的只是木偶戲？全世界所有的娛樂之中，我最愛的就是木偶戲。先生，拜託，我們留下來看。再者，我都快餓死了。天快黑了，而我從凌晨三點到現在都沒吃東西。」

他們來到一家客店，事實上是一家酒館。湯姆應帕崔吉要求進去歇歇腳，其實他已經不確定自己還走到正確的路上。他們一起走進廚房，湯姆向店家打聽當天早上有沒有小姐路過，帕崔吉態度跟湯姆一

6 當時反詹姆斯黨的卡通以棺材與皇冠做為叛軍的標誌，據說是因為叛變的查爾斯王子向他父親表示，他如果不能帶著皇冠凱旋，就是躺在棺材裡被送回。

樣急切，但他打聽的是店裡有什麼吃的。他的努力得到比湯姆更豐碩的成果，因為湯姆沒打聽到蘇菲亞的消息，他卻心滿意足地確定不久後就能看見一盤熱騰騰的火腿蛋。

體格健壯的人受愛情影響的程度，跟羸弱族群大不相同。虛弱的人往往容易為愛喪失維持生命的各種胃口，健康的人雖然經常因為愛情忘記或忽略進食及其他各種生活需求，然而，如果把一塊香噴噴的牛臀肉放在飢餓的情人面前，他通常會盡興執行當下的任務。眼下的情況就是如此。湯姆如果一個人獨行，沒有旁人提醒，也可能空著肚子繼續往前走。可是他一坐下來面對那盤火腿蛋，馬上跟帕崔吉一樣狼吞虎嚥起來。

他們的晚餐還沒結束，天就黑了，月亮這時已經由盈轉虧，夜色十分昏暗。帕崔吉勸湯姆在這家店投宿，以便觀賞即將開演的木偶戲。操偶師也極力邀請他們去欣賞，他說他的木偶品質世界一流，全英格蘭各地的上流人士看過都讚不絕口。

木偶戲表演中規中矩高雅端莊，演出內容是《憤怒的丈夫》[7]較為純淨嚴肅的段落，確實是非常肅穆又正經的娛樂，沒有任何低級趣味或笑料，也沒有俏皮話。說句公道話，裡面沒有任何引人發噱的東西。觀眾一致表示滿意。有個不苟言笑的婦人告訴操偶師她隔天晚上會帶女兒來看，因為戲裡面沒有不雅的內容。也來看戲的律師助理和稅務官都說，唐利爵爺與夫人的角色表現得恰到好處，非常符合人性。帕崔吉也認同大家的觀點。

操偶師聽見這些讚美笑得合不攏嘴，自己忍不住也附和一番，「在我們這個時代，進步最多的要算是木偶戲了。木偶戲自從把龐奇尼洛和他太太瓊安[8]以及其他諸如此類閒雜角色趕出去以後，終於演變成一種理性娛樂。我記得剛入行的時候，木偶戲還有很多低俗內容，經常逗得觀眾哈哈大笑，卻無助於提升年輕人的道德觀。然而，這才應該是所有木偶戲的宗旨，因為木偶戲為什麼不能傳達優質而且富教育意義的內容？我的木偶尺寸跟真人一樣，也維妙維肖地呈現真實人生。我深深相信觀眾看過我的小劇場，就像在劇院看一齣大戲，心靈大幅提升。」

湯姆說，「我絕對無意貶低你們這個行業的獨創和巧思，可是不管怎樣，我還是比較希望看見老朋友龐奇先生。還有，我覺得少了龐奇和他的樂天太太瓊安，木偶戲趣味盡失。」

拉鋼絲耍木偶的操偶師聽見這番話，馬上對湯姆產生一股強烈的鄙夷。他一臉不屑地回答，「先生，你可以有個人觀點，但我知道一流批評家的見解跟你不同，本來就沒辦法迎合各種品味。我承認，兩三年前巴斯有些上流人士非常希望把龐奇帶回舞台，我因為不贊成這種做法，恐怕損失了一部分收入。不過別人想怎做隨他們，我不會為了一點錢就降低自己行業的水準，也永遠不會添加一些不入流的內容來破壞我的表演素質和規矩。」

律師助理說，「說得對，朋友，你說得很對，永遠要避開低俗的東西。我有幾個倫敦朋友下定決心要把所有低俗的東西趕出劇院。」

稅務官拿下嘴裡的菸斗，說道，「這事太對了。我記得《憤怒的丈夫》這齣戲首演的時候，我跟僕人一起坐在樓座（當時我住在老爺家）。戲裡有很多低級內容，是關於有個鄉紳到城裡選國會議員。他們把他的一群僕人都搬上舞台，我特別記得他的馬夫。樓座裡的先生們受不了這麼低俗的場面，罵得很

7 英國劇作家凡布勒（Sir John Vanbrugh, 一六六四～一七二六）創作《倫敦之旅》（*A Journey to London*）過程中逝世，劇作家庫利・西柏（Colley Cibber, 一六七一～一七五七）續作完成，改名為《憤怒的丈夫》（*The Provoked Husband*）。

8 指義大利滑稽木偶戲《龐奇尼洛與瓊安》（*Punchinello and Joan*）的男女主角，這齣戲傳到英國變成《龐奇與茱迪》（*Punch and Judy*）。

難聽。朋友，我發現你把那些都西都刪掉了，很值得讚賞。」

湯姆說，「先生們，我一個人說不過你們大家。事實上，如果大多數觀眾都不喜歡龐奇，那麼這位學識淵博的操偶師把他趕下舞台確實做得很對。」

操偶師於是展開第二回合高談闊論，極力宣揚好榜樣的影響力，強調底層百姓只要看見上流社會人士的劣根性，就會遠離惡行。他的宏論很不幸被一起事件打斷，這件事換在別的時候我可能會略過不提，在這裡卻忍不住想敘述一番，不過不是在這一章。

第六章

這章內容告訴我們，就算是最好的事，也可能引起誤會與曲解

客店門口傳來激烈爭執，老闆娘舌頭與拳頭並用，正在狠狠教訓她的女僕。早先她需要幫手時找不到女僕，找來找去，竟然發現女僕在木偶戲台上，跟戲班子的小丑在一起，兩人相處的情景不適合在此描述。

雖然葛雷絲（這是女僕的名字）早就不在乎舉止端莊不端莊，卻還不至於厚著臉皮否認她當場被逮到的事，於是她隨機應變，想辦法減輕罪嫌。她說，「老闆娘，妳為什麼這樣打我？如果妳不喜歡我的行為，辭退我就好啦。如果我是個婊子（因為老闆娘滿口這樣罵她），那麼那些上等人也都是。木偶戲裡那個高貴夫人不就是？她丟下丈夫一晚上沒回家，難道什麼事都沒做？」

老闆娘氣得衝進廚房，大罵自己的丈夫和操偶師。「當家的，看吧，看看讓這些人住在店裡有什麼下場。就算多賣一點酒，也彌補不了他們惹出的亂子。好好的一家客店，都被這些差勁的害蟲弄成妓院啦。一句話，你們一早就走，我絕不容忍這種事。這種沒用的表演只是教我們的下人偷懶胡鬧，還能教些什麼好東西。我記得以前木偶戲演的都是《聖經》裡的故事，像是《耶弗他的輕率誓言》[9]之類的好故事，當時大家都相信壞人會被魔鬼帶走。那些東西很有點道理，不過就像上星期天牧師告訴我們的，如今已經沒有人相信世上有魔鬼。你帶了一堆裝扮得像高貴先生夫人的木偶，只是把可憐的鄉下丫頭騙

得暈頭轉向。她們的腦子轉暈了，其他事當然也就亂套了。」

我記得維吉爾說過，當烏合之眾聚在一起，情緒激動大吵大鬧，各種攻擊武器滿天亂飛，這時如果來了個位高權重的人，混亂立即中止，那群暴民（他們合體時，行為跟驢子不相上下）紛紛豎起耳朵聆聽大人物的宣講。

相反地，當一群嚴肅人士和哲學家正在爭辯，而智慧女神可以說就在現場，仲裁雙方的論點。這時如果人群中掀起騷動，或者有個潑婦（她一個人的聲勢就能與全場所有人抗衡）衝進這群哲學家之中，他們的辯論立刻終止，智慧女神棄守她的職責，所有人的注意力全部投向那個潑婦。

前面提過的那場爭吵和老闆娘的出現打斷了操偶師的演說，迅速又確實地終結那篇肅穆莊嚴的高談闊論（我剛才已經讓讀者充分領略）。這件事發生得太不是時候，即使是命運女神最惡毒的把戲，也設計不出令可憐的操偶師更不知所措的計謀，畢竟他當時意氣風發地歌頌自己推出的戲碼多麼富含道德寓意，現在等於當場被打臉。就像江湖術士正在吹噓自己的靈丹妙藥如何神效，卻有人抬著被他醫死的人進來擺在眾人眼前，做為他醫術的見證。

因此，操偶師沒有回應老闆娘的話，直接跑出去責罵他的小丑。這時月亮像詩人所說，灑下她的銀色光輝（雖然當時她的模樣更像一片紅銅），湯姆要老闆結帳，也命令睡得正熟被老闆娘叫醒的帕崔吉收拾東西準備上路。不過，正如讀者所見，帕崔吉前不久兩度成功說服湯姆，膽子大了些，打算嘗試第三次，也就是勸湯姆當天晚上就在這家客店住下來。所以，當他聽見湯姆說要走時，裝出驚訝模樣，提出許多絕佳論點表示反對，再用堅定的口氣說，急著趕路一點意義都沒有，因為湯姆不知道蘇菲亞往哪裡去，他每走一步，就可能離小姐更遠一步。他說，「先生，你自己向店裡所有人打聽過了，她沒有往這個方向來。所以，不如待到明天早上，也許能遇上知道她行蹤的人。」

湯姆聽見他最後一個論點，確實有點動搖，他還在權衡得失，店東動用他的三寸不爛之舌為帕崔吉助陣。他說，「先生，您的僕人給了您最好的建議，這種季節有誰會三更半夜趕路？」接下來他一如往常宣揚自己的客房多麼舒適，老闆娘也加入勸說行列。不過我不用這些客店主人的尋常伎倆拖住讀者。簡單說，湯姆終於答應住下來休息幾個小時。他其實非常需要休息，因為自從離開被打破頭那家客店以後，他幾乎沒闔過眼。

湯姆既然決定不再趕路，就馬上帶著兩個床伴就寢去了，那就是蘇菲亞的皮夾和手籠。帕崔吉一路上偷空打過好幾個盹，所以比起睡覺，他更想吃東西；比起吃跟睡，他更想喝酒。

葛雷絲掀起的風暴如今已經平息，老闆娘不再怪罪操偶師，操偶師也原諒老闆娘氣頭上對他的演出的貶損。廚房氣氛平和安詳，店東夫婦、操偶師、律師助理、稅務官和精明的帕崔吉圍坐在爐火旁。這群人的融洽談話請見下一章。

9 Jephthah's Rash Vow，見《聖經．士師記》第十一章第三十到四十節，耶弗他攻打亞捫人以前發誓，如果他得勝，就殺第一個從他家裡出來迎接他的人獻祭，最後殺死自己的女兒。

第七章 作者發表幾點淺見；廚房那群人的更多宏論

帕崔吉一身傲氣，絕不願以僕從自稱，卻紆尊降貴地表現出僕人的各種特質。其中一點就是誇大他的旅伴（他是這麼稱呼湯姆）的財富。所有僕人在陌生人面前都有這種傾向，畢竟他們都不願意別人誤以為他服侍的是乞丐。再者，主人的地位越高，他就覺得自己的地位也跟著水漲船高。我們從所有貴族的男僕都可以觀察到這種現象。

不過，雖然身分與財富會在周遭投射出迷人光采，而權貴人士的僕從多半認為自己有權分享人們對他們主人的權力與財富付出的尊敬。然而，如果把權力與財富換成美德與見識，情況就大不相同了。美德與見識的好處純屬個人，也會獨吞人們的尊敬。坦白說，這方面的尊敬極其微薄，根本不足以與任何人分享。因此，既然美德與見識的榮耀不會延伸到僕從身上，無論主人在這方面如何匱乏，下人的尊嚴自然不會受到一丁點損傷。然而，如果女主人欠缺所謂的貞節，情況就不同了。這種事的後果我們先前已經見到了，它像貧窮一樣具有傳染力，會感染周遭的人。

基於這些理由，我們就不難理解僕人（我指的是男性）會這麼在乎主人財富方面的名聲，鮮少或根本不介意主人在其他方面的特質。另外，他們雖然恥於服侍乞丐，卻樂意服侍惡棍或蠢材，因此也就可以毫不忌諱地宣揚主人的惡行與愚蠢，而且經常說得趣味橫生、不亦樂乎。事實上，男僕往往靠揶揄自家主人展現自己的幽默風趣，成為情場萬人迷。

帕崔吉大幅渲染湯姆將來可望繼承的財富規模之後，又毫不顧忌地說出內心的擔憂，也就是他從前一天開始生起的念頭。正如當時我的提示，湯姆的行為給了他非常充足的理由。簡言之，他現在非常確定湯姆精神失常，也直言不諱地告訴爐火旁的眾人。

操偶師立刻表示認同，他說，「坦白說，那位先生說了那些關於木偶戲的荒謬言論，我聽得很震驚。說實在話，很難想像任何頭腦正常的人會有這種錯誤見解。你剛才說的話充分說明他為什麼會有那麼駭人聽聞的看法。可憐的先生！我真替他擔心，他的眼神確實有一股古怪的顛狂，我早就發現了，只是沒說出來。」

店東同意操偶師有關湯姆眼神的說法，宣稱他也明察秋毫看見了。他說，「當然，他一定是瘋了，有哪個精神正常的人會放著這麼好的客店不住，三更半夜在荒郊野外亂闖。」

稅務官拿下嘴裡的菸斗說，「我就覺得那位先生看起來有點失常，說話也是。」然後轉頭對帕崔吉說，「如果他是瘋子，就不能讓他像這樣到處闖，免得他做出不好的事。應該有人把他抓起來送回家去。」

帕崔吉老早有這種念頭，因為他認定湯姆逃家，滿心以為只要想辦法把他送回家，一定可以領到非常豐厚的謝禮。可是湯姆力氣大脾氣狂暴，這點他見識過，也親身體驗過幾次。害怕之餘，他覺得蠻力不可行，更不敢奢望親自動手把湯姆押回家。他一聽見稅務官的話，立刻表示自己也有同樣想法，也真心希望事情能辦得成。

「希望能辦得成！」稅務官說，「這有什麼難的？」

「啊，先生。」帕崔吉說，「你不知道他是多麼恐怖的傢伙。他一隻手就能把我提起來扔出窗外。而且他真的會這麼做，如果他覺得……」

「呸！」稅務官說，「論體力我一點也不比他差。何況我們這裡有五個人。」

「我不知道你說五個指的是誰。」老問娘說，「別把我丈夫算進去。誰也不能在我店裡對別人用蠻力。那位少爺是我這輩子見過最俊帥的人，我相信他跟我們大家一樣正常。你怎麼會說他眼神顛狂？我從沒見過那麼漂亮的眼睛，他的眼神多麼迷人，而且是個客氣又懂禮貌的年輕人。我聽坐在角落那位先生說他失戀了，就非常同情他。任何人失戀都會失魂落魄，何況是這麼討人喜歡的年輕少爺。那些高貴小姐也真是！天底下還有比這麼帥氣又有錢的男人更好的對象嗎？我猜她一定是你們說的那些上流小姐，就是我們昨天晚上看見的木偶戲裡的唐利夫人那種人，天曉得她們心裡在想什麼。」

律師助理也說，他沒請示過律師，不願意插手這種事。他說，「萬一他告我們非法拘禁，我們要怎麼抗辯？天曉得要怎樣在陪審團面前證明某人發瘋。我只是表明我自己的立場，律師不能牽涉到這種事，除非出庭辯護。陪審團對我們總是比對其他人嚴厲。不過，湯森先生（指稅務官），我沒有說你、或那位先生、或任何人不能那麼做。」

稅務官邊聽邊搖頭。操偶師說，「陪審團有時候很難判斷人有沒有發瘋。我記得曾經親眼看過這樣的案子，有二十個人發誓某個人瘋得跟三月的野兔一樣，另外二十個人說那人跟英格蘭所有男人一樣正常。事實上，大多數人都認為，這一切都是因為那可憐男人的親戚想搶奪他的財產。」

「很有可能！」老闆娘叫道，「我就知道有個可憐的紳士被家人送進瘋人院關了一輩子，他的家人享受他的財產。不過沒有用，因為法庭雖然把產業判給他們管理，所有權還是別人的。」

「呸！」律師助理不屑到了極點，「除了法律給的，誰能有什麼權利？如果法律把全國最大的產業判給我，我才不在乎所有權是誰的。」

「如果真是這樣，」帕崔吉說，「那麼『以別人為借鏡的人有福了』。」

早先有個人騎馬來到店門外，店東被喊出去，現在重新回到廚房，驚恐萬分地嚷嚷道，「各位，你們猜怎麼了？叛軍突破公爵的防線，就快到倫敦了。這事不假，剛才騎馬來的人告訴我的。」

「這真是太好了，」帕崔吉說，「這麼一來這一帶就不會有戰事。」

「我也很高興，」律師助理說，「不過基於更好的理由。我向來認為權利應當受保障。」

「欸，可是。」店東說，「有人說這個人沒有權利。」

「我馬上可以證明那些人錯了。」律師助理說，「如果我父親過世時擁有某種權利，我說的是擁有某種權利。那個權利難得不該傳給他兒子嗎？不管是權利或權位，都應該代代相傳，不是嗎？」

「可是他有什麼權利把別人變成天主教徒？」店東問。

「別擔心那個。」帕崔吉說，「關於權利問題，那位先生已經解釋得跟太陽一樣清楚。至於宗教問題，根本不是那麼回事。天主教徒自己也沒有這種念頭。我跟一個天主教神父很熟，他為人誠懇正直，他以人格保證，他們絕對沒有那種打算。」

「我認識的一個神父也是這麼說的，」老闆娘說，「可是我丈夫一直很害怕天主教徒。我認識很多天主教徒，都是非常誠實的人，出手也很大方。我的原則就是：肯花錢的都是好客人。」

「老闆娘，妳說得對極了。」操偶師說，「我才不管哪個宗教當權，只要不是長老教會就好，因為他們是木偶戲的敵人。」

「所以你可以為了利益犧牲信仰，希望天主教進到英國來，是嗎？」

「不是。」操偶師說，「坦白說我跟大家一樣討厭天主教，可是天主教來我至少還能活下去，也算一點安慰，換成長老教會就不行了。每個人都會優先考慮自己的生計，這點誰也不能否認。而且我敢說，如果你願意說真話，你最怕的一定也是失業。朋友，別擔心，不管誰來當政，都得有人收稅。」

稅務官說，「我拿朝廷俸祿，如果不效忠國王，那就太不是人了。這種事是理所當然的，因為就算新朝廷有稅務官，對我又有什麼意義。我的上司同事都走了，我必定也會追隨他們的腳步。不，不，我絕不會為了在新政府保有一份差事放棄信仰，因為那樣一來我的處境可能不會變好，甚至會變糟。」

「每次有人說天曉得以後會怎樣，我就會這麼回答。」店東大聲說，「真是的！如果我隨便把錢借給不認識的人，只因為他可能會還，那我豈不是個笨蛋？我相信錢還是鎖在我自己的抽屜裡比較安全，所以我會讓它繼續待在那裡。」

律師助理非常欣賞帕崔吉的高明見解，不知是因為他看人看事慧眼獨具，或者只是因為他跟帕崔吉理念相同，骨子裡都是詹姆斯黨人。這時他們熱絡地跟對方握手，手裡的大杯烈啤酒一仰而盡，遙祝某個不便在此提及的人身心康泰。

後來在場所有人也一起敬酒，店東雖然不情願，也半推半就配合，因為律師助理威脅他，如果他不喝，以後再也不踏進他的店。眾人喝下的酒順勢終結這場聚會，這一章也在此告一個段落。

第八章
命運女神似乎改變作風，對湯姆友善了些

疲倦應該是天底下最健康、效力幾乎也最強的安眠藥，這帖藥湯姆服了一大劑，藥效強力發作，一覺睡了九小時，如果不是被房門外驚天動地的聲音吵醒，可能會睡更久。那是揮拳揍人的聲音夾雜「殺人啊」的叫嚷。湯姆立即跳下床衝出去，發現操偶師正在毒打他可憐的小丑的前胸後背，出拳又急又猛，毫不留情。

湯姆馬上替挨打的那一方出頭，把打人的推向牆壁壓制住。操偶師顯然不是湯姆的對手，就像穿著五彩衣裳的小丑也打不過他。

不過，雖然小丑身材瘦小，體格也不壯，膽氣倒是挺足。發現自己掙脫敵人魔掌，馬上發揮他身上唯一足以和敵人對抗的武器，先是罵了一串尋常髒話，再細數對方的不是。他說，「你他媽的王八蛋，該死的傢伙。我不但養活你（因為你賺的錢都靠我），我還把你從絞刑架救下來。昨天在附近那條後巷，你不是想搶那個小姐身上的漂亮騎裝？你敢說你不想把她拖到樹林裡剝她衣裳？敢說你不想剝掉世上最美的小姐的衣裳？現在你竟然打我，幾乎要了我的命。我沒傷害葛蕾絲，我們彼此相愛，你生氣只是因為她喜歡我而不喜歡你。」

湯姆聽見這番話，連忙放開操偶師，用最嚴厲的口吻禁止他再打小丑。接著他把那可憐的小夥子帶

進他房間，很快打聽到蘇菲亞的消息。原來小丑前一天跟著操偶師出去打鼓宣傳，剛好看見路過的蘇菲亞。湯姆輕易就說服那小子帶他去遇見蘇菲亞的地方，之後召喚帕崔吉，打算用最快的速度出發。

等一切就緒可以啟程，時間已經將近八點，因為一來帕崔吉慢條斯理，二來帳單沒那麼快開出來。就算這兩件事處理完畢，湯姆還非得化解操偶師和小丑之間的嫌隙才肯離開。

最後他任務順利完成，就跟著可靠的小丑去蘇菲亞路過的地方。湯姆給小丑一筆可觀的酬金，就興沖沖上路了。像這樣意外獲知蘇菲亞消息，他實在驚喜交集。帕崔吉聽說了事情經過，也一本正經地鐵口直斷，說湯姆最後一定能抱得美人歸，因為，「如果上天不打算讓你跟蘇菲亞小姐終成眷屬，絕不會安排這樣的兩件巧合來指引你的方向。」對於帕崔吉那些迷信言論，湯姆這還是第一次聽入耳。

他們走不到三公里，就碰上大雨。前方不遠處有家酒館，經過帕崔吉苦苦哀求，湯姆才同意進去躲雨。飢餓這個敵人（這樣的比喻確實恰當）性格上比較像英國人，不像法國人。因為儘管你勤於征服它，時間一到它還是會重振旗鼓。帕崔吉的飢餓就是這樣，所以他一走進酒館廚房，馬上提出跟前一天晚上相同的問題，結果是一盤可口的冷脊肉端上桌。湯姆也跟帕崔吉一起盡情享用這頓美味早餐，只是不一會兒又焦躁不安，因為他在酒館裡打聽不到蘇菲亞的最新行蹤。

兩人吃飽後，湯姆顧不得滂沱大雨，又準備出發了。帕崔吉求湯姆再多喝一杯酒，不經意瞥見站在爐火旁的年輕小夥子。那人剛走進廚房，視線也鎖定帕崔吉。帕崔吉突然轉頭面向湯姆，大聲說，「少爺，來握個手，因為一杯酒不足以慶祝這個好運。我們馬上又有蘇菲亞小姐的消息了。站在爐火邊那小夥子就是當初幫她帶路那個，他臉上那塊膏藥是我貼的，我可以對它發誓。」

那小夥子回應道，「先生，上帝保佑您，這確實是您的膏藥，我永遠會記得您的好心，因為我的傷快好了。」

湯姆從椅子上跳起來，要那小夥子馬上跟他走，兩人離開廚房到僻靜的廂房。他對待蘇菲亞就是這麼細心，從來不願意在大庭廣眾之下提到她的名字。雖然他曾經因為情不自禁、在許多軍官面前舉杯向她祝酒，那是因為當時他相信那些軍官不可能認識她。不過，即使在那個時候，讀者應該還記得他是多麼不容易才被逼著說出她的姓氏。

他在這方面這麼細心體貼，卻也因為這種事不幸被蘇菲亞誤會，想來實在太難以接受，許多睿智的讀者可能甚至覺得荒謬至極。雖然他在這種處境下隨便投入其他女人懷抱，但蘇菲亞之所以生氣，是她以為（而且有明顯佐證）他任意向陌生人提起她的姓名。坦白說，要不是蘇菲亞發現湯姆兩度犯這種錯，對她毫不尊重，一點也不符合高貴細膩的心靈該有的情意與溫柔，否則無論阿娜怎麼勸，她沒見到湯姆絕不會離開厄普頓的客店。

但事情就是這麼發展，我也只能忠實陳述，如果讀者覺得這種事不近情理，令人震驚，我也沒辦法。我必須提醒這些仁人君子，我寫的不是規則，而是歷史，我不需要配合某些有關真實與常理的既定概念改編所有情節。雖然這麼做一點也不難，基於慎重，我最好還是避免。比方說，撇開我個人的觀點不談，現有的情況乍看之下或許會引起某些讀者不悅。然而，只要深思熟慮一番，相信大家都不會再有異議。聰明善良的人會認為，湯姆在厄普頓的遭遇正好懲罰他在女人方面有欠慎重，因為那確實是最直接的禍首。愚蠢邪惡的人就不必為自己的劣行內疚，因為他們可以安慰自己，人的品格是由偶然因素決定，而非美德。我在這裡提出的省思可能會跟這兩種論點相牴觸，也會顯示那些偶然因素只是進一步證實本書再三強調的那個重要、有益又罕見的箴言。我不能在這裡重申那個箴言占據篇幅，因為那會像個蹩腳牧師講道，在每個段落末尾重複經文充數。

不管蘇菲亞誤解湯姆多麼深，我認為她顯然有充足理由。因為我相信所有年輕小姐如果碰上一樣的事，一定會跟蘇菲亞產生相同誤解。不只如此，如果蘇菲亞此時此刻走在湯姆後面，並且在湯姆離開酒館後走進酒館，會發現酒館老闆跟厄普頓客店那個女僕一樣知道她的姓名和為人。因為湯姆在房間裡悄聲詢問那個小夥子時，一點也不細心體貼的帕崔吉在廚房公開盤問哈麗葉的嚮導。於是眼觀四面耳聽八方的酒館老闆就這麼聽見蘇菲亞摔下馬之類的事，知道她被誤認為珍妮·卡麥隆、也知道潘趣酒事件。簡言之，他知道我們送兩位小姐搭乘六駕馬車出發以前的所有事。

第九章 區區幾點心得

半小時後，湯姆匆匆回到廚房，催促酒館老闆結帳。帕崔吉原本不捨得離開溫暖的爐火和香醇的烈酒，聽見接下來不必走路，內心的失落感多少得到一點補償。原來湯姆運用金錢攻勢說服小夥子帶他去蘇菲亞下榻的那家客店。不過，小夥子有個條件，就是哈麗葉的嚮導必須在酒館等他。因為厄普頓的店東跟格洛斯特的店東往來密切，所以格洛斯特的店東遲早會聽說他的馬曾經出租給其他人，到時候小夥子原本打算納入私囊的錢恐怕就得充公。

接下來這件事雖然微不足道，我卻不得不記上一筆，因為它害湯姆耽擱了很多時間。原來為哈麗葉帶路那個嚮導的誠實度比較高，也就是價格比較高，湯姆原本可能會多花一大筆錢，幸虧帕崔吉（如我所說特別懂得精打細算）機靈地拿出半克朗，讓小夥子在酒館等人時花用。酒館老闆嗅到這半克朗的味道，馬上施展辯才極力勸說，那小夥子終於被說服，答應多拿半克朗在酒館裡等候。我不由得發現，下等人的生活裡也是處處心機。上流人士經常誤以為自己的欺詐手法如何高明，事實上卻是經常輸給最底層的平凡百姓。

馬匹已經牽出來，湯姆二話不說跳上他親愛的蘇菲亞坐過的側鞍。其實嚮導非常禮貌地把自己的馬讓給他騎，他卻選擇側鞍，多半是因為側鞍比較柔軟。帕崔吉雖然也跟湯姆一樣斯文秀氣，卻不容許自己的男子氣概稍有折損，所以他接受嚮導的馬。這時湯姆乘坐他的蘇菲亞的側鞍，嚮導使用阿娜坐過的那側鞍，帕崔吉跨騎第三匹馬，三個人浩浩蕩蕩出發了，不到四小時就抵達讀者已經待過很長時間的那家客店。一路上帕崔吉精神煥發，不停告訴湯姆他的目標一定能達成，因為近來吉兆連連。讀者即使一點也不迷信，想必也認同湯姆近來確實好運亨通。帕崔吉更開心的是，湯姆現在追逐的是蘇菲亞，而不是為國捐軀。另外，基於那些好兆頭，他不但相信湯姆終究會心想事成，也首度清楚意識到湯姆和蘇菲亞之間存在某種情愫。早先他誤判湯姆逃家的理由，所以沒有注意到這個細節。至於厄普頓發生的那些事，由於他離開那家客店前後都處於驚懼狀態，除了認定湯姆是個瘋子之外，很難有其他客觀見解。其實這也難怪，他早就發現湯姆性情太狂野，當初執意摸黑離開格洛斯特那家客店，進一步確認他的猜疑。不過，現在事情的發展令他心滿意足，對於湯姆的精神狀態，他自然也就少了些擔憂。

他們抵達目的地時，時鐘剛敲過三響，湯姆立刻想辦法雇驛馬，可惜找遍全鎮也雇不到一匹馬。讀者如果考慮到當時全國戰事緊繃，特別是這個地區，不分晝夜每小時都有特急軍情往返遞送，也就不難理解。

湯姆想盡辦法說服原來的嚮導繼續陪他走到考文垂，始終不能如願。他在客店庭院遊說嚮導時，有個人走過來跟他打招呼，還喊出他的名字，並且問候他在薩默塞特郡的家人。湯姆看了那人一眼，馬上認出他是在格洛斯特一起用餐的律師道林，連忙客氣地回應對方。

道林懇切地建議湯姆這天晚上別再趕路了，也提出許多無法反駁的理由，比如天快黑了、路面泥濘不堪、大白天路比較好走，以及其他同樣充分的理由，其中某些湯姆很可能早先也考慮過，只是當時他沒有改變心意，此刻自然也不會。即使他必須靠兩條腿走路，意志依然堅定不移。

道林發現他沒辦法說服湯姆留下來，於是改弦易轍積極勸說嚮導再送湯姆一程。他提出許多誘因勸嚮導再走這一小段路程，最後他說，「你認為這位先生不會好好答謝你嗎？」

在很多方面，二比一的結果跟在足球場上一樣。在好奇旁觀者看來，無論是勸說或懇求，團結力量大的道理想必顯而易見，因為他一定見過父親、雇主、妻子或其他大權在握的人頑固地否決某個人單獨提出的所有論點，這時如果有第二或第三個人加入勸說行列，只需要把先前的理由重述一遍，不需要提出新觀點，掌權者就會讓步。可能是因為這樣，在任何公開辯論場合上才會有「附議」某個論點或提案的說法，而且通常無往不利。可能也是因為這樣，我們才會在法庭上看見某位淵博的先生（通常是高等律師）花了整整一小時把另一位淵博先生剛說過的話重複一遍。

我不再多加解釋，只是一如往常以嚮導的反應為例：他接受道林的建議，答應讓湯姆再坐他的側鞍一程，不過他要求先讓可憐的馬匹喘口氣吃點東西，他說馬兒已經跑了很多路，而且一路跑得很急。其實嚮導多慮了，湯姆雖然心急不耐煩，也會主動做這樣的安排。他非常不認同某些人把馬兒當機器，以為戴著馬刺踢馬的腹部時，馬兒跟馬刺一樣對疼痛沒有感覺。

馬匹吃著玉米的時候，應該說「理論上」牠們正在吃玉米（因為當時嚮導在廚房照料自己，客店的馬夫也在馬廄全力照料他的玉米，免得被馬兒吃了），道林邀請湯姆到他房間喝杯小酒敘敘舊。

第十章
湯姆與道林小酌

道林斟了一杯葡萄酒，舉杯祝歐渥希先生身心康泰，又說，「先生，你願意的話，我們也順道祝福他外甥兼繼承人，也是就那位年輕鄉紳。來吧，先生，敬布里菲先生。他是個俊俏的年輕人，我敢說將來一定會是地方上的大人物，我已經看好他可以當選某個選區的國會議員。」

湯姆說，「先生，我相信你不是有意冒犯我，所以不怪你。不過我要告訴你，你把那兩個人相提並論很不恰當，因為其中一個是超凡入聖的人類，另一個是不配稱為人的奸徒。」

道林聽得瞪大雙眼。他說，「我以為那兩位先生的品格都完美無缺。歐渥希先生本人我還沒見過，不過走到哪裡都有人稱讚他。至於布里菲先生我只見過一次，是為了傳達他母親的死訊。當時我匆匆忙忙，分身乏術，沒機會跟他多說什麼。他看起來為人正直，言行舉止非常得體，我必須說我這輩子還沒遇過比他更好相處的紳士。」

湯姆說，「你跟他只是匆匆一見，上他的當不足為奇，因為他狡猾得跟魔鬼一樣，你就算跟他生活幾年，也不見得看得清他的真面目。我從嬰兒時期跟他一起長大，兩個人幾乎沒有分開過，卻是直到最近才約略察覺他的邪惡本質。我承認我向來不怎麼喜歡他，始終覺得他的個性欠缺一份寬宏大量，那是人類一切崇高品質的基礎。很久以前我就在他身上看見我鄙視的自私性格，可是直到最近，就在不久前，我才知道他能使出多麼卑劣陰險的勾當。因為我終於發現他利用我的坦率，透過一連串狠毒奸計，處心積慮地想毀掉我，最後詭計終於得逞。」

「哎呀！」道林驚叫道，「這麼說來，讓這種人繼承令舅歐渥希先生的龐大產業，實在令人遺憾。」

「唉，先生。」湯姆說，「你給了一個我沒資格擁有的榮耀。沒錯，他基於一片善心允許我對他使用另一個更親近的尊稱，但那只是他的好意，如果他覺得應該剝奪我這份榮耀，我也不能抱怨他不公平，因為那本來就不屬於我。先生，我向你保證我跟歐渥希先生沒有血緣關係。世人不明白他仁善的美德，看見他對我的態度，就說他對親人不厚道，其實是誤解了世上最慈悲的人。因為我……很抱歉，我不該拿這些私事煩你。只是因為你好像誤以為我跟歐渥希先生有親屬關係，覺得應該解釋一下，免得你責怪他。我寧可死，也不願意害他遭人誤會。」

「先生，」道林答，「聽起來你是個光明磊落的人。我一點也不覺得煩，反倒樂意聽聽你為什麼會被誤認是歐渥希先生的親人。你的馬可能半小時後才能備好，不如趁這個機會跟我說說事情經過。我實在想不通，既然你們沒有親屬關係，外人為什麼會誤解。」

湯姆隨和的個性（只是經常有欠慎重）跟他可愛的蘇菲亞倒是很相像，不假思索就答應滿足道林的好奇心，細述自己從出生到受教育的經過，就像奧賽羅：

> 從孩提時期說起，
> 聊到他應邀陳述的這一刻。[10]

10 此處兩段引文均出自莎士比亞劇本《奧賽羅》第一幕第三場，作者略加改編。

道林也像奧賽羅的妻子苔絲狄夢娜，認真地傾聽：

他說這實在離奇，過於離奇；
實在可憐，太可憐了。

道林聽完事件始末深為動容，畢竟他並沒有因為當律師喪失人性。事實上，把我們對職業的偏見延伸到私人生活，或者根據我們對某種職業的刻板印象論斷從事那種職業的人，是極端不公平的事。沒錯，人可能因為工作的關係，需要從事某些驚悚行為，久而久之會顯得不那麼恐怖，甚至習以為常。可是在其他各方面，不管做哪一行，天性都不會改變。不只如此，那些執業時必須暫時放下天性的人，天性在他們身上的作用反而更強烈。我相信屠夫屠殺好馬時會受到良心的譴責；外科醫生幫病人截肢時或許感受不到疼痛，我卻知道他們會對痛風發作的病人滿懷同情。再如絞刑架上的劊子手，雖然吊過數以百計的人頭，哪天拿絞索套人頸子，手卻會顫抖。還有專職殺人的軍人，他們在戰場上可以殺死幾千人不眨眼，對象不只自己的同行，經常還包括老幼婦孺。我敢說等到天下太平，軍鼓軍號束諸高閣，他們也會收拾起自己的殘暴，變成文明社會的善良百姓。同樣地，只要不是打官司的對造，律師也會同情他人的悲傷與苦惱。

讀者很清楚湯姆還不知道自己如何在歐渥希面前遭人抹黑，至於其他那些事，他沒有說得對自己太不利，因為他雖然不願意責怪過去的恩人兼好友，卻也不肯把太多過錯攬在自己身上。道林因此合情合理地推測，湯姆一定遭人惡意中傷。他說，「歐渥希先生絕不會因為一些年輕人都會犯的小過失取消你的繼承權。其實我不能說取消繼承權，因為在法律上你本來就沒有繼承權，這點毫無疑義，不會有人為這種事找律師。不過，當某個紳士領養你、把你當親生孩子撫養長大，你就有理由期待繼承一筆可觀（但不是全部）的財產。話說回來，就算你期待繼承全部財產，我也不會苛責你，人總是希望擁有越多越好，這沒什麼好見怪的。」

「你真的錯看我了。」湯姆說，「哪怕只有一丁點，我也會心滿意足，我從來不奢望歐渥希先生的財富。不，我甚至可以坦白說，我從來沒考慮過他可以或可能給我什麼。我可以鄭重聲明，如果歐渥希先生給我的比給他外甥多，我也會設法扭轉過來。比起享有別人的財物，我更喜歡保有自己的良心。豪華宅邸、成群家僕、美食佳肴，以及財富帶來的所有利益和表相，只能帶給人虛假的尊榮，哪能比得上一個人以純淨的心靈思索著寬厚、善良、高貴又仁慈的舉動時，內心感受到的那股溫暖踏實的喜悅、興高采烈的滿足、激動的心情和強烈的喜悅？我不羨慕布里菲未來的財富，就算有朝一日他得到了，我還是不羨慕。我不會為了跟他交換，甘心當個奸徒，哪怕只是一時半刻。說實在話，我相信布里菲也懷疑我想分他的財產，這些懷疑來自他卑劣的內心，因此也導致他對我做出那些卑劣行為。不過我感謝上帝，我知道，我感受……朋友，我感受到自己的問心無愧。我無論如何都不會放棄這種感覺。因為據我所知，我從沒做過或構思過傷害別人的事。」接著他朗誦以下拉丁詩句：

將我送往某處，那裡的夏日微風
鬆不開泥土，也吹不暖樹叢；
那裡密布的烏雲低垂天際，
憤怒的天神操弄著酷烈的四季。

將我送往某處，那裡驕陽熾烈，
白晝的車輪匆匆流轉不停歇；
愛情與仙子撫慰我的勞苦，
嗓音輕柔、笑容甜美的仙子。
——法蘭西斯先生譯

湯姆說完後倒了一杯酒喝掉，祝福他親愛的拉拉芝[11]。他也幫道林斟滿一杯，要他也陪他祝酒。道林說，「好吧，那我就衷心祝福拉拉芝小姐健康。我雖然沒見過她，卻經常聽人提起她，聽說她貌似天仙。」

湯姆這段話之中，道林沒聽懂的不只那些拉丁語詩句，但他還是被某些言語深深打動。雖然他頻頻以眨眼、點頭、輕笑或咧嘴掩飾（因為我們不論想得對或錯，都會覺得不好意思），避免湯姆發現他的感動，但他盡可能在理解範圍內認同湯姆的心情，也真心對他的遭遇產生強烈的同情。不過我可能會另找機會說說這件事，特別是如果我們在本書歷程中碰巧又遇見他。目前我們不得不模仿湯姆，有點唐突地向他告辭。湯姆一聽見帕崔吉說馬匹準備好了，馬上留下酒錢，祝道林一夜好眠，跳上馬趕往考文垂，不在乎天色已經暗了，雨勢也變得又猛又急。

第十一章
湯姆趕往考文垂途中碰上的災難；帕崔吉的高見

再也沒有比從他們此刻所在地點到考文垂更好找的路線了。雖然湯姆、帕崔吉和嚮導都沒走過這條路，如果不是因為前章末尾提到的那兩個原因，也幾乎不可能迷路。

很不幸地，現在這兩個原因一起來攪局，引他們走上一條人跡罕至的道路。他們騎了將近十公里，還沒看見考文垂那些雄偉的螺旋塔，而且一直走在泥濘小路上，一點都不像來到大城的近郊。

湯姆說他們一定是迷路了，嚮導一口咬定不可能。「不可能」這個詞在日常對話裡通常不只用來表示「可能性不高」，也經常代表「的確極有可能」，有時候甚至拿來描述確定已經發生的事。這是一種誇大修飾，就像「無限遠」與「永恆」也經常這樣使用：「無限遠」指的可能是不到一公尺的距離；「永恆」則是五分鐘時間。無怪乎經常有人說，某種事實上已經遺失的東西「不可能」已經遺失。目前的情況正是如此。

不管嚮導的口氣多麼篤定自信，他們確定已經偏離往考文垂的路，就像欺詐、貪婪、殘酷、偽善的

11　Lalage，賀拉斯心儀的女子。此詩原文提到這個名字，但法蘭西斯的譯文裡以 nymph（仙子）替代。前面詩句出自賀拉斯的《頌詩》。

守財奴偏離通往天堂的道路。不曾身歷其境的讀者可能很難想像，夜晚迷路的人面對黑暗、狂風和驟雨，內心會有多麼恐懼。何況溫暖的爐火、乾爽的衣裳和其他慰藉遙不可及，脆弱的心因此對抗不了狂暴的天氣。然而，就算對這種恐懼所知有限，也不難猜想此刻帕崔吉腦海裡充斥的念頭，我馬上細說分明。

湯姆愈來愈確定他們走錯路，嚮導也終於承認他覺得他們走的路好像不對。只是，他也再次斷言他們「不可能」迷路。帕崔吉的想法就不同了。他說，出發時他就有預感會碰上倒楣事。他對湯姆說，「先生，你上馬的時候沒注意到站在門口那個老太婆嗎？我真心希望你當時給她一點錢。因為她說你會後悔，說完馬上就下雨了，風勢也從那時起一路增強。不管別人怎麼想，我非常確定巫婆可以呼風喚雨，這種事我見多了。我不確定這輩子是不是見過巫婆，但那個老太婆肯定是。當時我口袋裡如果有半便士，一定會給她。說真的，對那種人還是慷慨點比較好，免得碰上倒楣事。很多人就是為了省半便士丟了整頭牛。」

湯姆雖然因為走錯路耽誤時間無比懊惱，聽見帕崔吉迷信到這個地步，也忍俊不住。這時帕崔吉發生了一件事，更加確認他那些繪聲繪影。那就是他從馬背上摔下來，幸虧毫髮無傷，只是身上的衣裳沾滿泥巴。

帕崔吉剛從地上站起來，立刻聲稱他摔下馬就是他那些理論的證據。湯姆確認他沒受傷之後，笑著說，「帕崔吉，你那個巫婆實在是個不知感恩的壞女人，生起氣來敵友不分。如果那個老婦人氣我沒理她，為什麼把你摔下馬？畢竟你說了那麼多推崇她的話。」

帕崔吉大聲說，「跟那些有能力做這種事的人開這種玩笑很不好，他們通常非常壞心眼。我記得有個蹄鐵匠曾經惹惱一個巫婆，因為他問她跟魔鬼談條件換來的法力還能用多久。從那天起不到三個月，他最好的那頭母牛淹死了。她還不肯善罷干休，不久後他又損失了一整桶上等酒，因為那個老巫婆拉開酒桶的栓子，讓酒流得滿地窖都是。事情就發生在他第一次打開酒桶、邀請鄰居來喝一杯那天晚上。總之，從此之後那個可憐人諸事不順。因為他被巫婆整得坐立不安，開始喝酒解悶，一兩年內牲畜都沒了，他跟家人只能靠教區接濟過活。」

嚮導非常專心聽帕崔吉說話，他的馬八成也不知道是因為一時疏忽，或者因為巫婆使壞，連人帶馬撲進泥地裡。

帕崔吉斷定這件事的原因跟他摔馬一模一樣。他告訴湯姆下一個就是他了，苦苦哀求湯姆調頭往回走，找到那個老太婆，好好安撫她。他又說，「我們很快就能回到那家客店，因為我們表面上好像走了很遠，我確定我們還在一小時前所在的位置。我敢發誓如果現在是大白天，我們甚至看得見那家客店。」

湯姆沒有回應這番明智建言，忙著留意嚮導的情況。嚮導跟帕崔吉一樣沒有受傷，只是他的衣服比較耐髒，因為多年來從沒乾淨過。嚮導很快重新坐回他的側鞍，對他的馬兒又是打又是罵，湯姆因此確定他安然無恙。

第十二章

敘述湯姆不顧帕崔吉反對繼續往前走；以及接下來的事

這時他們看見一段距離外出現一盞燈光，湯姆喜出望外，帕崔吉卻是驚恐萬分。他認定自己著了魔，而那個燈光是鬼火，或某種更恐怖的東西。

等他們更靠近那盞燈光（現在看起來是很多盞燈），帕崔吉更是嚇得魂不附體，因為他們聽見雜沓的人聲，有歌聲、笑聲和叫喊聲，伴隨著似乎出自某種樂器的古怪聲響，幾乎不能稱為音樂！說實在話，我們不妨稍稍偏向帕崔吉的說法，稱之為著魔的音樂。

帕崔吉此刻的驚懼已經達到極點，甚至感染了嚮導，因為嚮導一直專心聽帕崔吉說的很多事。現在他也幫腔勸湯姆往回走，他深深相信帕崔吉剛才說的那些話，也就是：雖然馬匹看起來不停往前走，他們其實已經至少半小時沒有移動半步。

湯姆懊惱之餘，也被這兩個人的恐懼逗得發笑。他說，「如果不是我們向燈光靠近，就是那些燈光向我們靠過來，因為我們現在已經離它們很近。只不過是一群人聚在一起吃喝玩樂，你們為什麼怕成這樣？」

「吃喝玩樂，先生！」帕崔吉驚叫道，「天氣這麼糟，有誰會大半夜在這種地方吃喝玩樂？他們不是鬼魂就是巫婆，或者某種邪靈或別的東西，錯不了的。」

湯姆說，「不管他們是什麼，我決定過去跟他們打聽往考文垂的路。帕崔吉，不是所有巫婆都像我們先前不幸遇見的那個壞心眼老太婆。」

「上帝啊！」帕崔吉說，「先生，誰曉得她們現在心情好不好。說真的，最好永遠對她們客客氣氣的。可是萬一我們碰上的是比巫婆更恐怖的東西呢？萬一是邪靈呢？求求你，先生，聽我的話。求求你，先生，聽我一次。如果你像我一樣讀過那麼多這方面的恐怖事件，就不會這樣冒冒失失的。天曉得我們到了什麼地方，又會往哪裡去。因為，說真的，地球上從來沒有過這樣的黑天暗地，恐怕連陰間都沒這麼黑。」

不管帕崔吉怎麼說，湯姆還是加速趕路，可憐的帕崔吉只好跟上，因為他雖然不敢再往前，卻更不敢一個人落單。最後他們來到燈光和各種聲音的源頭。湯姆發現那地方只不過是一座穀倉，裡面聚集了很多男男女女，正在盡情享樂。

湯姆一來到敞開的穀倉門口，裡面馬上有個粗暴的男聲詢問，「是誰？」湯姆和氣地表示他沒有惡意，接著馬上打聽往考文垂的路怎麼走。

「如果你沒有惡意，」另一個男人大聲道，「最好下馬等暴風雨過去（這時確實風雨交加）你可以把馬拉進來，穀倉另一頭多得是空間。」

「你們真是好心人，」湯姆說，「我就接受你們的邀請，歇個幾分鐘等雨勢變小。我還有兩個朋友，也要來叨擾你們。」

對方同樣表達熱烈歡迎。被歡迎的人反倒有點勉強：帕崔吉寧可接受無情風雨的摧殘，也不願意接受那些人的好意。他認定那些人是妖怪，可憐的嚮導也被他影響，抱持同樣看法。可是他們不得不追隨湯姆，因為嚮導不願意跟他的馬匹分開，帕崔吉無論如何也不敢一個人留在外面。

如果本書是在迷信年代寫成，我就會對讀者多點慈悲心，捨不得讓你蒙在鼓裡太久，趕快告訴你魔王或撒旦是不是即將帶著大批青面獠牙現身。現階段有這種觀念的善男信女很不幸已經少之又少（如果還有的話），所以我應該不至於製造任何恐慌。坦白說，煉火地獄那套把戲許久以前就已經被劇院經理挪用，近來好像被當成垃圾扔在一旁，頂多只是拿來嚇嚇上層樓座的觀眾，我的讀者幾乎不會坐在那裡。

然而，儘管我不擔心在這裡製造太多驚悚，卻也有理由擔心讀者可能會產生其他疑慮，我絕對不願意引他們步上那條歧途：那就是前往神仙世界一遊，為讀者引見某些角色。關於那些角色，雖然有人蠢到花時間描寫或閱讀，卻幾乎沒有人幼稚到相信它們的存在。

為了避免讀者對我的信譽產生這種偏差的懷疑，畢竟我曾宣誓創作素材完全取法自然，我要向讀者透露，那些突然冒出來嚇得帕崔吉魂飛魄散、嚮導心驚肉跳，連湯姆也嘖嘖稱奇的，究竟是什麼人。

當時聚在穀倉裡那些人不是別人，正是一群埃及人，也就是俗話所說的吉普賽人[12]，他們正在慶祝某位族人的婚禮。

世上再也找不到比他們更快樂的人了，每一張臉都笑逐顏開。他們的舞會也未必混亂失序，說不定比某些鄉村舞會更中規中矩。這些人隸屬正式體制，有自己的法律，也都服從一名最高行政官的帶領，他們稱他國王。

同樣地，穀倉裡的豐盛食物也是其他地方見不到的。當然，菜色少了點精緻，擺盤沒那麼優雅，不過胃口絕佳的賓客不在乎那些。這裡有成堆的燻肉、雞鴨和羊肉，在場每個人的歡笑聲就是最上等的調味品，比起法國廚神的獨門醬料毫不遜色。

維吉爾描寫埃涅阿斯走進朱諾神廟的震驚神情[13]，說他「只看一眼就驚呆，站在原地動彈不得」。

湯姆走進穀倉的情景也相去不遠。他還在詫異地四處張望，有個德高望重的人朝他走來，頻頻向他問候致敬，幾乎太熱絡，少了點威嚴。這人就是吉普賽國王，他的衣著跟他的臣民沒什麼兩樣，也沒有皇家佩飾來增添他的王者氣派，但他的眉宇之間卻好像（正如湯姆所說）有一股威信，讓人油然生起敬畏與尊崇。不過這可能只是湯姆的想像，因為這種印象經常伴隨權力而來，幾乎和權力密不可分。

湯姆神情坦率謙和有禮，容貌又生得無比俊俏，經常第一眼就給人極好的印象。他一聽說對方是吉普賽國王，馬上表達最高敬意，這點可能不無加分作用。畢竟除了自己的臣民之外，吉普賽國王很少受到外人以禮相待。

國王命人挪出一張餐桌，擺上現場最可口的珍饈美味。他在湯姆右手邊坐下，操著外國口音對湯姆說了以下的話：

「先生，我相信你經常看見我的族人，他們就是你們所謂的流浪民族，因為他們到處去。不過我猜你沒想到我們有這麼多人。如果你聽說吉普賽人跟世界上所有民族一樣講規矩、守法度，可能會更驚訝。我很榮幸擔任他們的國王，天下沒有哪個君王敢說他的子民比我的更順從、更愛戴領袖。我不敢說自己有多麼值得他們的忠誠，但我敢說我所做的一切都是為他們謀福祉。這當然也沒什麼值得誇口的，因為那些可憐人整天忙忙碌碌，把最好的成果奉獻給我，我除了為他們造福，還能做什麼。我愛他們、守護他們，所以他們也愛戴我，尊敬我。就這樣，沒別的原因。

12 吉普賽人（gypsy）的英文名稱源於Egypt（埃及），是由於過去人們誤以為吉普賽人就是埃及人。

13 見古羅馬詩人維吉爾（Virgil）的《埃涅阿斯記》，此處描寫特洛伊英雄埃涅阿斯在朱諾神廟中見到特洛伊戰爭的景象。

「大約一千或兩千年前，我說不清究竟是哪一年，因為我不會寫字也不識字。那時吉普賽人發生一場非常大的……就是你們所說的革命。當時有吉普賽貴族，那些人為了領土互相吵架，後來吉普賽國王把他們消滅了，讓所有百姓都平等，從那時起大家就不吵架了，因為沒有人想當國王。也許他們還是當百姓比較好，因為我跟你保證當國王是很累人的事，經常要主持公道。有時候我不得不處罰自己親愛的朋友或親人，就很希望能當個普通的吉普賽人。我們雖然沒有死刑，處罰卻非常嚴厲，會讓人引以為恥。那是非常令人害怕的處罰，我幾乎沒見過受過處罰的吉普賽人再犯。」

國王接著又說，他很驚訝世上竟沒有其他國家把羞恥當成刑罰。湯姆不表贊同，因為英國法律就有很多罪行伴隨著恥辱，而所有處罰都會帶來恥辱。國王說，「那就奇怪了。我雖然沒有跟你們生活在一起，卻聽說過很多英國人的事。我經常聽說恥辱是你們很多獎賞的原因和結果。那麼你們的獎賞和處罰是一樣的嗎？」

國王陛下跟湯姆談話時，穀倉裡突然發生騷動，情況似乎是這樣：在吉普賽人的殷勤招呼下，帕崔吉慢慢放下疑慮，不但吃了很多他們的食物，還品嘗了他們的烈酒。酒過三巡，他內心的恐懼終於消除，取而代之的是某種醺醺然的愉悅感受。

有個機智勝過容貌的年輕吉普賽女郎把老實的帕崔吉拐到一旁，假裝要幫他算命。等他們來到穀倉某個偏遠角落，不知是酒精作祟（酒精往往能讓稍覺疲勞的身體燃起強烈欲望），或者那位吉普賽女郎揚棄女性該有的矜持與端莊，色誘人老心不老的帕崔吉。總之，吉普賽女郎的丈夫發現他們兩個行為不軌。那個丈夫可能是個醋罈子，因為他一直偷偷觀察妻子的行動，尾隨她到那個偏僻角落，當場逮到她倒臥情郎懷裡。

帕崔吉被押送到國王面前，令湯姆錯愕不已。國王聽了原告的指控，也聽了被告的答辯。答辯內容實在少得可憐，因為帕崔吉自知罪證確鑿，沒有什麼話好說。國王陛下於是轉頭問湯姆，「先生，你也聽見他們的話了，你覺得你的僕人該受什麼懲罰？」

湯姆說，他很遺憾發生這樣的事，帕崔吉應該盡全力彌補那個丈夫。他還說自己身上沒多少現金，並且從口袋掏出一基尼給那男人。那男人要湯姆至少給他五基尼。

經過一番交涉，遮羞費降為二基尼，湯姆要求男人答應原諒妻子和帕崔吉，正準備付錢，卻被國王制止。國王轉頭問證人是什麼時候發現兩名嫌犯的舉動。證人說，那女人一開始跟陌生人攀談，她丈夫就要他監視她的行動，所以他從頭到尾都看得一清二楚。國王又問證人，他躲在一旁監視時，那個丈夫是不是也全程在場。證人說是。國王陛下於是對那個丈夫說了以下的話：「我很遺憾看到吉普賽人卑鄙到為了金錢出賣妻子的名聲。如果你真心愛你的妻子，一開始就會出面阻止，而不是由著她做出放蕩行為。我裁定你不能得到金錢賠償。你應該得到的是懲罰，不是獎賞。所以我裁定你是無恥的吉普賽人，要在頭上戴一對牛角一個月。這段時間大家要喊你妻子蕩婦，對她指指點點。因為你是無恥吉普賽人，她是無恥蕩婦。」

吉普賽人馬上執行處罰，最後只剩下湯姆、帕崔吉和國王。

湯姆大大讚賞判決的公正。國王轉頭對他說，「你一定很驚訝。據我所知你們對吉普賽人印象不好，以為我們都是小偷。」

湯姆答，「先生，我必須承認，外界對你的人民評價有欠公平。」

國王說，「我來告訴你，你們跟我們之間的差別：我們的人掠奪你們；你們的人互相掠奪。」

湯姆發自肺腑盛讚吉普賽百姓太幸福，因為他們擁有這麼英明的領導人。

這些人確實顯得非常幸福，我們不免擔憂日後某些傾向獨裁的有心人士利用這個例證，主張獨裁政體優於其他體制。

在此，我要發抒一點淺見（可能有點出人意料）：所有職權有限的政府都不可能達到吉普賽人這種完美境界，也無法為社會創造同等福祉。人類最快樂的時代，就是在那個已知世界大多屬於單一君王統治的時期。這種幸福一直沿續到五賢帝[14]治下。那是真正的黃金時期，也是亞當和夏娃被逐出伊甸園後，世上唯一真正的黃金時期。當然，詩人想像中那些除外。

據我所知，要否定絕對獨裁只有一個理由夠扎實。這種完美體制的唯一缺點似乎在於，很難找到足以勝任獨裁君王的人選。獨裁君王必須具備三個條件，根據觀察，歷代君王幾乎沒有人符合這種資格。首先，這位君王必須有足夠的自制力，能滿足於他所能掌握的一切權力；第二，有要足夠的智慧，能知足惜福；第三，有足夠的仁慈，當別人的福祉與他的福祉並存，甚至能增進他的福祉，他也不會犧牲別人的福祉。

假使有個獨裁君王具備這些崇高而稀有的特質，就應該取得為社會創造最大幸福的權力。相反地，如果大權落在某個沒有絲毫那種特質的人身上，勢必會帶來極大災難。簡言之，有關獨裁體制帶來的福與禍，我們的宗教已經給了我們充足啟示。地獄和天堂的景象將這兩種情況鮮明地呈現在我們眼前。雖然地獄的魔王手中的權力原本就來自天堂裡的全能統治者，但《聖經》明白向我們揭示，魔王掌握的是地獄的絕對權力。根據《聖經》，只有地獄才會有來自天國的絕對權力。因此，地球那些暴君如果能夠證明自己掌握的是天賦神權，那麼他們的權力一定來自黑暗君王。這些人身上具備明顯的魔王特徵，想必是魔王的派駐人間的代理人。

總之，歷朝歷代的例證告訴我們，人類追求權力多半是為了行惡。一旦他們如願以償，也只會做壞事。因此，輕率改變體制是非常冒險的行為，畢竟在上千個值得我們警惕的事例中，只有兩三個例外。

在這種情況下，比較明智的做法是，寧可忍受法律的冷漠無視帶來的些許不便，也不要奢望靠暴君的激情聆聽加以修正。

吉普賽人在這種制度下或許享有長久的幸福，我也不鼓勵效法。我們不能忘記他們跟其他種族有個顯著差別，這可能也是他們幸福的唯一原因：他們不會表裡不一，而且認為恥辱是世上最嚴厲的懲罰。

14 原注：古羅馬的五位君王：涅爾瓦（Nerva）、圖拉真（Trajan）、哈德良（Adrian）和兩位安東尼（Antonini）。

第十三章
湯姆與帕崔吉的對話

為了避免本書被某些專攻謀略、邪惡無恥的神職人員利用，拿來宣揚他們最惡毒的理念，我才會在上一章末尾離題說了那麼多，相信真心熱愛自由的人都能諒解。

暴風雨結束後，湯姆向吉普賽國王告辭，連聲感謝陛下的禮遇與招待，而後出發前往考文垂。當時天色仍暗，所以國王指派一名吉普賽人為他們帶路。

因為走錯路，原本十公里的路程，湯姆總共走了十七公里，而且路況大多糟糕至極，是那種就算急著找產婆也不會走的路。等他趕到考文垂，時間已經將近半夜十二點。由於驛馬很難租得到，他直到凌晨兩點才又上馬，不管是客店的馬夫或驛馬的馬夫，也都不像他那麼急著趕路，寧可效法帕崔吉的悠閒從容。帕崔吉無法靠睡眠補充體力，一逮到機會，就利用其他各種方式彌補。只要抵達客店，他就欣喜萬分，再度被迫離開時，總是心不甘情不願。

接下來湯姆沿途換馬，因此，我們就依照一貫風格跟隨他，這也符合朗吉努斯[15]訂定的規則。他從考文垂趕往達文垂，從達文垂到史特拉福，從史特拉福再到鄧斯特布爾。他是在隔天中午過後抵達鄧斯特布爾，當時蘇菲亞才離開幾小時。他不得不在這裡停留久一點，因為鐵匠從容不迫地為他要騎的驛馬換鐵蹄。不過他合理地推斷那位愛爾蘭貴族一定會在聖奧爾本斯停下來用餐，所以他有十足把握可以在那裡趕上蘇菲亞。

如果他的推論正確，就很有可能在聖奧爾本斯趕上他的天使。可惜的是，貴族事先通知倫敦的家備餐，為了及時趕回去，他命人在聖奧爾本斯備好替換馬匹。因此，湯姆到達聖奧爾本斯後打聽到的消息是，那部六駕馬車兩小時前就出發了。

當時如果有現成的馬匹可用就好了，可惜不然，所以湯姆顯然不可能在馬車抵達倫敦前趕上它。帕崔吉於是認為這時恰好提醒湯姆一件他似乎完全遺忘了的事。如果讀者知道湯姆自從離開他遇見蘇菲亞的嚮導那家客店，到現在只吃過一顆水煮蛋，就不難猜出帕崔吉提醒的是什麼事。在吉普賽人那裡他只顧著增廣見聞，什麼都沒吃。

店東聽見帕崔吉勸湯姆留下來吃點東西，深表贊同。原本他答應湯姆會馬上準備馬匹，現在收回承諾，加入勸說行列。他向湯姆保證，吃頓午餐花不了多少時間，因為午餐很快就可以上桌，而馬兒還得從草地上拉回來，再餵牠們吃玉米補充體力。

湯姆終於答應，主要是因為店東最後提到的那一點。這時一大塊帶骨羊肉送進烤爐，帕崔吉跟他的朋友或主人湯姆一起在廂房等候，馬上打開話匣子滔滔不絕地說：

「先生，天底下的佳偶，就屬你最配擁有威斯頓小姐的愛。男人一定是愛得非常深，才可以像你一樣不需要其他食物，只靠愛情維生！我敢說過去二十四小時以來，我吃的東西分量足足有你的三十倍。可是現在我還是餓壞了，因為在外奔波最容易餓，何況還是這種寒冷惡劣的天氣。可是我實在不明白，

15 Cassius Longinus（二一三～二七三），古希臘哲學家。他在《論崇高》（*On the Sublime*）一書中建議省略枝微末節，使用強烈突兀的文字增添戲劇張力。

先生你好像精神飽滿，看起來比任何時候都生氣勃勃。你賴以維生的食物一定是愛情。」

湯姆答，「而且是營養充足的愛情。昨天命運女神不是給我送來一道美食？你不相信光靠這可愛的皮夾，我就可以撐二十四小時？」

帕崔吉說，「那個皮夾裡的錢肯定可以吃上很多頓大餐。命運女神碰巧送來給先生的及時雨，因為先生的錢應該快用光了。」

湯姆問，「你這話什麼意思？希望你不是把我看成那麼不誠實的人，就算這錢的失主是別人，不是威斯頓小姐……」

「不誠實！」帕崔吉驚訝地說，「我怎麼可能這樣誤解先生！借一點錢來應急，有什麼不誠實可言，反正日後你一定有能力還給威斯頓小姐。說真的，日後先生手頭方便，要怎麼還隨便你。現在你缺錢用，先借一點有什麼關係？說真的，如果這錢的主人是個窮人，那又另當別論，可是那麼高貴的小姐根本不缺這點錢，何況她現在跟貴族大人在一起，不管她有什麼需求，我相信他都會供應她。再者，萬一她需要錢用，如果是我就會給她一點，她不可能需要用到這整筆錢。不過，除非我拿到我應得的部分，我絕不會先開口說我撿到這筆錢。因為我聽說口袋裡沒錢的人最好不要去倫敦。說真的，要不是知道錢是誰的，我一定會認為那是魔鬼的錢，絕對不敢用。既然你知道，而且是正正當當取得，在你最需要它的時候把它送走，對命運女神是一種冒犯。以後再也別奢望她會給你這種好運，因為『命運不會永遠對你好。』雖然我說了這麼多，你還是可以照你的意思去做。至於我，寧可被吊死，也不會跟人提起半個字。」

湯姆說，「可是帕崔吉，據我的觀察，『絞刑在斯卡渥拉的領域並不罕見。[16]』」

帕崔吉說，「你的形容詞字尾用錯了，我記得這是課本上的例句。」

湯姆說，「就算你真的記得，我看你也不懂它的意思。不過，我用初淺的英語跟你說，任何人撿到別人的財物，蓄意向物主隱瞞，在良心法庭上應該被處絞刑，就跟行竊一樣。至於這張銀票，它是我的天使的財物，她曾經帶在身上，不管怎樣，我都要親自交還她。就算我跟你一樣餓，沒有其他東西可以充飢，也不會動搖。我希望睡覺以前可以解決餓肚子的問題，萬一解決不了，我希望你別再惹我生氣，不要再提起那麼令人震撼的可鄙做法。」

帕崔吉說，「如果事情像你說的那樣，我當然不會提，因為我跟所有人一樣唾棄惡行。也許你懂得比我多，可是我不認為我活到這把歲數，又教了這麼多年書，竟會分不清『對與錯』。不過看來我們都要活到老學到老。以前教我識字的老師是個非常有學問的人，我記得他經常說『青出於藍而勝於藍』。他說，這句話英語的意思是說，有時候外行人會想教專家把戲。如果我到現在還需要別人教我拉丁文法，我這輩子也算白活了。年輕人，等你活到我這個年紀，也許想法會改變。我記得我還是二十一、二歲的毛頭小子時，也覺得自己跟現在一樣有智慧。我很確定那個形容詞詞尾我以前就是這樣教的，我的老師也是這樣念的。」

湯姆很少被帕崔吉激怒，帕崔吉也不常被逼急了對湯姆失禮。很不幸地，現在這兩種情況同時發生。我們已經知道帕崔吉不容許自己的學識遭受攻擊，他剛才說的那番話也有某些片段惹惱湯姆。湯姆用輕蔑不屑的神態（這種情況很少發生）看著帕崔吉，說道，「看來你真是個自以為是的老蠢貨，我希望你不會剛好也是老壞蛋，因為如果我確定你是老壞蛋，就像我確定你是老蠢貨一樣，就不會讓你再跟

16 non longe alienum a Scaevolae studiis，出自西塞羅的作品《致阿提克斯集》（*ad Atticum*）。斯卡渥拉（Scaevolae）是古羅馬法學家。這句話收錄在當時的拉丁課本，用以說明形容詞的變化形。

著我。」

睿智的帕崔吉剛才那番話已經一吐胸口惡氣，套句俗話，馬上夾起尾巴。他說他很抱歉說了冒犯的話，他不是故意的，畢竟「人非聖賢，孰能無過」。

湯姆雖然脾氣暴躁，卻不是冷漠無情之輩。喜歡他的人都覺得他性子實在太急，容易暴走；討厭他的人卻也不得不承認他的脾氣來得急，去得也快，一點也不像大海。在海上，暴風雨過後，浪濤的起伏往往更劇烈、更危險。他馬上接受帕崔吉的屈服，非常和顏悅色地跟他握手，說了一、二十句好話，也狠狠罵自己一頓。當然，很多讀者對他的責罵想必狠得多。

帕崔吉緊張的心情徹底鎮定下來，不再擔心冒犯湯姆，受損的自尊心也因為湯姆的認錯得到修復，一時之間志得意滿，又掀起惹怒湯姆那個話題，喃喃念叨著：「先生，說真的，某些事情你或許懂得比我多，可是在文法方面，我自信天底下沒有人比我強。至少在這方面我可以說瞭如指掌。」

如果說還有什麼東西能讓此刻的帕崔吉更開心，恐怕就是這時熱騰騰端上桌的鮮美羊肩肉。他們兩個飽餐一頓後再度上馬，朝倫敦前進。

第十四章
湯姆離開聖奧爾本斯後碰上的事

他們過了巴尼特又走了大約三公里，暮色漸漸籠罩，這時有個騎著瘦馬的斯文男人趕上湯姆，問他是不是要去倫敦。湯姆說是，那人說，「先生如果允許我跟您同行，我會感激不盡，因為天已經黑了，而我不知道路。」湯姆一口答應，他們於是結伴往前走，聊些在這種情況下通常會聊的話題。

他們聊的話題其實就是搶劫，陌生人說他非常害怕碰上盜匪。湯姆說自己身上反正沒多少錢，所以並不擔心。這時帕崔吉忍不住插嘴，「先生可能覺得那是小錢，不過，如果我跟你一樣口袋裡有一百鎊銀票，萬一被搶，一定會很難過。至於我，這輩子從沒這麼放心過，因為我們總共有四個人，只要我們團結起來，英國最厲害的強盜也搶不了我們。就算他有槍，也只能殺死我們其中一個，而且人只能死一次。這就是我的慰藉，人只能死一次。」

帕崔吉之所以顯得豪氣干雲，除了人多勢眾（某個現代國家[17]就是靠這種勇氣一鳴驚人），還有另一個原因：他現在是酒壯英雄膽。

一行人來到距離倫敦北郊的海格大約一點五公里的地方，陌生人突然轉身面對湯姆，拔出手槍，強

17 暗指法國以人口取勝。

索帕崔吉所說的那張銀票。

對於陌生人突如其來的要求，湯姆一開始有點震驚，但他馬上恢復鎮定。他告訴那個搶匪，他身上的錢可以全給他，說著，他掏出三枚金幣，遞給對方。對方咒罵一聲，不肯接受。湯姆冷冷地說他很遺憾，重新把錢收回口袋。

搶匪於是威脅湯姆，如果不把銀票交出來，他就必須開槍打他，說著，他把槍口貼近湯姆的胸膛。他的手顫抖得非常厲害，幾乎拿不穩手槍。湯姆倏地抓住那人的手，把槍口移開，兩人展開一場扭打。過程中湯姆順利奪下對方的槍，兩人一起從馬背上滾下來，搶匪仰躺在地，大獲全勝的湯姆壓在他身上。

那可憐蟲開始向湯姆求饒，因為說實在話，論力氣他根本不是湯姆的對手。他說，「先生，我真的沒打算開槍，你會發現那把槍根本沒裝子彈。這是我第一次搶劫，會這麼做也是迫於無奈。」

這時，大約一百五十公尺外有另一個人躺在地上，用比搶匪宏亮得多的聲音在求饒，那就是帕崔吉。他看見湯姆跟搶匪扭打，連忙騎著馬想逃，不料摔下馬背，臉朝下趴在地上，不敢抬頭看，覺得自己隨時會中槍。他就這樣躺著，直到嚮導（除了馬兒，他什麼都不在乎）把失足的馬拉穩，走過來告訴他，湯姆已經制伏搶匪。

帕崔吉聽見這話登時跳起來，跑回湯姆身邊。湯姆拿著劍看守搶匪，帕崔吉見狀馬上大叫，「先生，殺了那惡徒，一劍刺穿他，馬上殺了他！」

幸虧那傢伙走運碰上好心人，因為帕崔吉走過來以前湯姆已經檢查過那把槍，裡面確實沒有子彈，他開始相信那人說的話，也就是：他是新手搶匪，會出此下策，是因為生活陷入絕境，五個孩子嗷嗷待哺，妻子剛生下第六個，家裡一片淒風苦雨。搶匪信誓旦旦地強調他說的都是真的，還說如果湯姆不嫌麻煩，他可以帶他去他家查看，他家離那地方大約三公里路。他說，「我沒別的要求，只是想證明我所說的一切。」

湯姆假裝願意相信他的話，也要去他家看看，如果他說謊騙人，就會取他性命。那人欣然同意，湯姆因此相信他沒騙人，開始對他生起惻隱之心。他將槍還給那人，勸他尋求正當的管道解決困難，又給了他兩基尼解燃眉之急，他說，「但願我能多幫你一點，可惜那張銀票不是我的。」

對於湯姆的做法，讀者想必看法兩極。有些人會大加讚賞，認為這是了不起的人道舉動，個性比較嚴肅的人會認為此舉是不把國法看在眼裡，沒有盡到國民的義務。這肯定就是帕崔吉的觀點，因為他明白表示不滿意湯姆的處理方式。他引用了一句古諺，還說他們抵達倫敦以前一定會再次受到那個搶匪的襲擊。

搶匪感激不盡連連稱謝，甚至感動地掉下眼淚（或者只是裝的）。他說他會馬上回家，以後再也不會犯這種錯。至於他是不是遵守諾言，也許日後有機會揭曉。

湯姆等人重新上馬，一路平安抵達倫敦。湯姆和帕崔吉在路上針對搶劫事件展開一場愉快對談。某些搶匪因為生活遭逢困境，被迫鋌而走險踏上這條可能讓他們蒙羞而死的不歸路，湯姆深表同情。他說，「我指的是那些只謀財不害命、也不曾刻薄或羞辱別人的人。其他國家的搶匪幾乎免不了會殺人，在這方面英國的搶匪跟其他國家不同，算是英國的驕傲吧。」

帕崔吉說，「當然，謀財比害命好得多。不過，善良百姓出門在外卻要擔心碰上這些惡徒。說真的，壞蛋最好都吊死算了，免得好人受苦。至於我自己，說真的，我不願意害任何人因為我被吊死，可是法律應該把他們都吊死。即使只是區區六便士，除非我自己願意給，否則誰有權利從拿我身上拿走？這種人能算是好人嗎？」

湯姆回道，「當然不算。另外，企圖偷走別人馬廄裡的馬，或者明知道失主是誰，也想把撿到的錢據為己有，這種人都不算好人。」

這番揶揄有效堵住帕崔吉的嘴，直到湯姆取笑他膽小，他才開口辯稱自己打不過武器。他說，「一千個赤手空拳的人也抵不過一把槍。雖然開一槍只能殺死一個人，但誰能確定中槍的人不會是自己？」

第十三卷　歷時十二天

第一章

祈願

來吧，聰明的名氣女神，啟發我熾熱的胸膛。我呼喚的不是乘著萬民的嘆息揚起風帆，護送英雄橫渡波濤洶湧的血淚之海、奪得無上榮耀的那位神祇。我呼喚的是祢，快樂的記憶女神妮姆希絲在希伯魯斯河畔[1]產下的溫柔美少女。祢在美奧尼亞[2]成長，為曼圖阿[3]著迷，也曾與米爾頓一起端坐美麗山丘，俯瞰不列顛引以為榮的都城，聽他詠唱動人史詩。請讓我迷醉的幻想充滿對後世的美好想望吧。請預先讓我知道，將來會有某個溫柔女子（她的祖母尚未出世），能夠在「蘇菲亞」這個虛構名字裡讀到我的夏綠蒂[4]的珍貴之處，並從她同情的胸懷吐出一聲輕嘆。請教我如何預知後世對我的讚譽。不只如此，還要能享受，甚至從中獲取養分。請以嚴肅的保證撫慰我：有朝一日當我此刻所在的這間小客廳縮減成更為簡陋的箱子，那些不認識我也沒見過我的人、以及我不認識也沒見過的人，仍在閱讀我的作品。

還有祢，豐滿得多的女郎，祢沒有虛假的形式與空泛的想像，喜愛滋味豐美的牛排和綴滿葡萄乾的布丁。我呼喚祢，肥胖的黃金女士與爽朗的阿姆斯特丹商人一番雲雨、在荷蘭某條運河的平底船上生下的祢；祢在作家賣文維生的格魯伯街飽讀詩書，等到年事稍長，又在那裡教人創作詩文來增添贊助人的榮耀，而非撩撥他們的想像。喜劇跟祢學得正經八百；悲劇則是怒吼咆哮，用他的雷聲撕裂驚恐的劇院。史書大人用他冗長乏味的故事安撫祢疲倦的四肢，讓它們沉沉睡去；然後，傳奇先生表演他不可思議的拿手絕技喚醒祢。祢那些豐衣足食的書商同樣接受祢的感化，在祢的建議下，他們將那些在蒙塵書架上打盹許久、乏人問津的沉甸甸大部頭拆解，分集出售，瞬間暢銷全國。在祢的指導下，某些書籍像江湖術士，以拍案驚奇為號召矇騙世人；其他則化身為花花公子，將所有優點寄託在鍍金封面。來吧，祢這歡樂的務實女神，展開祢的閃亮容顏，收拾起祢的靈感，給出祢誘人的報酬。祢這堆叮噹響的晶亮物事，輕易就變身為銀票，承載不為人知的巨額資產；祢那價格變動不定的證券，溫暖舒適的屋舍，最後，是從慷慨的母親那裡得來的公平的一份。母親胸脯產出的豐沛乳汁足以供應她的無數子女，只要沒有人貪婪又放肆地將手足驅離她的乳頭。來吧，如果我不懂得欣賞祢的貴重寶藏，那就讓我歡喜地得知祢會轉贈他人。我的辛勞曾經打斷學語幼兒的天真遊戲，讓我知道由於祢的慷慨，他們總有一天會得到豐厚報償。

如今，這不相稱的一對，這瘦削的名氣女神和肥胖的務實女神，合力催促我提筆書寫，我要召喚誰來指引我的筆尖？

首先是才華。你是上天的禮物，沒有上天的協助，我們就會在本質的河流裡掙扎。你播下大量種子，藝術給予滋養，讓它們達到完美。請好心地拉起我的手，帶我走出迷津，穿越本質那百轉千折的迷

1 名氣女神（Love of Fame）是作者杜撰的女神。希伯魯斯河暗指希臘神話中的天才音樂家奧菲斯（Orpheus），因他死後頭顱被砍下，拋入希伯魯斯河。

2 Maeonia，小亞細亞古國，相傳荷馬在此出生。

3 Mantua，北義大利小城，古羅馬詩人維吉爾的故鄉。

4 Charlotte，費爾丁的第一任妻子。

宮；帶我走進那世俗眼光不曾親睹的祕境；教我了解人類，比他們了解自己更透澈，這對你而言易如反掌。移除遮蔽人類智能的迷霧，那迷霧使人崇拜以詭計行騙的人，或憎惡狡猾之輩。事實上，他們騙來騙去只騙了自己，成為嘲弄的對象。剝除那淺薄的偽裝吧，別讓自負假扮成智慧、貪婪假扮成富足、野心假扮成榮耀。來吧，你曾經啟發過阿里多芬尼[5]、琉善[6]、塞萬提斯、拉伯雷[7]、莫里哀[8]、莎士比亞、斯威夫特、馬里沃[9]，以幽默填滿我的紙頁，直到人們學會善良，能對他人的愚蠢一笑置之；也學會謙卑，能對自己的愚蠢哀傷感嘆。

還有你，幾乎與真正的才華形影不離的人性，把你所有的溫柔感受都帶來。如果你已經將它們全數分派給艾倫和里托頓，那就暫時從他們的胸膛偷出來。深情的場面靠它們描繪，有了它們，才會有高貴無私的友誼、動人的情愛、寬大的情操、溫柔的慈悲、坦誠的見解，以及善良心靈的所有強大能量。這些能量以淚水充盈濕潤的眼眶；以熱血漲紅熱情的雙頰；以悲傷、喜悅與慈愛的潮水讓心湖澎湃。

還有你，噢，學問！沒有你的協助，才華創造不出任何純淨、端正的東西。請引導我的筆尖。年少時的我曾經崇拜你最喜愛的那片土地，清澈徐緩的泰晤士河在那裡沖刷著你的伊頓河岸。我以最堅忍的奉獻精神，在你的鞭笞台上以鮮血獻祭。那麼來吧，把你從古至今累積而來、廣博浩瀚的豐富學識倒出來。打開你的美奧尼亞與曼圖阿寶庫，以及其他收藏著你的哲學、詩歌與歷史珍寶的箱篋，不管你在那些沉重箱子上雕刻的是希臘或羅馬文字，請將你交給渥伯頓[10]保管的那把開啟所有寶庫的鑰匙暫時借給我。

最後，來吧，經驗！你長期與有智慧的人、善良的人、淵博的人和守禮的人為伍。其實不只那些人，你還跟三教九流往來，從接見會上的大臣到拘留室的執行官；從午茶會上的公爵夫人到櫃台前的老闆娘。只有你才能知道人類的行為舉止，隱遁的學究不管本事多高、學識多廣，也只是一知半解。

你們都來吧，可能的話再多一點，因為我此刻從事的工作無比艱鉅，少了你們大家的幫助，我扛不起這沉重的任務。如果能得到你們的恩賜，我的創作也許能夠順利完成。

5 Aristophanes（約西元前四四五年生），古希臘喜劇作家。

6 Lucian（約一二五～八〇），古羅馬的唯物主義者和無神論者。

7 Rabelais（約一四九三～一五五三）文藝復興時期法國作家，人文主義的代表人物。

8 Molière（一六二二～一六七三），法國喜劇作家，芭蕾舞喜劇創始人。

9 應指 Pierre de Marivaux（一六八八～一七六三），法國小說家兼劇作家。

10 指 Willian Warburton（一六九八～一七七九），英國作家、批評家兼神職人員，曾編輯波普與莎士比亞的作品。

第二章
湯姆抵達倫敦後的際遇

淵博的米索賓醫生曾說，給他信的信封最合適的寫法是，收件人：「米索賓大夫」，地址：「世界」。意思是他響亮的名號全世界無人不知無人不曉。如果我們仔細推敲，也許會發現，在顯赫人士享有的眾多福份之中，這也是極重要的一環。

上一章我覺得自己可望名垂不朽，喜不自勝，然而，只有極少數人能夠享有這種非凡樂事。那些組成我們姓名的元素（套用席德罕[11]的說法）能在千年後被傳誦，靠的並不是地位與財富。除非借助刀劍或筆的力量，幾乎很難辦到。不過，人還活在世上就能避開**沒沒無聞**這種可恥污名（對了，這種污名可以追溯到荷馬時代[12]），通常是那些擁有合法爵位或產業的人令人欽羨的地方。

根據帶蘇菲亞進城那位愛爾蘭貴族在本書露面時的排場，讀者毫無疑問會認為，即使不知道街道巷弄名稱，要在倫敦找到他的住處應該不是難事，畢竟他一定是那種**赫赫有名**的人物。說實在話，對於那些經常出入大人物住宅區的商賈而言，事情確實是如此，因為要進大人物家門有多困難，找到他家就有多容易。然而，湯姆和帕崔吉在倫敦人生地不熟，不巧的是，他們進城的那個區域的居民跟漢諾威廣場或格羅夫納廣場的居民沒什麼往來（因為他從格雷律師學院路進來），找了老半天，才總算來到那些幸福宅邸。命運女神在這裡將庶民百姓和高貴英雄區分開來。英雄指的是古代不列顛、撒克遜或丹麥人的後裔，他們的祖先出生在更美好的年代，透過不一而足的功績，為子孫留下財富與爵位。

最後，湯姆總算來到這片人間樂土，原本很快就能找到貴族爵爺的住所，可惜當初貴族出發前往愛爾蘭以前就已經遷出舊宅，最近剛搬進新居，闊綽的派頭還沒在鄰里間傳誦。湯姆到處打聽，直到時鐘敲了十一下，還是一無所獲，最後只好聽從帕崔吉的勸告，回到他在倫敦的第一個落腳處，也就是霍本的牛門客店，在那裡得到以他的處境所能獲得的休息。

隔天一早他又出去找蘇菲亞，走到精疲力竭，仍然什麼都沒打聽到。最後，命運女神不知是心軟了，或者再也沒有能力阻撓湯姆，他走到貴族遷入的那條幸運街道，問路以後找到那扇大門，在門上輕敲一下。

門房聽見謙遜的敲門聲，猜想來人不會是什麼大人物，看見湯姆的外貌，更加確認早先的猜測。因為此時的湯姆穿著粗布衣裳，腰間佩著向中士買來的劍，劍刃或許是精鋼打造，劍柄卻只是黃銅，而且一點也不亮。於是，當湯姆打聽跟爵爺一起進城的年輕小姐，那人板著臉答道，「這房子裡沒有小姐。」湯姆改口說要見屋主，得到的答覆是當天早上屋主不見客。湯姆再三要求，門房才說，「我奉命不准任何人進去。如果你願意，可以留下姓名，我會向爵爺報告。你下次再來，就會知道爵爺肯不肯見你。」

湯姆說，「我找那位小姐有重要事，今天見不到她絕不離開。」

門房聽了，不怎麼和顏悅色地重申，「這屋子裡沒有年輕小姐，所以你不可能見得到。」又說，

11 指 Thomas Sydenham（一六二四～一六八九），英國醫生。此處引言出自他的作品《痛風與水腫的治療》（*A Treatise On Gout And Dropsy*），他在獻辭中提及自己的姓氏是八個字母的組合。

12 原注：見《奧德賽》第二卷第一七五行。

「我真沒見過你這麼怪的人，怎麼說都說不通。」

我經常在想，維吉爾在《埃涅阿斯》第六卷詳盡描述地獄看門狗賽伯拉斯，可能是在暗諷他那個時代那些大人物家中的門房，至少他描繪的形象酷似有幸為我國權貴看守門戶那些人。守衛室的門房就像洞窟裡的賽伯拉斯，不給點甜頭，很難見到他的主人。湯姆或許覺得門房就是那種人，想到書中的女巫希波兒為了讓埃涅阿斯順利進入地獄，賄賂地獄大道的守衛[13]。這時湯姆也向眼前的人形賽伯拉斯行賄，有個男僕聽見了立刻上前說，「如果先生願意把剛才說的賞金給我，我可以帶你去找那位小姐。」湯姆一口答應。這人就是前一天送兩位女客前往新住處的男僕，湯姆就這樣找到哈麗葉。

最讓人懊惱的失敗，就是功敗垂成。在牌桌上因一分飲恨的賭徒，要比一路輸到底的人哀怨十倍。彩券也是如此，只差一個號碼就中頭彩的人，覺得自己比其他同樣落空的人倒楣得多。簡言之，這種跟幸運擦肩而過的現象很像命運女神的羞辱，在這種情況下，命運女神可以說在玩弄我們，把自己的快樂建築在我們的痛苦上。

湯姆已經不只一次領教這位異教女神胡鬧的個性，現在注定要再次受到同樣的戲耍，因為當他來到哈麗葉住處外，蘇菲亞剛離開十分鐘。這時出來跟他說話的是哈麗葉的侍女，她告訴他蘇菲亞已經離開，卻說不出她上哪去了。事後他親自向哈麗葉詢問，得到相同答覆。哈麗葉認為湯姆一定是蘇菲亞的父親派來追女兒的，所以不敢透露堂妹的行蹤。

湯姆雖然沒見過哈麗葉，卻曾經聽說過蘇菲亞有個堂姊嫁給一位費茲派翠先生。只是，他此時心亂如麻，一時沒有想起來。他是聽帶他來那個男僕提到兩位小姐感情非常親密，以堂姊妹互稱，才想到那位已婚的堂姊。他相信這位太太就是蘇菲亞的堂姊，對侍女傳達的消息深感驚訝，急切地請求見夫人一面，可惜遭到一口回絕。

湯姆雖然沒進過宮廷，教養卻比很多出入宮廷的人好得多，絕不可能對女士做出一丁點粗魯或唐突的舉止。因此，當他的請求被斷然拒絕，就不再堅持。他對女僕說，「如果夫人現在不便見客，我下午再過來。希望到時候有那份榮幸見到夫人。」

他這番話說得彬彬有禮，臉蛋又長得特別俊俏，那侍女對他印象極佳，忍不住答道，「先生，也許你見得到。」果然，她說盡好話，鼓吹女主人見那個英俊的年輕紳士（她就是這麼稱呼他）一面。

湯姆精明地猜測蘇菲亞此時就跟堂姊在一起，只是因為厄普頓的事情生他的氣，不肯見他。他派帕崔吉去找住處，自己整天守在街頭，監看他以為他的天使就在裡面的那扇門。可惜一整天除了一個僕人，沒看見別人出來。到了晚上他再去求見，這回終於得到哈麗葉首肯。

有一種天生的斯文是衣裳裝點不出來、也遮掩不了的。如我先前所說，湯姆明顯具備這種特質，因此，哈麗葉對他的禮遇，似乎超出他那身衣裳的要求。他恭敬地向女士致意之後，對方竟請他坐下。

我相信讀者不期待得知這場談話的一切細節。總之，可憐的湯姆沒有得到他想要的答案。因為哈麗葉雖然一眼就看出湯姆深愛著蘇菲亞（在這方面女人的眼光銳利如鷹），但她基於對蘇菲亞的友誼，覺得不能隨便向這樣的情人洩露朋友的行蹤。簡單來說，她懷疑這人就是蘇菲亞逃離的那個布里菲。她旁敲側擊向湯姆打聽歐渥希府的情況，得到的答覆也都確認她的猜測。於是她堅決否認知道蘇菲亞的去處，她只答應湯姆隔天晚上再來拜見，其他一概拒絕。

湯姆離開後，哈麗葉告訴侍女，她懷疑這人就是布里菲，侍女答，「夫人，我覺得這人長得太英俊，世上不會有女人想逃離。我倒覺得他是瓊斯先生。」

13 女先知希波兒（Sibyl）帶埃涅阿斯遊冥府，以摻有罌粟的蜂蜜迷倒地獄的守門犬賽伯拉斯。

哈麗葉說，「瓊斯先生！哪來的瓊斯？」蘇菲亞自始至終都沒跟堂姊提起過湯姆，阿娜倒是健談得多，早就向她的亞比該姊妹說出湯姆的一切。現在侍女又把前因後果告訴哈麗葉。

哈麗葉聽完之後同意侍女的看法，更難以理解的是，原本湯姆在她眼中只是個不起眼的鄉紳，現在她卻看出他個性豪氣爽朗、魅力十足。她說，「貝蒂，妳說得沒錯，他確實是個英俊的小夥子，難怪堂妹的侍女告訴妳有很多女人喜歡他。現在我有點遺憾沒有告訴他蘇菲亞在哪裡。話說回來，如果他是妳說的那種無可救藥的浪蕩子，那麼她最好別再跟他見面，不顧父親反對嫁給一個浪蕩子兼窮光蛋，將來她能有什麼好日子過？沒錯，如果他是阿娜說的那種人，那麼不讓他們見面反倒是做好事。我自己因為不幸的婚姻飽受磨難，如果害她走上一樣的路，就太不可原諒了。」

她的話被訪客打斷，原來是那位愛爾蘭貴族。貴族的到訪沒有新鮮或特別的情節，對本書也毫無重要性可說，所以本章到此結束。

第三章 哈麗葉的計畫；她走訪貝拉斯頓夫人

哈麗葉上床就寢後，滿腦子都是蘇菲亞和湯姆的事。事實上，她發現蘇菲亞對她隱瞞這件事，有點生氣。她想了一會兒，腦海就浮現這個念頭：如果她能阻止蘇菲亞投向湯姆懷抱，讓她回到父親身邊，等於幫家族辦妥一件大事，那麼伯父和姑姑很可能會重新接納她。

重返家族一直是她內心最大的願望，她理所當然覺得一定能成功。因此，接下來要考慮的，就只剩下該怎麼執行計畫。她不認為蘇菲亞會接受口頭勸說，因為根據貝蒂從阿娜那裡聽來的消息，蘇菲亞深愛湯姆，想勸她放棄湯姆，恐怕會像苦口婆心勸飛蛾不要撲向燭火。

讀者想必還記得，蘇菲亞是在姑姑家認識貝拉斯頓夫人，也知道當時哈麗葉也住在姑姑家，因此不難推測出哈麗葉也認識夫人。她跟蘇菲亞其實都是夫人的遠房親戚。

幾經考慮之後，她決定隔天一早去貝拉斯頓夫人家，想辦法背著蘇菲亞單獨跟夫人見面，說出這些事。夫人個性慎重，平時言談之間總是嘲弄浪漫的愛情和輕率的婚姻，哈麗葉深信她一定也會反對蘇菲亞和湯姆在一起，而且會全力協助她從中阻撓。

她果然照計畫進行，隔天天沒亮就匆匆穿好衣裳，在一個不符常規、不合禮法、不宜拜訪的時刻去找貝拉斯頓夫人，也順利見到夫人，絲毫沒有被蘇菲亞察覺。當時蘇菲亞清醒地躺在床上，阿娜在一旁鼾聲如雷。

哈麗葉為自己一大早突然來訪連聲致歉，她說，「如果不是為了後果非常重大的事，我絕不會選在這種時間來打擾夫人。」然後她說明來意，一五一十說出從貝蒂那裡聽來的事，也沒忘記提起湯姆前一天晚上拜訪她。

貝拉斯頓夫人笑著說，「那麼妳見到這個差勁男人了。說說看，他真有那麼英俊嗎？伊多芙昨天晚上跟我說了將近兩小時他的事。我覺得伊多芙還沒見過他本人就愛上他了。」讀者看到這裡不免好奇。事實上，伊多芙是貝拉斯頓夫人的貼身侍女，她聽說了湯姆的事。前一天晚上（應該說這天凌晨）幫夫人更衣時，忠實地把聽來的話轉述一遍，足足花了一個半小時才更衣完畢。

貝拉斯頓夫人平時換裝時也喜歡聽伊多芙東家長西家短，這回聽她說起湯姆，顯得特別專注，因為阿娜把湯姆形容得一表人才，伊多芙匆忙之間又加油添醋一番，貝拉斯頓夫人幾乎覺得湯姆簡直是造物的奇蹟。

哈麗葉有多麼貶低湯姆的出身、人品與窮困，就有多麼讚揚他的相貌。貝拉斯頓夫人被侍女激起的好奇心更強烈了。她聽完哈麗葉的話，嚴肅地說，「這件事確實事關重大。妳做得很對，蘇菲亞有太多優點，我非常看重她，很高興能夠盡一點心力保護她。」

哈麗葉急忙問，「您看是不是最好馬上給我伯父寫封信，告訴他蘇菲亞的行蹤？」

貝拉斯頓夫人尋思片刻，說道，「不好，最好不要。我聽黛伊・威斯頓說過，她哥哥是個莽夫，我不同意把逃離他身邊的女人送回去。我聽說他對自己的妻子專橫跋扈，因為他就是那種自以為有權欺壓我們女人的壞蛋。我認為我們做女人的，都有責任救出不幸被這種人控制的女性。親愛的堂姪女，我們主要的任務就是別讓蘇菲亞見到那個年輕人，等她在我這裡見過上流社會的男士，她的想法會改變的。」

「萬一他查出她住在這裡，」哈麗葉說，「一定會不擇手段來見她。」

貝拉斯頓夫人答，「他不可能找到這裡來。不過，也許他會查出她在哪裡，在附近守候。所以我希望能知道他的長相。有沒有辦法讓我見他一面？否則，她說不定會瞞著我在這裡跟他見面。」

哈麗葉答，「他說下午會再來我家，如果您下午六點到七點抽空光臨寒舍，應該可以見到他。萬一他提早到，我會想辦法留住他，直到您過來。」

貝拉斯頓夫人說，「我吃過晚飯就去，最慢七點可以出發，我一定得見見這個人。說真的，像這樣為蘇菲亞設想，真是太好了。不管是基於一般的善心或為了我們的家族，我們兩個都有責任這麼做，畢竟那實在是一樁糟糕透頂的婚事。」

貝拉斯頓夫人對蘇菲亞讚美有加，哈麗葉基於禮貌也適度恭維對方幾句。兩人又聊了些無關緊要的閒話，哈麗葉就離開了。她用最快的速度坐上轎子回家，沒有被蘇菲亞和阿娜看見。

第四章
拜訪經過

一整天湯姆都沒讓某一扇門離開視線。這天雖然是最短的白晝之一，對他而言卻是一年之中最漫長的白天。最後，時鐘總算敲了五響，他再度上門拜訪哈麗葉。這雖然比合適拜訪的時間提早一小時，哈麗葉仍然客氣地接待他，卻堅持否認知道蘇菲亞的行蹤。

湯姆打聽心上人的消息時，脫口說出「堂妹」兩個字，哈麗葉說，「先生，看來你知道我們是堂姊妹。既然這樣，你應該不反對我有權利知道你找我堂妹什麼事。」

湯姆遲疑半天，最後答道，「她有一大筆錢在我手上，我希望親自交還給她。」他說完拿出那個皮夾，跟哈麗葉說裡面有多少錢，他又是如何拿到這個皮夾。他話剛說完，突然有個劇烈聲響撼動整間屋子。向聽過的人描述這個聲音，是多此一舉，想讓沒聽過的人體會那種感受，更是白費工夫，因為那真的是：

> 西布莉神廟的祭司也不會這樣狂敲他們的銅鑼。[14]

簡言之，有個男僕在外面敲門，或者乾脆說把門捶得砰砰響。湯姆有點吃驚，因為他沒聽過這樣的聲音。哈麗葉卻是一派平靜，她說，剛好有朋友來，沒辦法給他答覆，如果他願意留到她朋友離開，她還有話跟他說。

房門猛地被推開，貝拉斯頓夫人把裙環斜著擠進來，人也跟著現身。她先向哈麗葉深深屈膝，對湯姆同樣行禮如儀，立刻被請到上座。

我之所以描述這些細節，是為了我認識的某些鄉間仕女，她們認為對男人屈膝行禮有欠端莊。

他們才剛坐定，近期提過的愛爾蘭爵爺就來了，大家一陣折騰，該有的禮數重新演練一遍。

行禮結束後，接下來的談話就像俗話所說，精彩非凡。只是，內容對本書的故事沒有一點重要性，事實上，它們本身也沒有任何重要性，所以我略過不提。何況據我所知，再精闢、再文雅的談話，一旦寫進書本或搬上舞台，就會變得乏味至極。這種精神糧食是一道美食，那些不屬於上流社會的人們不聽也罷，就像他們也不需要去品嘗那些只出現在大人物餐桌的法國美食。說實在話，高尚的談話與高檔美食一樣，未必能迎合所有人的口味，平凡百姓往往棄之如敝屣。

這優雅場景中，可憐的湯姆與其說是演員，不如說是觀眾。因為在爵爺到來之前那一小段時間裡，貝拉斯頓夫人和哈麗葉先後都曾對他說話，可是爵爺一到，兩位女士的注意力全部轉移到爵爺身上。再者，爵爺除了偶爾瞄湯姆一兩眼，從頭到尾把他當隱形人，兩位女士也就有樣學樣冷落湯姆。

客人遲遲不肯離開，哈麗葉開始懷疑他們都打定主意要比別人晚走。她決定先打發湯姆，因為訪客之中只有湯姆她不需要太多禮。於是，她趁談話中斷的時機鄭重對湯姆說，「先生，那件事我今晚沒辦法給你答案，如果你可以留下聯絡方式，方便我明天派人找你……」

14 此句摘自賀拉斯的《頌詩》。西布莉（Cybele）為眾神之母。

湯姆的好教養是天生的，但卻欠缺技巧，所以他直接把地址告訴哈麗葉，而不是私下跟僕人說，不久後他就謙恭有禮地起身告辭。

湯姆在場時對他視若無睹的高貴人士，他走後反倒注意起他來。讀者既然允許我省略前一段更精彩的談話，現在想必不反對我不再複述這段堪稱低俗謾罵的內容。不過，我也許該描述一下貝拉斯頓夫人接下來的舉動，因為可能跟本書故事有關。湯姆離開後幾分鐘，夫人也向主人告辭，臨走時她對哈麗葉說，「我現在不擔心堂姪女的事了，這傢伙對她不會有任何危險。」

我們的故事也要仿效貝拉斯頓夫人，向在場的人告辭，現在那裡只剩兩個人，他們之間的事跟我或我的讀者無關，所以我決定不要在這裡浪費時間，盡快把話題轉回所有對我們的主角有一點關心的讀者想知道的事。

第五章
湯姆在住處碰到的事；聊聊住在那裡的某位年輕紳士，以及那房子的女主人和她兩個女兒

隔天一早到了適合拜訪的時間，湯姆又來到哈麗葉住處門外，得到的答覆是哈麗葉不在。這個結果令他十分驚訝，因為他天剛破曉就在那條街走來走去，如果她出去了，他一定會看見。不過，他還是得接受這個答案，不只這次，當天另外五次求見結果都一樣。

坦白跟讀者說，那位爵爺基於某種原因，也許是為哈麗葉的名聲著想，要求她不要再見湯姆。他覺得湯姆是個沒用的傢伙。哈麗葉答應了，我們也看見她嚴格遵守諾言。

不過，我仁慈的讀者對湯姆的觀感可能比哈麗葉好一點，也許甚至會擔心他跟蘇菲亞不幸分離的這段時間，究竟是住在客店或露宿街頭，我就來說說他現在的住處。那其實是一棟非常典雅的房子，所在區域也十分優質。

湯姆過去經常聽歐渥希提起，他到倫敦總是投宿在某位女士的房子。湯姆知道那位女士住在龐德街，過世的先生是個牧師。她丈夫離開人世時只留給她兩個女兒和全套布道講稿。

這兩個女兒大的那個叫南希，剛滿十七歲，小女兒貝琪十三歲。

湯姆派帕崔吉來這地方找住處，牧師太太安排他住三樓，帕崔吉住五樓。

二樓住著一個年輕紳士，是上個世代城裡人所稱的那種「文人雅士」。這個稱號倒也貼切，因為我

們可以根據某人的行業或職業稱呼對方，那麼，對於那些受到命運女神眷顧，不需要靠任何行業或職業謀生、成天享樂的紳士，自然可以這樣稱呼。劇院、咖啡館和酒館是他們出沒的地點，閒暇時以機智幽默取樂，愛情則屬於比較正經嚴肅的時刻。美酒和繆思女神通力合作，在他們胸膛引燃最熾烈的火焰。他們不只純欣賞，有些甚至能舞文弄墨描寫他們欣賞的美好事物，所有人都能對這樣的作品點評一二。

這就是所謂的「文人雅士」。不過，我不清楚這個稱號冠在當代那些也想靠才華嶄露頭角的年輕紳士身上是否同樣恰當，因為他們跟「文雅」二字風馬牛不相及。說句公道話，這些人超越他們的前輩，可以說具備智慧與對美的鑑賞力（與美德無關）。因此，當上個世代的文人雅士舉杯歌誦女性的魅力，寫十四行詩讚美她們，在劇院表達他對某齣戲的見解，或在威爾或巴頓咖啡館評論詩作；當代這些紳士正在尋思如何收買某個社團或構思下議院的演說詞（也可以說是構思給雜誌社的文章）。不過，他們腦袋最常思考的，還是賭博這門學問。他們比較認真嚴肅的時刻研究的就是這個，至於消遣，他們品賞的範圍十分廣泛，比如繪畫、音樂、雕塑，以及自然哲學。應該說「不自然」，因為這門學科探討的是驚奇，除了那些凶惡與扭曲的產物，與大自然沒有一點關係。

湯姆一整天求見哈麗葉不成，最後神情落寞地返回住處。他一個人在房間裡黯然神傷時，突然聽見樓下傳來激烈打鬥聲，不久後有個女人求他下樓阻止殺人。湯姆碰到濟弱扶傾的機會從不退縮，立刻跑下樓衝進飯廳，因為聲音從那裡出來。他看見我稍早提及的那位智慧與鑑賞力兼具的年輕紳士被他的男僕壓制住，緊貼牆壁站著。有個年輕小姐站在一旁絞擰雙手，叫喊著，「他會被殺死！他會被殺死！」果然，那可憐的紳士似乎就快憋死了，幸好湯姆及時伸出援手，在他只剩最後一口氣時，將他從敵人的冷血指爪中救出來。

那個男僕雖然也被氣魄多於力量的纖弱主人或踢或揍了幾下，卻謹守分寸不願意動手毆打主人，只想掐死他就心滿意足。他對湯姆就沒這麼多講究了。所以，當他發現湯姆下手毫不留情，立刻掄起拳頭狠狠擊向湯姆腹部。布勞頓拳擊場[15]的觀眾看見這一拳一定會大呼過癮，只是打在身上感覺就沒那麼舒服了。

年輕力壯的湯姆挨了這一拳，馬上心懷感激地回報對方，兩人扭打成一團。打鬥非常激烈，卻歷時甚短，因為那男僕打不過湯姆，就像他的主人打不過他。

這時命運女神秉持她的一貫風格，逆轉了情勢。先前的勝利者現在氣喘吁吁躺在地上；原本落敗的紳士呼吸恢復順暢，能夠感謝湯姆的及時搭救。那位小姐也向湯姆千謝萬謝，原來她不是別人，正是女主人的大女兒南希小姐。

男僕從地上站起來，盯著湯姆猛搖頭，一臉精明地叫道，「天殺的，我再也不要跟你動手，你一定是拳擊選手，否則我就是他媽的看走眼。」他會有這種猜測其實情有可原，因為湯姆就是這麼身手矯健，力大無窮，也許足以跟一流拳擊手對陣，更能輕鬆擊敗布勞頓學院那些戴厚手套[16]的畢業生。

年輕紳士勃然大怒，當場解僱男僕。男僕也不戀棧，只要求結算工資。等工資結清，男僕就捲鋪蓋走路了。

15 John Broughton（約一七〇三～一七八九），英國拳擊手，被譽為現代英國拳擊之父。拳擊手戴拳套就是由他首創。一七四七年建立布勞頓拳擊場。

16 原注：為免後代為這個詞感到困惑，我覺得不妨以一七四七年二月一日這篇廣告加以說明。「敬告：布勞頓先生計畫在他位於海馬克街的住宅開設拳擊學院，教導有意一窺拳擊術堂奧的有志之士。學員將能接觸到這門純正英國技藝的理論與實務。對打過程中的各式擋法、擊法等都詳加說明傳授。地位顯貴的上流人士也可以放心投入本課程，教練會以最溫柔的方式對待學員優雅的身軀與體格。本學院並提供拳套，可以有效保護學員免於眼圈瘀腫、下顎斷裂或流鼻血等不便。

年輕紳士姓奈丁格爾，他熱情邀約湯姆共飲葡萄酒，感謝他的救命之恩。經過他百般請求，湯姆才答應。湯姆其實不想喝酒，只是不好意思拒絕，因為他意志消沉，實在沒有心情跟人閒談。當時屋子裡只有南希一名女性（她母親和妹妹出門看戲），所以她答應作陪。

等酒和杯子放上桌，奈丁格爾開始說明剛才那起事件的起因。

他說，「先生，希望你不會因為剛才的事，誤認我有毆打僕人的習慣。我向你保證，在我印象之中，這還是第一次。那傢伙犯過太多令人氣惱的錯，直到今天我才忍不住動手。不過，等你聽過今晚發生的事，我相信你不會怪我。今天我比平時提早幾小時回來，卻發現有四個身穿僕役制服的男人在我房間的爐火旁玩惠斯特[17]。而我的霍伊爾[18]，先生，我最好的一本霍伊爾，花一基尼買來的，竟然翻開躺在桌子上，最重要的一頁被灑了大量黑啤酒。你想必也認為這種事太可惱，可是我沒說話。等其他那些人走了，我才輕輕訓斥那傢伙幾句。沒想到他毫無歉意，反倒無禮地對我說，『當下人的也該跟其他人一樣，可以有點娛樂。弄髒你的書是我不對，我有幾個朋友也買過那本書，只花一先令，你喜歡的話可以從我的工資扣。』這時我更嚴厲責罵他，沒想到那個無賴竟然這麼放肆。總之，他說我提早回家是為了……總之，他說了損人名譽的話……提到一個年輕小姐的名字。他的態度……他的態度讓我火冒三丈，盛怒之下出手打他。」

湯姆說，「我相信天底下沒有人會責怪你。至於我，我承認我也會因為最後那件事揍他一頓。」

他們坐下來沒多久，女屋主和小女兒就從劇院回來了，大家共度愉快的夜晚。除了湯姆以外，其他人都興高采烈。湯姆也盡可能陪大家歡樂，他天生精力充沛，個性又非常友善，原本就是最討人喜歡的同伴。儘管內心沉重，他還是努力逗大家開心。等聚會結束時，奈丁格爾說他很希望進一步跟湯姆結交。南希也很喜歡湯姆，女屋主對湯姆這個新房客相當滿意，邀請他和奈丁格爾隔天早上一起用早餐。

湯姆自己也滿心歡喜。南希雖然個子非常嬌小，容貌卻十分秀麗。女屋主年近五十風韻猶存，可以說是最純真的人，因而也是最開朗的人。她腦中想的、嘴裡說的或心裡盼的，都不會是不好的事。她總是希望別人開心，這可說是天底下最幸運的願望，因為只要不是出於虛情假意，通常幾乎都會實現。簡言之，她雖然能力有限，卻絕對是個真心實意的朋友。她是最體貼的妻子，最慈愛溫柔的母親。我這本歷史跟報紙一樣，不會隨便稱頌過去沒人聽過、將來也不會有人聽說的人物。所以讀者可以確定，這位好婦人在接下來的篇幅裡會有相當分量。

湯姆也覺得跟請他喝酒的奈丁格爾相當投契。他覺得奈丁格爾頗有見地，雖然感染了些許城市的浮誇氣息，言談之間卻偶爾流露樂善好施的人道胸懷，尤其在愛情方面表達了許多無私見解，最得湯姆歡心。有關愛情這個話題，奈丁格爾說的話比較像出自古代的田園牧羊人，而非現代的浮誇紳士。他其實只是裝裝派頭，本質倒是淳良得多。

17 whist，一種紙牌遊戲，為橋牌的前身。

18 指 Edmond Hoyle（約一六七二～一七六九），英國作家，公認是第一個撰寫紙牌技術與規則相關書籍的作家。

第六章

早餐時送來一件東西；聊聊女兒的教養

隔天眾人延續前一天晚上的歡樂心情共進早餐，可憐的湯姆卻是神情哀戚，因為不久前帕崔吉告訴他，哈麗葉已經遷出住處，不知道搬去哪裡。這個消息嚴重擾亂他的心情，不管他如何強顏歡笑，表情和舉動都透露出他的滿腹憂傷。

跟前一天晚上一樣，眾人又聊起愛情這個主題。關於愛情，冷靜明智的男人會斥之為浪漫幻想，冷靜明智的女人會給予較高評價，奈丁格爾則是表達了許多熱情、寬厚與無私的觀點。密勒太太（這就是女屋主的姓氏）非常贊同他的看法。不過，奈丁格爾詢問南希的意見時，她只說，「我覺得最沉默那位先生感受應該最深刻。」

她這番話明顯指的是湯姆，如果他不予回應，我會非常遺憾。不過，他謙和有禮地回答她，也有意無意暗示她自己的沉默似乎有著同樣意味，因為無論這天早上或前一天晚上，她幾乎都沒說話。

「南希，我很高興這位先生這麼說。」密勒太太說，「其實我也發現了。孩子，妳怎麼了嗎？妳怎麼變這麼多，以前的開朗活潑到哪去了？先生，你知道嗎？以前我都喊她我的多嘴丫頭。這星期她總共說不到二十個字。」

這時女僕走進來打斷他們的談話，她手上拿著一個包裹，說是有個腳夫送來給瓊斯先生的。她說，

「那人放下東西就走了，說不需要回覆。」

湯姆非常驚訝，直說一定是弄錯了。女僕強調她沒聽錯名字。在場女士都好奇包裹裡是什麼東西，最後經過湯姆同意，由小貝琪負責打開。那裡面是道具斗篷和面具，附一張化妝舞會入場券。

這下子湯姆更確定這些東西一定是送錯對象。

密勒太太也覺得想不通，說道，「我不清楚這是怎麼回事。」

不過，當眾人問奈丁格爾，他說出與眾不同的看法，「先生，我唯一的想法是，你是個非常幸運的人。我相信這是某位女士送來的，而你會在化妝舞會上見到她。」

湯姆為人並不虛榮，不至於懷有這種自我陶醉的假想。密勒太太也不太認同奈丁格爾的推測，後來南希拿起那件斗篷，一張卡片從衣袖掉出來，上面寫著這些字：

致瓊斯先生
仙后送來此物事，
善加利用勿錯失。

這下子密勒太太和南希都同意奈丁格爾的話，連湯姆都幾乎相信了。他又想到，目前知道他住處的女性只有哈麗葉，興奮地想像邀請函是她送來的，這次也許有機會見到蘇菲亞。這種希望其實沒有根據，只是，哈麗葉的行為太莫名其妙，叫人難以捉摸：先是出爾反爾不肯見他，後來又搬走，他才會懷抱一絲希望。畢竟他曾經聽說她個性古怪，也許她表面上拒絕透過正常管道幫他，卻想出這種奇怪的方式助他達成心願。說實在話，這件事太奇怪又不尋常，給了他更多想像空間，加上他天性樂觀，於是任由想像力馳騁，找出一千個理由告訴自己當天晚上一定能見到親愛的蘇菲亞。

讀者，如果你好意祝福我，那麼我要在此回報你，祝福你擁有這種樂觀的心靈。很多偉大作家都曾經探討過幸福這個主題，我自己閱讀很多這方面的文字，也花了不少時間思索，幾乎可以確定幸福來自樂觀的天性。某種程度上，這種天性讓我們跳脫命運女神的掌控，不需要她的協助也能得到快樂。事實上，比起那位盲目女神的賜予，樂觀帶來的愉悅更牢靠，感受也更深刻。基於造物者的明智規劃，我們所有的享樂既能帶給我們滿足，也會讓我們失去興致，這麼一來，我們才會有進一步追求快樂的動力。從這個角度看來，我毫不懷疑剛當上律師的未來大法官、剛領聖職的未來大主教，以及還是反對黨小人物的未來首相，都比已經坐上那些職位、擁有一切權勢與利益的人快樂得多。

湯姆決定當天晚上參加那場化妝舞會，奈丁格爾主動表示願意陪他前往，他也願意提供入場券邀請密勒太太和南希一起去。可敬的密勒太太回絕了，她說，「我不像其他人那樣對化妝舞會抱持偏見，但這種奢侈娛樂只適合有地位有財富的人，不適合必須自謀生計、頂多只能嫁個生意人的年輕女孩。」

奈丁格爾驚訝地說，「生意人！妳不可以低估我的南希，她配得上全世界所有貴族。」

密勒太太答，「咄！奈丁格爾先生，你千萬不要往那丫頭腦袋裡塞這種不切實際的幻想。不過如果她走運（她彆扭地笑了笑）嫁個像你這樣思想開放的年輕紳士，我希望她能夠好好回報對方的不嫌棄，而不是只想著揮霍享受。沒錯，那些自己帶豐富陪嫁過門的年輕小姐當然有一點權利花自己的錢。關於這點，我聽男士們說過，有時候男人娶個窮太太，可能比娶富太太更划算。不過，我女兒想嫁誰我不管，我只負責努力把她們教成好妻子。所以，拜託，別再讓我聽見化妝舞會的事。我相信南希是個乖女孩，不會想去。她一定還記得去年你帶她參加過一次，她回來以後失魂落魄，經過一個月才回神，重新拿起她的針線活。」

南希發出輕聲嘆息，像在偷偷表達相反見解，但她不敢公然違抗母親。密勒太太雖然對女兒百般慈愛，卻也保有家長的權威。孩子們有什麼願望，她通常會盡力滿足，除非是為了她們的安全與未來幸福考量。在這方面，她不容許女兒違逆或反駁她這種出於擔憂的管教。奈丁格爾已經在這屋子住了兩年，熟知這些規矩，因此不再多說什麼。

奈丁格爾越來越喜歡湯姆，因此極力邀他一起去酒館吃午餐，說要介紹幾個朋友給湯姆認識。湯姆婉言回絕，他說，「我的衣服還沒送來。」

事情的真相是，湯姆目前面臨某些地位比他尊貴的年輕紳士偶爾會碰上的景況。簡言之，他口袋裡一分錢都沒有。古代哲學家面臨這種處境還能受到尊重，住在倫巴德街[19]或出入懷特巧克力鋪那些現代智者就未必了。再者，或許正因為那些哲學家以空空如也的口袋為榮，才會在上面提及的那條街和那家巧克力鋪遭人冷眼。

古人認為人光靠美德就能衣食無缺，然而，剛才提及的那些當代智者已經發現這種觀點錯得離譜。我在想，這大概跟某些傳奇小說家認為人可以只靠愛情活下去一樣荒謬。無論愛情能帶給我們某些感官或胃口多麼美味的饗宴，卻幾乎可以確定滿足不了我們的其他需求。因此，那些太輕信傳奇作家的人驚覺錯誤時往往為時已晚。他們會發現愛情不能療飢解渴，正如玫瑰無法取悅耳朵、小提琴也不能滿足嗅覺。

因此，儘管愛情為湯姆擺上各式美食（也就是在化妝舞會見到蘇菲亞的希望），這些想法不管多麼不切實際，他還是津津有味地享用了一整天。等到夜幕低垂，他才開始渴望那種比較世俗的食物。帕崔

19 Lombard Street，倫敦市中心的繁華地帶，珠寶店與銀行林立。

吉直覺發現到這點，趁這個機會拐彎抹角提醒湯姆那張銀票的存在，卻被湯姆輕蔑地回絕，於是他再度鼓足勇氣勸湯姆回到歐渥希身邊。

湯姆大聲說，「帕崔吉，我的命運有多悲慘，我看得比你清楚。現在我真的很後悔讓你跟著我吃苦受罪，所以我希望你回家去。至於你為我花的錢和為我做的事，我希望你收下我留在你家那些衣服做為補償，很抱歉我沒辦法用其他方式答謝你。」

他說這些話的語調無比淒切，帕崔吉原本不是冷酷無情的人，這時聽得淚水奪眶而出。他發誓絕不會在湯姆最困難的時候離開，又開始力勸湯姆回家去。他說，「先生，看在老天份上，請你考慮一下，你還能怎麼辦？你沒有錢，要怎麼在這個城市活下去？先生，不管你想做什麼，想去哪裡，我已經決定不拋下你。不過先生，求求你考慮一下，真的，為了你自己著想，認真考慮一下。我相信你的智慧會要求你回家。」

「我要跟你說多少次，」湯姆說，「我已經無家可歸。如果我知道歐渥希先生家的大門肯為我敞開，我不會等到落魄才想回去。甚至，全世界沒有任何原因能夠阻擋我立刻飛奔到他面前。可是，唉！我永遠回不去了。他最後對我說的話是……噢，帕崔吉，那些話還在我耳朵裡回響。他給我那筆錢，我不知道多少，只知道是一大筆，最後跟我說的是，『我決定從今天起不再跟你有任何關係。』」

此時湯姆激動地無法言語，正如帕崔吉一時之間震驚得說不出話來。不過帕崔吉很快恢復語言能力，他說了幾句開場白，就問湯姆他說的「一大筆錢，不知道多少」是什麼意思，現在那些錢又在哪裡。湯姆據實回答，帕崔吉正準備表達看法，卻被奈丁格爾送來的口信打斷。奈丁格爾請湯姆去他房間。

兩位紳士著裝完畢準備出門參加舞會，奈丁格爾派人去找轎子，這時湯姆又碰上窘境：拿不出一先令。讀者可能會覺得很荒謬。不過，讀者如果回想一下自己是不是曾經想做某件最喜歡的事，手頭上卻缺了一千鎊，或者一萬或兩萬鎊，就完全能體會湯姆此時的心情。為了拿到一先令，他只好向帕崔吉開口。他是第一次允許自己這麼做，也決定這是他最後一次用可憐的帕崔吉的錢。坦白說，最近帕崔吉已經不再提供這種服務，究竟是為了逼湯姆把那張銀票換開，或讓他走投無路選擇回家，或基於其他理由，我也說不準。

第七章
化妝舞會面面觀

兩位紳士來到由「奢華鑑賞家」、娛樂界最高祭司海德格[20]主持的殿堂。如同所有異教神廟祭司，海德格也哄騙信徒廟裡有神祇駐駕，事實上那裡根本沒有神。

奈丁格爾陪著湯姆走一兩圈後，就丟下湯姆跟一名女性走了。他說，「先生，你已經來到這裡，該自己想辦法去找獵物。」

湯姆滿懷希望，覺得他的蘇菲亞就在這裡，這份希望比燈光、音樂和人群這些對抗憂鬱的強效藥劑更令他振奮。只要見到身高、體形和神態類似蘇菲亞的女性，他就上前搭訕，挖空心思說些機智話語，企圖引對方開口回應，方便他找出那個他認為自己絕不可能認錯的嗓音。有些女性尖聲尖氣反問他，「你認識我嗎？」更多人直接告訴他，「先生，我不認識你。」就不再說話。有些人指責他冒失；有些人根本不予理會；也有人說，「我認不得你的聲音，跟你沒有話說。」很多人給他友善回應，卻不是他想聽的那個聲音。

他正在跟裝扮成牧羊女的女性搭訕時，有個穿斗篷的女士走到他身邊拍他肩膀，在他耳畔悄聲說，「如果你繼續跟那個蕩婦說話，我就告訴威斯頓小姐。」

湯姆一聽見那個姓氏，馬上離開談話對象，轉頭對斗篷女士說，如果她提到的那位小姐也在現場，請告訴他是哪一個。

那個面具沒有答話，直接快步走到最裡面的房間的主位坐下來，直說她累了。湯姆在她身旁坐下，繼續哀求。最後那位女士冷冷答道，「我以為瓊斯先生心明眼亮，不管情人怎麼偽裝，都能認出來。」湯姆有點激動地問，「那麼她在這裡嗎？」那位女士答，「小聲點，先生，你會引來異樣眼光。我以個人名譽向你保證，威斯頓小姐不在這裡。」

湯姆拉住面具女士的手，用最誠摯的語氣請她透露哪裡可以找到蘇菲亞。見對方沒有直接回答，他開始責備她前一天對他爽約。最後他說，「說真的，親愛的仙后，雖然妳故意改變嗓音，但我對陛下非常熟悉。費茲派翠太太，妳這樣折磨我尋開心，實在太殘酷了。」

面具女士答道，「雖然你這麼聰明識破我的身分，我還是要繼續用這個聲音說話，免得其他人發現。還有，先生，你難道認為我這麼不關心我堂妹，會幫助你們繼續維持這種明知道一定會毀了她、也會毀了你的關係？再者，就算你居心不良執意引誘我堂妹，我敢說她還不至於瘋狂到自我毀滅。」

湯姆答，「唉，女士！妳說我對蘇菲亞居心不良，實在不懂我的心。」

面具女士答，「你該知道毀滅另一個人就是居心不良的行為。你自己一定知道這種行為也會毀了自己，這難道不是愚蠢或瘋狂、甚至罪行？先生，我堂妹什麼都沒有，除非她父親願意給她。以她的身分而言，她自己的財產真的少得可憐。你知道她父親的為人，更清楚自己的條件。」

湯姆發誓自己對蘇菲亞沒有那種企圖，他說，「我寧可死無葬身之地，也不會為了自己犧牲她的利

20　指John James Heidegger（一六六六～一七四九），曾任英國國王喬治二世的宴會主持人，也是海馬克歌劇院經理，經常在那裡舉辦化妝舞會。

益。我知道自己各方面都配不上她，很久以前就決定放棄追求她的念頭。只是剛好碰上一件事，必須再見她一面，之後我會永遠離開她。女士，我的愛不至於那麼卑鄙自私，只求滿足自己、不為深愛的對方著想。為了跟蘇菲亞在一起，我什麼都可以犧牲，但絕不能犧牲她。」

讀者多半已經認定這位戴面具的女士品德不算高尚，將來她也可能會做出某些無法為女性表率的行為，但她還是深受湯姆這番真誠話語感動，對湯姆的好感比原先又增加了幾分。

面具女士靜默了幾分鐘，才說，「在我看來，你對蘇菲亞的感情倒不是痴心妄想，而是有欠謹慎。年輕人應該胸懷大志。我喜歡野心勃勃的年輕人，我決定好好培養你的企圖心。也許你將來有機會追求財富比蘇菲亞雄厚得多的人。甚至，我相信有些女人……不過，瓊斯先生，你會不會把我看成怪人，對一個不認識的人提出忠告，何況還是一個惹我不開心的人？」

湯姆連忙道歉，說他希望他剛才說到蘇菲亞的事沒有冒犯她。面具女士答道，「你當真這麼不解風情，認為女人喜歡聽男人大談對另一個女人的情愛？仙后如果不認為你很擅長討女人歡心，怎麼可能邀請你來這場化妝舞會見她？」

此時此刻的湯姆實在沒有心情風花雪月，可是向女性獻殷勤是他做人的原則。在他看來，接受愛情的挑戰，就跟接受決鬥的挑戰一樣義不容辭。不只如此，基於對蘇菲亞的愛，他必須討好這位女士，因為他相信這位女士一定能帶他找到蘇菲亞。

因此，他開始熱情回應面具女士剛才那番挑逗言語。正說著，有個戴著老嫗面具的女性加入他們的談話。這位老嫗正是那種專門到化妝舞會發洩怨氣的人，他們會說些粗魯無禮的實話，像俗語所說，「想盡辦法搞破壞」。這位老嫗看見自己的密友跟湯姆窩在屋子角落親密交談，覺得必須打擾他們心裡才痛快，因此突襲他們，不久就將他們趕離那個偏僻角落。這樣她還不滿意，不管他們躲到哪裡，她就追到哪裡。最後奈丁格爾發現湯姆遭人糾纏，想辦法讓老嫗去騷擾別人，才解救了湯姆。

湯姆跟著面具女士在會場到處走動，想擺脫那個煩人精的時候，他發現面具女士跟好幾個戴面具的人親切地交談，熟悉的程度就像那些人沒戴面具似地。他覺得很驚訝，忍不住說，「女士，妳一定有非凡的洞察力，那些人戴著面具都瞞不過妳。」

面具女士答道，「對於上流社會的人，再沒有什麼比化妝舞會更無趣、更幼稚的事了。在這裡大家都知道誰是誰，就像在其他聚會場合或私人客廳裡一樣，有身分的女性是不會跟不認識的人說話的。總之，你在這裡見到的大多數人只是來消磨時間，回到家以後通常比聽最冗長的布道更疲倦。坦白說，我有點累了，如果我沒猜錯，你也玩得不開心。我敢說如果我現在回家，等於是對你做了件好事。」

湯姆說，「我還知道妳可以為我做另一件好事，那就是容許我送妳回家。」

面具女士說，「你錯看我了，以為我是那種深夜讓初識的人進家門的人。看來你把我對堂妹的關心想成有動機了。老實招認吧，你是不是把這次事先安排的會面當成幽會了？瓊斯先生，你習慣這樣出其不意征服女人嗎？」

湯姆答，「我不習慣這樣出其不意被女人征服。不過既然妳出奇招擄獲我的心，我身體的其他部位有權跟著心走。所以妳必須原諒，不管妳走到哪裡，我都要跟。」他一面說，一面配合做出親密舉動，面具女士輕聲斥責，說這樣會引人側目。她告訴他，「我要跟朋友去吃晚餐，希望你不要跟來。雖然我朋友不是吹毛求疵的人，但如果你跟去，人家會覺得我這人莫名其妙。總之我希望你別去，萬一你去了，我真不知道該怎麼跟人解釋。」

不久後面具女士離開化妝舞會，湯姆不顧她的三申五令，依然故我地跟上去。這時他再次受挫於我先前提過的那個窘境，那就是身上沒有一先令，而且這回找不到人借。他索性大膽跟在那位女士乘坐的轎子後面，引來在場轎夫大聲取笑。轎夫們見到上流人士走路不坐轎，總是不留餘地表達反對。幸虧在歌劇院外守候那些轎夫不敢擅離職守，加上時間已經晚了，路上不太有機會碰到他們的同行，所以他就穿著化妝舞會的服裝走在街上。換在別的時段，多半已經引來大批人好奇跟隨指指點點。

女士的轎子停在離漢諾威廣場不遠的一條街，有一扇門打開來，轎子直接抬進去，湯姆也毫不客氣地跟了進去。

湯姆和那位女士此時置身布置華麗又溫暖的房間。那位女士依然用化妝舞會上的嗓音說話，她說她實在很驚訝，朋友一定是忘了跟她的約定。她氣呼呼地埋怨一陣，突然話鋒一轉鎖定湯姆。她說，萬一別人發現他們孤男寡女這種時間共處一室，會怎麼想？對於這麼重要的問題，湯姆充耳不聞，反倒再三要求那位女士拿下面具。最後那位女士同意，沒想到露出的臉龐不是哈麗葉，而是貝拉斯頓夫人。

他們兩個相處到清晨六點，過程都是些稀鬆平常的事，要一一細述，會顯得太冗長乏味。我只需要讓讀者知道某些跟本書有關的部分，那就是貝拉斯頓夫人答應會盡力尋找蘇菲亞，幾天內帶湯姆去見她，條件是湯姆必須答應從此跟蘇菲亞斷絕往來。等這些事情都談妥，兩人約好隔天晚上在同一個地點碰面，就分開了。貝拉斯頓夫人返回自家，湯姆回到他的住處。

第八章
描述一幅悲慘情景，大多數讀者會覺得此事太異乎尋常

湯姆補眠幾小時後醒來，召喚帕崔吉前來，交給他一張五十鎊銀票，讓他去換成零錢。帕崔吉看見銀票眼睛都亮了。只是，經過一番尋思，他開始懷疑這筆錢的來歷，生起一些有損湯姆清譽的揣測。他會產生那麼恐怖的念頭，一來他原本就對化妝舞會心存恐懼，二來湯姆出門進門都是易容改裝，又在外面待了一整夜。簡單說，他認為湯姆會突然多出這筆巨款，一定是打劫來的。坦白說，讀者除非認為那筆錢是貝拉斯頓夫人的慷慨贈予，恐怕也很難想出其他理由。

為了替湯姆洗刷冤屈，也為了證明貝拉斯頓夫人的寬大胸懷，這筆錢確實是她送給湯姆的。貝拉斯頓夫人雖然不怎麼熱衷時下那些老套慈善活動，比如建醫院等等，卻還是保有基督徒的美德，認為（我覺得非常正確）一個身無分文的優秀青年正是她發揮這種美德的合適對象。

這天湯姆和奈丁格爾應邀跟密勒太太共進午茶，到了約定時間，兩個年輕人和密勒太太的兩個女兒準時來到客廳，從下午三點一直等到五點，密勒太太才回來。原來她到城外去見親戚，這時對大家說明經過。

「先生們，希望你們原諒我遲到，我相信如果你們知道原因……我出城去看我表妹，離這裡大約十公里路。她最近剛生產。這件事正巧給大家借鏡（說到這裡，她視線投向兩個女兒），因為這是一樁輕

率的婚姻。在這個世界上，沒有麵包是找不到快樂的。唉，南希！我實在不知道怎麼形容妳可憐的表姨的悲慘處境。她剛生產不到一星期，天氣這麼冷，她就躺在冷冰冰的屋子裡，床鋪連遮簾都沒有，家裡也沒有煤炭可以生火。她二兒子扁桃腺發炎，跟媽媽擠在同一張床上，因為家裡沒有其他床鋪。可憐的小湯米！南希，看來妳再也見不到妳這個最愛的表弟了，因為他真的病得很重。其他孩子身體倒還不錯，可是我擔心莫麗會把自己累壞。奈丁格爾先生，那女孩才十三歲，我卻沒見過誰比她更會照顧人。她照顧媽媽和弟弟。還有，難得她年紀這麼小，卻懂得在媽媽面前強顏歡笑。我看見她……奈丁格爾先生，我看見那可憐的女孩轉身偷偷擦眼淚。」

說到這裡，密勒太太泣不成聲，我相信在場所有人也都陪她落淚。最後她止住淚水，又接著說，「在這片愁雲慘霧裡，我表妹卻是出奇地堅強，她最擔心病重的兒子，可是為了不讓丈夫擔心，她什麼都沒有表現出來。只是，偶爾她還是壓抑不了悲痛的心情，因為她向來最喜歡這個兒子，那孩子也的確最貼心、個性最好。他今年才七歲，看見媽媽的淚水掉在自己身上，竟然求媽媽寬心。他說，『媽媽，我不會死的。我相信全能的上帝不會帶走小湯米。不管天堂有多美，我寧可跟妳和爸爸待在這裡餓肚子，也不要去。』我敢說我這輩子從來沒這麼感動過。先生們，很抱歉，我忍不住。」

她邊說邊擦眼淚，「小小年紀竟然這麼懂事，這麼孝順。可是，我們最不需要同情的對象應該是他，因為再過一兩天，他可能永遠脫離人間的苦。最可憐的是那個爸爸，可憐的人，他那張臉幾乎可以用驚悚來形容，像個活死人。噢，天哪！我剛進門時看見的景象多麼動人：那可憐的傢伙躺在靠枕後面，撐住妻子和兒子。他身上只穿著薄背心，因為他的外套鋪在床上代替毛毯。我進門後他站起來，我差點認不得他。瓊斯先生，兩星期前他還是你見過最英俊的人，奈丁格爾先生見過他。現在他眼窩凹陷、臉色發白，鬍子也長了。他全身凍得發抖，也餓得面黃肌瘦，因為我表妹說她怎麼勸他都不肯吃東西。他悄聲告訴我……他告訴我……我沒辦法說……他說他不忍心吃孩子需要的麵包。可是，先生們相信嗎？雖然一家人愁雲慘霧，他卻給妻子吃最上等的酒羹調養身子，一副他們家多有錢似的。我嘗了一口，滋味比我吃過的都好。他說，他相信他給妻子買這東西的錢一定是上帝派天使送來的。我不明白他這話什麼意思，因為我沒有心情問下去。

「這就是一樁所謂情投意合的婚姻，換句話說，就是兩個乞丐的結合。坦白說，我必須承認我沒見過比他們更恩愛的夫妻，可是愛情除了讓他們彼此折磨，又能做什麼用？」

南希說，「媽，說真的，我向來覺得我的安德森（那是她夫家的姓氏）表姨是世上最幸福的女人。」

密勒太太說，「目前的情況卻恰恰相反，因為誰都看得出來，這場苦難之中最讓他們夫妻難以承受的，是他們心疼對方在受苦。跟那個比起來，挨餓受凍影響的只是他們的身體，根本算不得什麼。不只如此，那些孩子也都是這樣，年紀最小那個除外，因為才兩歲。他們一家人相親相愛，如果有一點基本收入，就會是世界上最幸福的家庭。」

南希說，「我從來沒發現他們生活困苦，今天聽妳這樣說，我的心在淌血。」

密勒太太說，「唉，孩子，她向來非常樂天知命。他們日子一直都不好過，不過，目前的絕境確實是別人造成的。那可憐的男人幫自己的壞蛋哥哥做保，大約一星期前，就在她生產前一天，他們家的東西都被搬走，拿去拍賣了。他託某個執行官帶信給我，那個惡人沒有把信送到。他等了一星期都沒有我的消息，心裡會怎麼想？」

湯姆淚漣漣聽著這些話，等密勒太太說完，他請她到另一個房間說話，把自己裝著五十鎊的錢包交給她，看她覺得那可憐的一家人需要多少，就拿多少。密勒太太望著湯姆，那眼神筆墨難以形容。她忽然悲喜交加，叫道，「我的天哪！世上竟有這樣的人嗎？」後來想起什麼，又說，「我的確認識這樣的人，可是竟然會有第二個？」

湯姆說，「夫人，這世上應該很多人有這種普通的人道精神。對陷入困境的人伸出援手，本來就是大家都會做的事。」密勒太太拿了十基尼，湯姆請她多拿一點，她無論如何都不肯，只說，「我會想辦法託人把錢送過去。我也已經給了他們一點錢，暫時解決他們的燃眉之急。」

他們回到客廳，奈丁格爾對那家人的處境表達深切的同情。他其實認識那家人，在密勒太太家見過不只一次。他強烈抨擊為他人負債做保的愚蠢行為，也深惡痛絕地譴責那個哥哥的行徑，最後說希望有誰能幫幫那可憐的一家人。他說，「夫人，妳要不要把他們介紹給歐渥希先生？或者妳覺得發起募款怎麼樣？我真心誠意捐出一基尼。」

密勒太太沒有回答，南希已經聽媽媽低聲轉述湯姆的善舉，這時臉色煞白。不過，如果她們因此氣惱奈丁格爾，實在說不過去，因為就算他知道湯姆的善行，也沒有義務照辦。世上多的是連半分錢都不肯出的人。事實上他確實也沒拿出半分錢，因為他沒有主動拿出來，其他人也覺得最好別開口要，所以他的錢安穩地留在他口袋裡。

事實上，這方面我頗有所感，這時候提出來再恰當不過。我認為有關善行這件事，世人大約有兩種見解，而且彼此對立。有一派人似乎覺得所有善行都應該視為自願的贈與，不管你給出多或少（即使只是口頭祝福），都算值得讚許。相反地，其他人似乎一心一意認定善行純粹是一種責任，富人對窮苦人家的協助如果遠遠低於自己能力所及，那麼這種可悲的贈予根本談不上做好事，而且他們的責任只盡到一半，某種程度上，比那些一毛錢都沒出的人更可鄙。

我沒有能力調和這兩種差別見解，在這裡我只補充一點：付出的人通常抱持前一種觀點，接受的人多半認同後一種看法。

第九章

探討的內容跟前一章大不相同

當天晚上湯姆又跟貝拉斯頓夫人見面，兩人再次促膝長談。由於這次談話內容同樣跟以前一樣尋常，我就不贅述，因為寫出來讀者也不會喜歡看，除非你對女性的仰慕需要借助畫面的力量，就像天主教徒對他們聖人的崇拜一樣。可是我不願意對大眾揭露這樣的畫面。我很希望能為近來某些法國小說裡描述的場景拉上簾幕，其中不少拙劣作品已經以譯本的形式呈現在我們眼前。

湯姆越來越急著想見蘇菲亞，跟貝拉斯頓夫人見過幾次面後，他發現不可能透過她達到目的（相反地，到後來她只要聽見蘇菲亞的名字就生氣），決定試試別的辦法。他相信貝拉斯頓夫人知道蘇菲亞的去處，推測她的某些僕人可能也知道，於是讓帕崔吉去跟夫人的僕人套交情，設法打聽消息。

可憐的湯姆如今陷入極其窘迫的處境，因為他尋找蘇菲亞碰到重重阻礙，擔心蘇菲亞已經對他失望透頂。偏偏又聽貝拉斯頓夫人說蘇菲亞決心放棄他，才會故意躲起來不見他。他有充足理由相信這些話。除了以上這些，他還有另一個困難要克服，就算蘇菲亞對他依然有心，恐怕也幫不了他，那就是蘇菲亞可能被解除繼承權。如果他們兩個執意在一起，就一定會發生這樣的結果，除非他們取得她父親同意，偏偏那是不可能的事。

最後還有貝拉斯頓夫人對他的許多恩情，我已經隱藏不住她對湯姆的熾烈情感。由於她的資助，湯姆現在成了倫敦城裡衣著最光鮮體面的男人，不但解除了我先前提起的種種難堪，甚至過著前所未有的優渥生活。

許多男人可以心安理得地享有女人的全部財產，不給任何回報。然而，對於一個天良未泯、不夠資格上絞刑架的人而言，再也沒有比只能以感恩維繫愛情更叫人心煩的事，尤其他的一顆心已經另有所屬。湯姆就是這麼不幸：他對蘇菲亞的愛堅定不移，心裡已經容不下別人。即使這份愛不會有結果，他也永遠無法充分回應貝拉斯頓夫人的激情。貝拉斯頓夫人過去也曾追求者眾，如今至少已經踏入生命的秋天，儘管衣著與舉止依然青春洋溢，甚至保養得雙頰紅潤，看起來卻像非開花期以人工栽培的花朵，少了造物者配合時令為花兒妝點的鮮麗多嬌。她還有另一個缺點：某些花朵儘管看似嬌美，一旦有這種缺點，就不適合放在野外與百花爭妍，最糟的是，最不利愛情的滋生。

湯姆雖然看見了這些令人怯步的問題，卻仍然覺得必須心懷感恩。他也明白貝拉斯頓夫人的恩惠背後藏著一份愛戀，那份感情太強烈，他無法等量回報。他知道貝拉斯頓夫人會覺得他不知感恩，更糟的是，連他都覺得自己不知感恩。他知道夫人對他的好別有意圖，卻又迫於生活不得不接受，因此他覺得，基於個人榮譽，他必須付出代價。他也下定決心，不管自己的心有多苦，都要回報對方，要全心為她奉獻。就像某些國家的法律規定，債務人如果沒有其他方法還債，就會變成債權人的奴隸。

他在思索這些事的時候，收到夫人的便箋：

前次見面後發生了愚蠢又可惡的事，所以我不能在老地方跟你見面。可能的話，明天以前我會想辦法找到新處所。期待相會。

讀者應該猜得到，湯姆並沒有太失望。就算有，他也沒有失望太久，因為不到一小時他又收到同一個人寫來的第二封短箋，內容如下：

我寫了上一封信以後改變心意，如果你體驗過最深摯的愛情，一定能理解。我決定今晚在我家跟你見面，不管後果如何。七點準時過來。我在外面用餐，七點會到家。我發現，對於深陷情網的人，一天的時間似乎漫長得難以想像。

假使你比我早到幾分鐘，讓他們帶你進客廳。

坦白說，湯姆收到第二封信的心情沒有比第一封來得好，因為這麼一來，他就不能答應奈丁格爾的邀約。他現在跟奈丁格爾變成知交密友，奈丁格爾邀他這天晚上跟一群朋友去看新戲首演。聽說有很多人不喜歡作者，決定喝倒采，而作者卻是奈丁格爾的朋友。我很難為情地坦承，湯姆寧可去湊這種熱鬧，也不要去赴上述那種約，可是他的人格戰勝他的喜好。

我們陪他去赴夫人的約以前，覺得最好說明以上那兩封信，因為讀者可能會很驚訝，貝拉斯頓夫人竟敢帶情人回到情敵住的地方。

首先，他們先前幽會的那棟房子的女主人過去有幾年時間曾經受夫人照顧，如今她改信衛理公會，嚴守教規，當天早上去求見貝拉斯頓夫人，嚴詞指責夫人長期以來行為不端，毅然決然表示今後不再幫助她做那些見不得人的勾當。

事發突然，貝拉斯頓夫人應變不及，認定當天晚上不可能找到跟湯姆幽會的地點。等她失望的心情悄悄緩和，腦筋開始轉動，決定建議蘇菲亞去看戲，並且安排另一位女士陪她去。蘇菲亞立刻應允，阿娜和伊多芙同樣也被指派了這個愉快差事。這麼一來，她就可以安心在家裡跟湯姆享受兩人時光。她猜想，等她赴宴返回，還能跟湯姆單獨相處二到三小時。另外，當天邀她用餐的朋友家住得有點遠，卻比較靠近他們的老地方，她才會答應，沒想到前閨密竟會決定洗心革面重新做人。

第十章
內容雖短，卻可能令人落淚

湯姆剛打扮好準備赴約，密勒太太來敲他房門，誠懇地請他下樓到客廳喝杯茶。

湯姆一走進客廳，密勒太太就為他介紹在場的一個男人，她說，「先生，這是我表妹夫，他接受你的大恩大德，希望能夠親自表達誠摯的謝意。」

那人才開口向湯姆致謝，他跟湯姆兩個人都定定注視對方，表情無比震驚。他開始結結巴巴，沒有再說下去，反而無力地坐回椅子，叫道，「原來如此，果然是這樣！」

「我的天！這是怎麼回事？」密勒太太驚叫道，「表妹夫，你哪裡不舒服嗎？要不要喝水，或喝一點酒？」

「夫人，別慌張，」湯姆說，「我跟令表妹夫一樣也需要來點醒神酒。我們意外重逢，兩個人都一樣震驚。密勒太太，你表妹夫是我朋友。」

「朋友！」那人叫道，「天哪！」

「是啊，朋友。」湯姆重複說，「而且是我很敬重的朋友。一個男人為了保全妻小，赴湯蹈火在所不辭，我如果不敬重這樣的人，那麼將來我遭逢困境，就讓朋友棄我而去！」

「你真是最優秀的年輕人，」密勒太太說，「沒錯，可憐的人，他的確什麼辦法都想過了。幸虧他身體好，否則早就撐不下去了。」

「表姊，」那人的心情也恢復平靜了。「這就是我碰見的那個天使。妳去我家以前，就是靠他的幫忙，我才保住我的佩琪。因為他的慷慨，我才能讓她過得舒適一點。他實在是世上最可敬、最勇敢、最高貴的人。表姊，這位先生對我恩重如山。」

「別提什麼恩情不恩情的，」湯姆急著說，「一個字都別提。我堅持，一個字都別提。」（我猜他言下之意是不希望他對任何人提起搶劫的事。）「如果我給你的那一點錢救了一整個家庭，那麼世上再也買不到比這更廉價的快樂了。」

「先生！」那人激動地說，「我真希望你現在就能看到我家，如果哪個人有權享受你剛才提的那種快樂，那一定是你。表姊告訴我，她向你描述過她去我家見到的慘況，那些都已經改善了，主要都是因為你的善心。孩子們現在有床鋪可睡，而且他們有……他們有……你的好心會得到永遠的好報！……他們有麵包吃了。我兒子已經康復，妻子也脫離險境，我很開心。這一切，先生，這一切都是因為你和我表姊，她是天底下最善良的女人。真的，先生，你一定要來我家看看。我太太一定要見你一面，親自向你道謝，孩子們也必須表達他們的感激。先生，真的，他們都懂得感恩。只要一想到是誰讓他們現在還活著表達感恩，我心裡是什麼感受。先生，沒有你送來的溫暖，他們的小小心臟已經都冰冷了。」

湯姆想阻止那人繼續說下去，不過，那人心情太激動，已經說不出話來。接著換密勒太太表達她自己和她表妹夫的謝意，最後她說，「我相信這種善心一定會得到最好的回報。」

湯姆回答，「我已經得到足夠的回報了。女士，妳表妹夫說的話帶給我前所未有的快樂，聽見這樣的故事不受感動的一定是個可恥小人。所以，想到自己有幸參與其中，那是多麼歡喜的事啊！世上如果有人沒辦法因為帶給別人快樂而快樂，我真心憐憫他們。在我看來，那些人跟野心、貪婪或縱慾的人一樣，體驗不到更光榮、更重要、更甜美的喜悅。」

赴約的時間到了，湯姆不得不匆匆告辭，臨走時跟他的朋友誠摯地握手，希望能盡快再見到他，也承諾一有時間就去他家拜訪。說完他坐上轎子往貝拉斯頓夫人家去了，心裡為協助那個家庭重拾歡笑感到無比振奮。在此同時他也不免心驚，當初遭搶後如果他聽從的是絕對正義，而非柔軟的慈悲，會為那個家庭帶來多麼恐怖的後果。

密勒太太整個晚上都在讚揚湯姆，安德森也熱情地呼應，好幾次幾乎說出搶劫的事，幸好及時打住，避免犯下嚴重錯誤。他深知密勒太太為人嚴謹正派，堅守做人處事的原則，也知道她口風不緊。不過，他對湯姆實在太感激，幾乎拋開慎重與羞恥心，寧可說出那件令自己蒙羞的事，也要揭露恩人的全部善舉。

第十一章
讀者將會大吃一驚

湯姆比約定的時間提早到，貝拉斯頓夫人還沒到家。她回家的時間拖延了，不只因為路途遙遠，也因為其他突發事件，令心急如焚的她格外懊惱。湯姆依約進客廳等候，短短幾分鐘後門又開了，走進來的……正是蘇菲亞。蘇菲亞第一幕戲沒看完就離開劇院。如我所說，這是一齣新戲，裡面有兩派人馬針鋒相對，其中一邊喝倒采，另一邊鼓掌叫好，整間劇院鬧哄哄，雙方隔空叫罵，嚇壞了蘇菲亞，幸虧有個年輕紳士英勇地保護她安全坐上轎子。

貝拉斯頓夫人事先說過她很晚才會回家，蘇菲亞認定屋子裡沒有人，進門後匆匆走向正前方的鏡子，沒有望向客廳另一端。此時湯姆有如雕像般站在那裡，動彈不得。蘇菲亞對著鏡子檢視過自己的秀麗臉龐後，才發現剛才所說的那尊雕像。她倏地轉身，發現那是真人，立刻放聲尖叫，險些暈過去。最後湯姆總算走過去將她扶住。

我的能力不足以描繪這對戀人此時的表情與思緒。他們兩個都沉默不語，內心想必激動莫名，連他們自己都難以表達，我當然更不可能說得出來。不幸的是，讀者之中恐怕也極少有人曾經愛得如此濃烈，能夠體會他們兩人此時此刻的心情。

短暫停頓後，湯姆終於結結巴巴地說，「小姐，妳好像很驚訝。」

蘇菲亞說，「驚訝！天哪！我實在太驚訝，幾乎不敢相信你真的是你。」

湯姆說，「確實，我的蘇菲亞……小姐，請原諒我再一次這麼稱呼妳……我就是那個倒楣的湯姆。經過無數次失望以後，命運女神終於好心地讓我找到妳。我的蘇菲亞！我苦苦尋找沒有一點成果，妳可知我遭受多少折磨。」

蘇菲亞心情平靜了些，態度也變冷淡。她問，「找誰？」

湯姆答，「妳當真這麼殘忍，問出這樣的問題？還用說，當然是找妳。」

蘇菲亞說，「找我！那麼瓊斯先生找我有重要事嗎？」

湯姆說，「對某些人而言，這可能是重要事，」他把皮夾交還給她。「小姐，希望裡面的金額沒有短少。」蘇菲亞接過皮夾，正要開口說話，湯姆打斷她，說道，「我求求妳，我們別浪費命運女神好心賜給我們的珍貴時間。我的蘇菲亞！我還有更重要的事。讓我跪下來請求妳的原諒。」

蘇菲亞說，「原諒！經過那些事，還有我聽說的那些事，我怎麼能原諒你。」

湯姆說，「我無話可說。上天明鑑！我也不敢奢望妳的寬恕。我的蘇菲亞！從今以後別再想起我這樣的差勁傢伙。如果妳偶爾想起我，溫柔的內心感到侷促不安，就想想我的卑劣，讓厄普頓那件事永遠將我逐出妳腦海。」

這段時間蘇菲亞站著發抖，臉色比雪花更白，心臟在胸衣裡怦怦狂跳。可是，一聽見厄普頓，她雙頰剎時緋紅，原本低垂的視線這時瞥了湯姆一眼，眼神滿是不屑。他明白這沉默的斥責，答道，「我的蘇菲亞！我唯一的愛！對於厄普頓發生的事，我比妳更憎恨、鄙視我自己。可是請妳公平地想一想，我的心從來沒有背叛過妳。我的那些蠢事跟我的心無關，即使在那個時候，我的心依然屬於妳。雖然我已經不敢奢望能擁有妳，甚至不認為能再見到妳，我還是思念著可愛的妳，不可能再愛別的女人。不過，就算我不是心有所屬，我在那家可憎客店意外碰見的那個女人也不會是我真心喜歡的對象。相信我，我的天使，從那天起我再也不曾、也不想去見她。」

蘇菲亞聽見這些話內心十分歡喜，卻強迫自己裝出更冷峻的表情。她說，「瓊斯先生，沒有人指控你什麼，你又何必浪費唇舌在這裡抗辯？如果我覺得有必要指責你，倒是有另一件更不可原諒的事。」

湯姆聽得心驚膽顫，擔心聽見他跟貝拉斯頓夫人的戀情。他問，「求求妳告訴我是什麼事？」

蘇菲亞說，「可能會有這種事嗎？一切高貴的特質和低劣的品行竟會同時存在一個人身上嗎？」

湯姆腦海再次浮現貝拉斯頓夫人的身影，以及自己被包養的可鄙處境，答不出話來。

蘇菲亞接著說，「我怎麼想得到你會這樣對待我？或者任何紳士、任何潔身自愛的人，會這樣對待我？在公開場合、在客店裡，當著最低俗的人糟蹋我的名字！在那裡誇耀我不設防的心流露出的一點情意。不，我甚至聽說你被迫遠走高飛逃避我的愛！」

聽見蘇菲亞這番話，湯姆無比震驚。然而，蘇菲亞此時挑動的不是他良心上那根脆弱的絲弦，他自認沒做過她指控的那些事，因此坦然為自己申辯。他進一步追問後發現，蘇菲亞之所以認定他犯下這麼令人髮指的過錯，踐踏他的愛和她的聲譽，完全是因為帕崔吉在客店裡對店東和僕人說的話，因為蘇菲亞告訴他，她的消息來源就是那些人。他三言兩語就讓蘇菲亞相信他沒有做出這種與他的性格背道而馳的事，蘇菲亞倒是費一番唇舌才阻止他馬上回去宰了帕崔吉，因為他直嚷嚷著要那麼做。

誤會冰釋後，兩人對彼此的愛意重新燃起，湯姆將一開始請求蘇菲亞忘了他的那番話拋到九霄雲外，蘇菲亞此時的心情也樂於傾聽另一種截然不同的請求。兩人一時意亂情迷，湯姆脫口說出了某些聽起來像在求婚的言語。

蘇菲亞答道，「我寧可陪著你吃苦，也不要跟別的男人享受榮華富貴。可惜我必須對父親盡孝，不能隨心所欲。」

湯姆聽見「吃苦」兩個字心頭一凜，連忙放開蘇菲亞的手（他已經握了許久）。他捶打自己的胸膛，激動地說，「蘇菲亞！我怎麼能害妳吃苦？不，上天明鑑，不可以！我絕不會做這麼可鄙的事。最親愛的蘇菲亞，不管我的下場如何，我一定得和妳分開，一定得放棄妳。我不要再懷抱任何對妳沒有好處的希望。我會永遠保留對妳的愛，但它必須保持沉默，必須遠離妳。我要帶它到陌生國度，因為只有在那裡，我的聲音、我絕望的嘆息才不會傳到妳的耳朵，擾亂妳的心靈。等我死後……」原本他還要說下去，卻停下來，因為蘇菲亞依偎在他懷裡，一句話都說不出來，淚水浸濕他的胸膛。他吻掉蘇菲亞臉龐的淚珠，蘇菲亞一開始沒有抵抗，後來意識過來，輕輕掙脫他懷抱。她決定轉移這個令她難以承受的深情話題，問一個她始終沒有機會提出的問題：「你是怎麼進來的？」湯姆支支吾吾正準備答話，原本他的回答極有可能引起蘇菲亞的懷疑，幸虧門突然打開，貝拉斯頓夫人走了進來。

她往前走了幾步，看見蘇菲亞跟湯姆在一起，突然停住腳步。她呆了片刻，很快恢復冷靜，腦子也清晰得令人欽佩。她的聲音和表情顯得十分驚訝，說道，「蘇菲亞，我以為妳去看戲了？」

蘇菲亞雖然沒有機會問出湯姆如何找到她，卻不可能猜到真實情況，也不會知道湯姆和貝拉斯頓夫人彼此認識，所以她一點都不慌亂。尤其平時貝拉斯頓夫人談起這方面的事，總是站在她這邊，不認同她父親的做法。這時她毫不遲疑地描述戲院裡的情景，以及她匆匆趕回家的原因。

貝拉斯頓夫人趁著蘇菲亞說話的空檔穩定自己的心緒，思索該如何應對。她從蘇菲亞的反應判斷湯姆沒有說出他們之間的關係，於是裝出笑臉說，「蘇菲亞，如果我知道妳有客人，就不會冒冒失失闖進來。」她說這些話的時候，兩眼定定望著蘇菲亞。

蘇菲亞羞怯又不安，滿臉通紅，結結巴巴地應道，「您任何時候出現都是我的榮幸……」

貝拉斯頓夫人說，「至少，希望我沒有打斷你們的事。」

蘇菲亞答，「沒有，我們的事處理好了。您應該記得我說過丟了一個皮夾，這位先生碰巧撿到，好心幫我把皮夾和裡面的銀票原封不動送回來。」

打從貝拉斯頓夫人進門起，湯姆就提心吊膽地做了最壞的打算。他坐在椅子上踢著鞋跟，十指互絞，看上去比第一次出席上流聚會的年輕蠢鄉紳更蠢（如果有此可能）。不過，現在他慢慢回過神來，看見貝拉斯頓夫人假裝不認識他，於是也決定裝成陌生人。他說，「我拿到皮夾以後費盡心思尋找失主，也就是寫在皮夾裡面那個姓名，直到今天才幸運找到。」

貝拉斯頓夫人確實聽蘇菲亞提過她丟了皮夾，可是湯姆不知為何卻沒告訴過她，蘇菲亞的皮夾在他身上，所以她現在壓根不相信蘇菲亞的話，也非常佩服這位年輕小姐反應如此敏捷，短時間就想出這個理由。她認為蘇菲亞提早離開戲院的說辭不足信，雖然想不通他們兩個人是怎麼聯絡上的，卻斷定他們碰在一起絕非偶然。

這時她帶著虛偽笑容說，「蘇菲亞，妳能把錢找回來，實在太幸運。看來那筆錢不但落入正派紳士手中，他碰巧還能知道失主的身分。我想妳不可能刊登失物啟事。先生，這實在是天大的運氣，你竟然知道那張銀票是誰的。」

湯姆連忙答道，「哎呀，夫人，銀票放在皮夾裡，皮夾裡有小姐的姓名。」

貝拉斯頓夫人說，「那果然很幸運。不過，更幸運的是，你竟然知道威斯頓小姐住在我家，畢竟知道她的人不多。」

湯姆終於完全恢復鎮定，他覺得現在有機會回答貝拉斯頓夫人進門前蘇菲亞問他的問題，於是說，「是啊，我能找到失主，真是最幸運的巧合。前幾天晚上我在化妝舞會上向一位女士提起這件事，也說了失主姓名，那位女士說她知道我可以在哪裡找到威斯頓小姐，還說如果隔天早上我去她家一趟，她就會告訴我。我依約去了，可是她不在家。直到今天早上我才見到她，她指引我到您府上來。我照她的指示來到這裡，冒昧求見夫人您。我說我有重要事，有個僕人帶我進來這個房間，過不了多久這位小姐就從戲院回來了。」

他說到化妝舞會時，用十足傻氣的表情望著貝拉斯頓夫人，一點也不擔心被蘇菲亞發現，因為蘇菲亞明顯心思紛亂，沒有餘暇留意旁人。貝拉斯頓夫人有點被湯姆的暗示嚇到，沉默不語。湯姆看見蘇菲亞焦慮不安，決定採取唯一能安撫她的辦法，那就是告退離開。不過，離開以前他說，「小姐，依照慣例失主該給點謝禮，我必須為自己的誠實要求高額回報，那就是再一次拜訪的榮幸。」

貝拉斯頓夫人說，「先生，我相信你是個紳士，我家大門永遠為高貴人士敞開。」

湯姆向兩位女士行禮後，心滿意足地離開，蘇菲亞也因此放下心裡的大石頭，因為她一直擔心貝拉斯頓夫人察覺那些她已經知道得一清二楚的真相。

湯姆下樓時遇見老朋友阿娜，阿娜雖然說了湯姆很多壞話，現在自覺身分變高尚，舉止也謙恭有禮多了。他們意外碰面也算幸運，因為湯姆跟阿娜說了他的住處，這點蘇菲亞還不知道。

第十三卷到此結束

第十二章

高貴的沙夫茨伯里伯爵[21]曾經在哪裡提及他反對說太多真話，這句話或許可以引申為：在某些情況下，說謊不但情有可原，甚至值得讚揚。

當然，世上沒有誰比戀愛中的小姐更有資格享有這份值得讚揚的說謊權。她們可以用平時受到的訓示與教養為託辭，更重要的是道德的約束力，甚至，我不妨再加上禮法的要求。她們受到上述種種約束，但並不是禁止她們順從天生的誠實本能（因為這種禁止未免愚蠢），而是不准她們承認那種本能。

因此，我可以坦然宣布，蘇菲亞正在遵循上述可敬哲學家的指導。她認為貝拉斯頓夫人不知道湯姆的長相，因此決定保持現狀，雖然不得不撒點小謊。

湯姆離開不久，貝拉斯頓夫人就說，「要我說，這年輕人長得英俊，心地也好，不知道他是什麼人，印象中沒見過。」

「我也沒見過。」蘇菲亞答，「我必須說他把錢送還給失主實在很了不起。」

「是啊，他也長得一表人才。」貝拉斯頓夫人說，「妳不覺得嗎？」

「我沒怎麼留意他。」蘇菲亞說，「倒是覺得他舉止有點笨拙，也不算優雅。」

「妳說得對極了。」貝拉斯頓夫人說，「從他的舉手投足，妳該看得出來他往來的不是上流人士。雖然他把錢送回來，也沒要求謝禮，我還是懷疑他究竟是不是個紳士。我經常發現，出身高貴的人身上有種特質，那是學也學不來的。我最好下令別讓他再進門。」

「這倒不必。」蘇菲亞說，「他拾金不昧，我們就不該懷疑他。再者，您如果仔細觀察他，會發現他的談吐還算優雅，遣詞用字有一種細膩優美，給人……給人……」

「沒錯，」貝拉斯頓夫人說，「那傢伙伶牙俐齒。還有，蘇菲亞，妳得原諒我，真的。」

「我原諒您！」蘇菲亞驚訝地說。

「妳真的必須原諒我，」貝拉斯頓夫人說，「因為我進門的時候有個糟糕至極的念頭……妳一定得原諒我……我當時以為那人就是瓊斯先生。」

蘇菲亞漲紅了臉，擠出笑容問，「是嗎？」

「是啊，我發誓。」貝拉斯頓夫人答，「實在想不通我怎麼會有那種念頭，因為說句公道話，那傢伙穿得還算體面。親愛的蘇菲亞，瓊斯先生平時應該不是那種打扮。」

「夫人，」蘇菲亞說，「我對您做過那樣的承諾，您跟我開這樣的玩笑有點殘忍。」

「一點也不，孩子。」貝拉斯頓夫人說，「若是在以前就會顯得殘忍，不過既然妳答應我絕不會嫁給妳父親不贊同的人，那就代表妳會放棄瓊斯先生。我拿鄉下小姑娘情有可原的戀情開個小玩笑，妳應當承受得住，何況妳說妳已經徹底放下那段感情了。親愛的蘇菲亞，如果妳連拿他的衣著開玩笑都承受不了，那我該怎麼想呢？我會擔心妳已經愛得太深，幾乎懷疑妳是不是騙了我。」

「夫人，」蘇菲亞說，「如果您認為我還在為他著想，您真的誤會我了。」

21 Lord Shaftesbury，即安東尼・古柏（Anthony Ashley Cooper，一六七一～一七一三），英國政治家。

「為他著想！」貝拉斯頓夫人說，「妳一定是誤會我了，我只是提到他的衣著。因為我不會談其他方面的事來侮辱妳的眼光。親愛的蘇菲亞，如果妳的瓊斯先生跟這個……」

「我以為您也認為他長得英俊……」蘇菲亞打岔道。

「誰？」貝拉斯頓夫人連忙問。

「瓊斯先生呀。」蘇菲亞答完立刻發現失言，又說，「怎麼說成瓊斯先生！不對，不對。請您原諒，我是說剛才那位先生。」

「唉，蘇菲亞！蘇菲亞！」貝拉斯頓夫人說，「看來這位瓊斯先生還是攪得妳心神不寧。」

「我以人格保證，」蘇菲亞說，「我一點都不在乎瓊斯先生，就像我不在乎剛才那位先生一樣。」

「我也以人格保證，」貝拉斯頓夫人說，「我相信妳。所以請原諒我無心的小玩笑，我保證以後再也不提他的名字。」

之後她們兩個就各忙各地去了。蘇菲亞的心情比貝拉斯頓夫人輕鬆得多，因為夫人很願意繼續折磨情敵，可惜有重要事不得不離開。至於蘇菲亞，她第一次說謊，內心忐忑不安，回到房間後開始回想，深深感到不安與羞愧。儘管她處境艱難，當下別無選擇，她還是不能原諒自己，因為她心思太靈敏，就算是情勢所逼，也無法承受說謊的罪責，甚至因為這樣整夜輾轉難以成眠。

第十四卷　大約兩天的時間

第一章

以此文論證作家假使對撰寫題材有所了解，就能寫得更好

近來有幾位先生不需要學識的協助，或許甚至連閱讀能力都談不上，只憑天資的神奇力量，就在文學界大放異彩。我聽說當代批評家因此斷言，任何形式的學問對作家都毫無用處，甚至只是束縛他們天生的活潑熱情與奔放的想像力，壓抑他們的創造力，致使他們無法一飛沖天，達到理想高度。

個人認為這種學說已經過度渲染，畢竟，寫作為何獨外於其他技藝？輕盈矯捷的舞蹈大師不會因為曾經學習基本舞步遭人輕視；各種技工也不會因為曾經學習如何使用工具而表現更差。至於我自己，我無法想像假使荷馬或維吉爾跟大多數當代作家一樣無知，而非他們那個時代的飽學之士，下筆會更蕩氣迴腸。我同時認為，皮特[1]如果不曾熟讀狄摩西尼[2]或西塞羅的作品，將他們的精神連同知識融入自己的演說，光靠他的想像力和判斷力，恐怕構思不出那些讓當代英格蘭國會的辯才足以媲美希臘與羅馬元老院的演說。

西塞羅主張演說家必須博覽群書，我並不認為當代作家同業也得比照辦理。相反地，詩人需要讀的書不多，批評家更少，政治家更無所謂。詩人讀讀比希的《詩的藝術》[3]和幾個當代詩人的作品或許就足夠了；批評家讀數量適中的劇本；政治家則是各式各樣的政治刊物。

坦白說，我的要求只不過是：作家應當對自己處理的題材有一點認識，畢竟古代法律格言有云：

「做自己熟悉的事就好。」只要做到這點，作家可能就會有差強人意的表現，否則其他方面的學問再多，也無濟於事。

比方說，假設荷馬與維吉爾、亞里斯多德與西塞羅、修昔底德[4]與李維[5]等人齊聚一堂，貢獻各自的長才創作一本舞蹈藝術專論，相信大家都會異口同聲表示他們的作品比不上艾薩克斯先生[6]寫的那本《上流教育的基礎》。還有，假若拳王布勞頓聽從旁人建議拿起筆桿，為艾薩克斯那本書增補一二，將他拳擊技法的真髓流傳下去，那麼應該不會有人感嘆古今文豪不曾描寫拳擊這門高貴又實用的技藝。

這種平淡無奇的問題不需要太多例證，我決定立刻言歸正傳。我經常在想，許多英國作家描寫上流社會生活之所以隔靴搔癢，可能就是因為他們其實一點都不了解上流社會。

許多作家很不幸地無緣獲取這樣的知識：書本只能讓我們以管窺天，舞台也好不到哪裡去。只靠讀書，描寫出來的上流紳士通常都是腐儒；只看戲劇寫出的多半會是花花公子。

以書本或戲劇為範本創造出來的人物通常欠缺依據。凡布勒和康格里夫[7]描摹自然，但模仿他們作品的人絕對呈現不出當代景象，就像畫家霍加斯描繪嘈雜人群或典雅茶會時套用提香[8]或范戴克[9]作品

1 指菲爾丁在伊頓中學時的同窗，第一代查塔姆伯爵（William Pitt，一七〇八～一七七八），英國政治家、演說家。

2 Demosthenes（西元前三八四～三二二），古希臘知名演說家。

3 指英國作家 Edward Bysshe 的《*The Art of Poetry*》（一七〇二）。

4 Thucydides，古希臘史學家。

5 提圖斯・李維（*Titus Livy*），古羅馬史學家，代表作《羅馬史》（*History of Rome*）。

6 John Essex（一六八〇～一七四四），英國舞蹈家。

7 William Congreve（一六七〇～一七二九），英國劇作家，著有《老光棍》（*The Old Bachelor*）。

裡的服飾。簡言之，模仿徒勞無功，作品必須以自然為本。要想真正通曉世事只能靠親身接觸，各階層的生活樣貌也必須透過實地觀察才能掌握。

問題在於，上流社會的人不像其他人類一樣，隨隨便便在街頭巷尾或商店咖啡館就能看得見，他們也不像某些珍稀動物，花一筆錢就觀賞得到。總之，除非出身高貴或家財萬貫，或者擁有相當於此二者的另一個條件，那就是從事賭博這個可敬行業，否則別想一睹他們的廬山真面目。不幸的是，符合上述條件的人通常沒有興趣從事寫作這門不入流行業。走寫作這行的人通常地位比較低、比較窮，因為很多人覺得這是一門無本生意。

於是，就有許多身披錦衣繡服綾羅綢緞的罕見怪物，配備巨大的假髮或裙環，以爵爺或仕女之名在舞台上昂首闊步。坐在正廳後座的律師和他們的助理，以及樓座裡那些市井小民和他們的學徒個個看得樂呵呵。其實那些人物就跟半人半馬獸、吐火女妖或其他虛構怪物一樣，不可能存在真實世界。在此向讀者透露一個祕密：作家為了避免出錯，固然需要對上流社會有所了解，那些創作喜劇或我正在寫的這種詼諧小說的人就不是那麼必要了。

波普先生對女人的論述最適合拿來形容大多數上流社會人士，因為他們虛有其表矯揉造作，幾乎沒有個性可言，至少表面上看不出來。我敢大膽地說，上流社會生活一定是最枯燥乏味的，絲毫沒有趣味或娛樂效果。下層階級的各種行業充斥各式各樣的幽默人物，然而，上流社會除了少數追逐功名利祿之輩，以及更少數還懂一點賞心樂事之外，其他全是虛榮與膚淺模仿。衣著與牌局、大宴與小酌、彎腰與屈膝，就是他們生活的縮影。

然而，上流社會有某些人聽任情慾的操控，驅使他們逾越禮法的規範。在這些人之中，女性往往膽識驚人，對名譽不屑一顧，跟身分卑微意志薄弱的女子大不相同，就像品行高潔的名媛仕女有別於農民與商店老闆的老實妻子。貝拉斯頓夫人就有那種膽大性格。不過，我的鄉村讀者們請不要以為上流社會女性都跟她如出一轍，或誤認我刻意以她來代表所有貴婦名媛。否則就等於認為史瓦坎可以代表所有神職人員，而諾塞頓准尉就是所有軍人的寫照。

有些粗俗之輩聽信無知批評家的見解，普遍認為當前這個時代荒淫墮落，這實在是莫大的誤解。相反地，我認為如今上流社會的情愛糾葛比任何時代都少。時下女性受到她們母親的耳提面命，矢志追求野心與虛榮，認為談情說愛這些事不值得她們費心思。事後又聽從她們母親的安排，走入沒有真愛的婚姻空殼。她們似乎覺得追求野心與虛榮正當又合理，因此在單調的餘生中追求另一種更天真（恐怕也更幼稚）的消遣。這種消遣一點都不適合在這本莊嚴的書籍中提起。個人淺見是，當今上流社會的真正特質與其說是邪惡，不如說是愚蠢，最貼切的形容詞應該是輕佻浮誇。

8 Tirian（約一四八八～一五七六），義大利文藝復興時期畫家，為威尼斯畫派代表人物。
9 Vandyke（一五九九～一六四一），英國查理一世時期的首席宮廷畫家。

第二章
情書與愛情二三事

湯姆回到家不久就收到以下這封信：

我發現你走掉的時候，實在驚訝萬分。你走出客廳時，我以為你會等著見我一面再離開。你自始至終都是這樣，讓我明白自己早該狠狠唾棄一顆連白痴都愛的心。我不知道該更敬佩她的奸詐或無知：這兩方面她都非常出色！儘管我們說的話她一句也不明白，她卻有那個本事、或自信、或……我該怎麼形容？……當著我的面否認她認識你，甚至說她沒見過你。這是你們商量好的計謀嗎？你當真卑鄙到說出我們的事？噢，我多麼鄙視她、你和全世界，但主要是我自己！因為……我不敢寫出以後自己看了會瘋掉的東西，但你要記住，我的愛有多濃、恨就有多深。

湯姆還沒有時間思索這封信的內容，同一個人的第二封信就送到了，我同樣原文抄錄如下：

如果你考慮到我寫前一封信時心情多麼急躁，對裡面的語氣就不會感到太驚訝。不過，事後回想起來，那些內容也許有點太激烈。可能的話，我至少願意相信一切都怪那可惡的戲院，以及某個莽撞的蠢材害我沒能及時趕回家。我們多麼容易就為心愛的人找藉口！也許你希望我這麼想。我決定今晚見你一面，馬上來見我。

附言：我吩咐門房除了你謝絕所有訪客。

附言：瓊斯先生可以想像我會為他辯白，因為我比他更想欺騙我自己。

附言：馬上來。

究竟是憤怒的信或深情的信比較讓湯姆不安，我留給好奇的人去斷定。可以確定的是，除了某個人，那天晚上他誰也不想探訪。然而，他覺得這事關乎他的人格，如果這個動機不夠強烈，那麼他還考慮到不能激怒貝拉斯頓夫人。他有理由相信她會妒火中燒，後果可能會是蘇菲亞知道真相，這是他最害怕的。因此，他煩躁地在房間來回走了一陣子，正準備出門，貝拉斯頓夫人好心地阻止他。這回不是透過信箋，而是親自上門。她走進房間時衣裳凌亂，神情苦惱，「咚」地坐下來，等呼吸平順後說，「看吧，先生，女人一旦陷得太深，就會不顧一切。如果一星期以前有人斷言我今天會變這樣，我絕不會相信。」

湯姆說，「但願我迷人的貝拉斯頓夫人也不會相信，一個自知承受她太多恩情的人，會做出對她不利的事。」

貝拉斯頓夫人說，「什麼！自知承受恩情！難道我想聽瓊斯先生這麼冷漠的言語？」

湯姆回道，「我親愛的天使，原諒我，我收到了那兩封信，非常害怕惹妳生氣，雖然我不知道自己做了什麼……」

她笑著說，「那麼我的表情像在生氣嗎？我當真帶著責備的怒容進來嗎？」

湯姆說，「我以男人的信譽宣誓，我並沒有做出什麼惹妳生氣的事。妳該記得是妳來信要我過去，我依約前往。」

她說，「拜託你別提那些討厭的瑣事。只要回答我一個問題，我就不再心煩：你有沒有跟她說起我們的事？」

湯姆雙膝跪地，用最激烈的語氣否認，這時帕崔吉蹦蹦跳跳闖進房間，像個歡天喜地的醉漢，嚷嚷著，「找到她了！找到她了！來了，來了，先生，她來了。阿娜正要上樓來。」

湯姆叫道，「先攔住她。來，女士，到床鋪後面去。我只有這個房間，也沒有衣櫃，沒有任何地方可以讓妳躲。事情真該死的不湊巧。」

夫人說，「確實該死。」她馬上躲進藏身處。

不一會兒阿娜就進來了。她說，「喂！瓊斯先生，這是怎麼回事？你那個無禮的混蛋僕人不肯讓我上樓。希望他不是因為跟在厄普頓一樣的理由攔住我。我猜你沒想到我會來，不過你真把我家小姐給迷住啦。可憐的小姐！說真格的，我把她當親妹妹一樣疼愛。如果你將來沒有當個好丈夫，就求上帝寬恕你吧。當然，如果你對她不好，下場一定會很淒慘。」

湯姆請她小聲點，因為隔壁房有個女士命在旦夕。阿娜叫道，「女士！哎呀，一定又是你那些不三不四的女人。唉，瓊斯先生，這種人太多啦，我們現在就住那種女人家裡。我敢說貝拉斯頓夫人行為不太檢點。」

湯姆急忙說，「小聲點！小聲點！隔壁房間聽得一清二楚。」

阿娜大聲說，「我才不在乎。我沒有誣賴任何人。不過，說真格的，那些僕人滿不在乎地說他們的女主人在另一個地方見男人。那棟房子的屋主是某個沒錢的上流女士，貝拉斯頓夫人給她房租，據說還給了她很多好處。」

湯姆心急如焚，要她別再說了。

阿娜說，「呿！瓊斯先生，你該讓我說完，我從來不中傷別人。我說的都是從別人那裡聽來的。我在想，那位夫人的錢如果都用這種不正當的方式得來，對她不會有好處的。說真格的，人寧可窮也要光明磊落。」

湯姆說，「那些下人真是壞透了，用這種惡意扭曲的話誣衊他們的女主人。」

阿娜說，「是啊，下人都是壞蛋，我家小姐也是這麼說的，那些話她一個字也不信。」

湯姆說，「是啊，我相信我的蘇菲亞不會聽信這種卑鄙的謠言。」

阿娜叫道，「不，我相信那些不是謠言，否則她為什麼要在別的地方見男人？絕不會是好事。如果她光明正大接受追求，在這種情況下，所有女士都可以光明正大見男士。所以啦，那有什麼道理？」

湯姆說，「別說了。我聽不得別人這樣中傷那麼高貴的女士，何況還是蘇菲亞的親戚。再者，妳會吵到隔壁房那位女士。求妳跟我一起下樓去。」

阿娜說，「不必了，先生，如果你不讓我說，我就要走了。來吧，這是我家小姐給你的信，其他男人為了拿到這樣的東西會付出多少代價？不過，瓊斯先生，我覺得你不是什麼慷慨大方的人，雖然我聽其他僕人說過……不過說句公道話，我從來沒看見過你的錢長什麼樣子。」

湯姆匆匆收下信，馬上往阿娜手裡塞了五枚金幣。他悄聲表達他對親愛的蘇菲亞的千恩萬謝，又求阿娜快快離開，好讓他安靜地讀信。阿娜很快走了，離開以前沒忘記謝謝湯姆的慷慨。

貝拉斯頓夫人從床幔後面走出來。我該怎麼形容她的憤怒？一開始，她舌頭打結說不出話來，兩眼卻噴出一道道火焰。正該如此，因為她的心已經化成熊熊烈火。等她的聲音找到出口，她沒有痛罵阿娜或她自己的僕人，反倒攻擊可憐的湯姆。她說，「你看看，我為你犧牲了什麼：我的名譽，我的人格，全都毀了！結果我得到什麼？為了一個鄉下丫頭、一個白痴，被人忽視、輕蔑。」

湯姆說，「我什麼時候忽視妳、輕蔑妳了？」

她回答，「瓊斯先生，再裝也沒用。如果你要讓我放心，就得徹底放棄她。還有，為了證明你願意放棄她，把那封信給我。」

湯姆說，「什麼信？」

她說，「少來，你總不至於否認剛才那個臭婆娘交給你一封信。」

湯姆說，「妳真的要我違背人格來答應妳的要求嗎？我曾經這樣對待妳嗎？如果我背棄這個可憐的無辜女孩，妳不擔心將來我也同樣背棄妳嗎？妳只要稍微想一下就會明白，一個不能為女士保守祕密的男人，是天底下最可鄙的小人。」

她答道，「好吧，我不需要逼你變成你所說的那種可鄙小人，因為那封信的內容我猜也猜得到。我也看清楚你的立場了。」

接下來兩人一席長談，讀者如果不過度好奇，就會感謝我沒有如實抄錄。因此，只要說明貝拉斯頓夫人情緒越來越平靜，最後終於相信（或假裝相信）湯姆跟蘇菲亞見面純屬偶然，也相信其他那些讀者已經知道的事。那些事湯姆解釋得清楚明白，顯示她根本沒有理由跟他生氣。

然而，湯姆不肯讓她看蘇菲亞的信，她心裡有一點不滿。即使道理明擺在眼前，只要跟我們的情感相牴觸，我們怎麼也聽不進去。她其實已經知道湯姆最愛的是蘇菲亞，但她個性高傲又貪戀情慾，終於願意屈居第二。或者，用法律術語更貼切地表達：她願意接受未來所有權屬於另一個女人的男人。

最後兩人達成協議，未來湯姆要繼續到她家拜訪，要表現得讓蘇菲亞、阿娜和所有僕人都覺得他是衝著蘇菲亞去的，她自己則是那個被蒙在鼓裡的人。

這個計謀是貝拉斯頓夫人想出來的，湯姆深表贊同。他其實非常高興，因為這麼一來至少可以看見他的蘇菲亞。貝拉斯頓夫人覺得可以欺騙蘇菲亞，也得意非凡。她認為湯姆為了自保，絕對不敢跟蘇菲亞說出真相。

兩人約好隔天就是第一次拜會，之後彼此行禮，貝拉斯頓夫人就回家了。

第三章 幾件事

一等到房裡沒別人，湯姆馬上拆開信，讀到以下內容：

先生，言語無法形容你離開後我受了什麼折磨。雖然時間很晚了，可是我有理由相信你打算再過來，才會派阿娜去阻止你。阿娜告訴我她知道你住哪裡。我要求你基於對我的所有心意，不要再到這裡來，因為我們一定會被發現。甚至，根據夫人無意中透露的某些話，我認為她已經有所懷疑。將來也許事情會有好的發展，我們要耐心等待。我再一次請求你，如果你不想擾亂我的平靜，就別再到這裡來。

這封信帶給可憐的湯姆的慰藉，就跟過去約伯從朋友那裡得到的[10]一樣。非但見蘇菲亞的希望全數破滅，他還面臨貝拉斯頓夫人留給他的兩難處境。他深知某些約定實在很難找藉口不去履行，但蘇菲亞已經嚴格禁止，無論多大的壓力都不能逼他違反她的意旨。他徹夜未眠苦苦思索，最後決定裝病。因為這顯然是不去赴約又不會惹惱貝拉斯頓夫人的唯一藉口，他有太多理由不能激怒夫人。

不過，隔天一早他做的第一件事卻是寫信給蘇菲亞，暗藏在給阿娜的信件裡。之後再派人送一封信給貝拉斯頓夫人說明上述藉口，結果收到這樣的回信：

今天下午你不能來家裡，我很失望，但我更關心你的病情。好好照顧自己，請最好的醫生診治，希望沒有大礙。今天早上被一群蠢蛋纏住，幾乎沒有時間給你寫信。再會。

附言：晚上我去看你，九點，記得謝絕其他訪客。

這時密勒太太來找湯姆，幾句場面話以後，開門見山說道，「先生，很抱歉跟你談這件事，可是請你想想，如果我這房子傳出壞名聲，我女兒的名譽會受到多麼不好的影響。所以，如果我拜託你別深夜讓女人進房間，希望你不至於覺得我太無禮。昨晚其中一個離開時，已經深夜兩點。」

湯姆說，「我向妳保證，昨晚來的那位夫人，也就是留到很晚那位（另外那位只是來送信），身分非常高貴，也是我的近親。」

密勒太太說，「我不清楚她身分有多高貴，不過我相信，除非真的是近親，否則沒有哪個端莊女性會晚上十點拜訪年輕紳士，而且在他房裡跟他單獨相處四小時。再者，先生，那些轎夫的行為說明她是什麼樣的人。他們不但整個晚上在門口說笑，還問帕崔吉先生，夫人是不是打算留下來跟他家少爺過夜，甚至說了很多不適合轉述的話，都被我的女僕聽見了。瓊斯先生，我對你個人充滿敬意。不只如此，因為你對我表妹一家人的好心，我欠你一大筆恩情。事實上，我前不久才聽說你的為人有多麼善良。早先我不知道我可憐的表妹夫被逼得走上什麼歹路，更不知道你給他那十枚金幣，其實是送錢給強

10 根據《聖經．約伯記》，約伯的朋友聽見他遭逢災禍，從遠處趕來安慰他。他們跟約伯一起坐在地上七天七夜，一句話都沒說。

盜！天哪！你實在太仁慈！對那一家人做了天大的好事！我聽歐渥希先生描述過你的性格，沒想到全是真的。事實上，我曾深受歐渥希先生的幫助，就算我沒欠你恩情，也會看他的面子對你表達最高的敬意。甚至，請相信我，就算不考慮我和我女兒的名聲，為了你自己著想，我也很遺憾你這麼一表人才的年輕紳士竟跟那些女人攪和。不過，如果你決心那麼做，我只好請你換個地方住。我不喜歡自家屋簷下發生這些事，更重要的是為了我兩個女兒。天可憐見，她們除了人品，什麼陪嫁都沒有。」

湯姆聽她提起歐渥希有點吃驚，臉色一變，有點激動地說，「密勒太太，我覺得妳對我不友善。我絕不會為妳的房子帶來污名，但我必須堅持在自己的房間裡見客的自由。如果這麼做會冒犯妳，那麼我會盡快搬走。」

密勒太太說，「先生，那麼很遺憾我們緣盡於此。我相信歐渥希先生如果有一丁點懷疑我這房子名聲不好，絕不會再踏進我家門。」

湯姆說，「那很好。」

密勒太太說，「先生，希望你沒生氣，因為我無論如何也不願意冒犯歐渥希先生的家人。昨晚我為了這件事一宿沒闔眼。」

湯姆說，「很抱歉害妳睡不好，麻煩妳叫帕崔吉立刻上來見我。」她答應了，深深屈膝後離去。

帕崔吉到了以後，湯姆對他大發脾氣。他說，「我還要為你的愚蠢受多少苦？或者該怪我自己蠢到留你在身邊？你那根舌頭一心一意要毀了我嗎？」

飽受驚嚇的帕崔吉問，「先生，我做了什麼？」

湯姆答，「誰允許你說出搶劫那件事，或者說出那個男人就是劫匪？」

帕崔吉叫道，「是我嗎？先生。」

湯姆說，「別為了否認又說謊，罪加一等。」

帕崔吉說，「如果我當真提過那件事，相信也不會造成傷害。因為如果不是他的朋友或親戚，我絕不會隨便開口。我相信那些人不會到處亂說。」

湯姆又說，「我還有另一筆更大的帳要跟你算。我千叮嚀萬交代，你竟然還是在這裡提起歐渥希先生。」帕崔吉指天誓日地說他沒有。

湯姆說，「那麼密勒太太怎麼會知道我跟他的關係。剛才還跟我說她因為他才敬重我。」

帕崔吉說，「天哪，先生，請您聽我說。說真格的，這實在太倒楣了。請聽我說，您就會知道您錯怪我了。昨天晚上阿娜小姐下樓後，在門口碰見我，問我少爺您有沒有跟歐渥希先生聯絡。密勒太太一定是聽見那些話了，阿娜小姐一走，她就喊我到客廳，問我，『帕崔吉先生，剛才那位小姐說的歐渥希先生是哪一位？是薩默塞特郡那位好心的歐渥希先生嗎？』我說，『夫人，這件事我什麼都不知道。』她又問，『你家少爺不會是我常聽歐渥希先生提起的那位瓊斯先生吧？』我說，『夫人，請相信我，這件事我不清楚。』她轉頭對她女兒南希說，『那麼這一定就是那位少爺，他跟鄉紳的描述一模一樣。』上帝知道是誰告訴她的。如果那些話是從我嘴裡說出來的，那我就是天底下最十惡不赦的大壞蛋。先生，我向您保證，只要您要求，我就一定會守密。不只如此，先生，我不但沒跟她說起歐渥希先生的事，我甚至跟她說了反話。因為雖然當時我沒有立刻反駁她，可是三思過後（人家說三思最謹慎），我想到一定有什麼人告訴了她，於是我就想，我應該把事情做個了結，所以不一會兒又去客廳。我說，『請相信我。』我說，『不管是誰告訴妳這位先生就是瓊斯先生。』我說，『也就是說，這位瓊斯先生就是那位瓊斯先生，那人跟妳撒了謊。』我說，『請妳再也別提起這件事，』我說，『因為我的少爺一定會認為是我告訴妳。』這屋子裡誰敢說我洩密，我可以跟他對質。說真格的，先生，這事實在太古怪。

後來我一直在想，她到底是怎麼知道的。前幾天我看見一個老太婆在門口討錢，像極了在沃里克郡害我們碰上一大堆麻煩那個。說真格的，碰上老太婆不給她一點什麼，八成會倒楣，尤其她兩眼盯著你，因為我相信她的強大力量可以害人。說真格的，以後我再見到老太婆，心裡一定會想：『女王陛下，您勾起我難以啟齒的傷心事。』」

帕崔吉的傻樣逗得湯姆哈哈大笑，也化解他的怒氣，因為他的脾氣往往來得急去得快。他沒有跟帕崔吉多說什麼，只說他決定搬離這棟房子，命他去另找住處。

第四章

希望年輕男女能用心細讀這一章

帕崔吉剛走出去，奈丁格爾就來找湯姆。他們倆現在交情甚篤，奈丁格爾簡單行禮之後說，「湯姆，聽說你昨天深夜有訪客。你真是個走運的傢伙，進城不到兩星期，就有人為了見你排隊等到深夜兩點。」接下來他又說了許多諸如此類取笑的話，直到湯姆打斷他，「我猜這些都是密勒太太告訴你的，不久前她才來這裡警告我。這位好婦人似乎擔心我毀了她兩個女兒的名譽。」

奈丁格爾說，「哎呀，這方面她標準特別高，你應該記得她不肯讓南希跟我們去化妝舞會。」

湯姆說，「不，我倒覺得這件事她做得對。總之，我接受她的建議，已經讓帕崔吉去找房子了。」

奈丁格爾說，「如果你不反對，也許我們可以繼續住在一起。跟你說個祕密，你千萬別在這屋子裡提起：我打算今天搬出去。」

湯姆問，「什麼？朋友，你也收到密勒太太的警告嗎？」

奈丁格爾說，「沒有。不過這裡的房間不是很方便，再者，我在這個區域已經住膩了，想住在離娛樂場所近一點的地方，所以我打算搬去帕摩爾。」

湯姆問，「那麼你要偷偷溜走？」

奈丁格爾答，「我保證會把房租結清。只是我有私人理由，沒辦法正式道別。」

湯姆說，「你的理由不怎麼私人，我搬進來第二天就發現了。你離開以後，有人會哭得很傷心。可憐的南希，我真同情她！說真的，傑克，你把她耍得團團轉。你害她得了相思病，看樣子一輩子都治不好了。」

奈丁格爾說，「那你說我能怎麼辦？為了治好她跟她結婚嗎？」

湯姆答，「不，我寧可你一開始就別招惹她。我經常看見你勾引她，我非常驚訝她母親竟然這麼盲目，從來沒發現。」

奈丁格爾說，「呸！發現！她能發現什麼？」

湯姆說，「當然是發現你害她女兒不可救藥地愛上你。可憐的南希一時半刻都藏不住，目光從沒離開過你。只要你走進來，她就臉紅。我真的非常同情她，因為她好像是個脾氣好又真誠的人。」

奈丁格爾說，「那麼，根據你的理念，男人不能為了尋開心隨便奉承女性，免得她們愛上我們。」

湯姆說，「傑克，你故意扭曲我的話。我不認為女人這麼容易就愛上男人，可是你的行為已經不是一般的奉承。」

奈丁格爾說，「難不成你認為我跟她上過床？」

湯姆非常嚴肅地答，「不，請相信我，我不認為你有那麼壞。我甚至不認為你蓄意攪亂可憐小女孩平靜的心湖，或預先想到會有這種後果。我相信你是個非常和善的人，這樣的人絕不會做出那麼殘忍的事。不過，你在滿足自己虛榮的同時，沒有想到那可憐女孩會變成犧牲品。你只是找樂子打發一小時空閒，卻給了她理由相信你認真地在向她表達愛意。傑克，請你誠實回答我，你總是把男女兩情相悅愛深意濃產生的快樂描述得那麼美滿、那麼甜蜜，是為了什麼呢？又為什麼總是宣揚深情、寬容、不計得失的愛？你不知道她會胡思亂想嗎？或者，說坦白點，你故意要她胡思亂想嗎？」

奈丁格爾急忙爭辯，「湯姆，說實在話，我真看不出來你是這樣的人，你夠格當個出色的牧師。那麼現在就算南希答應，我猜你也不會跟她上床。」

湯姆說，「不。如果我那麼做，就讓我下地獄。」

奈丁格爾說，「湯姆，湯姆，昨晚，別忘了昨天晚上……

當所有人都進入夢鄉，暗淡的月光
和靜默的星辰，照亮人間的竊玉偷香。」

「奈丁格爾先生，你聽好，」湯姆說，「我不是口不對心的偽君子，我也從不自誇有坐懷不亂的本事。我承認我在女人方面有失檢點，可是我相信我沒有傷害過任何人。我也不曾為了給自己尋開心，故意造成別人的痛苦。」

「好啦，好啦。」奈丁格爾說，「我相信你，也相信你知道我也沒犯這方面的過失。」

「我打從心底相信……」湯姆說，「你沒有敗壞她的名節，卻相信你害她意亂情迷。」

「如果真是這樣，」奈丁格爾說，「那我很抱歉。不過時間和空間的距離會沖淡這一切。我自己也需要服這帖藥。坦白說，我這輩子還沒像這樣喜歡過別的女孩。可是湯姆，我不如把事情都跟你說了：我父親幫我安排了一門親事，是個我沒見過的女孩。她最近就要進城，方便接受我的追求。」

湯姆聽見這話笑得前仰後合，奈丁格爾大聲說，「拜託，求求你別看我笑話。我發誓我都快被逼瘋了。我可憐的南希！唉，湯姆，湯姆，真希望我有一大筆財產。」

「我真心希望你有。」湯姆說，「因為如果事情真像你所說的那樣，我打從心底同情你們兩個。可是你總不至於不告而別吧？」

「就算給我一萬鎊，」奈丁格爾說，「我也不願意忍受告別的痛苦。再者，告別只會惹我可憐的南希更傷心，一點好處都沒有。所以我拜託你今天一個字都別提，我打算今晚或明天早上離開。」

湯姆承諾他不會洩露出去。他說，仔細一想，既然奈丁格爾已經決定、也不得不離開她，不告而別是最慎重的做法。接著他告訴奈丁格爾他很樂意繼續跟他租在同一個地方，於是兩個人商量妥當，奈丁格爾幫湯姆租下一樓或三樓，因為奈丁格爾自己要住二樓。

接下來我必須多談談奈丁格爾這個人。他在日常事務上算是非常講信譽的人，為人也格外正直，這在倫敦年輕紳士之間算是異數。只不過，在愛情方面他的道德觀就沒那麼嚴謹了。倒不是說他在這方面會像某些男人那樣，偶爾放浪形骸（或經常假裝如此）。可以確定的是，他曾經不可原諒地背叛過女人，而且，在求愛這件神祕難解的事務上使用過許多欺詐手段。那些手段如果用在生意場上，他就會被視為世界上最可鄙的惡棍。

不過，不知為什麼，世人對愛情方面的欺詐似乎比較寬容，所以他絲毫不以這方面的劣行為恥，甚至引以為榮，經常吹噓自己如何征服女人、如何奪得她的芳心。在此之前他也曾經因為這種事被湯姆責備。湯姆言談之中總是嚴詞斥責一切對女性失禮的行為。他說，男人應該將女性視為最親密的朋友，應該本著最高度的愛與溫柔跟她們往來、尊重她們、善待她們。男人如果把她們當成敵人，成功征服她們，那沒什麼好得意的，反倒應該感到羞愧。

第五章
簡短介紹密勒太太的過去

以生病的人而言，湯姆這天午餐胃口奇佳：他吃掉大半塊半肩排。下午密勒太太邀他喝午茶，因為她不管是透過帕崔吉、或某種自然或靈異管道得知湯姆跟歐渥希的關係，始終不希望就這樣跟湯姆不歡而散。

湯姆接受邀約，午茶一結束，兩個女孩被支開，密勒太太沒有多說客套話，直接說，「這世上總是有令人驚訝的事，不過，歐渥希先生的親人來住在我家，我卻一點都不知道，確實太奇怪了。唉！先生，你不知道歐渥希先生對我和我兩個女兒是什麼樣的恩人。先生，我不怕你見笑，多虧他的好心，否則我很久以前就餓死了，而我兩個可憐的女兒也會變成貧困無助、舉目無親的孤兒，交由這個世界照顧，或殘害。

「先生，雖然我現在迫於生計不得不靠租屋度日，我也不是身分低賤的人。先父是個軍官，過世的時候軍階相當高。只可惜他賺多少花多少，他離開人世後，軍餉沒了，我們一家人變成乞丐。我們總共三姊妹，其中一個運氣好，父親過世沒多少就得天花死了。有位女士好心帶走另一個，說是收她當女僕。這位女士的母親曾經服侍過我祖母，她父親經營當鋪賺了很多錢，她繼承不少財產，後來又嫁了個家財萬貫地位高貴的紳士。她刻薄我妹妹，經常罵我妹妹出身低又沒錢，用奚落的口氣喊她『大家閨秀』。我猜我妹妹不堪凌虐生不如死。總之，我父親過世不到一年，她也跟著走了。命運女神覺得應該對我好一點，父親過世不到一個月，我就嫁給一個牧師。這個牧師很久以前追求過我，但我父親非常反對他，讓他吃了不少苦頭。我可憐的父親雖然連一先令的陪嫁都沒辦法給我們，卻把我們養得很嬌貴，把我們當成最富有的女繼承人看待，也要我們這樣看待自己。我親愛的丈夫不計前嫌，一聽見我父親去世，立刻重新追求我，而且比過去更熱情。我向來很喜歡他，這時候對他更是敬重，很快就答應嫁給他。他是天底下最好的男人，我們度過五年幸福美滿的日子，直到……噢！殘酷！殘酷的命運竟然將我們拆散，讓我失去最體貼的丈夫，我兩個女兒失去最慈愛的父親。唉！我可憐的女兒！她們永遠不會知道自己失去什麼樣的福份。瓊斯先生，很慚愧我有女人家愛哭的弱點，每次提到我丈夫總是忍不住掉眼淚。」

湯姆說，「女士，我才該慚愧沒有陪著妳掉眼淚。」

她接著說，「先生，我再一次碰到人生的困境，這回比第一次更嚴重，因為我除了遭逢喪夫之痛，還得養活兩個女兒，而且比過去更貧窮。這時大慈大悲的歐渥希先生偶然聽說我的慘況，雖然他和我丈夫只有初淺交情，卻馬上寫了一封信給我。先生，在這裡，我放在口袋準備拿給你看。就是這封，我必須讀給你聽。

> 女士，聽聞府上遭逢不幸，祈請節哀。妳深明事理，又經過妳可敬的丈夫的薰陶，不需要我的忠告，一定知道如何應付眼前的巨變。我聽說妳是位慈母，相信妳不會讓自己沉緬於哀傷，疏忽自己的人母職責。妳兩個女兒如今只有妳可以依靠了。
>
> 然而，此刻妳想必無法兼顧生活瑣事，請容我派人去服侍妳，並致贈妳二十基尼。在我有幸與妳見

上一面以前，請妳務必先收下這筆錢。女士，請相信……

「先生，我碰上那件重大傷痛後不到兩星期，就收到這封信，之後兩星期內，歐渥希先生……得上帝保佑的歐渥希先生就來探望我，把我安置在現在住的這棟房子，給了我一大筆錢裝修，又給我一筆五十鎊的年金，從那之後我每年都會收到那筆錢。瓊斯先生，你想想，他救了我一命，也救了我兩個乖女兒（為了她們，我這條命才值得活下去），我該怎麼感謝這樣的大恩人。我必須尊敬歐渥希先生格外看重的人，所以瓊斯先生，如果我請求你別再跟那些壞女人來往，希望你別怪我無禮。你還年輕，不明白她們那些狡猾心計。先生，我說了那些有關我這棟房子的話，請別生我的氣，你一定明白那會毀了我兩個可憐女兒。再者，你一定知道歐渥希先生絕不會原諒我縱容這種事，尤其這事牽涉到你。」

「夫人，請相信我，」湯姆說，「妳不必再道歉了，妳說的那些話我並沒有生氣。不過，我比誰都敬重歐渥希先生，所以請容許我澄清妳的誤解。我不是歐渥希先生的親人，妳的誤解可能有損他的名譽。」

「哎呀！先生。」密勒太太說，「我知道你不是，我知道得很清楚，因為歐渥希先生告訴過我。不過我敢說，他在我面前總是提到你，說他非常關心你，親生兒子也不過如此。先生，你不需要為自己的出身感到羞愧。我向你保證，只要是好人，絕不會因為這種事看輕你。瓊斯先生，我過世的先生經常說，『可恥的出身』這種話毫無道理，除非『可恥』這兩個字是用來形容那人的父母。孩子被生出來是無辜的，怎麼可能因此變得可恥。」

湯姆嘆了一大口氣，說道，「夫人，看來妳真的認識我，歐渥希先生也在妳面前提過我的名字，妳又坦然說出自己的過去，我就跟妳多說一點我的事。」密勒太太說她很願意聽，也非常好奇，於是湯姆據實以告，只是沒有提到蘇菲亞。

坦率的人有一種同理心，會輕易相信別人的話。密勒太太相信湯姆跟她說的話都是真的，也深深表達對他的同情與關切。她正要陳述自己的看法，卻被湯姆阻止，因為幽會的時間慢慢逼近，他請密勒太太允許那位夫人再來拜訪他一次，他保證這是在她家的最後一次，並且信誓旦旦地說那位夫人地位非常顯赫，他們之間絕對不會做什麼齷齪事。我完全相信他有意信守承諾。

最後密勒太太答應了，湯姆回到自己房間，枯坐到深夜十二點，始終不見貝拉斯頓夫人的蹤影。

我說過貝拉斯頓夫人深愛湯姆，看起來她也的確很愛他，所以讀者也許會納悶她為什麼爽約，畢竟她知道湯姆生了病，正是朋友互相關懷的好時機。因此，某些人可能會指責貝拉斯頓夫人的行為違反自然，但那不是我的錯，我的職責只是記錄實情。

第六章
內容必定撼動所有讀者

這天晚上前半夜湯姆沒有闔眼，不是因為貝拉斯頓夫人失約心裡不痛快。另外，雖然他經常為蘇菲亞失眠，這回卻也不是蘇菲亞驅走他的睡意。事實上，可憐的湯姆是世上少有的好人，有所謂的慈悲心導致的所有毛病。這種慈悲心造就的不完美性格有別於那些堅不可摧的心靈，那種心靈可以把人裹得像晶亮的碗，方便他在世上任意滾動，不會被發生在別人身上的災難阻擋。湯姆不由自主替可憐的南希難過。南希對奈丁格爾的愛實在太明顯，他不禁納悶密勒太太為什麼沒看出來。密勒太太前一天晚上不只一次跟他提起南希最近變了很多。她說，「這孩子以前是天底下最活潑、最開心的人，突然變得悶悶不樂垂頭喪氣。」

然而，睡魔總算克服所有抵抗，他儼然像是古代人想像中的神祇（而且被激怒了），似乎享受著千辛萬苦取得的勝利。我拋開隱喻說得明白些，湯姆一覺睡到上午十一點，如果不是被激烈的喧譁聲驚醒，他還會繼續酣睡。

他把帕崔吉找來問出了什麼事，帕崔吉說，「樓下颳起嚇人的颶風，南希小姐暈過去了。她妹妹和媽媽都在哭，悲痛欲絕。」

湯姆聽了非常擔憂，帕崔吉要他別操心，笑著說，「那位小姐應該沒有生命危險，因為蘇珊（這是女僕的名字）告訴我這只是小事一樁。簡言之，南希小姐決定效法她母親的智慧，如此而已。她大概是有點餓，還沒禱告就吃起飯了，所以棄嬰收容所又要多一個娃娃了。」

湯姆說，「拜託你，別說那些蠢笑話。這些可憐人的悲慘遭遇適合拿來取笑嗎？馬上去找密勒太太，說我請求……算了，你一定會說錯話。我自己去，她邀我今天跟她吃早餐。」他用最快的速度起床著裝。他還在穿衣服的時候，帕崔吉不顧湯姆的嚴厲責罵，還是忍不住說了些輕薄話（一般稱為風涼話）。湯姆穿好衣裳立刻下樓，敲了門，被女僕帶往外間客廳，那裡既沒有人，也沒有擺放任何餐具。密勒太太在裡面陪她女兒。不一會兒女僕傳來口信，說她女主人請瓊斯先生原諒，因為臨時出了點事，這天早上她沒有榮幸跟他共進早餐，沒能提早通知，希望他別見怪。湯姆對女僕說，「請轉告女士別操心那些小事。女士家裡出了事，我真心感到難過，如果有什麼需要我效勞的，請女士儘管開口。」

他話聲才落下，在裡面聽得一清二楚的密勒太太突然用力拉開門，淚流滿面地走過來，說道，「瓊斯先生！你是天底下最善良的年輕人。你說願意幫忙，我實在太感謝了。只是，唉！先生，你救不了我可憐的女兒了。我的孩子！我的孩子！她完了，這輩子全毀了。」

湯姆說，「女士，希望不是碰上壞人了。」

密勒太太答，「瓊斯先生，昨天搬出去那個壞人拋棄我女兒，也毀了她。我知道你為人正直。瓊斯先生，你有一顆善良、高貴的心。我親眼看到你做那些沒有人做得到的事。我會把事情都告訴你，經過剛才的事，想瞞也瞞不住了。那個奈丁格爾，那個禽獸不如的惡人壞了我女兒的清白。她……她……瓊斯先生，我女兒懷了他的孩子，他竟然這樣拋棄她。你看，你看，先生，這是他殘酷的信。瓊斯先生，你讀一讀，再告訴我世上還有沒有這樣的惡魔。」

信的內容如下：

親愛的南希，我不忍心親口對妳說出這件我跟妳一樣震驚的事，只好用這種方法告訴妳。我父親要求我立刻去追求一個富家女，他希望她將來能變成我的……我不需要寫出那兩個可憎的字眼。妳深明大義，一定能了解我必須服從這個將我永遠逐出妳懷抱的命令。妳有個慈祥的母親，所以妳應該可以放心把我們愛情的不幸結果交給她。相信這件事不會有外人知道，我會養那孩子，也會供應妳的生活。希望妳受的苦沒有我那麼深，拿出妳堅強的意志力勇敢面對。原諒我，忘了我吧。如果不是走投無路，我也不會寫這樣的信給妳。請妳忘了我，我指的是忘了我們曾經相愛。我永遠是妳忠誠、卻不快樂的好朋友。

傑克

湯姆讀完這封信，跟密勒太太兩個人呆呆站了半晌，四目相對，最後他說，「夫人，我說不出我讀了這封信有多震驚，不過我請求妳接受信裡的一項建議，考慮妳女兒的名聲。」

密勒太太說，「都沒啦，跟她的清白一起毀了，瓊斯先生。她收到信時滿屋子人，打開看完就暈過去了，在場所有人都知道信的內容。名聲沒了還不是最糟的，我可能連女兒都保不住。她已經尋死兩次，雖然被攔住，卻口口聲聲說她不想活了。碰上這種事，我也不想活了。到時候我的小貝琪變成無依無靠的小孤女，該怎麼辦啊？那孩子雖然什麼都不懂，看見姊姊和媽媽這麼痛苦，一定難過極了。她是最懂事，性情最好的孩子！那個混帳、畜生，毀了我們一家人。我兩個苦命女兒！我費盡心思照顧她們，這就是回報嗎？這就是我期待的結果嗎？我滿心歡喜地操持家務，善盡做人母親的責任。我從小細心照顧她們，用心栽培她們，含辛茹苦這麼多年，自己不捨得吃穿，只為了讓她們過好日子，這一切難道是為了這樣失去她們？」

湯姆噙著淚水說，「夫人，我打從心底替你們難過。」

密勒太太說，「瓊斯先生，我知道你是個好心人，可是連你都不能了解我心裡有多苦。我兩個女兒是天底下最乖、最善良、最孝順的孩子。我可憐的南希，我的心頭肉呀！我的寶貝！我的驕傲！真的，我太以她為榮了，以為她長得好看，就抱著那些愚蠢的非份之想。是我害了她。唉！我沾沾自喜地看著這個年輕人對她示愛。我以為他真心誠意，痴心妄想盼望她能嫁個好人家。他三番兩次在我面前（甚至也在你面前）說得天花亂墜，一再強調不計利益的愛，鼓舞我們的奢求。那些話他總是對著我苦命的女兒說，我們母女倆都信以為真。我哪能想到那些只是玷污我女兒清白、毀掉我一家人的陷阱？」這時貝琪哭著跑進來說，「親愛的媽媽，求求妳去看看姊姊，她又暈倒了，表姨抱不住她。」密勒太太馬上進內廳去，進去之前要貝琪留在湯姆身邊，也請湯姆陪她幾分鐘。她用最悲慘的口吻說，「上帝啊！至少讓我留住一個女兒！」

湯姆答應她的請求，盡全力安撫小女孩，事實上他自己為這件事難過得不得了。他告訴小貝琪，「姊姊很快會好起來。妳這樣哭，姊姊只會更難過，媽媽也會擔心妳。」

貝琪說，「先生，我不做讓她們傷心的事。我寧願憋得心臟爆開，也不讓她們看見我哭。可是姊姊看不到我在哭，我擔心姊姊再也看不到我哭了。我不要跟姊姊分開，我不要。還有可憐的媽媽，她要怎麼辦？她說她也會死掉，會丟下我。可是我決定我不要一個人留下來。」

湯姆問，「那麼我的小貝琪不怕死嗎？」

她答道，「我怕。我一直都很怕死，因為那樣我就會跟媽媽和姊姊分開。可是只要能跟我愛的人在一起，去哪裡我都不怕。」

湯姆聽得很感動，親熱地吻了小女孩幾下。不久後密勒太太又出來了，說道，「感謝上帝，南希清醒了。貝琪，妳可以進去了，姊姊好多了，她想看看妳。」說完，她轉身面對湯姆，為沒辦法請他吃早餐再次致歉。

「女士，比起妳為我準備的任何餐點，」湯姆說，「我更希望享用另一種更精緻的宴席，那就是讓我為妳們這個相親相愛的家庭做點事。不管我的努力會有什麼結果，我決心去試一下。雖然發生了這種事，我還是相信奈丁格爾先生本質上是個好人，也深愛妳女兒。如果真是這樣，那麼等我告訴他這裡發生的一切，他一定會回心轉意。夫人，請盡量放寬心，好好安慰南希。我馬上去找奈丁格爾先生，希望能帶來好消息。」

密勒太太跪下來請求上帝賜福湯姆，然後感激涕零地向湯姆表達最真摯的謝意。湯姆於是出發去找奈丁格爾，密勒太太又進去安慰女兒。南希聽見媽媽的話，心情開朗了些，母女倆一起讚揚湯姆。

第七章
湯姆與奈丁格爾的對話

我相信我們對別人做的善行或危害，通常會回到自己身上。因為善良的人從幫助別人得到的快樂，不下於那些受到他們幫助的人。同樣地，大多數人天良未泯，即使傷害了別人，自己難免也會感受到些許痛苦。

至少奈丁格爾就是這樣的人。甚至，湯姆到他的新住處時，看見他愁容滿面坐在爐火旁，默默追悔自己害可憐的南希陷入多麼淒慘的困境。他看見湯姆進來，馬上起身迎向他，寒暄一番後說，「你來的正是時候，我這輩子從來沒有像現在這麼難受過。」

「很抱歉，」湯姆說，「我帶來的消息恐怕沒辦法消除你的煩惱。不，我甚至認為我說的話比什麼都令你震驚。但你還是得知道，所以我直話直說。傑克，我是為一個值得敬重的家庭來找你，那個家庭被你害得慘不忍睹，面臨瓦解。」奈丁格爾聽得臉色發白，湯姆不予理會，繼續歷歷如繪地描述讀者在上一章見到的那幕悲傷情景。

奈丁格爾靜靜聆聽沒有打岔，聽見某些情節顯得情緒激動。等湯姆說完，他深深嘆一口氣，說道，「朋友，你的話讓我心情沉痛。可憐的南希不小心公開我那封信，實在太倒楣了。否則她至少能保住名聲，這件事絕不會走漏風聲，她的不幸也就到此為止。城裡多的是這種事。就算將來她丈夫有那麼一丁點懷疑，也來不及了。那時他最明智的做法就是把事情放在心裡，不對任何人說起，包括自己的妻子。」

「朋友，說實在話，」湯姆說，「你可憐的南希的情況不會是那樣。她太愛你，所以造成她痛苦、最終毀掉她和她全家的原因是失去你，不是失去名節。」

奈丁格爾說，「關於這點，我向你保證，我也只愛她一個。將來不管哪個女人嫁給我，都得不到我的愛。」

湯姆問，「那麼你怎麼會想拋棄她？」

奈丁格爾答，「我又能怎麼辦？」

湯姆激動地回答，「你去問南希小姐。你害她淪落到這個地步，我真心認為應該由她來決定你該怎麼補償她。你的唯一考量應該是她的福祉，而不是你自己的。不過既然你問我你能怎麼做：除了滿足她和她家人的期待，還能有別的嗎？實話跟你說，自從我第一次看見你們相處的情形，我也一直懷抱那種期待。我實在太同情那可憐的一家人，所以如果我仗著你對我的友誼說了不該說的話，請你原諒。你憑良心想想，你當初是不是在言談之中讓密勒太太和南希認為你是誠心誠意求愛。如果是，就算你沒有口頭承諾要娶她，你也是明白事理的人，應該知道自己該怎麼做才對。」

奈丁格爾說，「嗯，我不否認你說的事，甚至坦承我許過那種諾言。」

湯姆說，「既然這樣，你還遲疑什麼？」

奈丁格爾說，「朋友，你是個注重榮譽的人，絕不會勸別人做破壞名譽的事。就算沒有別的阻礙，南希的醜聞已經傳出去，我娶她還能保住名聲嗎？」

湯姆答，「絕對可以，而且世上最崇高、最真實的榮譽（那就是仁慈）要求你這麼做。既然你有這種顧忌，我就來剖析一番。你如果注重榮譽，可以用虛假的承諾欺騙一個年輕女子和她的家人嗎？同樣地，可以用這種手法陰險地奪取她的貞操嗎？如果你注重榮譽，能夠明知故犯、任意妄為，甚至用陰謀詭計毀掉一個人嗎？你如果注重榮譽，會毀了這個人的名聲和平靜，甚至可能害她連生命和靈魂一起陪葬嗎？如果想到這個人是個脆弱無助、沒有能力自我保護的年輕女子，你的榮譽承受得住嗎？何況這個年輕女子愛你、痴戀你，全然相信你的承諾，不惜犧牲自己最珍貴的東西。想到這些，你還有什麼榮譽可言？」

「你說的都是常理，」奈丁格爾說，「但你很清楚世人的見解不是那樣。如果我娶了放蕩女子，即使是我自己引誘她放蕩的，我今後羞於見人了。」

「咄！傑克，」湯姆說，「別用那麼難聽的話罵她。當初你承諾要娶她，她就已經是你的妻子了，她的錯頂多就是有欠慎重，絕不是不守貞節。還有，你會羞於見誰？不過就是那些卑鄙、愚蠢、不知檢點的人。請原諒，我必須說，這種羞恥來自於虛偽的端莊，它和虛偽的名聲如影隨形。我敢說，這世上所有真正有見識與善心的人都會讚賞嘉許這種行為。就算別人都不會，朋友，你自己的內心難道不會認同嗎？知道自己做了坦蕩、高貴、寬大、仁慈的行為，內心那種強烈的喜悅，難道不比數百萬人的虛假讚美更令人滿足嗎？客觀地斟酌以下兩種情況：首先，想像這個可憐又不幸、太容易相信別人的溫柔女孩躺在她母親懷裡，嚥下最後一口氣。聽聽她如何痛苦心碎、邊嘆息邊喊你的名字，哀嘆殘酷的際遇摧毀她的人生，卻沒有怨言；再想像她那位慈愛、絕望的母親的心情，她因為失去心愛的女兒精神失常，甚至連命都沒了；再想像那個可憐無助的小孤女。你想著她們的情景時，再想想就是你一手毀了這個可憐、可敬、單薄的小家庭。

「現在換個角度，想像你化解她們一時的苦難；想想可愛的南希會多麼欣喜若狂地撲向你懷抱；想像她蒼白的臉頰再次紅潤，呆滯的眼神重現光采，飽受折磨的心雀躍歡騰。想想她母親會有多歡喜；想想所有人會有多開心；想想這個小家庭因為你的一個舉動重展笑顏。想想後面這種情景，如果你還在猶豫究竟要讓那些可憐人永遠沉淪？或以一個仁慈高尚的決心，把她們從悲慘與絕望的深淵邊緣拉回來，邁向人間的至樂？那麼我肯定看錯你的為人了。除了這些，你只需要再多考慮一件事：那就是，你有責任這麼做。你帶這些可憐人脫離的困境，正是你蓄意帶給她們的。」

「我親愛的湯姆！」奈丁格爾大聲說，「我不需要你這樣口若懸河來激勵我。我打從心底憐惜可憐的南希，我多麼希望盡一切力量讓時光倒流，多麼希望我跟她之間什麼事都沒發生。相信我，我逼自己寫那封將那個不幸家庭逼入慘境的殘酷信件以前，也跟自己的情感有過一番搏鬥。如果我可以自己做主，我明天一早就娶她。上天明鑑！我真的願意。可是你不難想像，要說服我父親同意這樁婚事難如登天。再者，他已經幫我談好一門親事，命令我明天就去見那位小姐。」

湯姆說，「我還沒有那份榮幸認識你父親，不過，假設他同意，你就願意解救這個可憐家庭脫離苦海嗎？」

奈丁格爾說，「我願意，而且會像追求我自己的幸福那般積極，因為我跟別的女人在一起絕不會快樂。親愛的朋友，如果你能想像過去這十二小時裡，我為我可憐的南希多麼痛徹心扉，那麼你同情的就不會只有她一個。我的心裡只有她，就算我曾經有那些關於名聲方面的愚蠢考量，你也已經幫我排除了。只要我父親答應，我就可以放心地追尋我和南希的幸福。」

「那我就放手一搏。」湯姆說，「這件事瞞不了你父親太久，因為這種事一旦傳開，就會迅速散播，很不幸你們的事已經傳出去了。所以，如果我見機行事採取必要對策，希望你不要介意。何況，萬一出了人命（如果不馬上阻止，我認為這是必然結果），你一定會背負罵名，你父親只要有一點慈悲心，也會氣惱你。所以，事不宜遲，你趕快告訴我上哪裡找你父親。在這段時間，你所能做的最大善行，就是去探望可憐的南希。等你看見那一家人愁眉深鎖的模樣，就會知道我沒有誇大其辭。」

奈丁格爾一口答應，他跟湯姆說了父親的住處和最有可能找到他的咖啡館，又說，「親愛的湯姆，你在挑戰不可能。如果你了解我父親，絕不會想去徵求他的同意。等等，有個辦法，如果你告訴他我已經結婚了，他以為事情已經成了定局，也許比較好說話。我實在太愛南希，幾乎希望我們真的結婚了，不管後果如何。」

湯姆非常贊成這個辦法，答應會採用。之後兩人道別，奈丁格爾去見他的南希，湯姆去找老先生。

第八章
湯姆與老奈丁格爾先生的談話；一個新面孔初次登場

某位古羅馬諷刺作家[11]不承認命運女神這個神祇，古羅馬哲學家塞內卡也抱持相同觀點，儘管如此，比他們兩位都聰明（我這麼認為）的西塞羅卻明白表達相反意見。可以確定的是，生命中確實會發生某些千奇百怪、難以解釋的事件，恐怕不是人類的本事與遠見創造得出來的。

此時湯姆就碰上了這種事，他找到老奈丁格爾的時機是那麼地關鍵，命運女神就算夠格接受她在古羅馬受到的崇敬，也安排不出第二樁。簡言之，老先生剛與他選為未來兒媳那位小姐的父親熱烈討論了幾小時，未來親家翁剛離開不久，老先生正得意洋洋地回想自己在這場兩家結親的漫長爭論中攻城掠地的經過。過程中兩個人都努力想討點便宜，結果也像大多數情況，雙方都認為自己獲勝。

湯姆來拜見的這位老奈丁格爾先生，正是人們所謂精打細算的人。也就是說，他們相信死後沒有來世，所以決心好好善用這一世。他早年經商發了一大筆財，最近慢慢結束生意。說得更準確些，過去他靠貨品賺錢，現在改為錢滾錢。他手頭隨時有大筆現金可供運用，也很清楚如何運用它們獲取高額利潤，那就是善用私人或公部門缺錢的時機。他整天跟金錢打交道，令人不免好奇在他眼中這世上除了

11 指古羅馬諷刺詩人Juvenal，此處的見解出自他的作品《諷喻詩》。

錢，還有沒有其他東西存在。可以確定的是，他深深相信世上只有金錢具有真正的價值。

讀者想必認同命運女神幫湯姆挑了一個最難說服的對象，也相信反覆無常的她挑了個最不恰當的時機。由於這位先生凡事先想到錢，他看見陌生人上門，會滿腦子認定這人不是送錢來，就是來拿他的錢。他對待訪客態度友善與否，取決於當時哪個念頭占上風。

湯姆不走運的是，當時老先生認為他是來討錢的。因為前一天才有個年輕人帶著他兒子吃喝玩樂的帳單來找他。他一看見湯姆，馬上聯想到他也是來要錢的。於是，湯姆表明他是為他兒子的事情過來，老先生確認了早先的猜測，立刻大聲說，「你白跑一趟了。」

湯姆問，「先生，難道你已經猜到我的來意？」

老先生說，「猜到又怎樣。我再說一遍，你白跑一趟了。我猜你就是那些帶我兒子花天酒地的花花公子之一，總有一天他會毀在你們手上。不過我告訴你，我不再幫他還錢了。我希望他將來會遠離你們這些狐群狗黨。如果我沒這種把握，就不會幫他安排婚事，因為我絕不會故意害別人家的女孩。」

湯姆說，「先生，您幫他安排什麼樣的對象？」

老先生說，「先生，這事跟你有什麼關係？」

湯姆答，「先生，請別怪罪，我只是關心令郎的幸福，因為我非常尊敬、非常看重令郎。我就是為了這件事來拜見您。剛才聽您那麼說，我實在太高興了，因為我向您保證，我真的非常敬重令郎。不只如此，先生，我簡直無法表達對您的景仰。您是這麼地寬大、好心、親切又愛子心切，幫兒子找了這麼好的對象。我敢發誓，那位小姐能讓令郎變成世上最幸福的男人。」

那些初見面時引起我們憂慮的人，往往是最得我們歡心的人。因為一旦我們的憂慮消失，會馬上把那些引起擔憂的原因拋到腦後，反倒認為自己當下能感到快慰，都要感謝那個當初造成我們恐懼的人。

老奈丁格爾正是如此，他發現湯姆不是來討債的，馬上露出笑臉說，「先生，請坐。我好像沒有見過你。不過既然你是小犬的朋友，要來談那位小姐的事，我很樂意聽聽你怎麼說。至於小犬跟那位小姐結婚如果不幸福，也只能怪他自己。我把大事辦好了，任務已經完成。她會有一大筆陪嫁，任何明理、慎重、冷靜的男人都會感到幸福。」

湯姆答道，「說得很對。因為她本人就是一筆財富，這麼美麗、這麼端莊、個性這麼好，又那麼有教養。她確實是才貌雙全，有一副好歌喉，又彈得一手優美的大鍵琴。」

老先生說，「這些事我都不知道，我沒見過那位小姐。不過你說的這些不會影響我對她的印象，我反而覺得開心，因為她父親跟我談親事的時候，沒有特別強調這些條件，這讓我相信他是個明事理的人。雖然這些才藝不會貶低女人的價值，昏庸的人卻會把它們當成附加的陪嫁。他倒是連提都沒提。」

湯姆說，「先生，我向您保證，她這些才藝都非常出色。至於我個人，我承認我原本擔心您可能會有意見，可能不太同意這門婚事，因為令郎告訴我您沒見過那位小姐。正因如此，我才會來請求您、來拜託您，基於您對兒子幸福的重視，別反對他娶這位小姐，因為除了剛才我說的那些，這位小姐還有更多優點。」

老先生說，「先生，如果你來是為了這個，我跟小犬都感謝你。你可以放一百二十個心，我向你保證，我對她的嫁妝非常滿意。」

湯姆說，「先生，我越來越敬佩您了。這麼容易就對那位小姐微薄的嫁妝感到滿意，證明您有最卓越的見識，也有最高貴的心靈。」

老先生說，「沒那麼微薄，年輕人，沒那麼微薄呀。」

湯姆說，「顯示您更高貴了。容許我再補充，您也非常理智。畢竟，把金錢當做幸福的唯一基礎，幾乎可以說是瘋狂。這位小姐的嫁妝微不足道……」

老先生說，「年輕人，我發現你對金錢的看法與眾不同，否則你就是只了解那位小姐本人，不了解她的家境。說說看，你覺得那位小姐有多少財產？」

湯姆說，「什麼財產？跟令郎比起來根本不值得一提。」

老先生說，「是啊，是啊。我兒子也許可以找到更好的對象。」

湯姆說，「這我不同意，那位小姐已經是萬中選一。」老先生說，「是，是，不過我指的是財產。你覺得那位小姐有多少陪嫁？」

湯姆說，「多少？多少？嗯，最多二百鎊。」

老先生有點發火，「年輕人，你在耍我嗎？」

湯姆答，「沒有，我發誓，我說的都真的，而且可能估到極限了。萬一低估了那位小姐，只好請她見諒。」

老先生說，「你確實低估了。我相信她的財產是二百鎊的五十倍，她必須有這麼多陪嫁，否則我不會同意這門親事。」

湯姆說，「現在談同不同意已經太遲了，就算她連五十分錢都沒有，你兒子也已經娶她了。」

老先生震驚地說，「我兒子娶她了！」

湯姆說，「嗯，我想您還不知道這件事。」

老先生又驚叫道，「我兒子娶了哈利小姐！」

湯姆答，「娶了密勒小姐。密勒太太的女兒，他之前住她家。這位小姐的母親雖然不得不靠出租房子謀生……」

老先生用最鄭重的口氣問，「你在開玩笑？或你是認真的？」

湯姆說，「先生，我瞧不起嘻皮笑臉的人。我帶著最真摯誠懇的態度來拜見您，因為我認為令郎一定不敢告訴您，他娶了家境差他那麼多的小姐，看來我猜得沒錯。不過為了小姐的名譽，這件事不能再瞞了。」

老先生被這個消息震驚得說不出話來，愣愣站著。這時有位男士走進來，向老先生打招呼，喊他「哥哥」。這兩個人雖然是同胞手足，個性卻幾乎是南轅北轍。剛到的弟弟雖然也是從小學經商，可是他累積了六千鎊家產後，就用大部分的錢買一小片田產，退休搬到鄉下，在那裡娶了一名未領聖俸的牧師的女兒。那位小姐沒有財富也沒有美貌，他會娶她，純粹是因為她脾氣極好。

他跟這個女人共同度過了二十五年，他們的生活比較像某些詩人筆下那種黃金時代的婚姻，不像當代的模式。他們總共生了四個孩子，卻只有一個女兒順利長大成人。這個女兒被他們夫妻寵壞了（套句俗話），換句話說，他們對她無比溺愛，她也以最深的依戀回報父母，因為她拒絕了一樁絕佳的親事（對方是個剛滿四十歲的男士），理由是她捨不得離開雙親。

老奈丁格爾相中的未來媳婦是他弟弟的鄰居，也是她姪女的朋友。事實上，他弟弟這次進城，正是為了這門親事而來。但他不是來協助，而是來勸哥哥打消念頭，他認為這樁婚事一定會毀了姪子一生幸福。在他看來，哈利小姐雖然家財萬貫，但她不論長相或心性，都不是婚姻幸福的保證。因為她又高又瘦、又醜又蠢、虛偽又凶悍。

這位弟弟一聽說姪子娶了密勒小姐，馬上表達高度滿意。後來聽見哥哥痛斥姪子，宣稱一分錢都不給他，要讓他變乞丐，就說了以下的話：「哥哥，如果你冷靜點，我就會問你，你愛兒子是為了兒子好，或為了你自己。我猜你會告訴我你是為兒子好，我也相信你確實這麼想。我相信你當初會幫他安排這門婚事，一定是為了讓兒子幸福。

「在我看來，把自己對幸福的看法強加在別人身上，是非常荒唐的事。堅持要這麼做，更是一種專制行為。我知道這是社會上的普遍現象，但它仍然是一種錯誤。用這種態度處理其他事務已經顯得荒唐，處理婚姻就更是如此。婚姻能不能美滿，完全取決於男女雙方是不是互相喜愛。

「所以我經常覺得，父母幫兒女選擇結婚對象一點都不合理，因為感情是勉強不來的。甚至，愛情非常抗拒強迫，連勸誡的話都聽不進去，也許是因為我們很不幸都有倔強這種無可救藥的天性。

「然而，雖然明智的父母確實不該大權獨攬，但婚姻大事最好還是徵詢一下父母的意見。嚴格來說，父母應該要有機會表達反對。所以，姪子沒問過你就結婚，這件事他做錯了。不過哥哥，說老實話，他會這麼做，難道你沒有一點責任嗎？你平時在這方面表達的見解，是不是讓他認定你不會同意他娶窮人家的女孩？甚至，你現在這麼生氣，不就是因為對方沒有錢？如果說他沒有盡到告知父母的責任，那麼你不也在他不知情的情況下，獨斷獨行幫他找了個連你都沒見過的妻子。如果你見過那位小姐，也跟我一樣了解她，還想讓她進我們家門，那你一定是瘋了。

「當然，我承認姪子做錯了，不過這不是什麼不可原諒的過錯。這種事他應該要徵求你同意，卻沒這麼做。只是，這件事主要牽涉到的是他自己的利益，你自己必須、也會承認你考慮的也只是他的利益。萬一他的看法不幸跟你相左，對幸福抱持錯誤見解，那麼哥哥，如果你愛自己的兒子，會故意害他離幸福更遙遠嗎？你要他為自己的無知抉擇承受更多苦果嗎？這個選擇原本只是有機會為他帶來苦果，你卻執意要那個苦果成真嗎？簡言之，哥哥，只因他拒絕接受你的安排邁向富貴，你就要盡力讓他們窮困潦倒嗎？」

聖安多尼[12]以虔誠天主教徒的信仰力量打動了魚族；奧菲斯和安菲昂更進一步，以音樂的魔力迷惑無生物[13]。實在太奇妙了！只是，不管史書或神話，至今還沒有記載任何人以脣槍舌戰擊潰貪婪的天性。

老奈丁格爾沒有回應弟弟的高論，只強調他們對子女的教育觀點不同。他說，「弟弟，我希望你管好自己的女兒就好，別為我兒子費心。你的教導和你的榜樣對我兒子都沒有好處。」奈丁格爾是叔叔的教子，住叔叔家的時間比住自己家更久，所以他叔叔經常聲稱他對姪子的愛幾乎像對親生兒子一樣。

這位叔叔的話讓湯姆心花怒放，他們兩個又勸了老半天，老奈丁格爾情緒不但沒有緩和，反倒越來越氣憤，最後湯姆帶著叔叔到密勒太太家找姪子。

12 St. Anthony（一一九五～一二三一），天主教聖人，據説是一流的演説天才。某天他前往異教信仰盛行的里米尼傳教，當地主政者禁止百姓聽他説話，他只好向河中的魚兒講道，果然魚族游到水面，爭先恐後聽他傳教。

13 典故均出自希臘神話，奧菲斯（Orpheus）演奏的七弦琴打動了野獸、樹木和石頭。同樣地，安菲昂（Amphion）彈奏的七弦琴太美妙，石頭自動在他周圍建起底比斯城。

第九章
一些不尋常的事

湯姆回到住處，看見一幕與他離開時截然不同的情景：奈丁格爾跟密勒太太母女正在吃晚餐。他叔叔進來時要大家不必多禮，他曾經來這裡探視姪子幾次，跟密勒太太一家人都熟。

叔叔一進門就走向南希，打過招呼後祝她幸福，再對密勒太太和貝琪說同樣的話。最後，他笑容可掬地向姪子表達祝賀之意，一副姪子娶的是家世相當或更好的對象，而且循規蹈矩辦了婚禮。

南希和奈丁格爾臉色發白，表情茫然，似乎摸不著頭腦。密勒太太第一時間起身告退，之後派人把湯姆請進飯廳，跪倒在他面前激動落淚。她說湯姆是她的天使，是她和兩個可憐女兒的救命恩人，還用了其他很多尊敬、親密的話語稱呼湯姆，並以最感恩的心向他表達最誠摯的謝意。

她說她心情太激動，不把這些話說出來，會承受不住。激動的情緒稍稍緩和之後，她告訴湯姆，奈丁格爾和南希的事都安排好了，隔天一早就去完婚。湯姆說他太高興了，密勒太太趁機再次表達她的喜悅與感謝，湯姆好不容易才制止她，邀請她一起出去跟大夥聊天。他們重新加入時，氣氛還是跟早先一樣歡天喜地。

這一小群人共度兩三小時的歡樂時光，過程中那個愛喝酒的叔叔不停向姪子勸酒。奈丁格爾雖然沒喝醉，卻也有點醺醺然，帶著叔叔到樓上他以前住過的房間，開誠布公對叔叔說：「您一向最疼愛我，對我最好。我選擇這個對象看起來確實不夠深思熟慮，您卻這麼寬宏大量原諒我。如果我還欺騙您，那我永遠沒辦法原諒我自己。」於是他和盤托出，對叔叔說出所有真相。

「傑克，這麼說來，」他叔叔說，「你還沒跟那位小姐結婚？」

奈丁格爾答，「我以人格保證，我說的是事實。」

他叔叔開心地親吻他，說道，「親愛的孩子，聽你這麼說我太高興了，這輩子從沒這麼高興過。如果你結婚了，我會盡全力幫你扭轉劣勢。然而，事情已經做了、無法挽回，跟事情還沒做，思考方向完全不同。傑克，用你的理智好好想一想，你會發現這樁婚事愚蠢又不合常理，那麼你就不需要別人勸阻。」

奈丁格爾說，「叔叔，如果是基於信譽必須做的事，做了或還沒做有什麼差別嗎？」

他叔叔說，「呸！信譽是人類創造出來的概念，人類既然是它的創造者，自然擁有操控與解釋的權力。你也知道人們一點都不在乎悔婚這種事，就算是最惡質的案例，人們的側目或閒話最多持續一天。有哪個男人會因為這種事，拒絕把他妹妹或女兒嫁給你？或者，有哪位小姐會因為這樣不願意跟你結婚？這種事跟信譽沒有關係。」

奈丁格爾大聲說，「叔叔，請你原諒，我沒辦法這樣想。而且這涉及的不只是信譽，還有良心和人道精神。我很清楚，如果我現在讓這位小姐失望，她一定會尋死，那時我會認為自己是殺害她的凶手。不只如此，還用最殘忍的方法殺死她，那就是害她心碎。」

他叔叔說，「害她心碎，跟真的一樣！不會的，傑克，女人沒那麼容易心碎，她們很強悍。孩子，她們很強悍。」

奈丁格爾說，「可是叔叔，這還牽涉到我的感情，我跟別的女人在一起絕不會幸福。你不是經常說，應該讓孩子挑選自己的伴侶，還說你會讓我堂妹海麗自己做決定？」

他叔叔說，「我是會讓孩子自己選，但我會讓他們做明智的抉擇。傑克，你真的必須離開那個女孩。」

奈丁格爾說，「叔叔，我真的必須、也會娶她。」

他叔叔說，「你會娶她？年輕人，我沒想到你會說出這種話。如果你用這種口氣跟你父親說話，我不會覺得奇怪，畢竟他總是把你當一隻狗，跟你保持距離，就像暴君對待他的子民。可是我向來平等對待你，理所當然期待你的尊敬。不過我知道這是怎麼回事，這都怪你父親那種乖戾的教育方式，跟我一點關係都沒有。比方說你堂妹，我把她當朋友養育成人，她凡事都聽我的忠告，從來不會拒絕我給她的建議。」

奈丁格爾反駁道，「你從來沒有給過她婚姻方面的建議。根據我對堂妹的了解，只要是她喜歡的對象，不管你的忠告多麼合情合理，她都不會放棄。」

他叔叔有點惱怒地說，「別說我女兒壞話，別誣衊我家海麗。經過我的用心調教，她絕不會喜歡我不中意的對象。我凡事順她的心意，讓她養成開開心心做符合我意願之事的習慣。」

奈丁格爾說，「叔叔，抱歉，我沒有一點批評堂妹的意思，因為我非常敬重她。我相信您不會用您現在對待我的方式對待她，要她接受這麼嚴厲的考驗，更不會逼她做這麼困難的決定。親愛的叔叔，我們下樓去陪大家，我們離開這麼久，他們一定覺得不對勁。我必須請親愛的叔叔幫我一個忙，不要說出讓那位小姐和她母親飽受驚嚇的話。」

他叔叔答，「這你不必操心，我太了解自己，絕不會去冒犯女性。我答應你的請求，但你也要答應我一件事。」

奈丁格爾說，「叔叔，您的指示，我多半樂意聽從。」

他叔叔說，「我沒別的要求，只希望你今晚陪我回住處，我想再把這件事更仔細分析給你聽。你父親那個頑固的笨蛋總以為他是天底下最有智慧的人，儘管如此，我還是會盡全力守護我們整個家族。」

奈丁格爾深知他叔叔跟他父親一樣頑固，答應陪叔叔回住處。他們兩個重新下樓跟其他人會合，老先生承諾會維持跟先前一樣的禮儀。

第十章 本卷最後一章，內容簡短

那對叔姪離開太久，其他人內心有點七上八下。更糟的是，兩人對話過程中，那位叔叔屢次抬高嗓門，聲音傳到樓下，雖然聽不清內容，卻也讓南希和她母親生起不祥預感，連湯姆也是。

因此，當那對叔姪重新回到樓下，所有人的表情都有明顯變化，原本每個人的臉龐都洋溢著好心情，現在開懷的程度消退許多。事實上，這種變化在這個季節並不罕見，就像晴天突然烏雲密布，六月的清朗變成十二月的陰寒。

然而，在場的人卻都沒有意識到這種變化，因為他們各自努力掩飾自己的心思，努力扮演自己的角色，太投入當時的情境，沒時間當觀眾。因此，那對叔姪都沒看出那對母女內心的疑慮，那對母女既沒察覺老先生的喜悅有點勉強，也沒發現奈丁格爾的笑容裡那偽裝的開心。

我相信這種事還算常見，比如交談中的兩個人全心全意投入自己扮演的角色，企圖欺騙對方，彼此都看不清對方的詭計，最後兩人同時祭出致命一擊（這個比喻應該頗為恰當）。基於相同理由，交易雙方在談判過程中同時上當的機率也不低，雖然總有一方損失比另一方大。比如賣掉一隻瞎眼的馬，收到的卻是假銀票。

大家又聊了半小時才散會。奈丁格爾跟叔叔走了，臨走前悄聲向南希保證隔天一早會回來履行他的承諾。

湯姆算是局外人，看得最清楚，甚至猜到真相。因為他看見那位叔叔舉止不變，顯得疏遠，對南希太過謙遜客套，又做出在婚禮前一天晚上帶走新郎這種不尋常舉動。這一切唯一的解釋是：奈丁格爾已經說出實話。以他坦率的個性，加上酒精的影響，確實有此可能。

湯姆還在考慮該不該把自己的猜疑告訴南希一家人，女僕就來通知他有位女士要見他。他馬上出去，接過女僕手中的蠟燭，引領客人上樓。那位女士原來是阿娜，她來告訴湯姆蘇菲亞的近況。她說的話實在太嚇人，湯姆再也顧不得別人，一面哀嘆自己的悲慘遭遇，一面疼惜他不幸的天使。

這件恐怖的事到底是什麼，讀者一定會知道，不過我必須細說從頭，先敘述導致這個結果的前因，那就是下一卷的內容。

第十五卷　接下來那兩天

第一章

內容過於簡短，不需要開場白

有一群宗教作家（應該說勸世作家）殷殷訓示：在這個世界上，美德是通往幸福之路，行惡必遭苦難。這是非常有益又宜人的教誨，我對它只有一點異議，那就是：它不是真的。

如果這些作家所謂的「美德」指的是那些基本德行，比方說賢慧的妻子就該守在家裡，專心管好自己一家人的事。那麼我舉雙手贊成。因為這一類行為肯定能創造幸福生活，以至於我幾乎想違背古今聖賢的見解，認為這些應該稱為「智慧」，而非只是「美德」。對於生命，我認為再也沒有比古代伊比鳩魯學派[1]更明智的系統，他們認為這種智慧構成主要的善。同樣地，也沒有比跟他們反其道而行的現代伊比鳩魯學派更愚蠢的學說，他們認為幸福來自大量滿足所有感官享受。

但如果美德指的是（我幾乎認為本該如此）某種相對的特質，比如總是在外奔走，一心一意為他人謀福利，像在為自己忙碌一樣，那麼我沒辦法輕易認同這種方式能帶來幸福。因為這麼一來，恐怕我們必須先修正對幸福的定義，納入貧窮、恥辱，以及因背後中傷、眼紅妒羨、忘恩負義衍生的種種惡果。甚至，有時候我們不得不陪著那種所謂的幸福進監牢，因為很多人基於上述種種美德鋃鐺入獄。

這個問題牽涉的範圍太廣，此時此刻我沒有閒工夫深入探討。我的目的只是要排除某個阻礙我的學說，因為當湯姆將美德發揮到極致，不辭勞苦地拯救步向毀滅的同類，魔鬼或其他邪靈（也許披著人類的形體）企圖令他肝腸寸斷，孜孜不倦地設下毒計想摧毀他的蘇菲亞。

如果前面提出的論點可以視為規則，這就是它的例外。只是，我在人生旅程上已經見過太多例外，所以決定駁斥以這種規則為依據的學說。我認為那種學說不符合基督教義，也不認為它有真實性。它甚至會破壞一個最高貴的論點：光靠理性就足以支持永生的信念。

不過讀者的好奇心（如果你有的話）應該已經醒了，也餓了，我會以最快的速度餵飽它。

1 Epicurean，古希臘學者伊比鳩魯（Epicurus, 西元前三四一～二七九）創立的學派，他主張快樂是至高的善，人應該追求可以帶來平靜心靈的快樂。後世演變為帶有負面意義的感官享樂主義。

第二章

衝著蘇菲亞而來的歹毒計謀

我記得有個睿智的老先生說過，「孩子們什麼都沒做的時候，一定在搞破壞。」我不會把這種雅趣說法套用在美麗的女性身上。不過，我倒是可以這麼說：當女性的醋勁沒有以憤怒與狂暴適度展現出來，我們不妨猜測這種惡毒的情緒正在暗潮洶湧，企圖暗地裡摧毀它沒有公開攻擊的目標。

貝拉斯頓夫人的行為正是最佳例證，她臉上掛著親切笑容，內心卻對蘇菲亞咬牙切齒，因為她認定是蘇菲亞害她得不到想要的東西。她決心想個辦法擺脫蘇菲亞，沒想到不久後機會就找上門來。

讀者想必還記得，蘇菲亞在戲院被一群自稱「都市人」的年輕人的機智與幽默嚇著，由一位年輕紳士保護，順利坐上轎子回家。

那位貴公子經常造訪貝拉斯頓夫人家，蘇菲亞到倫敦後，他不只一次在那裡見到她，對她產生極大好感。美人落難時更顯得楚楚可憐，貴公子見到蘇菲亞受驚嚇，心中的憐愛大幅增長，即使說他愛上蘇菲亞也不為過。

我們不難想像，如今碰上這個進一步認識心儀對象的大好機會，他絕不會讓它溜走。因為即使沒有別的心思，禮貌上也必須去問候受到驚嚇的女士。

於是，事件第二天一早他就去求見蘇菲亞，說了些一般的恭維話，也希望她前一天晚上沒有受到其他傷害。

愛情就像火焰，一旦引燃，很快就會變成熊熊大火，片刻間蘇菲亞就征服了貴公子的心。時間悄悄飛逝，貴公子跟蘇菲亞相處了兩小時，才意識到自己已經待得太久。蘇菲亞自始至終心明眼亮，除了時間這個因素，她也從對方的雙眼觀察到他內心的祕密。不只如此，雖然口頭上他沒有明白示愛，他說的很多話都太熱情、太溫柔，即使在流行獻殷勤的年代，那些話都很難視為單純的獻殷勤，何況眾所周知目前的時代已經不時興那種事。

貴公子到的時候，貝拉斯頓夫人就收到僕人通報，當她得知他待了兩個小時，更是暗自竊喜，因為事情的發展正如她所願。事實上貴公子第二次見到蘇菲亞時，她就已經看出點頭緒。她決定（我認為十分正確）不去打擾他們兩個人相處的時光，只吩咐僕人等貴公子要走的時候告訴他，她有話跟他說。她利用等待的時間琢磨，該如何執行一個她相信貴公子一定樂意配合的計謀。

貝拉斯頓夫人一見到費勒瑪爵爺（這就是貴公子的頭銜），立刻主動出擊。她說，「天哪，爵爺，您還沒走？我以為下人沒把話帶到，直接讓您離開了。我有件重要事想跟您談談。」

爵爺說，「確實，也難怪妳會訝異，我來這裡兩個多小時了，感覺卻好像不到半小時。」

她說，「爵爺，那麼我該怎麼想呢？一定是聊得太愉快，才沒發現時間偷偷溜走。」

爵爺答，「這倒是，從來沒這麼愉快過。貝拉斯頓夫人，妳突然介紹給大家認識的這顆耀眼星辰是什麼人啊？」

貝拉斯頓夫人裝糊塗，「爵爺，你說什麼耀眼星辰？」

他說，「我指的是前些天我在這裡遇見的那位小姐，昨天晚上我在劇院扶著她，今天來拜見她，又唐突地停留太久。」

她答，「喔，我堂姪女威斯頓小姐！哎呀，爵爺，那耀眼星辰是某個蠢鄉紳的女兒，不到兩星期前第一次來倫敦。」

爵爺說，「我幾乎相信她是在皇宮裡長大的。除了長得漂亮，我沒見過這麼有教養、這麼明理、這麼有禮貌的人。」

貝拉斯頓夫人說，「看來我堂姪女已經擄獲爵爺您的心。」

爵爺說，「的確，我已經愛她愛得不可自拔。」

她說，「爵爺，這個對象也不至於辱沒您，因為她有龐大家產。她是個獨生女，她父親的產業一年有三千鎊收入。」

爵爺說，「那麼她可以說是全英格蘭條件最好的小姐。」

貝拉斯頓夫人說，「說真的，爵爺，如果您中意她，我真心希望您能得到她。」

爵爺說，「既然妳這麼好心，又是她家親戚，能不能拜託妳代我向她父親提親？」

貝拉斯頓夫人假裝慎重地問，「那麼您是認真的？」

爵爺答，「希望妳不至於把我看成會拿這種事開玩笑的人。」

她說，「那麼我隨時願意代您去提親，我敢保證她父親一定會開開心心答應。只是有個困難，我簡直沒臉說出來。那個困難你恐怕永遠克服不了。」

爵爺驚道，「貝拉斯頓夫人，妳往我的心潑了一盆冷水，我差點連命都沒了。」

她說，「呿，爵爺，我倒寧願我在您心裡點了一把火。愛都愛了，還怕被潑冷水！我還以為您會問情敵的名字，會馬上去找他決鬥。」

他說，「我發誓，為了妳那位迷人的堂姪女，我什麼都願意做。不過，那個幸運兒是什麼人？」

她回答，「說來遺憾，這個人跟大多數幸運傢伙一樣，出身極為低賤。他是個乞丐、私生子，是個棄兒，身分比爵爺的僕人更卑賤。」

他驚叫道，「可是，這麼完美的可人兒，竟會看上那麼卑賤的人？」

貝拉斯頓夫人說，「唉！爵爺，想想她住鄉下，那是所有年輕小姐的禍根。她們對愛情充滿羅曼蒂克幻想，還學了好些莫名其妙的蠢念頭，就算在倫敦上流社會生活一整個冬天，也很難扭轉過來。」

爵爺說，「夫人，妳堂姪女是太貴重的寶藏，不能就這樣被糟蹋了。一定得有人阻止這件事。」

她說，「唉！爵爺，要怎麼阻止？她家人什麼方法都用過了，可是我看這位小姐中毒太深，不把自己毀了不罷休。實話跟您說，我每天擔心她跟他私奔。」

爵爺說，「貝拉斯頓夫人，聽了妳這些話，我非常擔心。我對妳堂姪女的愛不會因此減少，反而更同情她。這麼貴重的寶物，一定得想辦法保存。妳有沒有好言勸過她？」

貝拉斯頓夫人笑著說，「親愛的爵爺，您對女人應該有一點了解，不會認為講道理就能讓年輕小姐放棄心愛的人吧？這些貴重寶物就跟她們身上戴的珠寶一樣，什麼都聽不見。時間，爵爺，時間是對治那種痴傻的唯一解藥。不過我相信她絕對不肯服這帖藥。我時時刻刻都在為她操心。簡單說，只有激烈手段才有效果。」

爵爺問，「該怎麼做？有什麼辦法可行？這世上有任何可用的辦法嗎？貝拉斯頓夫人，為了這麼珍貴的人兒，我什麼都肯做。」

貝拉斯頓夫人沉吟片刻後說，「我真的不知道……」又頓了一下，才嚷嚷著說，「哎呀，為了這個小姐，我實在沒輒啦。為了救她，一定得馬上採取行動。像我說的，只有激烈手段才能收效。如果爵爺對我堂姪女當真這麼深情厚意（說句公道話，除了這段她不久後就會悔悟的盲目戀情，她各方面都配得上爵爺的愛），也許有個辦法。那實在不什麼好辦法，我幾乎連想都不敢想。我向您保證，做這件事需要極大的勇氣。」

爵爺答，「在這方面我自認並不缺乏，也不希望別人認為我膽小。在這種關鍵時刻退縮，那一定是畏首畏尾的傢伙。」

貝拉斯頓夫人說，「不，爵爺，這方面我一點都不懷疑您，我懷疑的是自己，因為我必須冒天大的風險。也就是說，我必須完全信任您的人格，明智的女人不管碰到什麼事，都不會像這樣信任男性。」有關這個問題，爵爺同樣給出令她滿意的答覆。爵爺向來風評極佳，外界對他的讚譽也不是誇大之詞。

於是貝拉斯頓夫人說，「那麼，爵爺，我……我發誓，我實在太擔心會出事。不，不可以這麼做。至少要先試過其他辦法。您能不能排除其他約會，今晚留下來用餐？您可以多跟威斯頓小姐相處。我們真的不能再浪費時間。今晚的客人很單純，只有貝蒂夫人、伊格爾小姐、漢普斯德上校和湯姆・愛德華茲，他們不會待太久，之後我不會再接見訪客。到時候爵爺就會更明白狀況。我會想辦法讓你相信她有多深愛那傢伙。」爵爺說了些應景的恭維話，接受邀請，兩人各自去更衣。此刻的時間是上午三點，或者以舊時代的說法，是下午三點。

第三章
進一步說明前述計謀

讀者可能早就認定，貝拉斯頓夫人是這個廣大世界裡的重要成員（而且地位十分高貴）。然而，她也是某個小世界的重要成員。

所謂的小世界指的是某個可敬又高尚的團體，近年在英格蘭十分興盛。這個團體依循某些優良宗旨而設立，其中一點特別值得一提，那就是每個成員一天二十四小時內必須說出一個趣味小謊言，讓團體其他男女成員去散播。就像上一次戰爭結束後由參戰英雄組成的那個可敬團體，規定與會成員每天至少打一次架。

外界充斥不少有關這個團體的無聊傳言，某種角度看來，我們似乎可以公平地推測傳言來自該團體的成員。比方說：團體的主席是魔鬼，他本人就坐在餐桌上位的牛角椅上。不過，經過抽絲剝繭的調查，我發現那些傳言純屬子虛烏有，而且這個團體的成員其實是一群非常高尚的人，他們散播的謊言也無傷大雅，只是逗人發笑、炒熱氣氛。

愛德華茲也是這個團體的成員，貝拉斯頓夫人決定利用他來實踐她的計畫。她跟他說了一個謊言，要他在她的暗示下說出來，不過要等到當天晚上玩紙牌時，那時其他客人會先離開，只剩他和爵爺。

那麼我直接把讀者送到牌局時間，那是晚上七點到八點之間。

貝拉斯頓夫人、費勒瑪爵爺、蘇菲亞和愛德華茲正在玩紙牌，進行到最後一局，愛德華茲收到他的提示。

貝拉斯頓夫人說，「愛德華茲，你最近愈來愈叫人難以忍受了。以前你經常跟我們說城裡的新鮮事，你現在什麼都不知道，簡直脫離塵世了。」

愛德華茲於是說，「女士，這不是我的錯，都怪這世道太平淡，沒什麼值得說的。對了！我想到了，可憐的威爾考克斯上校碰上一件倒楣透頂的事……可憐的涅德……爵爺，您也認識他，沒有人不認識他。我實在非常擔心他。」

「什麼事？說來聽聽。」貝拉斯頓夫人問。

「也沒什麼。今天早上他跟一個人決鬥，把對方殺死了。」

爵爺事先不知情，嚴肅地問被殺的是什麼人。

愛德華茲答，「一個誰也不認識的年輕人。剛從薩默塞特郡進城的小夥子，姓瓊斯，是某個歐渥希先生的親屬。爵爺，您應該聽說過歐渥希先生。我看見那小夥子躺在咖啡館，我敢發誓，我這輩子沒見過那麼英俊的屍體！」

愛德華茲提到有個人被殺死的時候，蘇菲亞正在發牌，她豎起耳朵聽著（這類事情總是令她震撼）。愛德華茲說到死者身分時，她又開始發牌，卻發給這個人三張，那個人七張，第三個人十張，最後手上的牌掉落，人也往後躺回椅背。

在場的人照例做出這種情況下的正常反應：照例一陣混亂，照例傳喚僕人。最後蘇菲亞照例甦醒過來，眾人依她的要求迅速送她回房。

貝拉斯頓夫人應爵爺要求去向蘇菲亞說明真相，說那是她開的小玩笑，也一再向蘇菲亞保證，雖然她要愛德華茲說那個故事，但爵爺和愛德華茲都不知道湯姆的事。

經過這件事，爵爺已經確認貝拉斯頓夫人並沒有言過其實。等女士回來後，這兩位高貴人士就談妥計畫。在爵爺心目中，這個計畫不算惡毒，因為他真心真意承諾，也真心真意決定事後會迎娶蘇菲亞做為補償。不過，我相信許多讀者會認為這個計謀可恥。

他們約好隔天晚上七點執行那個毀滅性計畫，貝拉斯頓夫人負責支開閒雜人等，讓爵爺單獨見蘇菲亞。到時候屋子裡除了阿娜，不會有其他僕人在。留下阿娜是為了避免蘇菲亞起疑，不過等爵爺到的時候，貝拉斯頓夫人會派阿娜去某個離蘇菲亞最遠的房間，免得她聽見喊叫聲。

計畫敲定後，爵爺就告退離開，貝拉斯頓夫人也回房休息。她得意非凡，深信計畫一定會成功。等蘇菲亞這塊絆腳石搬開，她跟湯姆的戀情再也不會受到阻撓。將來就算這件事傳開來，誰也不會疑心到她頭上。不過，她會催促他們盡快成婚，自然不必擔心消息走漏。她認為蘇菲亞受辱後一定會同意下嫁，她家人對這個結果必然欣喜萬分。

然而，另一個共謀者內心卻不太平靜。他思慮紛飛焦慮不安，就像莎士比亞描寫的那樣：

一件駭人聽聞的惡行，
從起心動念到付諸實踐，
其間過程宛如幻影，或夢魘。
心靈與肉體各執一詞。
那人的身心狀態，
恰似小小王國，

干戈四起動亂頻仍。[2]

起初他聽見這個計謀時欣然接受，因為他深愛蘇菲亞，何況想出計謀的是蘇菲亞的親戚。可是，當他的腦袋躺上那引人深思的枕頭，開始看見這個行動醜惡的一面，也看見所有必定或可能發生的後果，他的決心開始動搖，甚至可以說已經徹底轉向。他的心天人交戰一整夜，徘徊在人格與情慾之間，舉棋不定。最後人格勝出，他決定去找貝拉斯頓夫人取消計畫。

雖然已經不早了，貝拉斯頓夫人卻還沒起床，蘇菲亞坐在她床邊，這時僕人通報費勒瑪爵爺在樓下客廳。貝拉斯頓夫人命人傳話請他稍候，她馬上下去見他。

僕人離開後，可憐的蘇菲亞請堂姑姑不要鼓勵那個討人厭的爵爺（雖然有點不公平，但她就是這麼形容他）來見她。

她說，「我知道他對我有意，他昨天表達得很清楚。我決定不再給他機會，請堂姑姑不要再讓我單獨跟他相處。也請妳吩咐僕人，如果他指名要見我，就說我不在。」

「呿！孩子！」貝拉斯頓夫人說，「妳們這些鄉下女孩滿腦子只想著愛情，男人只要表現得彬彬有禮，妳們就以為他們在示愛。他是城裡最風流倜儻的年輕人，我相信他只是向女士獻殷勤。對妳有意，跟真的一樣！我倒希望他真的看上妳，那麼如果妳拒絕他，一定是個瘋女人。」

「我一定會是那個瘋女人，」蘇菲亞說，「所以希望您以後別逼我去見他。」

「唉！孩子，」貝拉斯頓夫人說，「妳也別怕成這樣。如果妳決心要跟那個瓊斯私奔，誰也攔不住妳。」

「堂姑姑，」蘇菲亞說，「妳錯看我了。我絕不會跟男人私奔，也不會嫁給父親不喜歡的人。」

「好吧。」貝拉斯頓夫人說，「威斯頓小姐，如果妳今天早上不想見客，就回房去吧。我不害怕爵爺，所以我要請他上來說話。」

蘇菲亞說了謝謝後離開，不久爵爺就上樓來了。

2 摘自莎士比亞的作品《凱撒大帝》（*The Tragedy of Julius Caesar*）第二幕第一場，是布魯特斯行刺凱撒前的獨白。

第四章
說明當女人把口才運用在壞事上頭，會是多麼危險的辯士

貝拉斯頓夫人聽見爵爺內心的顧忌，輕蔑地嗤之以鼻，就像人稱「新門律師」[3]那些法律界聖哲面對年輕證人良心的疑慮一樣。她說，「親愛的爵爺，看來你需要喝杯壯膽酒，我最好派人去向艾吉里夫人討一點來。咄！堅定一點。你被『強暴』這兩個字嚇著了嗎？或者你擔心……如果海倫的故事[4]發生在現代，我一定會覺得沒有真實性。我指的是帕里斯的行為，不是海倫對他的愛，因為女人都愛英勇的男人。另外就是薩賓婦女的故事[5]，感謝上帝，那也是古代的事了。爵爺大概會佩服我讀這麼多書。不過胡克先生[6]告訴我們，後來那些薩賓女子都變成賢妻良母。我猜我有幾個已婚朋友婚前也被丈夫侵犯過。」

爵爺說，「親愛的貝拉斯頓夫人，別這樣取笑我。」

她說，「哎呀，親愛的爵爺，不管英國女士表面上如何假正經，你以為她們不會在心裡偷偷取笑你？你逼得我不得不說出奇怪的話，不得不卑鄙地背叛女性。幸好我知道自己出發點是好的，我是為我堂姪女著想。因為我知道即使發生這種事，你以後仍然會當個好丈夫。如果這個婚姻只有虛名，我甚至不會勸她接受。聽說那個年輕人勇敢果決，我可不希望日後她怪我害她失去一個勇敢的男人。」

請有幸聽過妻子或情婦說出類似言語的男士定奪，這種話從女人嘴裡說出來，是不是甜美多了。可

以確定的是，就算由狄摩西尼或西塞羅來勸說，也不比這番話更能打動爵爺。

貝拉斯頓夫人發現她已經激起爵爺的傲氣，於是鼓動三寸不爛之舌，號召他的其他情感來助陣。她面色凝重地說，「爵爺，你該記得當初是你先向我提起這件事，我可不希望你以為我一廂情願地把自己的堂姪女推給你。八萬鎊家產不需要別人幫忙推銷。」

爵爺答，「威斯頓小姐也不需要靠家產陪襯。在我看來，沒有哪個女人有她的一半姿色。」

貝拉斯頓夫人視線瞄向鏡子，說道，「有的，有的，爵爺，我向你保證有些女人姿色不只她的一半，倒不是我故意在這方面貶低她。她確實是個最可人的女孩，再過幾小時她就會投入別人的懷抱，那人一點都配不上她，不過我也要替他說句公道話，他是真正有勇氣的男人。」

「但願如妳所說，」爵爺答，「不過我必須強調他配不上她。除非上帝或妳令我失望，否則幾小時內她就會在我懷抱裡。」

「說得好，爵爺。」貝拉斯頓夫人說，「我保證我絕不會讓你失望。我相信一星期內我就可以公開喊你堂姪婿。」

接下來的情節只剩下歡欣鼓舞、推卸罪責和相互吹捧，聽在對談雙方耳中極為舒暢，經過二手傳播

3 指專門在新門監獄（Newgate）開發客户的旁門左道律師。

4 海倫是希臘神話中的美女，天神宙斯的女兒，十六歲被迫下嫁斯巴達王。特洛伊王子帕里斯造訪斯巴達時愛上她，將她拐走，引發特洛伊戰爭。

5 發生在羅馬帝國建立之初的傳説，據説當時羅馬人口陽盛陰衰，羅馬人於是強搶鄰國薩賓的女子，引發戰爭。

6 指Nathaniel Hooke（一六八七～一七六三），英國歷史學家，著有《羅馬史》（*Roman History, from the Building of Rome to the Ruin of the Commonwealth*）。

恐怕會流於枯燥，所以我就此結束他們的談話，匆匆趕往安排妥當、準備毀掉可憐的蘇菲亞那一幕。

由於這是本書最悲劇性的一刻，我決定以獨立章節處理。

第五章
部分內容或許會震撼讀者，其他則是出乎讀者意料

時鐘敲過七響，可憐的蘇菲亞一個人鬱悶地坐著，讀著悲劇故事。那本書叫《致命的婚姻》[7]，她正好讀到可憐的伊莎貝拉窮困潦倒，不得不賣掉結婚戒指。

這時她手上的書本掉落，兩行珠淚灑落胸前。她大約哭了一分鐘，門突然打開，爵爺走進來。蘇菲亞驚得從椅子上站起來。爵爺走向她，深深一鞠躬，說道，「威斯頓小姐，我好像冒昧闖進來驚擾妳了。」

蘇菲亞說，「爵爺，我沒料到您會來訪，確實有點驚訝。」

爵爺答，「小姐，如果妳沒料到我會來，那麼上一次我有幸跟妳碰面時，我的雙眼一定沒有忠實傳達我的心。否則妳既然扣留了我的心，一定知道它的主人會來拜訪妳。」蘇菲亞雖然內心慌亂，聽見這番浮誇言語，還是露出極度鄙夷的神色。

爵爺又說了另一番內容類似的話語，蘇菲亞氣得渾身發抖，說道，「爵爺難道失去理智了嗎？這種行為實在沒有藉口。」

7 *Fatal Marriage*，英國作家 Thomas Southerne（一六六〇～一七四六）的悲劇作品。

爵爺答，「小姐，妳猜得沒錯。我的瘋狂行為是妳造成的，妳想必可以寬容。愛情已經讓我徹底失去理智，我已經沒辦法對我的行為負責。」

蘇菲亞說，「爵爺，你說的話和你的行為我都沒辦法理解。」

爵爺說，「小姐，那就容許我敞開胸懷、匍伏在妳面前好好解釋，我愛妳愛得神魂顛倒。最可愛、最嬌貴的人兒！我該用什麼言語表達我內心的感受？」

蘇菲亞說，「爵爺，我必須告訴你，我不會繼續留在這裡聽這種話。」

他大聲說，「別這麼殘酷地扔下我。如果妳知道我為妳受了多少苦，妳那顆溫柔的心一定會憐惜妳那雙眼睛造成的後果。」他長嘆一聲，握住她的手，又說了一大串話。那些話看在讀者眼裡，恐怕也跟聽在蘇菲亞耳中一樣不討喜。最後他宣稱，「如果我擁有全世界，就會把它獻給妳。」

蘇菲亞使勁抽出自己的手，怒沖沖地說，「先生，我向你保證，不論是你的世界或它的主人，我都會不屑地一腳踢開。」

她向爵爺告退，但爵爺又拉住她的手，說道，「我鍾愛的天使，請原諒我因為絕望而採取的放肆舉動。我的頭銜和財富都十分可觀，當然，妳的價值遠超過它們。請妳相信，只要妳肯接受，我會以最謙卑的態度將它們送到妳面前。我不能失去妳。上天明鑑！我寧死也不要失去妳！妳屬於我，妳必須、也一定會屬於我。」

蘇菲亞說，「爵爺，我請您別再白費心思，我拒絕聽您說這種話。放開我的手，我現在就要離開，以後也不會再見你。」

爵爺激動地說，「那麼小姐，我就得好好利用這個機會，因為沒有妳我活不下去，也不願意活下去。」

蘇菲亞說，「爵爺，你這話什麼意思？我會把屋子裡的人都叫來。」

他答，「我不怕。我只怕失去妳，絕望逼得我出此下策。」說完他強行將她擁入懷裡。蘇菲亞放聲尖叫，要不是貝拉斯頓夫人事先遣走所有人，一定會有人循聲來救援。

可憐的蘇菲亞碰上更幸運的事：有個聲音傳來，在整棟屋子裡迴盪，幾乎淹沒她的尖叫聲：「她在哪裡？天殺的，我要立刻把她從窩裡揪出來。帶我去她房間。我女兒在哪裡？我知道她在這屋子裡，只要她沒埋在地底下，我就要見到她。告訴我她在哪裡。」最後那句話結束時，門應聲被推開，鄉紳威斯頓闖了進來，他的牧師和一群邁爾密頓[8]壯丁尾隨在後。

可憐的蘇菲亞當時的處境想必水深火熱，就連父親憤怒的叫嚷聽在她耳裡都是如此美妙！那聲音確實美妙，也幸虧他及時趕到，因為只有這樣的突發事件，蘇菲亞平靜的心靈才沒有遭受永久的破壞。

蘇菲亞雖然驚慌失措，卻也聽見父親的聲音。爵爺雖然熱情如火，卻也聽見理智的聲音。理智果斷地告訴他，現在不是逞獸慾的時刻。因此，當他聽見外面的聲音（鄉紳不只一次吼出「女兒」二字，蘇菲亞奮力掙扎時也大聲喊「爸爸」），覺得最好釋放獵物，只是弄亂她的褻衣，粗魯的嘴唇狂暴地攻擊她嬌嫩的頸子。

我必須請求讀者的想像力的協助，才能描寫威斯頓闖進房間時、兩名當事人的模樣。蘇菲亞踉蹌地跌坐在椅子上，衣衫凌亂地坐著、臉色蒼白呼吸急促，怒氣騰騰地瞪視爵爺。終於被父親找到，她儘管害怕，卻更歡喜。

8 Myrmidon，傳說中的古希臘國家，人民驍勇善戰。荷馬的《伊里亞德》裡阿基里斯率領的就是邁爾密頓勇士。

爵爺坐在離她不遠的地方，假髮袋[9]垂落肩膀上方，身上的衣裳有點亂，胸前的襯衫露出一大片。此外，他顯得又驚又怕，懊惱又羞愧。

至於鄉紳威斯頓，此時的他正巧被敵人擄獲。這種敵人經常突襲英格蘭大多數鄉紳，而且幾乎攻無不克。說白一點，他喝醉了。正因為他醉了，加上生性衝動，他馬上跑向女兒，惡狠狠地臭罵一頓。如果不是牧師阻止，他甚至可能會對女兒動手。牧師勸他，「先生，看在上帝份上，別忘了您是在高貴女士的家裡，請您息怒。您已經找到女兒，應該心滿意足。報復不是我們該做的事。我看小姐也非常後悔。我相信只要您肯原諒她，她一定會悔悟過去犯的錯，回來善盡孝道。」

一開始牧師手臂的力量比他的口才更管用。不過，他最後那幾句話發生一點效用，威斯頓答道，「只要她嫁給他，我就原諒她。小菲，只要妳肯嫁，我就原諒妳。為什麼不說話？妳一定得嫁！該死的，妳非嫁他不可！為什麼不答話？有誰見過這麼頑固的孩子嗎？」

「先生，容許我請求您稍安勿躁。」牧師說，「您把小姐嚇壞了，她一句話都說不出來。」

「見你的大頭鬼。」威斯頓說，「那麼你站在她那邊，是嗎？好你個牧師，竟然幫不孝的丫頭說話！好，好，我見鬼的養活你做什麼，不如養魔鬼。」

「我謙卑地請您寬恕。」牧師說，「我絕沒有那個意思。」

這時貝拉斯頓夫人進來，走到鄉紳面前。鄉紳一見到堂親，馬上遵照妹妹先前的教導，畢恭畢敬向她行了個鄉土味十足的大禮，也盡他所能說了些恭維話。接著他又埋怨：「我的堂親，站在那邊那個是天底下最不孝的人，她愛上要飯的無賴，不肯嫁我們幫她找的全英格蘭最優秀的男人。」

「說實在話，威斯頓堂親，」貝拉斯頓夫人說，「你一定是誤會我堂姪女了。我相信她沒那麼不懂事，她一定會接受一門明顯對她有利的親事。」

貝拉斯頓夫人其實故意裝糊塗，因為她知道威斯頓指的是誰。不過，也許她覺得應該不難說服鄉紳接受爵爺的求親。

「妳聽見堂姑姑的話了嗎？」威斯頓說，「整個家族都贊成這門親事。來吧，小菲，乖乖聽話，讓爸爸開心點。」

「爸，如果我死了你才開心，」蘇菲亞答，「你很快就能如願。」

「瞎話！小菲，這是該死的瞎話。」威斯頓說，

「蘇菲亞，妳實在傷透妳父親的心。」貝拉斯頓夫人說，「他安排這門親事都是為妳好。我跟家族所有人都相信，能攀上這門親事是家族的最高榮耀。」

「是啊，所有人都這麼認為，」威斯頓附和道。「當初提議的也不是我，是她姑姑。好了，小菲，我再求妳一次，乖乖聽話，當著堂姑姑的面答應我。」

「堂姪女，妳就答應了吧。」貝拉斯頓夫人說，「如今已經不流行花太多時間談情說愛了。」

「呸！」威斯頓說，「時間算什麼東西。等親事辦了，不就有很多時間？上過床後想怎麼談情說愛都行。」

爵爺沒聽說過、也猜不到布里菲這號人物，因此認定貝拉斯頓夫人指的就是他自己，也相信威斯頓說的是他，於是他上前一步，對威斯頓說，「先生，雖然我還沒有榮幸跟您認識，不過，既然我的提親幸運得到同意，那麼請容許我為小姐求情，暫時別再勸她了。」

「你替她求情！」威斯頓問，「你他媽的是什麼人？」

9 用以固定假髮。在十八世紀英國，配戴假髮是身分地位的象徵。

「先生，我是費勒瑪勛爵。」他答道，「就是有幸蒙您應允納為女婿那個幸福的人。」

「瞧你那一身繡花外套，也不過就是個雜種！」威斯頓說，「你是我女婿？下地獄去吧！」

「先生，對你我可以比對別人更包容。」爵爺說，「不過我必須提醒你，我聽到這種話通常不會忍氣吞聲。」

「忍你個屁，」威斯頓說，「別以為你腰間掛著烤肉叉晃啊晃，我就會怕你！把你的烤肉叉放一邊，我就來好好教你少管閒事，也教你別亂認老丈人。看我不毒打你一頓。」

「那好吧，先生。」爵爺說，「我不想在女士面前鬧事。我都明白了。先生，恕我告退。女士，再會。」

爵爺一離開，貝拉斯頓夫人就走過來對威斯頓說，「堂親，看你做了什麼事？你不知道自己得罪了什麼人。他是地位最高、家業最龐大的貴族。昨天他向你女兒求婚，原本我以為你一定欣然同意。」

「堂親女士，妳自己嫁他。」威斯頓說，「我不想跟妳那些爵爺沾上一點邊。我女兒要嫁的是誠懇的鄉紳。我已經幫她找了一個，她一定會嫁給他。這段時間她在這裡給妳添麻煩，我誠心向妳致歉。」貝拉斯頓夫人說自己人何必客氣。鄉紳答，「妳真是好人，我也願意同等回報妳。說真的，親戚之間就該互相幫忙。祝妳晚安。來吧，小姐，妳最好自己跟我走，不然我讓人扛妳上馬車。」

蘇菲亞說她願意自己走，不過她希望坐轎子，因為她沒辦法使用其他交通工具。

「什麼話！」威斯頓說，「妳現在要我相信妳沒辦法坐馬車嗎？這招可真高明！不，不，我向妳保證，在妳出嫁以前，我絕不讓妳離開我的視線。」蘇菲亞告訴父親，他一定是打定主意要讓她心碎。威斯頓說，「如果好老公會害妳心碎，那妳就心碎吧。不孝順的賤丫頭在我眼裡不值一塊銅板，連半毛錢都不值。」說完，他使勁拽起蘇菲亞的手，牧師見狀再度干預，請他對小姐輕柔點。鄉紳氣得厲聲咒罵，要牧師住嘴。他說，「你現在在講壇上嗎？你在講壇上的時候我從來不管你說什麼。我不要聽牧師說教，也不讓人來教我怎麼做人。女士，祝妳晚安。小菲，走吧。只要乖乖的，什麼事都沒有。妳得嫁他，他媽的，妳非嫁他不可！」

阿娜在樓下等著，她向鄉紳深深欠身，說要侍候小姐。鄉紳推開她，說道，「別跟來。妳不准再走進我家。」

蘇菲亞說，「你現在連我的女僕也要趕走嗎？」

威斯頓大聲說，「沒錯，小姐。妳不必擔心沒有女僕。我會再幫妳找一個，一定比這個好。我可以拿五鎊賭一克朗，這個根本是我奶奶，哪是女僕。不，不，小菲，她別想再幫妳逃跑。」他把蘇菲亞和牧師塞進出租馬車，自己再坐進去，命車夫送他們回住處。途中他沒逼蘇菲亞說話，自顧自地向牧師訓示何謂禮貌，該如何敬重地位比自己高的人。

如果貝拉斯頓夫人有心阻止，威斯頓恐怕沒那麼容易帶走女兒。不過，貝拉斯頓夫人其實樂見蘇菲亞被父親掌控。再者，既然爵爺那條計策已經失敗，她很慶幸有人接手強迫蘇菲亞嫁給另一個男人。

第六章
鄉紳如何得知蘇菲亞的下落

讀者閱讀小說時，往往必須生吞許多比威斯頓突然出現更叫人困惑的情節，百思不得其解。然而，由於我非常樂意在能力範圍內為讀者服務，所以現在就來揭露鄉紳如何找到女兒的藏身處。

在第十三卷第三章我曾經暗示（我時時刻刻避免透露太多情節），哈麗葉非常希望伯父和姑姑能重新接納她。她覺得如果能夠阻止蘇菲亞跟她一樣犯下惹惱家族長輩的過錯，或許有機會得到寬恕。經過一番深思熟慮，她決定告訴姑姑，蘇菲亞的行蹤，於是寫了以下這封信。基於各種理由，我決定原文抄錄如下：

敬愛的姑姑：藉這封信向親愛的姑姑稟告一事，希望姑姑因為心疼她的另一個姪女，不會嫌惡我這封信。不過，我不奢望姑姑會因為這封信饒恕我。

辯白的話暫且擱下。我原本打算親自去向姑姑請罪，沒想到機緣巧合遇見堂妹蘇菲亞。她的事您比我清楚。不過，唉！我知道得也夠多了，多得足以讓我明白，除非立刻阻止她，否則她會步上我的後塵，像當年我愚蠢無知地拒絕接受您最明智、最慎重的忠告，犯下無法挽回的錯誤。

簡言之，我見到了那個男人。事實上，昨天我跟他周旋一整天，他的確是非常迷人的年輕人。至於他怎麼會認識我，這事說來話長，現在不便細述。我為了避開他，今天早上換了個住處，免得他透過我找到堂妹。他還不知道堂妹在哪裡，最好別讓他趕在伯父之前找到她。所以事情緊急，我只想通知您，堂妹現在暫住貝拉斯頓夫人家。我也跟貝拉斯頓夫人見過面，她好像打算幫堂妹隱瞞行蹤，不讓家人找到。姑姑，您也知道她個性很難捉摸。不過姑姑您足智多謀見識廣博，所以我只需要向您陳述事實，別的事我就不逾越分寸多做猜測。

姑姑一直以來用心維護我們的名譽，凡事為我們著想。這次我為家族略盡棉薄，希望能夠重獲姑姑昔日的疼愛，重新找回姑姪情誼。這份親情曾經帶給我許多幸福，也將決定我日後能不能快樂。

謹向尊貴的姑姑獻上最高敬意，

您最感恩、最謙卑的姪女

哈麗葉·費茲派翠敬上

當時威斯頓女士住在哥哥家。自從蘇菲亞逃家後，她就留下來安慰苦惱萬分的哥哥。她每天都會適度勸慰他一番，早先我已經舉過實例。

她收到那封信時，背對爐火站著，手捏一撮鼻菸，正在給予哥哥當日的撫慰。威斯頓則在抽他的午後菸斗。她讀過信以後拿給哥哥，說道，「哥哥，你走失的羊兒有消息了。命運女神又把她送回你身邊。接下來如果你肯聽我的忠告，也許能留住她。」

威斯頓讀完信馬上從椅子上跳起來，把菸斗扔進火爐，興奮地大吼一聲「萬歲」。他喚來僕人，要他們取他的靴子，為「騎士」和其他馬匹套上馬鞍，並且立刻通知薩坡牧師前來。他下達指令後轉身走向妹妹，緊緊摟住她，說道，「呿！妳好像不太高興，不知情的人還以為我找到她而妳不開心。」

「哥哥，」她回答，「最有深度的政治家往往能把事情看得透澈，所以能察覺有別於表面現象的真相。目前的局勢確實不像當年路易十四大軍兵臨阿姆斯特丹城下的荷蘭[10]那麼絕望，可是處理這種事需要一點手腕。哥哥，恕我說句不中聽的話，我認為你欠缺那種手腕。跟身分高貴的女性（比如貝拉斯頓夫人）往來有一套禮數，哥哥，那需要世面見得比你多的人才會懂。」

「妹妹，」威斯頓說，「我知道妳瞧不起我的本事，不過這回我會讓妳明白誰才是傻子。世面，跟真的一樣！我在鄉下住這麼久，至少還懂得搜索令和國家法律。我知道不管在哪裡找到我自己的東西，都可以拿回來。把我女兒的住處告訴我，如果我沒辦法把她帶回來，在我死以前妳都可以喊我傻子。倫敦跟其他任何地方一樣，也會有治安官。」

「我拜託你！」威斯頓女士大聲說，「你害我為這件事擔驚受怕。如果你願意照我的建議行事，也許還能有個圓滿結果。哥哥，你當真以為帶著搜索令和殘暴的治安官就能闖進上流女士的家？我來教你該怎麼做。你到倫敦以後，先給自己買套像樣的衣裳（說真的，哥哥，你現在的衣裳沒有一套穿得出去），再來還得派人給貝拉斯頓夫人送一封禮貌周到的恭維信，請求見她一面。她一定會允許。等你見到她，跟她說明原由，別忘了告訴她你是我哥哥（據我所知你們雖然是親戚，卻只見過一次面）。我相信她一定會把姪女交給妳，因為當初一定是姪女撒了謊，她才答應保護她。這是唯一的辦法。真是的，竟想找治安官！你當真以為治安官奈何得了文明國家的上流女士？」

「去它的上流女士。」威斯頓嚷嚷道，「法律管不到女人，真是了不起的文明國家。我為什麼要恭維一個害親生父親找不到女兒的無理婊子？妹妹，我告訴妳，我沒有妳想像中那麼無知。我知道妳希望女人不受法律管束，那都是瞎話。我曾經在巡迴法庭聽法官大人說，所有人都要遵守法律。不過我猜那是妳的漢諾威法律。」

「威斯頓先生，」她說，「我看你的無知是一天比一天長進了。我敢說你已經變成一頭不可理喻的笨熊。」

「妳也好不到哪兒去，妹妹。」威斯頓說，「呸！妳成天嘴裡掛著禮數，我就沒看過妳對我有禮數。我不是熊，也不是狗。我卻知道某些人是『母狗』。我呸！我會讓妳明白我比某些人更懂禮貌。」

「威斯頓先生，」她說，「你想說什麼都隨你，套句法國人說的，『我全心全意鄙視你。』所以我不生氣。再者，我那個冠了可憎愛爾蘭姓氏的姪女說得極是，我向來關心家族的名譽和利益，事事為姪女著想，因為姪女也是家族的一份子，所以我會為這件事進城一趟。說實在話，哥哥，你不適合到高雅的宮廷當使節。格陵蘭，格陵蘭才是蠻族談判的地方。」

「感謝上帝，我又聽不懂妳那些鬼話了。」威斯頓說，「妳又在說妳那些漢諾威怪話。不過，我會讓妳見識一下，禮數方面我懂得不比妳少。既然妳不氣我說的話，我也不氣妳說的話。事實上，我向來認為親人之間吵架實在蠢極了。就算彼此之間偶爾說話口氣急了些，大家互相包涵也就沒事了。至於我，我從來不記仇。我感謝妳願意去倫敦，因為我這輩子只去過兩趟，每次都停留不到兩星期，對那裡的街道和人當然不熟悉。我從來不否認這些事妳懂得比我多，我如果在這方面跟妳爭辯，那就等於妳跟我爭辯該怎麼管理一整群獵犬或找伏窩野兔。」

她答道，「我保證絕不會跟你辯那些事。」

威斯頓回說，「那好，我也保證絕不會跟妳爭辯另外那些。」

10　一六七二年法國國王路易十四帶兵攻打荷蘭，大軍來到阿姆斯特丹城外，最後荷蘭王威廉三世下令挖開海堤水攻法軍，解除一場危難。

這時交戰雙方簽定盟約（沿用威斯頓女士的比喻），牧師剛好抵達，馬匹也備好了。威斯頓承諾妹妹會遵照她的建議，而後就出發了，威斯頓女士也著手準備隔天動身。

途中威斯頓跟牧師說了事情經過，兩人一致決定不如省略那些繁文縟節。威斯頓因此改變主意，採用我描述過的方式去進行。

第七章
可憐的湯姆霉運連連

事件發生後，阿娜來到密勒太太家，照我們先前看見的那樣把湯姆請出去。等到房間裡只剩她湯姆時，她開口說：「噢，親愛的先生！我該怎麼開口跟你說。你完了，先生，我可憐的小姐也完了，我也完了。」

湯姆像個瘋子似地瞪大眼睛問，「蘇菲亞出了什麼事嗎？」

阿娜答，「糟糕透頂的事。我再也找不到這樣的小姐了！我怎麼也想不到會有今天！」

湯姆聽見這些話嚇得面無血色，說話結結巴巴，但阿娜接著說，「噢！瓊斯先生，我永遠失去我家小姐了！」

湯姆追問，「怎麼了？什麼事！看在上帝份上，告訴我。噢，我親愛的蘇菲亞！」

阿娜說，「你這樣喊她很對，她是我最親愛的小姐。我再也找不到這樣的工作了。」

湯姆罵道，「誰管妳該死的工作！我心愛的蘇菲亞在哪裡？她出了……出了什麼事？」

阿娜說，「是啊，沒錯，當下人的都該死，他們出了什麼事都無所謂。就算被辭退了，什麼都沒了，也不打緊。沒錯，他們不是血肉做的，不像別人那麼寶貴。沒錯，他們出了什麼事都不重要。」

湯姆叫道，「如果妳有一點同情心，一點慈悲心，求妳馬上告訴我蘇菲亞怎麼了？」

阿娜答，「我對你的同情心肯定比你對我多得多。我見到你失去全世界最可愛的小姐，也不會罵你該死。說真格的，你很值得同情，我也值得同情，因為世上如果有好的女主人……」

湯姆幾乎暴怒地喊道，「到底怎麼了？」

阿娜答，「怎麼了？怎麼了？能有什麼，當然是對你和我都最糟糕的事。她爸爸進城來了，把她從我們身邊帶走了。」

湯姆馬上跪下來感謝上帝沒有發生更糟的事。阿娜複述他的話，「沒有更糟！對我們來說，還有什麼比這更糟？他把她帶走了，口口聲聲要她嫁給布里菲，這是給你的安慰。至於可憐的我，我被趕出來啦。」

湯姆說，「阿娜小姐，妳真把我嚇壞了。我以為蘇菲亞出了什麼意外，某種比她嫁給布里菲嚴重得多的事。親愛的阿娜，只要活著就有希望。在我們這個自由國度，不可以用暴力手段脅迫女人出嫁。」

阿娜說，「先生，話是沒錯，你也許還有希望。可是，哎呀！可憐的我還有什麼希望？還有，說真格的，你一定知道我受這些苦都是因為你。老爺生我的氣，都是因為我幫你的忙，不幫布里菲先生。」

湯姆說，「阿娜，我的確欠妳很多，一定會盡全力補償妳。」

阿娜說，「唉！先生，對於一個被開除的下人，除了幫她找到一樣好的差事，還有什麼辦法能補償她。」

湯姆說，「別喪氣，我希望能幫妳找回原來的工作。」

阿娜說，「哎呀，先生，明知道這是不可能的事，我怎麼敢奢望？因為老爺真的很討厭我。不過，如果將來你娶了我家小姐……現在我真心希望你能娶到她，因為你是個慷慨又善良的紳士。而且我相信你真心愛她，她也真的愛你入骨。這種事不需要否認，任何人只要認識我家小姐，都能看得出來，因為我親愛的小姐根本不會騙人。如果兩個相愛的人不能幸福，還有誰應該幸福？幸福通常跟人擁有什麼沒有關係，再者，我家小姐的錢夠兩個人花。所以說真格的，就像人家說的，兩個這麼相愛的人不能在一起，實在是最可憐的事。不，我個人相信，你們到最後一定能在一起，因為如果注定會有結果，什麼也阻擋不了。如果是上天決定的婚姻，世界上所有的治安官都不能拆散。說真格的，我希望薩坡牧師有一點氣魄，能勇敢告訴老爺，像這樣逼小姐嫁給不愛的人，是邪惡的行為。話說回來，牧師的生活全靠老爺，雖然他是個非常虔誠又仁慈的先生，在老爺背後總說這樣的做法多麼差勁，當著老爺的面卻不敢說一句真心話。說真格的，我從來沒看過他像剛才那麼勇敢，當時很擔心老爺會打他。先生，我不想害你難過或絕望，事情也許會變好。只要你對小姐有信心，我覺得你可以相信她，因為誰也沒辦法逼她嫁給別人。我真的非常擔心老爺生起氣來傷害小姐，他脾氣真的很火爆。我可憐的小姐也許會被逼到心碎，因為她的心就像小雞一樣脆弱。我覺得很可惜她不像我這麼勇敢。如果我愛上男人，我爸爸說要把我關起來，我一定跟他拚命，會挖出他的眼珠子。話說回來，這事牽涉到一大筆財產，老爺可以決定要不要留給她。這麼一來情況又不同了。」

湯姆是不是專心聽這一大串碎念，或者只是找不到空隙插話，我說不上來，總之他自始至終沒有回應一句，阿娜也沒停過，直到帕崔吉衝進來告訴湯姆，那位高貴夫人上樓來了。

再沒有比湯姆此時的處境更狼狽的。阿娜不知道他跟貝拉斯頓夫人之間的往來，湯姆也最不希望她發現這件事。在慌張與苦惱中，他做出最不智的對策（事情總是如此）。其實就算貝拉斯頓夫人見到阿娜，也不會出什麼問題，他卻選擇要阿娜躲起來，讓她看見貝拉斯頓夫人的祕密。他在最後一秒順利把阿娜推到床後邊，拉上帷幔。

這一天湯姆忙著為密勒太太一家人奔走，又被阿娜的話嚇得險些魂飛魄散，貝拉斯頓夫人突然來訪害他又是一陣驚慌，腦子一片空白，忘了自己裝病的事。說實在話，他打扮得光鮮花俏，氣色紅潤，裝起病來沒有一點說服力。因此，他堆出滿臉笑意迎接女士的到來，看不出一絲真實或虛假的病容，女士雖然覺得意外，卻滿心歡喜。

貝拉斯頓夫人進房間後一屁股坐在床上，說道，「親愛的瓊斯，你看，只要我想見你，什麼事都攔不住。也許我該生你的氣，這一整天不見蹤影也沒有消息，因為我發現你的病沒有嚴重到不能出門。甚至，看來你也不像坐月子的高貴婦人，打扮整齊等在房間裡接見訪客。不過，別以為我會罵你，因為我絕不會像個壞脾氣妻子對你撒野，給你藉口對我表現為人丈夫的冷淡。」

「貝拉斯頓夫人，」湯姆答，「我只是在靜候您的命令，相信您不會責罵我疏於職責。親愛的夫人，有理由埋怨的人是誰？昨晚爽約、讓不幸的男人翹首盼望、黯然神傷的又是誰？」

「親愛的瓊斯先生，你就別提了。」她說，「如果你知道實際情況，一定會同情我。總之，誰能想像身分高貴的女人為了應付世間的種種鬧劇，要受多少蠢蛋的窩囊氣。我很慶幸你的翹首盼望、黯然神傷沒有對你造成傷害，因為你氣色好極了。我敢發誓，你現在最適合當模特兒讓人畫阿多尼斯的肖像。」

注重榮譽的男人聽見某些挑釁字眼，只能選擇以拳頭回應。情人之間或許也有某些詞語只能以熱吻回應。此時貝拉斯頓夫人對湯姆的讚美似乎就是這一種，尤其她眉目之間傳送更多嘴巴沒能表達出來的情意。

此時的湯姆可說陷入最尷尬、最困擾的窘境。我繼續套用先前的比喻，現在夫人說出挑釁言語，但因為屋子裡還有第三者，湯姆沒辦法扳回一城，甚至不能向對方下戰帖。這種決鬥依規定不能有助手在場。但貝拉斯頓夫人不知道有這個問題存在，以為房間裡除了她沒有別的女人。她無比納悶地等了半晌，想不通湯姆為什麼遲遲不行動。湯姆知道自己處於多麼可笑的景況，遠遠站在一旁。他不敢給出適當回應，乾脆按兵不動。這一幕如果再拖延下去，就會變成最滑稽、也最可悲的場景。夫人的臉色一變再變，從床上站起來又重新坐下，湯姆則是滿心希望腳底下的地板下陷，或頭頂上的天花板坍塌。這時碰巧發生意外插曲，將他救出窘迫的困境，否則即使有西塞羅的辯才或馬基維利的權謀，也很難助他全身而退。

這個意外插曲不是別的，就是奈丁格爾差點闖進來。他喝得醉醺醺，也就是喝到腦袋沒辦法思考，四肢卻還能活動的程度。

密勒太太和她兩個女兒都睡了，帕崔吉在廚房爐火旁抽菸斗，所以他通行無阻來到湯姆房門外。他猛地推開房門，冒冒失失想闖進去，湯姆急忙從椅子上跳起來，跑過去攔住他。幸虧他反應靈敏，奈丁格爾被攔在門外，沒看見誰坐在床上。

奈丁格爾誤以為湯姆房間是他以前住的房間，堅持要進去，指天誓日地說誰也不能阻止他上自己的床。湯姆總算攔住他，將他交給聽見吵鬧聲趕上來協助的帕崔吉。

湯姆不得不回到自己房間。他一進房就聽見貝拉斯頓夫人壓低嗓門驚叫一聲，也看見她萬分激動地撲向一把椅子坐下來。如果是嬌弱的女士，這時候多半已經歇斯底里了。

原來貝拉斯頓夫人見兩名男士扭打，搞不清楚發生什麼事，又聽見奈丁格爾連聲賭咒說要睡自己的床鋪，決定躲到她熟悉的藏身處，卻大驚失色地發現裡面已經有人。

「瓊斯先生，誰能忍受這樣的對待？」貝拉斯頓夫人叫道，「你是這麼卑鄙的男人嗎？你讓我在什麼下等人面前出醜？」

阿娜火冒三丈地從藏身處出來，「什麼下等人！真是夠了！下等人，是嗎？雖然我是個窮苦的下等人，至少我坦蕩蕩。很多有錢人未必有資格這麼說。」

湯姆如果是個情場高手，這時會先安撫阿娜讓她消氣，但他只是暗罵自己倒楣，感嘆自己是全世界最不走運的人。之後他向貝拉斯頓夫人解釋，編了些荒誕理由聲明自己的無辜。貝拉斯頓夫人就像所有飽經世故的女人，迅速找回應變能力，尤其是碰上這種狀況時。她平靜地說，「先生，你不需要解釋，我已經看出來那個是什麼人。剛才沒發現她是阿娜小姐，現在弄明白了，自然不會疑心你們之間有什麼曖昧。我相信她是個明理的女人，不會把我來拜訪你的事想歪。我向來都是她朋友，也許以後彼此可以更親近些。」

阿娜的脾氣來得快去得快，聽見貝拉斯頓夫人和緩的口氣，她的語調也放軟，說道，「夫人，我一直都感謝您把我當朋友，畢竟我從沒交過像您這麼高貴的朋友。還有，說真格的，現在我發現原來是夫人您，巴不得把剛才亂說瘋話的舌頭咬下來。我想歪？說真格的，當下人的（包括我）不應該胡亂猜測您這麼高貴的夫人的事。我是說我以前當下人，現在我已經不是任何人的下人，成了更悲哀的下等人。我失去世上最好的女主人……」說到這裡，她適時灑了好些珠淚。

好心的貝拉斯頓夫人說，「別哭了，孩子，也許將來妳會得到補償。明天早上來找我。」說完，她撿起掉在地上的扇子，沒有看湯姆一眼，昂首闊步走出去。上流女士的厚顏之中隱含著一種尊貴，那是地位較低的女性處於相同狀況下怎麼也達不到的境界。

湯姆跟著她下樓，途中不時伸手想扶她，她都斷然拒絕。她上轎子時湯姆在一旁鞠躬，她同樣不屑一顧。

湯姆上樓後，跟阿娜展開一段長談，阿娜的心情慢慢從剛才那場混亂中鎮定下來。他們談話的主題是湯姆對蘇菲亞的不忠，阿娜義憤填膺地擴大渲染，所幸湯姆找到方法安撫她，不只如此，他甚至得到她的承諾幫他保守祕密，而且隔天一早會想辦法查出蘇菲亞的行蹤，再來向湯姆通報鄉紳的動態。

這起不幸事件就此落幕，只有阿娜一個人心滿意足。因為某些讀者或許已經從經驗得知，祕密通常是非常珍貴的資產，不只對忠實保密的人是如此，有時候即使被拿來耳語傳播，直到所有人都心知肚明，只剩白白支付封口費的當事人被蒙在鼓裡，祕密仍然有其價值。

第八章
簡短而溫馨的一章

密勒太太雖然欠了湯姆許多恩情，可是前一天晚上湯姆房間裡的風暴實在太不像話，她忍不住柔聲責備幾句。不過，她態度極其溫和友善，聲稱（事實也是如此）她都是為了湯姆好，所以湯姆不但沒生氣，反而心懷感激地接受她的勸告，除了盡力為自己申辯，也保證日後絕不再犯。

不過，雖然密勒太太一見到湯姆忍不住告誡一番，當天早上她請湯姆下樓是為了另一件更可喜的事。原來她拜託湯姆代替南希的父親，在婚禮上把女兒交給奈丁格爾。此時奈丁格爾已經著裝完畢，酒也醒了，至少在很多讀者看來，以他這樣倉促成婚的人而言，算夠清醒了。

這裡不妨說明新郎倌如何逃離叔叔的掌控，以及他為什麼像之前所說醉醺醺地回來。

那位叔叔帶著姪子回到住處後，也許是為了自己的喜好（因為他也貪好杯中物），也許是為了把姪子灌醉，阻止他回去成婚。他命人送來葡萄酒，極力向姪子勸酒。奈丁格爾雖然不常喝酒，卻也不至於討厭到滴酒不沾，更不會拂逆長輩意願，所以不一會兒就喝醉了。

他叔叔見計謀得逞，命人幫姪子安排睡鋪，這時有個信差為他帶來一個消息，他聽得方寸大亂錯愕不已，馬上把姪子的事拋到腦後，滿腦子只想著自己的煩惱。

這個突如其來又折磨人的消息不是別的，正是他女兒趁他出門，第一時間跟附近某個年輕牧師私奔了。對於那個年輕牧師，他其實只有一點意見，就是那人沒有錢。儘管如此，他女兒卻從未向父親透露她的戀情，而且隱瞞得天衣無縫，沒有引起任何人懷疑，直到如今生米煮成熟飯才爆發。

奈丁格爾的叔叔接到消息後，心急如焚地命人立刻安排驛馬車，委託僕人照顧姪子，轉身就離開住處，幾乎不知道自己在做什麼，要往哪裡去。

他走了以後，僕人過來服侍奈丁格爾就寢，將他喚醒，費了一番唇舌才讓他明白叔叔已經走了。奈丁格爾沒有接受叔叔善意的安排，反倒要僕人幫他找轎子。僕人並沒有奉命留置他，於是照他的指示行事。奈丁格爾因此回到密勒太太家，像我之前所說，踉踉蹌蹌意圖闖進湯姆房間。

他叔叔這道障礙已經移除（只是奈丁格爾還不知道其中緣故），不久後所有人準備就緒，密勒太太、湯姆、奈丁格爾和南希一同坐上出租馬車，往民法博士公會[11]去了，南希小姐在那裡順利變回良家婦女（套句俗話），她可憐的母親千真萬確成了全世界最快樂的人。

湯姆見到自己為密勒太太一家人付出的努力總算得到成果，開始思索自己眼前的難題。為了避免我的許多讀者責怪他太傻，只知道替別人忙碌奔走，也避免少數讀者將他想得太無私，我覺得不妨向讀者保證，他做這件事未必完全是為了別人。事實上，促成這樁婚姻，他自己也蒙受極大利益。

之所以會發生這個看似矛盾的現象，是因為湯姆是那種夠格說出泰倫斯[12]那句名言的人：「我是人，只要是人類的事都與我有關。」對於別人的悲傷或歡喜，他從來不是無動於衷的旁觀者。不管他造

11 Doctors' Commons，成立於十六世紀初，有民法專家在此居住並處理一般民法事務。

12 Terence，古羅馬喜劇詩人，此處引文出自他的拉丁文作品《自我折磨的人》（*Heauton Timorumenos, The Self-Tormentor*）。

成別人的痛苦或為別人帶來快樂，他自己也會強烈地感同身受。因此，當他讓一個家庭擺脫最不幸的厄運，得到最喜悅的幸福，他自己也能體驗到極大的快樂，甚至可能比世俗之人出賣最大的勞力（有時還得涉過罪惡的淵藪）換來的快樂強烈得多。

性情跟湯姆相近的讀者可能會覺得這一章饒富深意，其他人卻可能希望將這短短的一章盡數刪除，認為它與本書故事主軸無關。他們可能認為本書的主要宗旨就是把湯姆送上絞刑架，或者（可能的話）某種更慘烈的災殃。

第九章
性質不一的情書

湯姆回到住處發現房間桌上躺著以下幾封信，幸好他依遞送順序拆閱。

第一封：

我一定是陷入某種不尋常的痴戀，不管我下了多強烈、多正確的決心，卻一刻都沒辦法堅持。昨晚我決定永遠不再見你，今早又覺得，既然你說你能解釋，我就聽聽你怎麼說。然而，我知道你不可能解釋得清楚。我已經知道你會編出哪些藉口，未必，也許你編故事的本領比我強大。所以，收到信馬上過來。隨便你編什麼理由，我幾乎都會相信。遭你背叛的事……我也不再想了……直接來找我……這是我寫的第三封，前面那兩封已經燒了……我幾乎也想燒掉這一封……真希望我能保住理智……馬上來見我。

第二封：

如果你想得到原諒，想再進我家大門，馬上過來。

第三封：

我現在知道我的信送過去的時候你不在家。你收到這封信馬上來見我……我不會出門，除了你也不接見別的訪客。應該沒什麼事讓你忙得走不開。

湯姆剛讀完這三封信，奈丁格爾就走進他房間，他說，「經過昨晚的風波，貝拉斯頓夫人有沒有跟你聯絡？」（如今夫人的身分在這棟屋子裡已經不是祕密。）

湯姆板著臉問，「什麼貝拉斯頓夫人？」

奈丁格爾說，「少來，親愛的湯姆，對好朋友別這麼保密到家。雖然昨天晚上我喝得太醉，沒看見她，不過我在化妝舞會就見到她了。你以為我不知道仙后是誰嗎？」

湯姆問，「你真的認識化妝舞會上那位女士？」

奈丁格爾答，「沒錯，我發誓。而且那次之後我暗示你不下二十次。只是，對這個話題你總是顧慮太多，所以我也不便明說。朋友，看你這麼小心翼翼處理這件事，我猜你對這位夫人的個性不如對她的身體那麼熟悉。別生氣，湯姆，你不是第一個受她引誘的年輕男人。相信我，你不需要擔心破壞她的名譽。」

當初湯姆展開這段風流韻事時，就沒有理由幻想貝拉斯頓夫人是什麼三貞九烈的女子。不過，由於他對倫敦一無所知，也不認識這裡的人，自然沒聽說過這裡有一種俗稱「蕩婦」的女人，這種人喜歡誰就勾搭誰，表面上卻是裝得正經八百。某些比較講究的女性會避免跟她一起出現在公開場合，不過所有人都跟她有所謂的交情。簡言之，對於她的素行，大家都心照不宣。

因此，湯姆發現奈丁格爾確實熟知自己的祕密戀情，也覺得自己一直以來這麼謹慎小心好像沒有必要，於是他允許奈丁格爾暢所欲言，說出他知道或聽說過有關貝拉斯頓夫人的一切。

奈丁格爾的個性在很多方面顯得欠缺男子氣概，而且特別喜歡嚼舌根。這時聽見湯姆要他盡量說，就開始暢所欲言，細述夫人的過往情史。這些內容牽涉到她的許多不名譽行為，我基於對所有高貴女士的尊重，不在這裡複述。我必須未雨綢繆，以免將來評論本書的人找到機會惡意曲解，或者違背我的意願將我視為專事造謠中傷的作家，事實上我從來沒有那種念頭。

湯姆聚精會神聽完奈丁格爾的敘述，深深嘆了一口氣，奈丁格爾見狀說，「嘿！希望你不是真的愛上她！如果早知道你聽見這些事會心煩，我什麼都不會跟你說。」

湯姆答道，「唉！親愛的朋友，我跟這女人的關係錯綜複雜，已經脫不了身了。愛上她！跟真的一樣！沒那回事。只是我欠了她恩情，而且還不清。反正你已經知道這麼多，我不必再瞞你。多虧她，今天以前我都沒餓著。我怎麼能拋棄這樣的女人？但我必須離開她，否則我就是對另一個遠遠比她更值得我敬重的人犯下最無情的背叛。我的朋友，我對那位小姐的愛沒有人能夠想像。我現在已經不知道該如何是好了。」

奈丁格爾問，「那麼請問，另一位小姐是位可敬的女性嗎？」

湯姆答，「何只可敬！沒有人敢污損她的名譽。她的人格比最甜美的空氣更清新、比清澈的溪水更純淨。無論身體或心靈，她都達到完美境界。她的美貌無人能及，但她的人品是如此高貴脫俗，雖然我日日夜夜想念她，卻只有見面時才會注意到她的花容月貌。」

奈丁格爾說，「那麼我的好友，既然你心有所屬，為什麼還在猶豫，不願意離開這個……」

湯姆打斷他，「別說了，別再罵她，我不想當個不知感恩的人。」

奈丁格爾說，「胡扯！你不是第一個蒙受她這種恩情的人。她對喜歡的人出手非常大方。我告訴你，她也不是平白拿錢出來，所以拿她的錢應該覺得自豪，而不是感恩。」奈丁格爾針對這個話題繼續發揮，還列舉許多實例，並且發誓他絕沒有說謊。

湯姆聽完後對夫人的敬意蕩然無存，對她的感激之情也大幅減少。他漸漸將她的慷慨贈與視為酬勞，而非善意接濟。如此一來，他不但貶低夫人，連帶也瞧不起自己，因此顯得鬱鬱寡歡。為了擺脫這種令人作嘔的感受，他的心思自然而然轉向蘇菲亞，滿腦子都是她的美德、她的純潔、她對他的愛，以及她為他受的苦。相形之下，他跟貝拉斯頓夫人的交往顯得更為可恥。這些念頭的結果就是，雖然終止他對貝拉斯頓夫人的服務（如今他是以這種角度看待他們的關係）意味著他會失去經濟來源，但只要他能想出充分的理由，就一定要斷絕跟她的關係。他向奈丁格爾說出這個決心，奈丁格爾思索片刻，說道，「有了！我想到一個萬無一失的辦法：向她求婚。保證成功。」

湯姆驚叫道，「求婚？」

奈丁格爾答，「沒錯，求她嫁給你。她一定馬上跟你分手。我認識她之前包養的一個年輕人，那人真心向她求婚，沒想到滿腔誠意被當場回絕。」

湯姆說他不能冒這個險。他說，「說不定求婚的人不一樣，她也許不那麼反感。萬一她答應了，我會有什麼下場：掉進自己挖的陷阱，永無翻身之日。」

奈丁格爾說，「不會的，我還有一條錦囊妙計，保證你隨時可以逃出陷阱。」

湯姆問，「能有什麼錦囊妙計？」

奈丁格爾答，「我剛才說到的那個年輕人是我在世上最要好的朋友，他求婚失敗後，那位夫人使了一些詭計陷害他，所以他非常生氣。他一定願意讓你看看她寫給他的信。我相信她不會答應你的求婚，萬一她答應了，你可以在進禮堂以前用這件事跟她攤牌。」

湯姆幾經猶豫，覺得這辦法確實可靠，終於同意了。不過，他說他沒有勇氣當場向她求婚，於是就寫了這封由奈丁格爾口述的信函：

夫人：

今日不巧有事外出，沒能及時接到您的指示，深深抱撼。此時我仍然不克前往當面向您解釋，內心更是焦急不安。噢，貝拉斯頓夫人，昨晚發生那些陰錯陽差的意外，我多麼擔心您的名譽受損，內心惶惶不安！有個辦法可以確保您的名聲，我不需要挑明。只要容許我告訴您，在我心目中您的名譽與我的名譽同等珍貴。我只有一個奢求，那就是將自己全然奉獻給您。請相信我，唯有蒙您俯允，從此合法與您夫妻相稱，才是我今生最大的幸福。

謹此獻上最高敬意，

您最感恩、最順從、最謙卑的

湯姆．瓊斯

回函迅速捎來：

先生：

讀完你的來函，那冰冷拘謹的文句讓我覺得，你已經擁有信中提及的那份合法權利。不，我甚至感覺，你我冠上「夫妻」這種恐怖名分已經多年。你當真把我看成傻子嗎？或者你幻想自己有本事哄得我神魂顛倒，把我的財產全部交給你，方便你用我的錢花天酒地？你用這種方式證明你的愛嗎？這就是我得到的回報嗎？算了，我不屑指責你，多謝你的最高敬意。

附言：我沒時間修改內容……也許有些話說得太重了……今晚八點來見我。

湯姆在私人顧問指導下，寫了以下回函：

夫人：

您對我竟有如此懷疑，我無法表達內心的震驚。貝拉斯頓夫人如果認為某個男人懷著如此卑劣的居心，還會對他垂青嗎？或者，她竟如此鄙夷神聖的愛情誓約嗎？夫人，如果我因為對您的愛太過濃烈，一時疏忽沒能守護您的聲譽，您認為我會繼續放任自己沉溺在一份不久後就會廣為人知、而且勢必嚴重毀損您名譽的情感嗎？如果您是如此看待我，那麼請容許我償還不幸從您手中接受的金錢資助，至於您對我的情感，我將永遠珍藏……

信尾敬詞跟前一封信一模一樣。

夫人的回函如下：

我終於明白你是個混蛋！我打從心底鄙視你。你再也別想見到我。

湯姆很慶幸終於擺脫束縛，畢竟這種束縛體驗過的人都會覺得太沉重。只是，他的內心卻並不舒坦。這個計策牽涉到太多違心之論，像他那樣憎惡謊言與欺詐的人很難接受。他之所以同意用這一招，實在是因為處境太為難，不是欺騙這位女士，就是背棄那位小姐。讀者想必認同，不管基於愛情或其他善良品行考量，蘇菲亞才是正確選擇。

計畫奏效，奈丁格爾樂不可言。對於湯姆的連連道謝與讚揚，他說，「親愛的湯姆，我們對彼此的協助造成截然不同的結果。我幫你找回自由，你卻讓我失去自由。不過如果你跟我一樣滿意自己的現狀，我們就是全英格蘭最快樂的兩個男人。」

他們兩個被請到樓下用餐，密勒太太親自下廚，為慶祝女兒結婚大顯身手。她認為這個歡樂場面主要歸功於湯姆的好意奔走，對湯姆充滿感激。她的言談舉止和眼神表情都在向湯姆表達謝意，反倒冷落了女兒和新科女婿。

午餐剛結束，密勒太太就收到一封信。不過，由於本章信件已經夠多，這封信的內容留待下章揭曉。

第十章
描寫幾件事，並抒發對這些事的看法

前章末尾送達的那封信是歐渥希寄來的，內容是關於他跟外甥布里菲打算立刻進城，希望住在過去的房間，也就是他住二樓，外甥住三樓。

密勒太太讀完信後，爽朗的笑容似乎蒙上些許陰霾。這個消息確實讓她左右為難。一方面，女婿不計較門第取了她女兒，她對他的回報竟是立刻把他趕出門，未免說不過去。另一方面，歐渥希對她恩重如山，要她以任何理由婉拒他前來投宿，實在說不出口，何況歐渥希本來就有權來居住。他做過那麼多善事，遵循的原則恰恰跟大多數善心人士相反。他每一次濟助別人都努力隱藏善意，不只不讓外界知道，甚至不讓接受的人覺得受到幫助。所以他經常使用諸如「借貸」或「支付」這類字眼，而非「給予」。他雙手施予厚重恩澤的同時，總是以雙唇輕描淡寫。所以，當初他幫密勒太太設定每年五十鎊津貼時對她說，「這是為了進城時可以住妳家二樓的房間（其實他進城機會少之又少）。不過其他時間這房間還是可以租給別人，我如果進城，會提前一個月通知妳。」這回他急著進城事出突然，沒有機會提前告知，可能也是因為太倉促，寫信時忘了強調如果房間空著。以他的個性，即使密勒太太的理由不像目前這般充足，他也會樂意另覓住處。

然而，正如普瑞爾[13]鞭辟入裡的剖析，某些人的行為：

超越傳統上有關善與惡
舉世公認的既定原則，
也超越法律條文。

對於這種人，光是在中央刑事法庭獲判無罪是不夠的，即使「良心」這個最嚴峻的法官釋放了他，他仍然不滿意。除非做到公正無私俯仰無愧，他們才會感到心安理得。萬一他們的行為沒有達到這樣的標準，他們就會愁眉不展意志消沉，像殺人犯畏懼鬼魂或劊子手似地心神不寧坐立難安。

密勒太太就是這種人。她讀過信之後顯得憂心忡忡。她把信的內容告訴其他人，也委婉透露自己的難處，她的善心天使湯姆馬上幫她解除煩惱。他說，「我的房間妳隨時可以收回。至於奈丁格爾先生，我想他暫時還沒辦法找到新居安頓新娘，應該會願意回到他的新住處，奈丁格爾太太想必也樂意跟隨。」奈丁格爾夫婦聞言立刻表示贊同。

讀者不難想像，此時密勒太太對湯姆更加感恩，雙頰重新散發光采。不過，如果我說湯姆剛才說話時稱呼她女兒奈丁格爾太太（她第一次聽見這個可喜的稱號），比為她解決困擾更令她開心，也讓她打從心底更欣賞他，讀者只怕比較難相信。

於是大夥議定，一對新人隔天就搬到新住處，湯姆也跟他們住同一棟屋子。之後氣氛恢復平靜，除湯姆之外，大家都度過愉快的一天。湯姆表面上陪著大家說說笑笑，內心卻為他的蘇菲亞陣陣抽痛，何

13　指英國作家Matthew Prior（一六四四～一七二一），此處引文摘自他的詩 *Paulo Purganti And His Wife*。

況又聽說布里菲要進城來（他很清楚布里菲進城是為了什麼），心情更是沉重。更令他心煩的是，阿娜答應幫他打聽蘇菲亞的消息，約好這天傍晚來向他回報，卻遲遲沒有下文。

以湯姆跟蘇菲亞目前的處境，他幾乎沒有理由期待收到好消息，但他仍然迫不及待想見到阿娜，彷彿預期她能幫他帶來蘇菲亞的親筆信函似的，所以阿娜的爽約令他失望透頂。人類心靈有個弱點，總是渴望獲知最壞的結果，不確定感因此成了最難以忍受的煎熬。湯姆的焦慮究竟是基於這種因素，或者是因為他內心隱藏著某種希望，我不多做猜測。不過如果是後一種原因，曾經愛過的人一定能夠理解。因為愛情對我們的理智擁有各種掌控力量，其中一項就是讓人在絕望中懷抱希望。不管情況多麼艱難、機會多麼渺小，甚至斷無可能，它都視而不見。於是，對於深陷情網的人，我們可以用艾迪森描述凱撒的話來形容：

阿爾卑斯山和庇里牛斯山在他面前崩落！[14]

同樣地，愛情經常也會讓人小題大作，或在充滿希望時製造絕望。幸好，只要體格健全，感染這種風寒通常能迅速痊癒。湯姆此刻處於什麼樣的心情，我沒有確切資訊，只好請讀者自己猜。可以確定的是，他等了兩個小時，最後再也藏不住內心的焦灼，乾脆回到自己房間，在那裡急得幾乎發狂，終於收到阿娜這封別字連篇的來信，套句拉丁語，我「逐字逐句」抄錄：

先生：

我說要去見你卻沒有去，因為夫人不讓我去。因為說真格的，先生，你也知道人都要先考慮自己，像這樣的好差事可能不會有下一次。我完全沒想到夫人會好心要我留下來侍候她，不答應就太不應該了。說真格的，她是天底下最好的夫人，說她壞話的人心眼一定壞透了。說真格的，如果我說過那種話，都是因為沒大腦，心裡後悔得不得了。我知道先生是個比誰都光明正大的紳士，如果你把我說過的話說出去，就會傷害一個全天下最尊敬你的可憐下人。說真格的，人還是把舌頭管好比較好，因為沒有人知道以後會發生什麼事。說真格的，如果昨天有人告訴我今天我會得到這麼個好差事，我是不會相信的。因為說真格的我做夢也想不到這種事，我也不會想去搶別人的工作。不過既然夫人這麼好心，我沒問她就主動提出來，我相信伊多芙大姐和其他人不會怪我接受這種天上掉下來的好事。我求先生別跟人說我說過的那些話。我祝先生走天大的好運，我相信最後你一定會得到蘇菲亞小姐。至於我，先生知道那件事我不能再幫你了，因為我現在幫別人做事了，不是我家小姐。我求先生別說過去的事，請先生相信我到死都敬愛你。

阿娜・布雷克摩

貝拉斯頓夫人收阿娜為僕，湯姆揣測了各種原因。事實上，她不過是想把某個祕密的容器留在自己家裡。她認為應該阻止那個祕密進一步擴散，尤其不能傳到蘇菲亞耳裡。雖然這世上大概只有蘇菲亞不會把這個祕密傳播出去，夫人卻不這麼認為。她現在恨蘇菲亞入骨，自然會猜想蘇菲亞溫柔的胸懷裡也藏著對她的同等憎恨。事實上，憎恨這種情緒在蘇菲亞的心從未有過立足之地。

14　指英國作家約瑟夫・艾迪森（Joseph Addison，一六七二～一七一九），此處引文摘自他的作品《凱圖》（*Cato, A Tragedy*）。

湯姆猜測了千百種理由，認定貝拉斯頓夫人收阿娜為僕一定心懷不軌居心叵測，把自己嚇得坐立不安。就在這時，一直以來似乎意圖拆散他和蘇菲亞的命運女神再度出招，企圖徹底終結他們的緣分。她向湯姆拋出誘餌，以湯姆目前的窘迫處境，恐怕很難抵擋。

第十一章
一件古怪卻未必空前絕後的事

有個杭特太太是密勒太太一家人的好友，常在那裡見到湯姆。她大約三十歲（因為她自稱二十六歲），長相身材都不錯，只是稍顯豐滿。她年輕時聽從父母之命嫁給一個上了年紀的土耳其商人，那人賺了大筆財富之後退休享福。她跟那人共同生活十二年，謹守婦道，沒有犯過錯，只是內心並不快樂。她的自制總算得到回報，丈夫過世，她搖身一變成了富孀。她丈夫過世剛滿一年，守喪期間她深居簡出，只見少數幾個好友，靠信仰和小說（她特別愛讀小說）打發時間。由於活力充沛、個性熱情又是虔誠教徒，所以迫切需要再婚。她第一次結婚嫁的是家人中意的對象，第二春決心挑個自己中意的夫婿，因此寫了以下這封信給湯姆。

先生：

自從第一次見到你，相信我的眼神已經充分透露我對你的好感。可是，如果不是你的房東太太一家人告訴我你是什麼樣的人，以各種實例證明你的善良和慈悲，讓我相信你不但是最隨和、最值得敬佩的男人，我也不會提筆表達自己的心意。我也很高興從她們口中聽說你對我的外貌、見識和性格沒有什麼不滿意。我的錢足夠讓我們兩個過著幸福生活，只是，沒有你，再多錢我也不快樂。我這樣主動表白，一定會遭到世人譴責。但如果我對你的愛不能勝過我對流言的恐懼，那麼我就配不上你。只有一件事令我卻步：我聽說你跟某個上流女士過從甚密。如果你願意為我放棄那段感情，那麼我就是你的人。否則，就請忘記我的軟弱，讓這件事永遠埋藏你我心中。

阿芮貝拉·杭特

湯姆讀完信心臟怦怦狂跳。當時他的金援被切斷，口袋裡的錢所剩無幾：他從貝拉斯頓夫人那裡拿到的錢剩下不到五基尼，而當天早上有個生意人來向他催討兩倍數額。他那位端莊的情人被她父親帶走，幾乎沒有希望幫她重獲自由。要他靠她那一丁點不受她父親控制的財產過日子，無論他的尊嚴或他對她的愛都不能容許。杭特太太的財富對他就像一場及時雨，何況他也並不討厭她。相反地，他喜歡她的程度就跟他喜歡所有女人（蘇菲亞除外）一樣。可是要他拋棄蘇菲亞另娶他人絕不可能，他無論如何都不會考慮。然而，為什麼不呢？反正他跟蘇菲亞不可能有結果。不要讓她對他繼續懷著沒有希望的感情，對她不是比較仁慈嗎？基於對蘇菲亞的情誼，他是不是應該這麼做？他一度沉浸在這種冠冕堂皇的論調裡，幾乎決定為了道義背棄蘇菲亞。可惜，這種高調對抗不了天性。天性在他的心中大聲吶喊，宣稱這種情誼根本是對愛情的背叛。最後他請人拿來筆墨紙張，寫了以下這封信給杭特太太。

女士：

即使我放棄逢場作戲的戀情與妳結縭，也不足以回報妳對我的厚愛。目前我並沒有跟任何人有那樣的關係，就算有，我也一定會為妳放棄。只是，我必須告訴妳我的心另有所屬，否則就不是妳看重的那個正直男人。我仰慕的對象是個善良女子，儘管我可能永遠無法擁有她，卻也沒辦法離開她。如果我牽著妳的手，心裡卻想著別人，等於用傷害回報妳的善意，實在天理難容。不行，我寧可餓死，也不願做那樣的虧心事。就算我的心上人嫁給別人，只要我心裡還留有她的倩影，我就不會跟妳結婚。請放心，妳的祕密就跟保存在妳自己心中一樣安全。

最感恩、最謙卑的

湯姆．瓊斯敬上

湯姆把信託人送出去之後，走到寫字桌，拿出蘇菲亞的手籠連連親吻，而後他邁開大步在房間裡走了幾圈，比發了五萬鎊橫財的愛爾蘭人更志得意滿。

第十二章
帕崔吉的意外發現

湯姆為自己的光明磊落歡天喜地時，帕崔吉手舞足蹈跑進來，每次他帶來（或自以為帶來）好消息都是這副模樣。那天早上他奉湯姆之命，去找貝拉斯頓夫人的僕人或透過其他管道打聽蘇菲亞的下落。他回來了，眉開眼笑的表情告訴湯姆他找到了失蹤的鳥兒。

帕崔吉說，「我遇上獵場看守人黑喬治，他跟鄉紳進城來。雖然很多年沒見，我還是一眼就認出他來。不過先生，你也知道他的外形很顯眼，說得更精確點，是他的鬍子很顯眼，是我見過最黑最茂密的。不過，他倒是隔了好一陣子才想起我是誰。」

湯姆問，「好。那麼你打聽到什麼好消息？我的蘇菲亞現在怎麼了？」

帕崔吉說，「先生，你馬上就會知道，我正在用最快的速度向你報告。先生，你太沒耐性，還沒學到命令式，就急著學不定詞。先生，我剛才說了，他好一陣子才認出我的臉孔。」

湯姆罵道，「去你的臉孔！我的蘇菲亞怎麼了？」

帕崔吉說，「先生，關於蘇菲亞小姐的事，我只知道我要告訴你的這些。如果不是你打岔，我已經都說出來了。不過，如果你像這樣凶巴巴瞪著我，那些事會嚇得全溜出我腦袋，說得更精確點，溜出我的記憶。我見過你最生氣的一次是在我們離開厄普頓客店那天，就算我活一千年，也絕不會忘記那一幕。」

湯姆說，「好，拜託你照你的方式接著說。我發現你決心要逼瘋我。」

帕崔吉說，「沒有這種事。你發瘋害我吃太多苦頭，像我剛才說的，我到死都不會忘記。」

湯姆大聲問，「黑喬治後來怎麼了？」

帕崔吉答，「像我剛才說的，他老半天才想起我。因為這些年來我變了很多。像拉丁話說的，『我已經今非昔比。』我經歷許多苦難，沒有什麼比哀傷更能改變人的容貌。我甚至聽說有人會因此一夜白頭。然而，他總算想起我來。這是當然，畢竟我跟他同年，以前一起上過義學。黑喬治是個笨學生，不過那無所謂，一個人在社會上成不成功，跟學識沒多大關係。我相信我有資格這麼說。不過一千年後大家都沒什麼不同。先生，我說到哪啦？對了，我們認出對方以後開心地握了很多次手，結伴去酒館喝一杯。真是走運，那是我進城以來喝過最好喝的啤酒。先生，我說到重點了。沒多久我就跟他提起你，我告訴他我跟你一起進城，之後一直住在一起。這時他又點了一壺酒，發誓說他要舉杯祝你健康。他果然真心真意祝福你，我看見世上還有人這麼懂得感恩，開心得不得了。我們喝完那壺酒之後，我說換我也來點一壺，我們再次舉杯祝你健康，之後就連忙趕回來跟你說這些消息。」

「什麼消息？你一個字都沒提到我的蘇菲亞！」

帕崔吉說，「天哪！我應該是忘記了。我們確實說了很多小姐的事，黑喬治什麼都跟我說了。他說布里菲先生進城來是為了跟她成親。我說，那他最好動作快點，否則小姐就被某人搶走了。我說，『黑喬治，某人如果娶不到小姐就太可惜了，因為他愛她勝過愛世上其他女人。我要告訴你和小姐，那個人追求小姐不是為了她的錢。因為我可以向你保證，有個比小姐地位更高、財產更多的夫人非常喜歡那個人，不管白天晚上都來找他。』」

湯姆聽到這裡對帕崔吉發脾氣，罵他背叛了他。可憐的帕崔吉答道，他又沒有說那個人是誰。他說，「再者，先生，我可以向你保證，黑喬治真的是你朋友，不只一次咒布里菲先生下地獄。他說他願意盡他所能為你效勞。背叛你！真是的！我問你，除了我之外，你在這個世界上還有比黑喬治更要好的朋友嗎？或者還有哪個人願意為你效勞的嗎？」

湯姆情緒平復了些，說道，「你說黑喬治很願意當我朋友，他跟蘇菲亞住同一個屋簷下吧？」

「何只同一個屋簷下！」帕崔吉答，「他是那個家的僕人，穿得人模人樣的。如果沒有那把黑鬍子，你根本認不出他來。」

「那麼或許他至少可以幫我做件事。」湯姆說，「請他幫我送封信給我的蘇菲亞應該沒問題吧？」

「套句拉丁話，你這話說得『分毫不差』。」帕崔吉答，「我怎麼沒想到這事？我敢說他一定一口答應。」

「那好，你出去一下，我來寫封信，明天早上你送去給他。我猜你一定知道他住哪裡。」湯姆說。

「當然，先生。」帕崔吉答，「我一定找得到他，這你放心。那裡的酒太好喝，他很快就會再去。我敢說他在城裡這段時間天天都會去。」

「那麼你不知道我的蘇菲亞住在哪一條街？」湯姆震驚地問。

「先生，我知道。」帕崔吉答。

「那條街叫什麼？」湯姆問。

「叫什麼？先生，就在附近，離這兒不遠。」帕崔吉答，「最多隔一兩條街。我的確不知道街名。因為他沒有主動告訴我，你也知道，如果我問了，他可能會起疑。不，不，先生，別把我想得那麼笨。我告訴你，我夠機靈，不會做那種事。」

湯姆說，「你果然機靈得不得了。不過，我還是會給我的心上人寫封信，我相信憑你的機靈，明天一定能在酒館找到他。」

湯姆打發走機靈的帕崔吉後，馬上坐下寫信。我們暫時離開，讓他寫他的信。第十五卷也到此結束。

第十六卷　前後大約五天

第一章
關於序言

我曾聽某位劇作家說，他寧可寫一整部劇本，也不要寫一場序幕。同樣地，我寫本書任何一卷，都比寫每一卷開頭的序章輕鬆得多。

說實在話，那個首開先例在劇本前端附加所謂的「序幕」的劇作家一定頻頻遭到痛罵。序幕原本是作品的一部分，可是經過多年後，序幕的情節幾乎跟它引導的那齣戲毫不相關，以至於某部戲的序幕大可以拿來套用在另一部戲前頭。那些比較近代的序幕好像都跳不出這三個主題：貶斥觀眾品味、譴責所有當代作家、盛讚即將登場的這齣戲。這些序幕表達的觀點大同小異。原本就該如此，事實上，我經常讚嘆作家的生花妙筆，竟能想得出源源不絕的詞語來表達相同的意思。

同樣地，我也擔心將來某些歷史作家（如果有人賞臉模仿我的創作模式）搔了半天腦門後，會因為我首創這些序章，咬牙切齒地祝福我的在天之靈。這些序章就像當代劇本裡的序幕，拿來安放在任何一卷前面都無妨，甚至可以搬到其他這類歷史書。

然而，不管作家為這些序幕或序章受多少苦，讀者卻可以充分體驗到一點劇院裡的觀眾已經享受許久的好處。

首先，序幕給批評家機會測試他喝倒采的本事，並且將他的尖嘯聲調整到最高效能。據我所知，這些樂器因此準備就緒，舞台布幕升起那一刻，就能來個全體大合奏。

本書的序章也有同樣功效，因為批評家一定會在這些序章裡遇見砥礪他們高貴情操的語句，好激發他更窮凶極惡攻擊本書的鬥志。英明睿智的批評家想必知道，為了激勵他們，這些序章經過多麼巧妙的安排。因為我總是精心安插某些尖酸刺激的內容，以便激發並強化所謂的批評家精神。

同樣地，序章和序幕也能讓懶散的讀者和觀眾獲益匪淺。因為序章和序幕都延長了作品的篇幅，讀者和觀眾卻不一定要閱讀或觀賞。看戲的觀眾因此多出一刻鐘可以從容吃完晚餐；看書的讀者也可以直接跳到第四或五頁，不需要從第一頁開始讀。對於那些讀書只是為了告訴別人他讀過這本書的人，讀不讀序章差別不大。為了宣稱自己讀過某本書而讀書，是一種比想像中更常見的閱讀動機。不只法律書籍和宗教書籍，甚至連荷馬、維吉爾、斯威夫特和塞萬提斯的書都曾基於這個動機被拿來翻閱。

序章和序幕還有更多功能，不過大多顯而易見，我就不再贅述。何況我忽然想到，序章和引言最主要的優點是簡短。

第二章
鄉紳碰上莫名其妙的事；蘇菲亞的憂傷處境

我必須送讀者前往威斯頓在皮卡迪利街的住處。威斯頓是透過海德公園角的海克力斯柱旅店店東的介紹，找到這個房子。海克力斯柱旅店是他進倫敦後碰上的第一家客店，他把馬匹安置在那裡；這棟房子是他進城後聽說的第一棟，他於是把自己安頓在這裡。

蘇菲亞在這棟房子門外走下帶她離開貝拉斯頓夫人家的馬車，立刻要求前往為她安排好的房間。威斯頓馬上答應，並且親自護送。父女倆簡單聊了幾句，內容無關緊要也不怎麼愉快，不值得詳細敘述。總之，威斯頓凶狠地逼蘇菲亞同意跟布里菲的婚事，還告訴她布里菲再過幾天就會進城。蘇菲亞非但沒有答應，反而一口回絕，態度比過去更決斷、更堅定。她父親聽了非常惱火，張牙舞爪咒罵連連，說不管她答不答應，他一定會逼她嫁。離開前又說了些重話和詛咒，然後鎖上門，把鑰匙放進自己口袋。

此時的蘇菲亞跟國家監獄裡的要犯一樣，身邊只有爐火和蠟燭為伴。威斯頓坐下來享用葡萄美酒，由牧師和海克力斯柱旅店店東作陪。他覺得店東是絕佳陪客，也可以跟他們說說城裡的消息和當前局勢。他說，很多大人物都把馬匹寄放在他的店，他一定知道很多事。

威斯頓就在這種歡樂氣氛下度過那個夜晚和隔天大多數時光，期間並沒有發生任何足以記錄在這本歷史書裡的事件。這段時間蘇菲亞孤伶伶一個人，因為她父親發誓，除非她答應嫁布里菲，否則別想活著走出來。除了送飯時間，他堅決不肯打開門鎖，飯則是他親自送。

他到倫敦的第二天早餐時，跟牧師正在吃烤麵包配啤酒，僕人稟報有位紳士在門外求見。

「紳士！」威斯頓納悶道，「見鬼的會是誰！牧師，下去看看是什麼人。布里菲應該還沒到。去吧，看看他有什麼事。」

牧師回來後說，那是一位穿著體面的紳士，根據他帽子上的飾帶，應該是個軍官。那人說有重要事，必須親自對威斯頓先生說。

「軍官！」威斯頓叫道，「這種人找我什麼事？如果他需要徵用馬車的令狀，我又不是這裡的治安官，沒資格簽發命令。如果他一定要找我，那就讓他上來。」

一名非常謙恭有禮的男士走進來，對威斯頓說了些恭維話，要求單獨跟他談話，然後說：「先生，我奉費勒瑪爵爺之命來拜訪你。經過前些天晚上發生的事，我帶來的信息想必出乎你的預料。」

「哪個爵爺？」威斯頓問，「我沒聽過他的名字。」

「爵爺願意相信，」那人說，「你當時喝醉酒才會說出那些話，你只要稍微認個錯，事情就算過去了。因為爵爺對令嬡一往情深，無論如何也不願意對你懷恨。幸好爵爺過去曾經多次公開展現勇氣，這次的事就算隱忍下來，也不至於辱沒他的名譽，這對你們雙方都是好事。爵爺只希望你在我面前認個錯，不需要太鄭重，最簡單的幾句就足夠。他打算下午親自來拜訪你，當面請你答應他對小姐展開正式追求。」

「先生，你說的話我聽不太明白。」威斯頓說，「不過，既然你提起我女兒，我猜你指的是我堂妹貝拉斯頓夫人跟我提起的那個爵爺，聽說他在追求我女兒。如果是，不管是怎麼回事，你可以幫我向爵爺問候一聲，告訴他我女兒已經有人家了。」

「先生，你可能不知道這是多大的榮幸。」那人說，「以爵爺的外表、身分和家產，走到哪裡都不會有人拒絕。」

「先生，你聽好，」威斯頓說，「我跟你說清楚點，我女兒已經定親了。不過，就算還沒，我也絕對不可能把她嫁給什麼爵爺。我討厭所有爵爺，都是一群朝廷弄臣和親漢諾威王朝的人。我不想跟他們扯上關係。」

「那麼，先生，」那人說，「既然你心意已決，我就轉達另一個訊息：爵爺邀你今天上午在海德公園決鬥。」

「你可以告訴爵爺，」威斯頓答道，「我很忙，沒空去。我家裡有太多事要處理，沒有辦法出門。」

「先生，」那人說，「我相信你是個紳士，不會給出這樣的答覆。你一定不希望別人取笑你侮辱了貴族，又拒絕還對方一個公道。爵爺基於他對小姐的尊重，決心以另一種方式解決這件事。只是，除非你是他岳父，否則他的榮譽不允許他忍受你對他的羞辱，這點你心裡應該很清楚。」

「我羞辱他！」威斯頓大聲說，「這是見鬼的謊話！我哪裡羞辱他了？」

那人聽見這話立即出聲喝斥，並且做出抗議舉動。威斯頓聽見對方的指責，馬上在屋子裡敏捷地跳來跳去又大聲咆哮，彷彿想召喚更多人來欣賞他靈活的身手。

牧師因為還有大半瓶酒沒喝完，一直在附近的房間等候。這時聞聲而至，驚叫道，「天啊！先生，出了什麼事？」

威斯頓說，「什麼事？這人八成是強盜，想搶我的錢，還想殺了我。剛才他用那手杖攻擊我，我見鬼的又沒招惹他。」

「先生，」那個軍官說，「你不是指控我說謊？」

「才沒。否則我就下地獄。」威斯頓說，「我大概說了，『說我羞辱爵爺是謊話。』我從來沒有說，『你說謊。』我不可能說那種話。你最好也別隨便攻擊沒武器的人。如果我手裡也有拐杖，你絕對不敢攻擊我。我三兩下就把你的戽斗下巴敲到耳朵後面。你馬上跟我到院子，我跟你拿手杖較量一下，看誰的頭先被打破。不然我們找個空房間，看我賞你肚皮幾拳。你不算男人，你不算。」

軍官憤怒地說，「先生，我看出來你不值得我理會。我也會告訴爵爺你不值得他理會。真不該跟你動手，平白弄髒自己的手指頭。」說完，他轉身就走了。威斯頓要追出去，被牧師攔住。牧師攔得毫不費力，因為威斯頓雖然姿態做得十足，付諸實踐的意願卻並不高。等軍官離開後，威斯頓派了許多詛咒和威脅追出去。不過，這些詛咒和威脅是在軍官走到樓下才離開他嘴唇，而且音量隨著軍官的遠離漸次升高，卻始終沒傳到軍官耳中，至少沒有延遲他離去的腳步。

然而，可憐的蘇菲亞待在自己的牢房裡，全程聽見父親的吼叫聲。這時她重重跺腳，緊接著尖叫，音量跟剛才她父親的吼聲不相上下，只是音質甜美得多。威斯頓聽見尖叫聲，馬上安靜下來，所有注意力都轉向女兒。他實在太愛女兒，哪怕女兒只是受到最輕微的傷害，他都會心疼不已。除了那件關係到她未來人生幸福的事，他什麼都聽女兒的。

威斯頓結束對軍官的怒罵，順道揚言要讓他吃上官司，就上樓去看蘇菲亞。他解鎖開門後，看見女兒臉色發白呼吸急促。不過，她一見到父親，精神立刻振作起來。她抓住父親的手，激動地說，「親愛的爸爸，我差點嚇死了！我向上帝祈禱您沒受到傷害。」

威斯頓說，「沒事，沒事。沒受多大的傷。那個混蛋沒怎麼傷到我，不過我如果不去告官我就是鼠輩。」

蘇菲亞說，「親愛的爸爸，拜託你告訴我出了什麼事。是什麼人傷害你？」

威斯頓答，「我不知道他叫什麼名字，應該是某個軍官，我們付錢讓他們來打我們。如果他有錢，我一定要他賠償我，不過我猜他沒有。雖然他穿得挺體面，我懷疑他連一小塊地都沒有。」

蘇菲亞又問，「可是親愛的爸爸，你們為什麼吵架？」

威斯頓答，「小菲，除了妳的事，還能有什麼？我的苦難都是因為妳。妳可憐的爸爸總有一天會為妳把命都送了。剛才某個爵爺的部下來這裡，呸！天曉得是誰！說他愛上妳，因為我不答應婚事，就要找我決鬥。好了，小菲，乖一點，別再給爸爸惹麻煩。好了，答應嫁給他。他這一兩天就會進城，快答應他一進城就嫁他。那時我就會是世上最快樂的爸爸。我也會讓妳變成世上最快樂的女人。我買倫敦最漂亮的衣服、最珍貴的珠寶給妳，還給妳六駕馬車。我已經答應把一半家產給歐渥希。去它的！要我全給他也行。」

蘇菲亞說，「爸爸能不能行行好，聽我說句話？」

威斯頓說，「小菲，妳為什麼這麼問？妳明知道妳的聲音比全英格蘭最好的獵犬都好聽。什麼能不能聽妳說！我親愛的女兒！我多希望一輩子都能聽妳說話，如果我享受不到這種樂趣，我一天也不想活下去。說真的，小菲，妳不知道爸爸多愛妳。妳真的不知道，否則妳就不會丟下可憐的爸爸逃家。除了小菲，爸爸在這世上沒有別的樂趣，沒有別的安慰。」說到這裡，他淚水在眼眶裡打轉。

淚如雨下的蘇菲亞答道，「親愛的爸爸，我真的知道您有多愛我，我也真心回報您的愛，上帝可以為我做證。要不是被逼著投入那男人的懷抱，我絕不會逃離我深深敬愛的爸爸。只要您開心，要我犧牲性命也甘願。不，我甚至努力說服自己做更多犧牲，幾乎下定決心服從您，讓自己接受世上最悲慘的人生。但我就是沒辦法逼自己下那個決心，永遠沒辦法。」

威斯頓聽到這裡眼神狂野，嘴角冒出白沫。蘇菲亞見狀，請父親聽她把話說完，於是又說，「如果爸爸的生命、健康或其他方面的幸福受到威脅，您意志堅決的女兒就站在這裡，為了您，不管什麼苦我都願意承受，否則就讓我天打雷劈！我甚至可以忍受最差勁、最可憎的遭遇。我甚至可以為了救您一命嫁給布里菲。」

威斯頓說，「我跟妳說了，妳嫁他可以救我一命。我會得到健康、幸福，可以活得更久。說真格的，如果妳拒絕，我會死掉，我會心碎，我沒騙妳。」

蘇菲亞說，「那麼，您真的這麼希望看我受苦？」

威斯頓大聲說，「我告訴妳，只要能讓妳快樂，我什麼都願意做，否則我就下地獄。」

蘇菲亞說，「那麼親愛的爸爸不認為女兒至少明白怎樣才能讓自己快樂嗎？如果說快不快樂取決於自己的感受，那麼如果我覺得自己是世界上最悲慘的可憐人，那麼我算快樂嗎？」

威斯頓說，「妳最好覺得自己快樂。總比嫁個窮光蛋雜種流浪漢，才發現自己不快樂來得好。」

蘇菲亞說，「爸，如果您擔心的是這個，我可以最嚴肅、最慎重地答應您，只要您在世一天，沒有您的同意，我絕不嫁給他，或其他任何人。讓我一輩子服侍您。讓我重新變回您的蘇菲亞，像以前那樣全心全意逗您開心，給您解悶。」

她父親答，「小菲，我沒這麼容易上當。否則妳姑姑就有理由相信我就是她認為的那個笨蛋。不，不，小菲，我要妳知道我夠聰明，也夠有見識，所以很清楚凡是牽涉到男人的事，絕不能相信女人的話。」

蘇菲亞說，「爸，為什麼您不能信任我？我曾經不遵守對您的承諾嗎？或者我從小到大跟您說過謊話嗎？」

威斯頓答，「小菲，說那些都沒用。這件婚事我已經決定了，妳一定得嫁他，妳不嫁試試！妳不嫁試試！就算妳出嫁隔天就上吊也一樣。」他說這些話的時候緊握雙拳、皺起眉頭、咬著嘴唇，發出雷霆怒吼，苦惱又驚慌的蘇菲亞嚇得渾身顫慄，跌坐進椅子裡。要不是潸潸珠淚及時宣洩她的情緒，恐怕會引發更糟的後果。

威斯頓看見女兒楚楚可憐的模樣，心中沒有一點懊悔與自責，就像新門監獄的獄卒目睹溫柔的妻子跟被判死刑的丈夫訣別一樣無動於衷。或者他看著她的時候，心情就像童叟無欺的商人看著債務人為了十鎊債務被拖進監牢。那十鎊是正當債務，那可恨的窮光蛋卻仍然還不出來。或者，再做個更到位的比喻，他的良心就像老鴇看見不幸淪落火坑的可憐女子第一次被逼著出去「接客」時驚懼暈厥。這個比喻原本可說極為恰當，差別在於老鴇逼良為娼有利可圖；威斯頓逼女兒去做這種形同賣淫的事，卻沒有一點利益，雖然他自己昏聵無知看不出來。

他就這樣撇下可憐的蘇菲亞，離去時還粗魯地批評了女人的淚水。他鎖上門，下樓回到牧師身邊。牧師壯起膽子為小姐說話，把他敢說的全都說了。他的微言進諫並沒有善盡他神職人員的職責，威斯頓卻聽得火冒三丈，把牧師全身上下罵得一無是處。基於我對神職人員的敬仰，不便將那些言語訴諸紙頁。

第三章
蘇菲亞被監禁時發生的事

鄉紳威斯頓入住的那棟房子的女房東很早就發現新房客不尋常，然而，由於她得知威斯頓家大業大，隨機應變地把房價抬高不少，所以不便干涉太多。她聽家裡的女僕說蘇菲亞個性溫柔和藹可親，鄉紳的僕人也都確認此事，所以很為蘇菲亞的遭遇抱不平。不過，她更在乎自己的利益，不願意冒犯一個如她所說性情顯然非常暴烈的男士。

蘇菲亞吃得很少，三餐仍然定時送到。事實上，我相信就算她想吃什麼珍稀美食，她父親不管多麼生氣，都會不辭勞苦不計代價幫她弄來。因為（某些讀者或許覺得不可置信）他是真心疼愛女兒，滿足女兒的任何需求，就是他人生最大的快樂。

午餐時間到了，黑喬治幫她送來一隻小母雞，鄉紳親自陪他來到門口（因為他發誓絕不跟鑰匙分開）。黑喬治送餐時跟蘇菲亞閒聊了幾句。自從蘇菲亞離家後，他們就沒再見過面，而蘇菲亞向來親切對待每個僕人，不像某些人，只要別人地位比自己稍低一點，就擺出趾高氣昂的態度。蘇菲亞希望他把小母雞拿走，因為她吃不下。黑喬治請她嘗一嘗，尤其向她推薦雞蛋，他保證母雞肚子裡有滿滿的蛋。

這段時間威斯頓一直在門口等著。不過，黑喬治很得老爺歡心，因為他的職務特別重要，也就是跟獵物有關，所以黑喬治常常任意妄為。這回他多管閒事來給小姐送吃的，因為他說他很想見見小姐。他也肆無忌憚地跟小姐談天，讓老爺在門口等了他十分鐘。等他出去的時候，老爺只是笑呵呵地斥責他幾句。黑喬治知道小姐最喜歡吃小母雞、鷓鴣或雉雞的蛋，他聽說小姐已經將近四十小時沒吃東西，僕人們都擔心小姐會餓死，也難怪天性善良的他費心為蘇菲亞準備這道料理。

人們碰上煩惱的反應未必跟寡婦相同：對於寡婦，煩惱往往像班斯迪唐斯高地或索爾茲伯里平原的空氣，通常能夠增進食欲。然而，不管某些人怎麼說，就算是悲痛欲絕的人，到最後都會吃東西。因此，蘇菲亞思索片刻之後，終於拿起刀切小母雞。發現母雞肚子裡果然如黑喬治所說，有滿滿的雞蛋。她見到雞蛋固然十分歡喜，不過，雞肚子裡還有另一項足以讓皇家協會[1]更驚喜的物品。如果說三條腿的禽鳥是非常稀罕的無價之寶（天曉得自古以來已經出現過上千隻），一隻徹底違反動物結構原理、肚子裡藏著一封信的雞，又該如何估算牠的價值？奧維德告訴我們，雅辛托斯[2]化身為一朵花，葉片上顯現出文字。維吉爾認為這是奇蹟，舉薦給他那個年代的皇家協會。然而，從來沒有記錄顯示某個年代或國家出現過胃囊裡藏著信函的禽鳥。

不過，雖然這樣的奇蹟可能引起歐洲所有科學研究院的關注，甚至展開徒勞無功的調查。讀者只要回想先前湯姆和帕崔吉之間的對話，想必輕易就能猜到這封信來自何處，又如何跑進那隻母雞的肚子。儘管蘇菲亞已經久未進食，她最愛的料理就擺在眼前，她一看見那封信立刻拿起來，拆開來讀：

小姐：假使我不知道自己有幸寫信給什麼人，一定會克服萬難描述我聽見阿娜小姐帶來的消息後，內心有多麼恐慌。只有溫柔的心真正能夠了解溫柔的心能感受到多少疼痛，既然我的蘇菲亞擁有最多這種最仁慈的特質，一定能體會她的湯姆在這種憂傷時刻內心有多少苦楚。當我聽說妳遭受苦難，世上還有什麼事能令我更心痛？肯定只有一件，而我目前不幸碰上了。我的蘇菲亞，那就是我痛苦萬分地想到：我就是那個害妳受苦的不幸原因。也許我這是往自己臉上貼金，可是這件事讓我付出極大代價，想來不會有人羨慕我。原諒我自作多情，更請妳原諒我自以為是地問妳，我該怎麼做才能帶給妳一點寬慰：給妳建議、協助妳、陪伴妳、遠離妳，或者我離開人世或吃苦受罪？最極致的仰慕、最細心的關懷、最熾熱的愛、最動人的柔情，以及對妳的意願最柔順的服從，能不能補償妳為我的幸福所做的犧牲？如果可以，飛吧，我美麗的天使，飛向那個永遠為妳敞開，等著迎接妳、保護妳的懷抱。不管妳隻身前來，或帶著世上所有財富，我認為都不值得在乎。相反地，如果理智占上風，深思熟慮後告訴妳這種犧牲太大；或者，如果唯有放棄我才能跟妳父親和解、讓妳那可愛的心靈恢復平靜，那麼我請求妳，從此將我逐出妳的思緒。發揮妳的決心，別因為同情我的苦難，加重妳溫柔心扉的負擔。小姐，請相信我，我真心愛妳勝過我自己，妳的幸福就是我此生最重要的目標。我許下的第一個願望就是（請容許我說至今仍是），時時刻刻親眼看見妳是天底下最快樂的女人（命運女神為什麼不讓我如願？）。我的第二個願望，是輾轉聽說妳是最快樂的女人。可是，如果妳因為我不得安寧，即使只是短暫片刻，我也會變成天底下最悲傷的人。

無論何時、無論何地，永遠愛妳的

湯姆·瓊斯

1 Royal Society，成立於一六六〇年，成員包括文人與科學家，旨在促進自然科學發展，卻常成為費爾丁、波普等作家取笑的對象。

2 Hyacinthus，希臘神話中的美少年，被阿波羅誤傷而亡，死後血泊中長出美麗花朵，阿波羅以他的名字為那朵花命名，並在葉片上寫下內心的哀慟。此花即後世的風信子。奧維德與維吉爾都曾經在作品中引用這段故事。

蘇菲亞讀完信後說了什麼、做了什麼、或想些什麼，她多常拿出來重讀，或者讀不只一遍，這些都留待讀者自行猜測。往後讀者或許會看到她的回信，但目前不能。其中一個原因是：她沒寫。她沒回信有幾個充足理由，其中一個是：她沒有紙、筆和墨水。

那天晚上蘇菲亞正在思索她收到的那封信（或其他事），樓下傳來劇烈聲響，驚擾她的沉思。那聲音是兩個人的激烈爭吵。其中一位根據他的嗓音，她馬上認出是她父親。不過，她沒有迅速發現另一個刺耳的尖嘯出自她姑姑的喉嚨。她姑姑剛進城，僕人在海克力斯柱旅店打聽到她哥哥的住處，馬上搭著馬車趕過來。

此時我們要暫時向蘇菲亞告別，本著我們一貫的好教養，去拜見威斯頓女士。

第四章
蘇菲亞從牢籠中獲釋

僕人通報威斯頓女士來到的時候，鄉紳威斯頓和牧師（店東另有要務不克作陪）正在抽菸斗。鄉紳一聽見妹妹的名字，馬上跑下樓迎接她。他格外注重這些禮儀，尤其在他妹妹面前。他對妹妹的敬畏比對其他任何人類多得多，只不過他永遠不會承認這點，甚至連自己都不知道。

威斯頓女士走進飯廳，「咚」一地一聲坐進椅子裡，滔滔不絕地說，「哎呀，這一路也太受罪。雖然訂了法案徵收通行費，馬路的狀況卻越來越糟。對了，哥哥，你怎麼會住這麼差勁的房子？我敢發誓從來沒有上等人走進來過。」

威斯頓大聲說，「我不知道，我倒覺得挺好。是店東介紹的，我以為他認識那麼多上等人，一定可以幫我找個上等人出入的地方。」

他妹妹問，「咦，我姪女呢？你拜見過貝拉斯頓夫人了嗎？」

威斯頓答，「有，有。妳姪女安全得很。她在樓上房間裡。」

威斯頓女士嚷嚷道，「什麼？我姪女在這裡？她不知道我來了嗎？」

鄉紳答，「嗯，因為沒有人能見到她。我把她鎖在房裡。我進城第一天晚上就把她從堂妹女士那裡接回來，從那時候開始親自看著她。我敢打包票，她就跟麻袋裡的狐狸一樣穩固。」

他妹妹大喊，「我的天哪！我聽見什麼了？我以為我答應讓你親自進城，你會把事情辦得妥妥當當。不對，根本是你自己一意孤行，我不需要攬下答應你進城的責任。哥哥，你不是向我保證再也不會採取這種固執的做法？當初在鄉下，姪女不就是被你的頑固作風逼得逃家？你是不是打算再逼她逃家？」

威斯頓氣得把菸斗砸向地板，「我呸！見妳的大頭鬼！有哪個人聽過這種話嗎？我還以為妳會誇獎我。沒想到吃妳這一頓排頭！」

他妹妹說，「哥哥！我什麼時候讓你覺得我會誇獎你把自己女兒關起來？我不是經常告訴你，自由國度的女人不可以用這種獨裁手法對待？我們跟男人一樣自由，我衷心希望我可以說我們比男人更配擁有自由。如果你奢望我繼續待在這間破房子，或希望我繼續認你這個哥哥，或要我繼續操心你家的事，我要求你馬上放我姪女出來。」此時她背對爐火站著，一隻手背在後面，一隻手捏著一撮鼻菸，說話的模樣盛氣凌人，即使亞馬遜女王塔勒絲里絲面對她的子民，恐怕都不如她那般威風凜凜。也難怪可憐的鄉紳招架不住，一股敬畏之情油然生起。他把鑰匙拋出來，「拿去吧。鑰匙在這裡，隨妳便。我只打算把她關到布里菲進城，他應該就快到了。如果這段期間出什麼差錯，別忘了誰該負責。」

「我會拿我的生命負責。」威斯頓女士大聲說，「不過除非你答應我一個條件，否則我絕不插手。那就是你必須把事情全權委託給我，除非我指派你去做，否則你絕對不能自作主張。哥哥，只要你答應這些先決條件，我就願意出手維護你家名譽。如果不肯，我就繼續冷眼旁觀。」

「先生，我求求您，」牧師出聲敲邊鼓，「就這一次接受女士的勸告。或許她去跟蘇菲亞小姐好好談一談，效果會比您用激烈手段好得多。」

「你現在跟我說的是什麼話？」威斯頓罵道，「如果你又開始嘮叨，看我不抽你鞭子。」

「咄！哥哥，」威斯頓女士說，「這是跟牧師說話的態度嗎？薩坡先生是個明理的人，給了你最好的忠告，我相信全世界都會同意他的看法。我要你馬上答覆我直截了當的提議：要嘛你把女兒交給我處置，要嘛繼續用你驚人的謹慎措施對待她。如果是後者，我現在當著薩坡先生的面宣布撤出要塞，從此跟你家斷絕關係。」

「請兩位允許我從中協調，」牧師說，「我求求你們。」

「哼，鑰匙就在桌上。」鄉紳大聲說，「她喜歡的話就拿走，有誰攔著她？」

「不，哥哥。」威斯頓女士說，「我要求你正式把鑰匙交給我，也要承認剛才約定的那些事項。」

「那我就把鑰匙交給妳，拿去吧。」鄉紳答道，「妹妹，妳不能說我不肯把女兒交給妳。她曾經在妳那裡一住就是一年多，期間我一次也沒見過她。」

「如果她一直跟我住，」威斯頓女士說，「對她反而有好處。在我眼皮子底下絕不會鬧出現在這種事。」

「是啊，當然，」鄉紳說，「反正都是我的錯。」

「哥哥，當然該怪你。」威斯頓女士說，「這話我跟你說過很多次，也會繼續這樣跟你說。不過，我希望你現在開始改進，從過去的錯誤記取教訓，別再出紕漏來破壞我最高明的計策。哥哥，說實在話，你根本不夠格跟人談判。你的全套謀略都錯得離譜。所以我再一次堅持你不可以插手。你自己想想過去的事。」

「去他媽的！妹妹，」鄉紳罵道，「妳要我說什麼！魔鬼都會被妳逼瘋。」

「看吧，」他妹妹說，「死性不改。哥哥，我跟你實在說不通。我來問問薩坡先生，他比較明理。請他說說我有沒有說出什麼惹任何人類生氣的話。不過你無論哪方面都冥頑不靈。」

「女士，我求求妳，」牧師說，「別再激怒先生了。」

「激怒他？」威斯頓女士說，「看來你跟他一樣是個大笨蛋。好吧，哥哥，既然你答應不再干預，我就再一次管管我姪女的事。願上帝垂憐那些歸男人管理的事！一個女人的腦袋就抵得過一千個男人！」說完她召來僕人帶她去蘇菲亞房間，就帶著鑰匙離開了。

她才剛走開，鄉紳（先關上房門）立刻罵了不下二十聲臭婆娘，又痛快地詛咒她不下二十次，也罵自己為什麼要貪圖她的財產。後來又補上一句，「既然已經忍氣吞聲那麼久，只因為不能多撐一會兒，結果落得一場空豈不可惜。那個臭婆娘總有一天會死，我知道我是她第一個繼承人。」

牧師極力稱許他的決定。鄉紳命人再拿一瓶酒來，每回碰上開心或氣惱的事，他都會這麼做。只要暢飲這種藥效靈驗的飲品，他的火氣就會一掃而空。等威斯頓女士帶著蘇菲亞走進來，他的心情已經變得溫和又平靜。蘇菲亞戴著帽子披著斗篷，她姑姑對鄉紳說，「我要帶姪女回我住處。哥哥，這裡實在不是基督徒住的地方。」

「很好，妹妹。」鄉紳說，「妳高興就好。小菲交給妳最妥當了，牧師在這裡可以幫我做證，我背著妳稱讚了妳五十回，說妳是世上最理智的女人。」

「這點，」牧師說，「我隨時可以做證。」

「是啊，哥哥。」威斯頓女士說，「我向來也很稱讚你的個性。你必須承認你的脾氣急躁了點，不過只要你肯給自己一點時間冷靜，你就是我見過最講道理的人。」

「好吧，妹妹，既然妳這麼想，」鄉紳說，「那我真心祝妳健康。有時候我脾氣暴躁了點，不過我不屑記仇。小菲，妳要乖，要聽姑姑的話。」

「我一點都不擔心她，」威斯頓女士說，「她那個堂姊哈麗葉就是活生生的例子，因為不聽我的話，把自己一生給毀了。對了，哥哥，你知道嗎？你剛離開家來倫敦不久，你猜誰來了？就是那個有個噁心愛爾蘭姓氏的無恥傢伙費茲派翠。他沒有通報突然闖進來，否則我不可能見他。他拉拉雜雜跟我說了一大串他妻子的事，說得顛三倒四，非得逼著我聽完。我沒怎麼搭理他，最後我把他妻子寫的信交給他，要他自己回信。我猜她會來找我們，我拜託你別見她，因為我絕不見。」

「我見她！」她哥哥回答，「妳不必擔心我。我不鼓勵這種不聽話的蕩婦。當時我不在家，算那傢伙(她丈夫)走運。他媽的，否則我保證讓他到洗馬池裡玩耍。小菲，妳看吧，不聽話會有什後果，家族裡就有個活生生的例子。」

「哥哥，」威斯頓女士叫道，「你不需要把我說過的話再拿出來嚇我姪女。你為什麼不把事情全交給我處理？」

鄉紳答，「好好，聽妳的，都聽妳的。」

也算蘇菲亞走運，威斯頓女士出去吩咐僕人找轎子，兄妹倆對話因此結束。我說走運，是因為他們再說下去多半又會一言不和吵起來。這兩兄妹其實只有學識和性別不同，個性一樣剛烈，一樣霸道，都非常疼愛蘇菲亞，也都極度鄙視對方。

第五章
湯姆收到蘇菲亞來信；他跟密勒太太和帕崔吉去看戲

知恩圖報的黑喬治進城來，答應為昔日恩人效勞，給連日來為蘇菲亞深感苦惱與不安的湯姆帶來極大的安慰。蘇菲亞走出牢籠、終於可以自由使用筆墨紙張，當天晚上就給湯姆回信。也是透過黑喬治，信順利送到湯姆手上。

先生：

我相信你來信所說都是出自真心，所以你一定很高興聽見我的某些煩惱已經解除。我姑母已經進城，目前我與她同住，行動恢復自由。姑母要求我做出承諾，沒有她的許可，我不能私下見任何人，或跟任何人談話。我非常誠懇地答應她，也會嚴格遵守。雖然她沒有明言禁止我寫信，但那肯定是一時疏忽遺漏了。或者，也許她認為寫信也算一種交談。我不得不認為寫信也算是辜負她對我人格的好意信任，因此，在這封信之後，你不必期待我會再瞞著她寫信或收信。在我心目中承諾無比神聖，應該包括一切言傳和意會的事項。仔細一想，我這種觀點應該能提供你一點安慰。不過我又何必說到這方面的安慰。雖然有件事我永遠無法順從我最慈愛的父親，但我也決心不違逆他，不會沒有經過他同意就做出任何重大決定。我說得這麼堅定，你應該再也不會對命運（或許）不允許的事懷抱希望。為了你自己好，也應該放棄。我希望這個決定能促使你跟歐渥希先生和解，如果是這樣，我要求你放手去做。感謝你為我做的很多事，更感謝你的好意。將來或許命運會對我們仁慈點，請相信你在我心中始終保有你應得的位置。

祝你

順心如意

蘇菲亞・威斯頓

附言：不要再寫信給我，至少目前別寫。請接受這個[3]，我反正用不著，我相信你有需要。要謝就謝安排你找到這筆小錢的命運吧。

讓剛學會字母的孩子拼寫這封信，也比湯姆讀信的速度快。信的內容讓他歡喜又哀傷，有點像正直的人看著過世朋友的遺囑，知道朋友留了大筆遺產給他，為身無分文的他解了燃眉之急，內心不免悲喜交集。然而，整體來說他是歡喜多於憂愁，讀者甚至可能想不通他有什麼值得憂傷的。畢竟讀者不像可憐的湯姆愛得那麼深。愛情是一種疾病，某些時候類似癆病（愛情偶爾會導致此症），其他時候症狀卻完全相反，尤其在這種情況下。也就是說，它從來不會自欺欺人，也不會樂觀看待任何症狀。

有件事倒是令他心滿意足，那就是心上人已經重獲自由，而且跟姑姑住在一起，至少可以得到像樣的對待。還有另一件令他快慰的事：她答應永遠不嫁別的男人。畢竟，不管湯姆自認對蘇菲亞的愛多麼無私，不管他在信裡表達得多麼慷慨大度，我非常懷疑有什麼消息比蘇菲亞結婚更令他痛心，即使她嫁

3 原注：指的或許是那張一百鎊銀票。

的是最般配的對象，婚後也幸福美滿。那種徹底脫離肉體、純屬精神境界的柏拉圖式崇高愛情是女性特有的天賦。我曾經聽不少女性宣稱（相信發自肺腑），她們隨時隨地可以把愛人讓給情敵，只要她的退出能讓情人獲得眼前的利益。因此，我認為這種愛情是一種天性，不過我不能假裝自己曾經見過這種實例。

湯姆花了三小時邊讀邊吻那封信，最後，由於前述原因他覺得精神百倍，決定履行先前做過的承諾，那就是陪密勒太太和她的小女兒去看戲，也帶帕崔吉一起去。湯姆確實具有多數人自稱擁有的幽默感，他覺得帕崔吉對戲劇的評論一定妙趣橫生，因為帕崔吉還保有率真的天性，沒有經過藝術的洗禮，自然也就沒有任何雜染。

湯姆、密勒太太、貝琪和帕崔吉坐進第一層樓座的第一排，帕崔吉馬上聲稱他從沒到過比這裡更華麗的地方。第一段音樂響起，他說，「這麼多提琴手同時拉琴，竟然誰也沒妨礙到誰，實在太神奇了。」他看見有個人在點上層的蠟燭，大聲對密勒太太說，「女士，妳看，妳看，那不就是火藥節[4]祈禱時祈禱書最後一頁那個男人的畫像。」等蠟燭全部點燃，他忍不住嘆一口氣，說道，「這裡一個晚上點掉的蠟燭，夠讓節儉的窮苦人家點上一整年。」

這天他們看的是《丹麥王子哈姆雷特》，戲開演後帕崔吉看得聚精會神，一直到鬼魂上場才說話。他問湯姆，「那個穿怪衣裳的是誰？那衣裳有點像我在圖畫裡看見的，應該不是盔甲吧？」

湯姆回答，「那個是鬼魂。」

帕崔吉笑著說，「先生，我才不信。雖然我這輩子還沒見過鬼魂，不過如果我真看見了，絕不會認不出來。不，不，先生，鬼魂也不會穿那樣的衣裳。」

這番話逗得他周遭的觀眾笑呵呵，他就這樣懷著這個錯誤見解，直到鬼魂與哈姆雷特的對手戲登場。先前他不相信湯姆的話，現在不得不採信加里克先生[5]說的。他嚇得猛打顫，雙腳膝蓋彼此撞擊。湯姆問他怎麼了，是不是害怕舞台上的戰士？他答，「哎呀！先生，現在我看出來你說得對。我什麼都不怕，因為我知道那只是在演戲。就算那是真鬼也傷害不了我，因為離這麼遠、這裡又這麼多人。就算我害怕，也不是唯一一個。」

湯姆說，「咦，你覺得除了你之外還有誰這麼孬種？」

帕崔吉說，「你想罵我孬種隨你便，不過如果台上那個矮個子不害怕，那我這輩子就算沒見過害怕的人。嘖，嘖，讓人跟你走！嘖，跟真的一樣！那麼誰是傻子？你會去嗎？上帝垂憐這種有勇無謀的行為！不管出什麼事，都是你活該。跟你走？我寧可跟魔鬼走。不對，也許那真是魔鬼。聽說魔鬼想變什麼就變什麼。呀！他又來了。別再走了！你已經走夠遠了，就算給我國王所有的土地，我也不會走那麼遠。」

湯姆想跟他說話，但他叫道，「噓！噓！親愛的先生，你沒聽見他在說話嗎？」鬼魂說話的那段時間，他的目光一下盯住鬼魂，一下盯住哈姆雷特，嘴巴張大。哈姆雷特內心經歷的各種情感，也在他心中起伏。

這場戲結束後，湯姆說，「帕崔吉，你真是出乎我的意料，沒想到你看戲看得這麼入神。」

4 英國於十六世紀改信國教，天主教變成二等公民，屢次爭取權益失敗。一群以蓋伊・福克斯（Guy Fawkes）為首的天主教徒在一六〇五年十一月五日埋設炸藥企圖炸毀國會失敗。後來這天訂為火藥節，教會舉行祈禱儀式，當時的祈禱書最後一頁正是福克斯企圖點火的畫像。

5 指當時英國演員 David Garrick（一七一七～一七七九），是費爾丁的好友，費爾丁安排他在這齣戲裡扮演哈姆雷特。

帕崔吉答，「先生，如果你不怕鬼，那我也沒辦法。不過，說真格的，雖然我知道鬼魂什麼都沒有，被它們嚇到卻很正常。嚇到我的也不是那個鬼，因為我應該知道那只是一個穿著怪衣裳的人。可是我看見那個矮個子嚇成那樣，才會跟著害怕。」

湯姆說，「那麼帕崔吉，你認為他真的嚇到了？」

帕崔吉答，「先生，你自己後來不也看到了，他發現那是他自己父親的鬼魂，又聽見他如何在花園裡被謀殺，他的恐懼就一點點消退，整個人傷心得說不出話來？如果我碰上這種事，一定也是這樣。噓！你聽，那是什麼聲音？他又來了。說真格的，雖然我知道鬼什麼都沒有，還是很慶幸我不是在底下那些人那裡。」說完，他把視線轉回哈姆雷特身上，說道，「哎，你拔劍也沒用，刀劍哪裡抵擋得了魔鬼的力量。」

第二幕上演過程中，帕崔吉話不多。他非常欣賞那些漂亮的服飾，也忍不住評論國王的表情：「人多麼容易被臉孔欺騙！我發現『外表不可信。』這句拉丁話說得很對。光看國王的臉，誰能想到他曾經殺過人？」說完他問鬼魂上哪兒去了，湯姆覺得不該洩露劇情，語焉不詳地說，「可能等一下會再看到他，而且是在一陣火光裡。」

帕崔吉膽顫心驚地等著，等鬼魂再次出現，他叫道，「先生，來了，現在你怎麼說？他害不害怕？你認為我有多害怕，他就有多害怕。說真格的，是人都會害怕。就算把全世界都給我，我也不要像那個叫什麼名字的……哈姆雷特鄉紳……一樣倒楣。天哪！鬼魂怎麼了？我好像看見他陷進地底了，就像我是活人那麼真實。」

湯姆說，「你看得沒錯。」

帕崔吉說，「哎呀，我知道這是只是演戲。再者，如果真有什麼恐怖的東西，密勒太太也不會笑得那麼開心。至於你，先生，就算魔鬼本人來到這裡，你也不會害怕。對，對。難怪你那麼生氣，把那個惡毒的壞婆娘搖到粉身碎骨吧。如果她是我親媽，我也會這麼對她。說真格的，當媽的做出這種壞事，就不必講什麼孝道了。哎，你滾開吧，我不想看見你。」

接下來我們的批評家十分安靜，後來看見哈姆雷特在劇中為國王安排的那齣戲，一開始他不太明白，聽湯姆解釋後，終於心領神會，暗自慶幸自己沒有殺過人。接著他轉頭問密勒太太，「妳覺不覺得國王看起來好像有點良心不安。雖然他是個好演員，很努力掩飾心情。就算讓我坐更高的椅子，我也不要像那個壞人要扛那麼多罪過，難怪他要逃。都怪你，我再也不相信無辜的臉了。」

接下來掘墓那場戲吸引帕崔吉的注意，他很驚訝舞台上竟然散落那麼多骷髏頭。

湯姆告訴他，「這是城裡最有名的墳場。」

帕崔吉說，「那就難怪這地方鬧鬼。不過我這輩子沒見過這麼笨手笨腳的掘墓人。早年我當教堂執事時有個司事，這傢伙掘一座的時間，他能掘三座。這人拿鐵鍬的樣子像是從來沒拿過。是啊，是啊，你就唱吧，我敢說你寧可唱歌也不願意幹活。」看見哈姆雷特拿起骷髏頭，他驚叫道，「真奇怪，有些人真是天不怕地不怕。我無論如何都不敢碰死人的東西。剛才我還以為他好像也很怕鬼。像那句拉丁話，『沒有人永遠聰明。』」

接下來看戲過程中沒有值得記錄的事。落幕後，湯姆問帕崔吉，「你最喜歡哪個演員？」

帕崔吉顯得被這個問題激怒，他答，「當然是國王。」

密勒太太說，「帕崔吉先生，你的看法跟別人都不一樣。大家都覺得演哈姆雷特那位是有史以來最優秀的演員。」

帕崔吉不屑地哼了一聲，「他是最優秀的演員！我可以演得跟他一樣好。我相信如果我看見鬼，表情也會跟他一樣，會做跟他一樣的事。還有，他跟他母親那場戲，妳說他演得多麼好。上天明鑑，任何人（我是說任何正直的人）有這樣的母親，也會做跟他一樣的事。我知道妳只是跟我說笑。不過，說真格的，女士，雖然我沒在倫敦看過戲，可是以前在鄉下看過表演。我敢打賭國王演得比較好，他咬字清楚，音量也比哈姆雷特高一半。大家都看得出來他在演戲。」

密勒太太跟帕崔吉說話時，有位女士走過來跟湯姆打招呼，湯姆立刻認出她是哈麗葉。她說她在樓座另一邊看見湯姆，趁機過來找他，因為她有話跟他說，也許對他很有幫助。接著她告訴他地址，約他隔天早上去她家，後來想了想，又改到下午。湯姆答應到時候去拜會。

看戲這件事就這麼結束了，帕崔吉製造了不少歡樂，不只湯姆和密勒太太，附近所有聽得見他說話的人都捧腹不已。比起舞台上的一切，大家更留心聽他說話。

這天他一夜都不敢上床睡覺，因為怕鬼。接下來好幾天基於相同理由，上床前都得冒兩三小時冷汗，入睡後嚇醒好幾次，大聲嚷嚷著，「上帝垂憐我們！它來了！」

第六章
故事到此必須回頭

即使是天底下最公正的父母，面對資質相當的子女時，也很難不偏心。因此，當他偏愛某個格外優秀的子女，我們也就不忍苛責他。我把這本歷史書裡的所有角色視為我的子女，所以我必須坦承我對蘇菲亞也有這種偏愛。這份偏愛源自前述理由，也就是她出色的人品，希望讀者能夠諒解。

基於對女主角無與倫比的關愛，我總是不願意離開她太久。所以現在我迫不及待想回去看看這位可人兒脫離父親的牢籠後過得如何。不過，在那之前我得先走訪布里菲一趟。

早先鄉紳威斯頓突然獲知女兒行蹤，一時方寸大亂，匆匆忙忙趕去找她，忘了派人通知布里菲這個消息。不過，他出發不久後就想到了，所以在第一家客店停留時立刻給布里菲發了一封信，信中說他已經找到蘇菲亞，如果布里菲能隨後趕到倫敦，他一定會要她馬上嫁給他。

此時布里菲對蘇菲亞的情感是如此強烈，除非她失去財產或發生其他類似意外，否則絕不會退縮。縱使他明知蘇菲亞逃家是因為他，他娶她的決心也不曾動搖。因此，他毫不遲疑地同意威斯頓的提議。事實上，他娶蘇菲亞除了出於貪婪，現在又多了另一個目的，那就是滿足他對她的強烈恨意。他認為不論是為了遂行憎恨或實現愛情，婚姻都提供了同等機會。這種觀點或許能經由人生閱歷得到印證。坦白說，從一般夫妻對待彼此的態度看來，我們傾向斷定，他們締結這種獨缺愛情的婚姻，只是為了沉溺於對另一方的怨恨。

只是，他眼前有個難關，那就是歐渥希。大善人歐渥希得知蘇菲亞離家（不管是她離家的事實或原因都瞞不了他）是基於對他外甥的反感，不免擔心自己當初恐怕受到欺瞞，才會讓事情發展到這個地步。某些父母認為安排兒女婚事不需要徵詢他們的意見，就像出門前沒有必要問問僕人樂不樂意跟隨。這些父母之所以沒有對兒女訴諸暴力，通常是礙於法規，或至少是怕丟臉。歐渥希並不是那類父母。相反地，他認為婚姻無比神聖，必須採取一切措施確保它的莊嚴與純淨，因此睿智地認定，最保險的做法就是以愛情為婚姻的基礎。

布里菲在舅舅面前連聲賭咒，說他自己也上當受騙，很快就化解他舅舅的怒氣，畢竟他的話跟威斯頓說過的很多話相吻合。不過，要進一步說服舅舅答應他繼續追求蘇菲亞，明顯困難得多。這件事的難度足以讓企圖心比他稍弱的聰明人知難而退。但他深知自己的長才，只要是涉及陰謀詭計的事，他都有十足把握可以得逞。

於是，他開始向舅舅說明他多麼深愛蘇菲亞，希望以不屈不撓的精神消除小姐對他的憎惡。他說這件事關係到他未來的幸福，請求舅舅至少允許他放手一搏，用各種公平手段爭取。他說，上天明鑑，他一定會使用最溫柔的方法。他告訴舅舅，「再者，如果這些方法都失敗，到時候（一定會有充裕的時間）您再反對也不遲。」他強調威斯頓多麼熱切盼望促成這門親事，最後還把湯姆的名字拿出來利用一番。他說這一切都怪湯姆，不讓蘇菲亞這麼珍貴的小姐落入湯姆手中可說是一種善行。

他這些論點都得到史瓦坎的支持。不過，史瓦坎比布里菲更強調父母對子女的權威，他說布里菲做這件事的動機符合基督精神：「雖然少爺最後才提到善行，但我幾乎相信那是他最主要的考量。」

斯奎爾如果在場，想必也會唱同一支曲子，只是音調不同：他會看出這件事更符合道德原則。但目前他在巴斯養病。

歐渥希雖然不太情願，最後還是答應外甥的請求。他說他會一起去倫敦，到時候布里菲可以採用所有光明正大的方法追求小姐，「不過我話說在前頭，我絕不同意用任何暴力手段逼迫她。除非她自己願意，否則你絕不能娶她。」

基於對外甥的疼愛，歐渥希優越的判斷力被外甥的小聰明蒙蔽。於是，最理智的頭腦就這樣屈服於最善良的心。

原本不抱希望的布里菲意外得到舅舅首肯，刻不容緩想執行他的計畫。碰巧此時鄉下沒有需要歐渥希親自處理的緊急事務，男人出門又不需要太多準備，隔天他們就出發了，當晚抵達倫敦。那時湯姆如我先前所述，跟帕崔吉正在看戲排遣煩憂。

第二天一早布里菲就去拜訪威斯頓，受到最親切、最熱忱的歡迎，也得到威斯頓再三保證（也許有點過頭），蘇菲亞很快就能讓他變成最幸福的男人。威斯頓甚至不肯讓布里菲立刻回到舅舅身邊，半強迫地帶他去見他妹妹。

第七章
威斯頓帶布里菲拜訪妹妹

威斯頓不顧禮法與拜訪規則，帶著布里菲闖進妹妹家。當時他妹妹正在對蘇菲亞曉以大義，講述女子的慎重與婚姻的學問。蘇菲亞一見到布里菲立刻臉色發白，整個人幾乎僵住無法動彈。相反地，她姑姑臉色漲紅，全身機能隨時待命，開始對哥哥鼓動她的舌頭。

她說，「哥哥，你的行為真教我震驚，你永遠學不會什麼叫禮節嗎？你是不是把所有房子都當成自己家，或你那些鄉下佃農的家？你覺得你可以這麼沒禮貌、沒有通知一聲就侵犯上流女性的隱私嗎？」

威斯頓答，「怎麼？這是什麼鬼話？不知道的人還以為我撞見妳們在……」

他妹妹打斷他，「哥哥，我拜託你別說那些野蠻話。瞧你把我可憐的姪女嚇得，我看她幾乎快暈過去了。去吧，親愛的，回房去。好好歇息，我看得出來妳有這個需要。」蘇菲亞巴不得姑姑這麼說，頭也不回地走了。

鄉紳大聲說，「妹妹，妳瘋了不成。我帶布里菲來追求她，妳卻把她趕走。」

「哥哥，」威斯頓女士說，「你簡直比瘋子還糟，你明知道目前是什麼情況，竟然……我要請布里菲先生包涵，他知道這次受到怠慢該怪誰。至於我自己，我見到布里菲先生總是很開心。如果不是受你逼迫，以他這麼懂事明理，絕不會做出這麼唐突的事。」

布里菲連忙欠身，說話結結巴巴，看起來像個呆瓜。鄉紳沒有給他時間構思如何應答，打岔道，「是啊，是啊，都怪我。妳高興就好，反正一定是我的錯。好了，讓人把蘇菲亞找回來，或者讓布里菲去見她。他專程為這件事來的，不能再浪費時間。」

「哥哥，」威斯頓女士說，「我相信布里菲先生明白事理，知道經過剛才的事。今天早上他不可能再見到我姪女。女人天性嬌弱，我們的心神一旦被擾亂，不可能馬上恢復平靜。早先如果你讓布里菲先生先派人問候我姪女，請求下午來拜見她，也許我可以勸她答應，現在我看是機會渺茫了。」

「女士，我實在非常抱歉。」布里菲說，「威斯頓先生對我的一番好意（我實在感激不盡）竟然造成……」

威斯頓女士打斷他，「先生，你真的不需要道歉，我們都太了解我哥哥了。」

「我才不管別人怎麼看我，」鄉紳接著說，「那他到底什時候可以來見她？妳要知道，他這回專程進城來，歐渥希也是。」

他妹妹答，「哥哥，布里菲先生如果有什麼話對我姪女說，我一定會轉達。我相信她不需要人教，自己就懂得做出適當的回應。只要時機合適，我相信她不會拒絕見布里菲先生。」

鄉紳罵道，「她敢拒絕試試！該死！我們都知道……我什麼都沒說，某些人就是比全天下的人都聰明。如果從一開始就照我的意思做，她怎麼可能逃得掉？現在我隨時隨地擔心她又跑掉。雖然某些人認為我是個大笨蛋，我還是知道她討厭……」

他妹妹插嘴道，「無所謂，哥哥。我不想聽到罵我姪女的話，這會影響家族的風評。她是我們家族的榮耀，我向你保證她一定會是。我可以拿我這一生的全部名譽為她的行為做擔保。哥哥，我希望下午見個面，有重要事跟你商量。現在我要向你跟布里菲先生告退，因為我急著換衣服。」

鄉紳說，「好吧，總得約個時間吧。」

她回答，「我真的沒辦法跟你約時間，我已經說了，下午我要見你。」

鄉紳轉身對布里菲說，「我能怎麼辦？我拿她沒輒，就像小獵犬也捉不到老野兔。也許下午她心情會好一點。」

布里菲答，「先生，看來是我運氣不好。不過我還是非常感謝您。」他禮貌周到地向威斯頓女士告辭，她也客氣地回禮，之後他們就走了。鄉紳自言自語地賭咒一聲，直說布里菲下午一定會見到他女兒。

威斯頓對這次見面的結果有點不滿，布里菲更是大失所望。鄉紳覺得妹妹這種行為一來是因為她個性不好，二來是氣他們忽略了求見的禮節。布里菲卻覺得事有蹊蹺，他根據威斯頓女士說的某些話，覺得內情恐怕不單純。說實在話，他猜得沒錯。等我揭曉下一章要談的幾件事，事情就會浮上檯面。

第八章
貝拉斯頓夫人設計陷害湯姆

愛情的種子已經在費勒瑪爵爺心中生根太深，威斯頓粗魯的手也拔不出來。沒錯，當初他在氣頭上，對艾格朗上尉下了那個上尉執行過度的命令。然而，他遭到羞辱當天下午跟貝拉斯頓夫人見了一面，之後如果他找得到上尉，那個命令根本不會執行。可惜，上尉執行任務不遺餘力，費盡千辛萬苦打聽，當天深夜才查到威斯頓的落腳處。他擔心隔天早上撲個空，乾脆在酒館等到天亮，就這麼錯過爵爺派人送到他住處那封收回成命的信函。

如我所說，爵爺企圖玷辱蘇菲亞未遂的隔天下午去見了貝拉斯頓夫人，聽女士描述威斯頓的性格，這才明白跟這樣的人計較是多麼荒謬的事，更何況自己又對人家的女兒懷著那麼可敬的意圖。接著他對貝拉斯頓夫人訴說自己對蘇菲亞的深情，貝拉斯頓夫人馬上表示願意幫他，並且向他保證家族長輩都會贊成這門親事。她說蘇菲亞的父親只要不喝醉酒，又有人向他說明爵爺的求婚是多麼大的榮幸，也一定會應允，唯一的問題在於她先前提過的那個傢伙。那人雖然是個身無分文的流浪漢，卻不知用什麼方法弄到一些體面衣裳，打扮起來勉強也像個紳士。她說，「我為了堂姪女的幸福，派人做了一點調查，幸運查到他的住處。」她把湯姆的地址告訴爵爺，又說，「爵爺，我在想（因為這個人太卑賤，不值得您親自對付他），您能不能想個辦法抓他去充軍，弄上軍艦去當水兵。這個辦法既不犯法，又不違背良心。我向你保證，這傢伙雖然打扮得挺體面，其實就是個流浪漢，就跟街頭那些流浪漢一樣，最適合抓去當軍伕。關於良心的問題，避免年輕小姐步向沉淪，當然是最令人敬佩的善行。至於那個傢伙，除非他順利娶到我堂姪女（上帝不會答應），否則這麼做也許反倒避免他走上絞刑架，甚至還能光明正大開創一番事業。」

爵爺誠摯感謝貝拉斯頓夫人付出的心力，因為這件事關係到他未來人生能否幸福。他說，目前看來這個抓伕計畫似乎沒什麼不妥，他會馬上派人去執行。他懇切地請貝拉斯頓夫人立刻代他去提親，他說他願意給女方一張「空白契約」，他的家產由他們任意處置。離開以前他對與蘇菲亞的婚事表達無限憧憬與喜悅，女士則是提醒他務必當心湯姆，要盡快抓到他，讓他再也沒辦法毀掉蘇菲亞。

威斯頓女士一到倫敦，馬上派人給貝拉斯頓夫人送了一張問候卡。貝拉斯頓夫人收到卡片，像迫不及待的情人似地飛奔去見她堂妹。這個大好機會令她喜出望外，因為她覺得向明白事理又見過世面的女人提親，要比向那個她視為非洲霍屯督蠻族的男士提親愉快得多。當然，她毫不懷疑那位男士肯定也會點頭答應。

兩位女士見了面，彼此簡單行過禮，就聊起正事來了。她們可以說是立刻達成協議，因為威斯頓女士一聽見費勒瑪爵爺的名號，臉上綻放歡喜的光采。等她知道爵爺的愛有多深、求婚的態度多麼誠懇、提出的條件又是多麼優渥，她立刻以最明確的言語表示同意。

兩人聊著聊著，話題轉向湯姆。她們一致同意蘇菲亞很不幸地迷戀湯姆，也為此同聲慨嘆。威斯頓女士認為這都怪她哥哥愚蠢的管教方法。最後她聲稱，她對蘇菲亞的見識有信心。儘管她不願意為布里菲放棄愛情，不久後一定會接受高貴紳士的追求，放棄不足掛齒的愛情，畢竟那位紳士能為她帶來頭銜和龐大財富。她又說，「說實在話，我必須替小菲說句公道話，那個布里菲真是個討人厭的傢伙。妳也知道，鄉下的紳士都是如此，除了財產，什麼優點都沒有。」

貝拉斯頓夫人說，「也難怪堂姪女有這種反應。那個瓊斯確實是個討人喜歡的傢伙，而且有個男士們最受女士歡迎的優點。堂妹，給妳說個笑話。哎，我自己恐怕會笑得說不出話來。妳相不相信那傢伙竟然有膽子追求我？如果妳不相信，證據就在這裡，保證是他親筆寫的。」她把湯姆那封求婚信拿給威斯頓女士。讀者如果想知道內容，我已經收錄在本書第十五卷。

「我實在太驚訝了。」威斯頓女士說，「這實在是鐵錚錚的證據。如果妳不反對，我可以好好利用這封信。」

貝拉斯頓夫人說，「妳就拿去吧，隨便妳怎麼處置都行。不過，除了蘇菲亞，我不會拿給任何人看。而且要慎選適當時機。」

威斯頓女士問，「那麼妳跟那傢伙什麼關係？」

貝拉斯頓夫人答，「反正不是夫妻。親愛的，我向妳保證，我目前單身。妳也知道婚姻這種美事我試過一次。我認為，對於明智的女性，一次也就足夠了。」

貝拉斯頓夫人認為這封信一定可以破壞蘇菲亞對湯姆的感情。她之所以敢把信拿出來，一來是相信湯姆這個絆腳石很快就可以清除，二來她已經掌握阿娜這個證人。她試探過阿娜，有充分理由相信必要時阿娜會肯說出對她有利的證詞。

讀者可能會納悶，貝拉斯頓夫人既然憎恨蘇菲亞，又為什麼極力促成這件對蘇菲亞這麼有利的婚姻。我請這些讀者仔細探究人性這本書，在接近最後一頁的地方，他可以看到模糊難辨的字跡寫著，在婚姻這件事情上，女人雖然會以母親或女性長輩的身分做出各種乖戾行為，事實上她們都認為不能跟情人終成眷屬是極大的不幸，以至於她們覺得沒有什麼事比愛情受挫更值得懷恨在心。另外，讀者也會發現，大約在同一個地方還寫著：女人曾經享受擁有某個男人的快樂，就會不擇手段阻止其他女人得到同樣的樂趣。

如果這些理由還不能令讀者滿意，我只好坦白承認我看不出來那位夫人的行為還有其他動機，除非我們認為她被爵爺收買了。我個人覺得這種臆測毫無根據。

當初威斯頓帶著布里菲闖進妹妹住處時，威斯頓女士正準備跟蘇菲亞說這件事。她先循循善誘，向蘇菲亞分析說明愛情何等愚蠢，合法賣淫又是何等明智。這也是她對布里菲態度冷淡的原因。鄉紳照例猜錯妹妹發怒的原因，布里菲（原本城府就比較深）卻看出了玄機。

第九章
湯姆拜訪哈麗葉

現在讀者或許願意陪我回到湯姆身邊。他依約前去拜訪哈麗葉，不過，我敘述他們之間的談話以前，也許應該根據我的一貫作風短暫回溯，說明哈麗葉為何態度驟變。畢竟她早先搬家就是為了避開湯姆，現在又為什麼積極主動約湯姆見面。

我只需要描述前一天發生的事就夠了。哈麗葉聽貝拉斯頓夫人說威斯頓到了倫敦，立刻趕往他在皮卡迪利街的住處請安，卻被罵了許多不便在此複述、不堪入耳的粗魯言語。威斯頓甚至威脅要將她踢出去。有個過去她住姑姑家時就認識的老傭人帶她轉往姑姑的住處。威斯頓女士對她的態度多一點禮貌，卻並沒有比較友善。或者說得明白點，用另一種形式的粗魯對待她。總之，見過伯父和姑姑之後，她很清楚跟他們和解的計畫失敗了，更知道自己從此不必再做這方面的打算。從那時起她一心一意只想報復。因此，當她在劇院遇見湯姆，便覺得報仇的機會來了。

根據哈麗葉先前敘述的經歷，讀者一定記得威斯頓女士在巴斯時曾經愛上她丈夫費茲派翠。哈麗葉認為姑姑後來如此憎惡她，都是因為愛情落空。因此，哈麗葉認為，假使湯姆去追求她姑姑，姑姑一定會接受，就像過去迷戀費茲派翠一樣，何況湯姆顯然更有魅力。再者，她認為（合不合理我不予置評）姑姑又老了幾歲，這點對她的計畫是助力而非阻力。

湯姆到了以後，她表明她樂意幫助湯姆，因為這麼一來等於幫蘇菲亞一個大忙。她也對過去爽約的事稍做解釋，又告訴湯姆，蘇菲亞現在跟姑姑住在一起（她以為湯姆還不知道）。最後，她直言不諱地向湯姆說明她的計策，建議湯姆假意追求她姑姑，藉此接近蘇菲亞。她還告訴湯姆，過去她丈夫就是用這種計謀達到目的。

湯姆對她的一番盛情和好意獻策表達感謝。不過，他委婉地表示，威斯頓女士知道他深愛蘇菲亞，這跟當年費茲派翠的情況不一樣，所以這個計策不太可行。另外，蘇菲亞恐怕不會同意這種欺騙行為，一來她曾經明白表示憎惡一切欺詐，二來她對姑姑一片孝心。

哈麗葉聽完有點惱火。說實在話，湯姆這樣誇獎蘇菲亞，等於暗貶哈麗葉，就算稱不上失言，也實在有點失禮。他之所以這麼欠考慮，實在是因為太喜歡讚美蘇菲亞。

「說實在話，先生，」哈麗葉口氣明顯不悅，「我想不出還有什麼比欺騙老女人的愛情更容易的事了，尤其是生性風流的老女人。再者，雖然她是我姑姑，我不得不說世上再也沒有比她更水性楊花的女人。你難道不能假意告訴她：因為蘇菲亞已經許配給布里菲，你只好斷念，所以才被她吸引嗎？至於我堂妹蘇菲亞，我相信她不會笨到計較這種事，甚至會覺得對這些喜怒無常的老太婆略施薄懲不是壞事，因為她們總是在家族裡興風作浪。法律不能處罰這些人，我覺得很遺憾。我自己就不會介意這種事。另外，如果我說蘇菲亞未必像我這麼討厭所有真正的謊話，希望她不會見怪。對於我姑姑，我沒有義務孝敬她，她也不配。總之，先生，該說的我都說了，如果你不願意照我的話做，那麼我只好認定你不如我想像中那麼有見地，如此而已。」

湯姆終於發現自己說錯話，於是盡全力彌補，可惜語無倫次支支吾吾，結果是不知所云又自相矛盾。說實在話，與其設法補救，不如一開始就坦然接受犯錯的後果。畢竟補救通常無法為自己解圍，反倒越陷越深。在這種情況下很少人的反應能像哈麗葉這麼隨和，她笑著對湯姆說，「你不需要再解釋了。我知道你真心愛蘇菲亞，不管這份愛讓你做出什麼傻事，我都可以原諒。」

接著她又提起她的計策，極力建議湯姆採納，用盡一切理由支持自己的論點。她對姑姑氣憤難平，非得看她出醜，才能消心頭之恨。她覺得自己最喜歡的計策沒有道理行不通，實在是十足的婦人之見。

然而，湯姆堅持拒絕採行這個不可能成功的計謀。哈麗葉這麼積極慫恿，他輕而易舉就看出背後的動機。他說他不否認自己對蘇菲亞一片痴心，但他很清楚他們兩個條件太懸殊，絕不敢奢望這麼高貴的小姐會願意委身他這樣一無是處的男人。不只如此，他甚至連想都不敢想。最後他說了些為愛付出奉獻的話語，不過目前我沒有餘暇複述。

某些（我不敢以偏概全）身分高貴的女士心裡只有自我，無論什麼事都要扯到自己身上。另外，由於虛榮主宰她們的人生，所以只要聽見讚美，自然而然會據為己有。即使所有權屬於別人，也要轉到自己名下。任何人在這種女士面前稱讚其他女性，她們就會當仁不讓地搶奪過來，甚至要進一步發揚光大一番。比方說，她們會想：如果她的容貌、機智、優雅和溫柔可以得到這麼多讚美，那麼我各方面都比她出色，又該受到怎樣的頌揚？

男士們在這樣的女性面前稱讚其他女人，往往會贏得她們的好感。當他在傾訴自己對心上人的百般柔情千般愛意，她們心裡想的是：這男人對那麼普通的女人都這麼深情款款，如果是我的情郎該有多好？這種事聽起來似乎不可思議，但除了哈麗葉，我還見過其他不少例子。哈麗葉此時此刻的心情就是如此，她開始對湯姆動心，而且比過去的蘇菲亞更迅速覺察自己的情愫。

說實在話，俊男美女對異性的吸引力比一般人想像中更難抵擋。儘管我們某些人有個長相平凡的對象就知足了，也像孩子背誦無意義文字似地，反覆教導自己唾棄外貌、看重更實質的優點。但我經常發現，當完美無瑕的外貌出現，這些更實質的優點散發出的光芒，往往有如日出後的星辰。

湯姆這一番深情話語有不少彷彿出自歐朗達特[6]之口，哈麗葉聽完之後深深嘆息。她移開注視湯姆已久的視線，望向地板，嘆道，「瓊斯先生，我同情你。不過，付出這樣真摯的感情，對方卻無動於衷，實在是可惜。瓊斯先生，我比你更了解蘇菲亞。我必須說，一個女人不肯回應這樣的真情和這樣的對象，實在不值得愛。」

「女士，」湯姆說，「妳的意思該不是……」

哈麗葉打斷他，「意思！我不知道自己什麼意思。我認為真摯的愛情會讓人神魂顛倒，很少女人能遇上這種情郎。即使遇上了，也未必懂得珍惜。我從來沒有見過這麼高貴的情操，我不知道怎麼回事，但我不得不相信你。一個女人如果對這麼珍貴的情感視而不見，實在可鄙至極。」

她說話的口氣和表情引起湯姆懷疑，至於他懷疑什麼，我不想跟讀者說得太明白。湯姆沒有直接答覆，只說，「女士，我打擾太久了。」於是向她告辭。

「先生，一點也不久。」哈麗葉說，「瓊斯先生，我真的同情你，千真萬確。不過如果你真的要走，考慮一下我的提議。我相信你一定會同意，盡快再來見我。可以的話明天上午，或者明天其他時間，我一整天都在家。」

湯姆再三表達謝意，就禮貌周到地離開了。哈麗葉忍不住送他一抹秋波當臨別贈禮，湯姆如果看不懂，就是對眼睛的語言一竅不通。事實上，那個眼神讓他決心再也不踏進這個門。因為他在本書雖然處處留情，現在卻只想著他的蘇菲亞，我相信此時此刻天底下沒有任何女人能再引誘他對愛情不忠。

然而，始終與他為敵的命運女神見他不肯再給她機會為難他，決定好好把握這次，於是製造了我接下來要以哀傷語調傳達的那起悲劇事件。

第十章
前一場拜會的後果

先前曾提到費茲派翠從威斯頓女士手上拿到妻子的信，因而得知妻子下落。當時他立刻趕回巴斯，隔天啟程來到倫敦。

我屢次向讀者透露這位先生的善妒天性，讀者想必也記得在厄普頓的客店時，他闖進華特夫人房間，一度疑心湯姆跟他妻子有染。雖然事後許多證據掃除他的疑慮，可是如今在妻子信中讀到她對湯姆讚許有加，不免猜測妻子當時也在那家客店。種種線索在他不太靈光的腦袋裡混亂糾結，製造出一頭莎士比亞在《奧賽羅》裡提及的「綠眼怪獸」[7]。

這天他來到那條街，剛打聽到他妻子住哪一間房子，湯姆很不幸碰巧從那房子走出來。費茲派翠沒有馬上認出湯姆。他看見一個衣著考究的年輕男人從妻子住處出來，馬上走上前去質問湯姆在那房子裡都做了些什麼。他說，「我確定你剛才在那裡面，因為我看見你走出來。」湯姆非常客氣地回答，「我去拜訪住在裡面的女士。」

6 Oroöndates，十六世紀法國浪漫小說常見的男主角姓名。
7 Green-eyed monster，指嫉妒。出自《奧賽羅》第三幕第三場，伊阿古提醒奧賽羅提防嫉妒這頭綠眼怪獸。

費茲派翠又問，「你找那位女士什麼事？」

這時湯姆已經充分認出這人的聲音、外形，甚至他的外套。他大聲說，「嘿，好朋友！來握個手。我們先前因為一件小事有點誤會，希望大家心裡沒有芥蒂了。」

「先生，」費茲派翠說，「坦白說我不知道你是誰，也不認得你的臉。」

湯姆說，「確實，先生。我也還沒有榮幸認識你，不過我倒是清楚記得在厄普頓見過你的臉。那時我們發生了一點愚蠢的小爭執。如果誤會還沒解釋清楚，我們就去喝杯酒和解。」

「厄普頓！」費茲派翠叫道，「哈！那麼你一定姓瓊斯！」

湯姆答，「確實沒錯。」

費茲派翠說，「我發誓，我要找的人就是你。我發誓，我會跟你喝杯酒，不過我要先狠狠敲你腦袋一記。這拳賞你的，你這混蛋。我發誓，如果你挨了打還不跟我決鬥，我就再賞你另一拳。」說完他拔出佩劍擺出防衛姿勢，劍術他只會這一招。

湯姆突如其來挨了一拳，腳步有點踉蹌，幸好及時穩住。他也拔出劍，雖然不懂如何擊劍，卻大膽向費茲派翠進擊，突破他的防守，一劍命中，半截長劍沒入對方身體。費茲派翠中劍後倒退幾步，長劍刺向地面，身子倚在劍上，說道，「我不打了：我要死了。」

「但願不會。」湯姆說，「不管後果如何，你該知道這是你自找的。」這時一群人衝上來抓住湯姆。湯姆對他們說他不會反抗，請他們先救受傷的人。

「會的，」其中一個人答，「受傷的人一定會得到妥善照料，我猜他再活沒幾小時。至於你，先生，你至少還能活一個月。」

另一個人說，「他媽的，傑克。這樣他就上不了船了，他要去的是另一個港口。」

旁邊的人還說了許多諸如此類的話嘲笑可憐的湯姆。這些人其實就是爵爺雇來的爪牙，他們跟蹤湯姆，看他走進哈麗葉住處，這起不幸事件發生時，他們一直躲在街角守候。

負責號召這群人的軍官明智地判斷，現在他的任務是把犯人送交治安官處置。他命人將湯姆押往酒館，再派人去找警察，把湯姆交給警方監管。

那個警察看見湯姆的紳士打扮，又聽說事件起因是決鬥，對湯姆格外禮遇，應湯姆要求派人去打聽傷者的情況。當時傷者已被送往附近客棧，由外科醫生治療中。打聽消息的人回報，傷者受的是致命傷，救不活了。警察於是告訴湯姆他必須去見治安官。湯姆說，「隨便都好，我不在乎我會怎樣。雖然我很清楚法律上我沒有犯殺人罪，卻承受不了良心的譴責。」

湯姆被送到治安官面前，負責為費茲派翠療傷的外科醫生也奉召前來。醫生聲稱那是致命傷，湯姆因此被送往蓋特豪斯監獄。當時時間已經很晚了，隔天湯姆才派人通知帕崔吉。不過，由於他清晨七點才入睡，可憐的帕崔吉收到消息時已經接近中午十二點。湯姆徹夜未歸，帕崔吉擔心得六神無主，乍然收到這樣晴天霹靂的消息，幾乎嚇得沒命。

他帶著顫抖的雙腿和怦怦跳的心去到監獄，一見到湯姆就哭得淚漣漣，感嘆湯姆怎麼會碰上這種霉運。他一面說話，一面驚惶失措地查看四周。因為費茲派翠喪命的消息傳來，可憐的帕崔吉擔心他的鬼魂隨時都會闖進牢房。最後他轉交湯姆一封差點忘了拿出來的信，那是蘇菲亞派黑喬治送來的。

湯姆馬上把所有人打發出去，急忙把信拆開來，讀到以下內容：

你之所以會收到這封信，是因為一件令我震驚的事。姑姑剛才給我看了你寫給貝拉斯頓夫人的信，你在信中向她求婚。我確定那是你的筆跡，更令我驚訝的是，信裡標註的日期，正是你宣稱為我憂心如焚的時間。這件事我交給你自己評斷。我只希望永遠不再聽見你的名字。

蘇

我不知該如何向讀者傳達此時湯姆內心的煎熬和他承受的折磨，我只能說，他的現況是如此悲慘，就連史瓦坎看見現在的他，也不免一掬同情淚。不過，雖然他處境這麼危險，我還是得效法他的守護精靈（如果他有的話），暫時撇開他不管。本書第十六卷也到此結束。

第十七卷　歷時三天

第一章
包括一部分引言

喜劇作家一旦讓筆下的主角得到最大幸福，或者悲劇作家讓主角嘗到人間至悲，他們的任務就算完成，作品也即將畫下句點。

假使我寫的是悲劇，讀者就可以判定我也即將到達這個句點。因為不論魔鬼本尊或他派駐人間的任何代表，都很難再害可憐的湯姆受到比前一章我們離開他時更慘烈的折磨。至於蘇菲亞，只要是心地善良的女人，都不願意情敵處於比她更焦慮的狀態。那麼，只要再添上一兩樁謀殺案和幾句醒世箴言，這部悲劇就大功告成。

然而，要讓我們最愛的人物脫離他們當前苦惱與憂傷，走上幸福美滿的人生，任務似乎困難得多。事實上，這個任務難度太高，我不打算去執行。對於蘇菲亞，我大有可能在某個時節幫她找個好夫婿，也許是布里菲、或爵爺、或某個人。至於湯姆，他因為自己的輕率魯莽落得大難臨頭。像這樣的輕率魯莽之輩就算沒有變成重刑犯，通常也會自取滅亡。他現在求助無門，又受到敵人無情迫害，我實在愛莫能助。讀者如果喜歡觀看行刑過程，我建議你趕緊去泰伯恩行刑場占個前排位置。

我在此心口如一地保證，不管我對這個我不幸選為男主角的無賴有什麼感情，我絕不會為他動用我握有的超自然力量。這種超自然力量我是有條件取得，非到必要絕不使用。因此，如果他沒辦法找到某些自然的方法，光明正大地為自己脫困，我也不會為他犧牲本書的真實與尊嚴。我寧可說明他在泰伯恩被處絞刑（這點大有可能），也不願意放棄我的誠實，或破壞讀者對我的信任。

在這方面古人比我們現代人更具優勢。當時一般人對神話深信不疑，比現代人信仰任何宗教都虔誠得多，所以那時的作家永遠有機會解救最鍾愛的主角。作家手邊隨時有眾多神祇待命，為他執行一切任務。劇情愈是光怪陸離，輕信的讀者就愈驚奇，也愈歡喜。那些作家可以在紙頁上輕而易舉將主角從一個國家送到另一個國家，或從一個世界送往另一個世界，再帶回來。行動受限的現代作家卻沒辦法將他從監獄裡弄出來。

阿拉伯人和波斯人寫故事時，同樣得力於他們的精靈與仙子。在《可蘭經》的權威認證下[8]，精靈與仙子可說是他們信仰的一部分。可惜我沒有這些助手，只能採用自然方法。因此，我來試試能用這種方法幫湯姆做些什麼。不過，坦白說，有個聲音在我耳畔悄聲告訴我，他還沒走到厄運的谷底：命運這本書未翻開的頁面裡，還藏著比他目前聽到的一切更令人震撼的消息。

8 根據《可蘭經》記載，精靈是阿拉以無煙之火創造出來的。

第二章
密勒太太的寬厚與感恩

歐渥希和密勒太太剛坐下來吃早餐，一早就出門的布里菲正好回來，於是跟他們一起用餐。他一坐下來就說，「我的天！親愛的舅舅，你猜猜發生了什麼事？我發誓我不敢向您稟告，擔心您想起過去曾經善待這樣的惡人，內心飽受震撼。」

歐渥希問，「孩子，什麼事？我這一生恐怕不只一次善待不值得善待的人，不過善行並不會收養施捨對象的罪惡。」

布里菲答，「天哪，舅舅！看來冥冥之中自有天意，您才會用『收養』這個詞做比喻。您的養子，就是那個瓊斯，您過去悉心呵護的那個壞蛋，原來竟是天底下最罪大惡極的惡人。」

密勒太太激動地說，「我對天發誓，這是謊話。瓊斯先生不是惡人。他是世上最值得敬佩的人。如果有其他人喊他惡人，我一定會把這些滾燙的開水全潑在他臉上。」

歐渥希對密勒太太的反應顯得十分困惑，不過她沒有給他時間探詢，馬上轉頭對他說，「希望您不要生我的氣。先生，我無論如何都不會冒犯您，可是我真的不能忍受別人這麼說他。」

歐渥希面色凝重地說，「女士，我必須承認我有點驚訝，妳怎麼會這麼激動地捍衛一個妳不認識的人。」

她答，「先生，我認識他，真的認識。如果我不承認我認識他，就是最忘恩負義的卑鄙小人。他救了我和我兩個女兒，只要我們有一口氣在，都會為他祈福。我也求上帝祝福他，讓他那些壞心腸的敵人回心轉意。我知道、我發現、我看出來他有這樣的敵人。」

歐渥希說，「女士，我更驚訝了，妳指的一定是別人，妳不可能欠我外甥說的那個傢伙的恩情。」

密勒太太說，「我非常肯定。他對我的恩情山高水深，他救了我一家人。先生，相信我，有人陷害他，在你面前用最狠毒的計謀陷害他。否則像您這種大慈大悲高尚正直的人，過去又曾經無比慈愛地說過這孤苦無依的孩子那麼多麼好話，現在不可能這麼輕蔑地喊他『傢伙』。最親愛的先生，說實在話，如果您聽見他談起您的時候那些深情又感恩的好話，就會知道他值得您用更友善的言語稱呼他。他只要提起您的名字，語氣裡總是帶著景仰。我曾經在這個房間看見他跪著請求上帝把所有福氣都賜給您。我對我這小女兒的愛，還不及他對您的愛。」

「舅舅，現在我明白了，」布里菲臉上帶著魔鬼用來標記他的愛將的輕蔑冷笑。「密勒太太確實認識他。我猜您的朋友之中不會只有她聽過那個人跟您攀親帶故。根據她透露的某些話，我的人品肯定受到他毫不留情的抹黑。不過我原諒他。」

密勒太太答道，「先生，願上帝原諒你！我們大家都有罪，都需要祂的寬恕。」

「密勒太太，」歐渥希說，「我覺得妳對我外甥的態度不太友善。我向妳保證，妳對那個最卑劣的人的印象都來自他自己的描述，而這些東西只會加深我對他的厭惡。密勒太太，我必須告訴妳，妳面前這個年輕人曾經極力為妳袒護的那個人說話。我想，只要妳聽我親口說出那些事，應該會納悶怎麼會有人這麼可恥，這麼不知感恩。」

「先生，您被騙了。」密勒太太答，「就算我只剩下最後一口氣，我也會這麼說：您被騙了。我再說一遍，願上帝原諒那些欺騙您的人！我不敢說那個年輕人沒有缺點，不過那都是年輕不懂事。我相信將來他可能會……不，我確定他一定會改過。萬一他沒改，用他那顆世上最慈悲、善良、真誠的心來彌補也綽綽有餘。」

歐渥希說，「坦白說，密勒太太，如果是別人告訴我妳說了這些話，我一定不會相信。」

她答，「先生，等您聽完我要告訴您的事（我會全部對您說），您一定會相信我說的話，我確定您會的。而且您不但不會生氣，更會認定（我很清楚您有多麼公正）如果我今天不說這些話，就是天底下最可恥，最不知感恩的小人。」

「女士，」歐渥希說，「坦白說妳今天的行為確實叫人想不通，我很樂意聽聽妳的解釋。現在妳能不能讓我外甥好好把話說完，別再打岔？他剛才說得那麼嚴重，一定不會是小事。也許他要說的話能讓妳看清真相。」

密勒太太表示同意，布里菲於是接著說，「舅舅，如果您不氣惱密勒太太對您的不敬，關於我的部分我輕易可以原諒。但我覺得您的善意不該受到她這樣的侮慢。」

歐渥希說，「孩子，你要說的消息是什麼？他最近又做了什麼事？」

布里菲答，「儘管密勒太太說了那麼多，我很遺憾還是得說出這件事。原本我也不打算告訴您，可是這種事不可能瞞住任何人。簡單說，他殺了人。我不會說他蓄意謀殺，因為法律上可能不會這樣解釋。為了他好，我希望事情有最好的結果。」

歐渥希顯得無比震驚，在胸前畫了十字。而後轉頭對密勒太太說，「女士，現在妳怎麼說？」

「先生，」密勒太太回答，「我會說我這輩子從來不像現在這麼擔憂。不過，就算那是事實，我相信錯的一定是對方，不管那人是誰。天曉得城裡有太多流氓，成天沒事專找年輕人鬧事。他一定是忍無可忍，我見過那麼多房客，沒有一個人脾氣比他更溫順，更和藹可親。住在這房子裡的人和經常來走動的都喜歡他。」

她正說著的時候，忽然傳來猛烈的敲門聲，打斷他們的談話。密勒太太沒再說下去，也沒等回應，因為她認為這一定是歐渥希的客人，連忙帶著小女兒離開。小女孩聽見湯姆的壞消息，哭得眼睛都腫了，因為湯姆總是喊她「我的小妻子」，不但送她很多玩具，還經常花很多時間親自陪她玩。

我效法最優秀的史家同行普魯塔克[9]的風格，記錄這些枝微末節，某些讀者可能讀來津津有味，其他讀者卻會覺得這些事太瑣碎。在此請這些讀者包涵，因為我陳述這種小事通常簡單扼要。

9 指Lucius Mestrius Plutarch（四六～一二〇），羅馬帝國時期的希臘作家，著有《希臘羅馬名人傳》（*Lives of the Noble Greeks and Romans*）。

第三章
威斯頓到訪；論父母的威權

密勒太太剛走不久，威斯頓就進來了。不過，他先在門外跟轎夫吵了幾句。那些傢伙在海克力斯柱旅店接到這位貴客，深信今後再也做不到他的生意，又發現他出手相當大方（因為他額外打賞他們六便士），於是非常放肆地開口多要一先令。這下惹惱了鄉紳，他對這些人破口大罵，直到進房間後依然怒氣騰騰，指天誓日地說這些倫敦人跟朝廷裡那些人沒兩樣，滿腦子只想掠奪鄉下的紳士。他罵道，「真該死！我寧可冒雨走路，再也不坐這些差勁的轎子。短短一哩路，顛得比騎我那匹棕布朗追半天狐狸還厲害。」

等這頓脾氣稍微平息，他馬上又氣呼呼地說，「事情越來越棘手啦！獵犬換了新目標，我們以為我們對付的是狐狸，他媽的，最後卻發現是一隻獾。」

歐渥希說，「我的好鄰居，拜託你別用那些比喻，說清楚點。」

威斯頓說，「那就跟你把話說白了，一直以來我們提防的是某個人（我不知道是誰，反正不是我）跟婊子養的野種，現在又來個該死婊子養的爵爺。天曉得，這人說不定也是野種。我不在乎。反正他永遠別想我把女兒嫁給他。那些人把國家搞窮，別想把我也搞窮。我的土地絕不會送給漢諾威派。」

歐渥希說，「朋友，我真是太驚訝了。」

威斯頓答，「咄！我自己也很驚訝。昨晚我去看妹妹（是她約我去的），結果碰上了一屋子女人。有我的堂妹貝拉斯頓夫人、貝蒂夫人、凱瑟琳夫人，還有我叫不出名字的夫人。見鬼了！我這輩子還沒見過這麼一大窩穿蓬裙的母狗！我寧可被自己的狗追，像故事書裡那個叫阿克通[10]的，變成野兔被自己的獵犬咬死吃掉。天殺的！有哪個人像這樣被追著跑。我躲這邊，就被這人堵上。我回個嘴，就被另一個臭罵一頓。有個堂親說（他模仿那些女士的口吻），『哎呀，這肯定是全英格蘭最好的親事！』另一個堂親說（你該知道這些人全是我堂親，雖然有一半以上我從沒見過），條件對我們非常有利。』那個大屁股母狗貝拉斯頓夫人說，『堂親，你一定是腦筋失常才會拒絕這門親事。』」

「現在我有點懂了。」歐渥希說，「有人向威斯頓小姐求婚，貴家族的女士都贊成，可是你不中意。」

「我中意！」威斯頓大聲說，「見鬼的怎麼可能？我都說了那個是爵爺，你也知道我早就打定主意不跟那種人打交道。他們有個人開價四十年租金要買我的一小塊地建庭園，我不是拒絕了嗎？因為我不願意跟爵爺做買賣。那麼你覺得我會把女兒嫁給那種人嗎？再者，我不是已經答應你了，我這人什麼時候說話不算話過？」

「好鄰居，關於這點，」歐渥希說，「我解除你的履約責任。如果締結合約時兩造沒有能力履行合約，合約就沒有約束力。即使事後有能力履行也一樣。」

「胡扯！」威斯頓說，「那我告訴你，我有能力，而且我會履行。馬上跟我去民法博士公會，我去

10　這裡威斯頓口誤，將阿克泰翁（Actaeon）說成阿克通。阿克泰翁是希臘神話中的人物，因為偷窺黛安娜女神沐浴，被變成一頭鹿，慘遭自己的獵犬咬死。

領張證書，然後我就去妹妹家把女兒帶出來。她一定要嫁他，否則我就把她關到死，每天只給麵包配開水。」

歐渥希說，「威斯頓先生，我能不能拜託你聽我說些關於這件事的真心話？」

威斯頓答，「聽你說，好啊，我當然會聽你說。」

歐渥希說，「說真的，我這些話不是恭維你和令嬡。當初你向我提親，基於我對兩位的尊重，我非常誠心也非常樂意接受。我們兩家住得這麼近，彼此的相處向來也愉快和諧，能夠結成親家實在是再好不過。尤其是令嬡，不但認識她的人都稱讚她，我也看得出來將來無論哪個好男人有幸娶到她，都是得到人間至寶。我就不提外表的條件，那肯定是非常出色。她的溫柔、善良、端莊也是眾所周知，不需要更多頌揚。但她有一個只有最賢德的女性才擁有的特質，那也是屬於最完美天使的特質。不過，這種特質並不搶眼，所以很少有人注意到。事實上，因為太少人談論，我幾乎不知道該怎麼形容，只好用否定方式來敘述。我從沒聽她說過無禮的話，或展現所謂的口才。她不會裝聰明，更不會裝出那種由大量閱讀和經歷累積而來的睿智模樣。年輕小姐裝睿智，就像猩猩扮人一樣荒唐可笑。她不會蠻不講理，不會妄下斷語，也不做深奧的評論。平時跟男士們相處的時候，我發現她總是專注聆聽，謙卑地學習，而非賣弄地指教旁人。

「我要請你見諒，有一次我故意試探她，請她就史瓦坎先生和斯奎爾先生爭辯的論點發表看法。她用溫柔的口氣回答，『好心的歐渥希先生，請您原諒，您不會真的以為我有能力論斷兩位這麼淵博的先生分歧的見解。』史瓦坎和斯奎爾各自都認為小姐一定會認同自己的意見，都附和我提出的要求。她用同樣親切的語調說，『請兩位務必諒解，我不會冒犯某一方，也不會贊同另一方。』對於男士們的見解，她總是展現高度的尊敬，這是成為賢淑妻子不可或缺的特質。我只再補充一句：她不是矯揉造作的人，所以那種尊敬肯定是真的。」

這時布里菲哀怨地嘆息。威斯頓聽見女兒受到這樣的讚美，感動得淚水盈眶。他哽咽地告訴布里菲，「別喪氣，你一定能娶她。見鬼的，就算她再好個二十倍，你也會娶到她。」

歐渥希說，「先生，別忘了你的承諾，不要打岔。」

威斯頓答，「不會了。我一個字都不會再說。」

「我的好朋友，」歐渥希接著說，「我談了這麼多令嬡的優點，一方面是因為我真心喜歡她的個性，一方面是不希望被誤會我是為了錢財（因為錢財方面確實對我外甥有利），才答應這門親事。我真心希望令嬡這麼珍貴的寶物能進我家門。不過，雖然我希望擁有許多好東西，卻不會去偷竊，或使用任何暴力或不公平手段去獲得。違反女性的意願或沒得到她的認可，硬是強迫她嫁人，實在太不公平，也是一種壓迫行為，我真希望我們國家的法律能夠明文禁止。不過，即使處在律法不彰的國家，好的良知永遠不會胡作非為，它會為自己制定立法者疏於提供的法律。目前的情況正是如此，因為女性在婚姻中的行為舉止，都要向某個最崇高、最恐怖的法庭負責，甚至冒著靈魂沉淪的危險。所以，不顧她的意願、強迫她走入婚姻，難道不是殘忍的行為，甚至是一種褻瀆？在婚姻中充分盡到職責不是容易的事，我們將這樣的重擔交給女性，卻又剝奪那份支持她承擔重任的力量，這樣對嗎？我們要她擔起即使用盡全部心力都未必足夠的責任，卻又將她的心扯走，這樣可以嗎？我必須把話說得非常明白，我認為父母如果這麼做，那麼日後他們的子女無論犯什麼錯，他們都算是共犯。在公正的法官面前，要跟子女一同受罰。不過，就算他們躲得過懲罰，上帝明鑑！明知自己親手將孩子推入地獄，有哪個人能不內疚？

「我的好鄰居，基於這些理由，加上我知道令嬡很不幸地嫌惡我外甥，我必須請你不要再有納他為婿的念頭。你的這份好意我永遠銘感在心。」

「先生，」威斯頓說（他嘴唇的軟木塞一旦拔開，口沫立刻噴濺出來），「你可不能說我沒有聽你把話說完。現在我希望你聽我說，你說的每一個字我都會給你答覆，否則我就放棄這門親事。那麼首先我請你回答我一個問題：她是不是我生的？她是不是我生的？你回答我。沒錯，人家說了解自己的孩子才算有智慧的父親，不過我相信我是最合格的父親，因為她是我一手帶大的。我相信你也承認我是她父親。如果我是，難道我不該指導自己的孩子？我問你，難道我不該指導自己的孩子？如果其他方面我可以指導孩子，這方面就一定可以指導她，因為這件事對她最重要。我做這些事求的是什麼？我有叫她為我做什麼嗎？或給我什麼嗎？恰恰相反，我只希望她拿走我一半財產，等我死了再拿走另一半。那這一切是為了什麼？難道不是為了她的幸福？有些人說的話實在會讓人氣瘋。今天如果是我要再娶，她哭得死去活來還說得過去。可是不是這樣，我這麼做等於把我的田產綁死，就算我想再娶也不成，因為天底下不會有女人想嫁我。我他媽的做得還不夠多嗎？我推她下地獄！呸！我寧願看見全世界下地獄，也不願意看見她傷到一根小指頭。說實在話，歐渥希先生，你別怪我，我聽你說出這種話很驚訝。就算你會生氣，我還是得說，原本我還以為你夠明理。」

歐渥希聽見這話只是笑了笑，就算他再怎麼刻意，也沒辦法在笑容裡添加一點惡意或鄙夷。他笑看他人的愚行，大概就像我們想像中天使笑看人類的荒誕行徑。

布里菲請求讓他說幾句話：「說到對小姐使用任何暴力，我是一定不會贊同的。我的心不允許我對任何人使用暴力，更別提是一位不管她對我多麼殘忍、我始終對她懷著最純潔、最真摯愛意的女性。不過，我在書本上讀到過，很少女性能夠抵抗不屈不撓的追求，那麼我為什麼不能期待藉由這樣的不屈不撓得到她的愛？因為未來我應該不會有對手。承蒙威斯頓先生好意選擇我而不選那位爵爺。舅舅，你應該同意這方面父母至少有權力反對。我就不只一次聽這位小姐這麼說，她甚至宣稱她認為子女違反父母意願結婚是不可原諒的行為。再者，雖然家族裡其他女性長輩似乎偏向爵爺，我卻認為小姐本人不會給爵爺任何鼓勵。唉！我太肯定她不會，我很清楚那個天底下最壞的男人還在她心裡占有最重要的位置。」

「哎，哎，確實是。」威斯頓嚷嚷道。

「不過，」布里菲又說，「等她聽說他犯了謀殺罪，就算法律不判他死刑……」

「你說什麼？」威斯頓大聲問。「謀殺！他犯了謀殺案，有沒有可能被送上絞刑架？噠啦啦，噠嗒囉啦。」他開心地在房間裡又唱又跳。

「孩子，」歐渥希說，「看著你的愛情受到挫折，我實在難過得不得了。我由衷同情你，也願意用盡一切光明正大的方法幫助你。」

「這就夠了。」布里菲答，「相信親愛的舅舅了解我的為人，不會認為我會希望使用任何不恰當的手段。」

「那好吧，」歐渥希說，「我允許你寫信，如果小姐同意，你也可以去拜訪她。不過絕不能使用暴力，不能有限制行動那類的事。」

「好，好，」威斯頓說，「我不會做那種事。我們多花點時間，看什麼辦法比較有效。只要那傢伙上了絞刑架不再礙事……噠嗒囉啦！我這輩子沒聽過比這更好的消息！……我保證一切都能順我的意。歐渥希，跟我去海克力斯柱旅店吃飯，我訂了烤羊肩、豬小排和蛋汁雞。就我們幾個，沒別人，除非我們想找店東作陪。我讓薩坡牧師去貝辛斯托克找我的菸盒，我忘在那裡的客店了。這菸盒跟我有二十多年交情了，我無論如何也要找回來。我可告訴你，那個店東有趣極了，你會愛死他。」

最後歐渥希接受邀請。不久後威斯頓就走了，想到可憐的湯姆即將面對的悲劇結局，他開心得一路又唱又跳。

威斯頓走了以後，歐渥希面色凝重地提起同一個話題。他對布里菲說，「我必須坦白告訴你，這種愛情不會成功，所以我由衷希望你能克服它。認為不屈不撓可以化解女人的嫌惡，這實在是俗人的謬見。不屈不撓或許可以征服冷漠，但真正被征服的其實是善變、多慮、做作，以及過度輕佻。由於輕佻，某些心性不定的女人即使中意追求者，也會故意拖延男士追求的時間，享受那份虛榮，決心（如果她們有所謂的決心）將來再給男士一點微薄的補償。然而，堅決的憎惡（恐怕目前的情況正是如此）不會隨著時間減弱，反而會增強。再者，親愛的孩子，我還有另一層憂慮，要請你諒解。我擔心你對這位出色的年輕小姐的愛情主要是因為她的美貌，不配稱為決定婚姻幸福唯一關鍵的那種愛情。不考慮女性對我們的感受，一味地愛慕她、喜歡她、渴望擁有她，這是再自然不過的事。只是，我相信愛情只能來自愛情。至少我十分肯定，明知對方憎恨自己，卻還能愛她，這不是人類天性。所以我的好孩子，徹底檢視你的心。如果你覺察到任何一絲這種現象，我相信你的美德和信仰會驅使你將這種邪惡情感逐出你的心。當你這麼做的時候，你的理智會消除你的痛苦。」

讀者想必猜得到布里菲的答覆，如果猜不到，此刻我沒空滿足你，因為本書催促我去處理更重要的事，何況我急於回到蘇菲亞身邊。

第四章

蘇菲亞和姑姑之間不尋常的一幕

哞哞叫的小母牛和咩咩叫的母羊可以成群結隊在草原上閒逛，不會有人注意。雖然牠們終有一天會落入人類手中，至少可以享受幾年自由自在的時光。不過，如果豐滿的母鹿跑出森林，駐足某片田野或果園被人發現，立刻驚動整個教區，每個男人都迫不及待想派獵犬去追牠。如果好心的鄉紳搶先別人救了牠，也只是為了祭自己的五臟廟。

我經常認為，有財富有地位的上流社會美貌女子一旦踏出閨房，處境就跟那頭母鹿相去不遠。全城會陷入騷動，她被人從公園追到劇院、從宮廷追到社交場合、從社交場合追到她自己的房間。幾乎不出三個月，就落入這個或那個野心份子魔掌。即使她的親友出面保護她免受某些人騷擾，也只是為了將她交給他們自己看上的人選，這個人選通常比其他人更令她厭惡。在此同時，其他那些女性三五成群在公園、劇院、歌劇院、社交場合穿梭自如，安全無虞乏人問津。雖然她們大多數人到最後也都會遭到獵捕，至少享有很長時間的自由，不會受到打擾與管束。

在這些引人垂涎的美人兒之中，沒有誰比可憐的蘇菲亞更飽受這種折磨。她為布里菲遭受那麼多磨難，她的厄運似乎還不滿足，現在又找來另一個追逐者，這人即將帶給她的苦難顯然不比布里菲少。因為雖然她姑姑沒那麼暴力，態度之強硬比起她父親毫不遜色。

午餐後僕人剛離開，威斯頓女士就挑明對蘇菲亞說，「爵爺下午會來拜訪，我打算一有機會就離開，讓妳單獨跟他相處。」

蘇菲亞有點激動地說，「姑姑，如果妳走了，我一有機會就會扔下他，自己回房。」

她姑姑叫道，「什麼！小姐！我好心救妳脫離妳父親的牢籠，妳卻這樣回報我？」

蘇菲亞答，「姑姑，妳也知道，父親之所以把我關起來，是因為我不肯聽話接受我討厭的男人；那麼親愛的姑姑救我脫離苦海，卻又要將我推入同樣的深淵嗎？」

威斯頓女士說，「那麼妳認為爵爺跟布里菲先生沒有差別？」

蘇菲亞答，「在我看來沒有兩樣。如果我不幸注定要接受其中一個，那麼我會選擇犧牲自己讓父親開心。」

威斯頓女士說，「原來我開不開心對妳而言一點都不重要。不過我不在乎，我這麼做是出於更崇高的動機，我是為了光耀門楣，為了讓妳得到爵位。妳沒有雄心壯志嗎？妳不喜歡自己坐的馬車上裝飾代表貴族身分的冠冕嗎？」

蘇菲亞答，「不。我以人格起誓，我的馬車上就算裝飾的是針插，我也一樣開心。」

她姑姑說，「妳這樣的壞丫頭不配跟我說什麼人格。抱歉，姪女，是妳逼我說這種難聽話。我受不了妳這種不長進的性格，妳身上沒有威斯頓家族的骨氣。不過，不管妳的想法多麼平庸、多麼沒出息，我也不要為妳擔罵名。我不能讓外人認為我鼓勵妳拒絕全英格蘭最好的婚事。對方不但家大業大，甚至可以帶給幾乎所有家族光采，而且門第比我們高貴。」

蘇菲亞說，「我天生就有缺陷，少了某種其他人都有的感官。因為這世上一定存在某種感官，能夠體驗聲勢和排場帶來的樂趣，否則人類不可能付出那麼多心力、做出那麼多犧牲，就為了獲得某些對他們而言（對我也一樣）最微不足道的東西，得到之後還會顯得無比興奮和驕傲。可惜我沒有那種感官。」

「不，不，小姐。」威斯頓女士說，「妳天生就有跟別人一樣多的感官。不過我告訴妳，就憑妳那點見識，還沒本事害我變成傻子，或讓世人笑話我。所以我向妳聲明，除非妳答應下午見爵爺，否則明天一早我會親手把妳送回我哥哥手裡，從此不再管妳的事，也不再見妳。我相信妳明白我心意已決。」

她這番話說得憤怒又絕情，蘇菲亞聽完默默站了半晌，然後淚眼婆娑地說，「姑姑，隨妳怎麼處置，反正我是世上最悲慘、最不幸的苦命人。如果連姑姑都拋棄我，還有誰能保護我？」

威斯頓女士說，「我親愛的姪女，爵爺就能給妳最好的保護。如果不是因為妳還想著瓊斯那個可鄙的傢伙，怎麼會拒絕他？」

蘇菲亞說，「姑姑，妳真的錯怪我了。就算過去我有過那種想法，妳給我看過那封信後，也該相信我會從此斷念。如果妳不放心，我可以到教堂發誓，從此不再見他。」

威斯頓女士說，「可是孩子，親愛的孩子，妳講講道理，妳有什麼理由拒絕爵爺？」

蘇菲亞答，「我已經跟妳說過一個最充足的理由。」

她姑姑驚訝地問，「什麼？我一點都不記得。」

蘇菲亞說，「姑姑，我跟妳說過他用最粗魯、最下流的舉止對待我。」

威斯頓女士說，「說真的，我沒聽妳說過，不然就是沒聽懂。妳說最粗魯、最下流的舉止是什麼意思？」

蘇菲亞說，「姑姑，我簡直沒有臉說出來。他突然抱住我，把我推倒在長椅上，手伸進我的胸衣裡，還用力親吻我的胸部，我左胸到現在還有他留下的傷痕。」

威斯頓女士說，「我不信！」

蘇菲亞說，「姑姑，是真的。當時幸好我父親闖進來，否則天曉得他會做出什麼事。」

她姑姑說，「我太震驚，也搞糊塗了。我們威斯頓家族自古以來從來沒有女人受到這樣的對待。如果哪個王公貴族敢對我這麼放肆，我一定挖出他的眼珠子。不可能！蘇菲亞，妳一定是為了激起我對他的憤慨，才編出這種故事。」

蘇菲亞答，「我希望姑姑對我的觀感不至於糟到認為我會說謊。我發誓那是真的。」

威斯頓女士說，「如果當時我在場，一定刺穿他心臟。不過他應該沒有什麼不良企圖，不可能的！他不敢。再者，他都提親了，證實他沒有。畢竟他提的條件可敬又大方。我不知道，這年頭大家都太隨便了。結婚前我只容許遠遠行個禮。雖然我絕不會答應任何人的求婚，但過去我也有過追求者，不久之前還有，而且好幾個，但我從來不容許對方胡來。這種習俗太荒謬，我永遠不會贊成。男人最多只能吻我的臉頰；女人在丈夫面前唯一能棄守的也只是嘴唇。而且說實在話，就算我真的結婚，也不會輕易讓丈夫得逞。」

蘇菲亞說，「親愛的姑姑，我這麼說希望妳別見怪：妳自己承認曾經有很多人追求妳。就算妳否認，這也是公開的事實。可是妳全拒絕了，而且據我所知其中至少有一個貴族。」

她姑姑答道，「親愛的小菲，妳說得沒錯，曾經有個爵爺向我求婚。」

蘇菲亞答，「那麼妳為什麼不允許我拒絕這一次？」

威斯頓女士說，「孩子，沒錯，我曾經拒絕某個爵爺的求婚，可是當時對方提的條件不夠好。我是說，不算非常非常好。」

蘇菲亞說，「是，姑姑。可是也曾經有富豪用非常優渥的條件向妳求婚。而且那不是第一次、第二次，也不是第三次有人用那麼好的條件求婚。」

她姑姑答，「確實如此。」

蘇菲亞又問，「姑姑，那麼我為什麼不能等下一次，也許條件會比這次更好？妳現在還年輕，如果又有富豪甚至爵爺來追求妳，我相信妳也不會第一個就答應。我現在還太年輕，應該不必擔心沒有人追求。」

威斯頓女士說，「親愛的，親愛的小菲，妳讓我怎麼說呢？」

蘇菲亞回答，「我只求妳別讓我單獨見爵爺，至少今天晚上不要。如果妳認為發生那種事之後，我還是必須跟他見面，那麼只要妳答應陪同，我就順從妳。」

威斯頓女士說，「好，好，我答應。小菲，妳知道姑姑愛妳，什麼都不忍心拒絕妳。妳知道我很好說話。以前我不是這麼隨和的人，甚至有人覺得我殘忍，我指的是那些男人。他們都喊我狠心的帕西妮莎[11]。很多人在窗子寫了獻給狠心帕西妮莎的詩句，窗子都被我打破了。小菲，我臉蛋沒妳漂亮，可是以前我長得跟妳有點像，現在有點變了。像西塞羅在他的《書信集》裡說的，王國和政府都會改變，人的外貌也是一樣。」她就這樣滔滔不絕說了將近半小時，談她自己、她的輝煌情史和她的狠心，直到爵爺抵達。

爵爺來訪過程中，威斯頓女士始終沒有離席的意思，爵爺煩悶地坐了許久，終於告辭，對威斯頓女士和蘇菲亞的表現一樣不滿。威斯頓女士被蘇菲亞哄得心情大好，無論蘇菲亞說什麼她都認同，也認為對於這種冒失追求者，保持一點距離比較恰當。

11 Parthenissa，十七世紀情詩與浪漫傳奇常見的女主角名字。

就這樣，蘇菲亞藉著一點技巧性的奉承（相信不會有人因此責怪她），為自己爭取到一點安寧，至少把這討厭的一天熬過去了。既然女主角長時間以來的緊張處境有所改善，我們就來看看湯姆，早先我們離開他的時候，他的處境可說慘絕人寰。

第五章 密勒太太和奈丁格爾到監獄探望湯姆

歐渥希帶著布里菲去赴威斯頓的約，密勒太太於是出發前往女婿的住處通知他，湯姆碰上了厄運。不過奈丁格爾已經從帕崔吉（湯姆搬出密勒太太家之後，跟奈丁格爾夫婦住在同一棟屋子裡）口中聽說了。密勒太太看見女兒為湯姆的事傷心難過，盡心盡力安慰了一番，就轉往蓋特豪斯監獄。她聽說湯姆被關在那裡，她女婿也早她一步趕過去了。

對於遭逢逆境的人，好友堅定又忠誠的情誼是最令人寬慰的。如果這個困境可望在短期內逢凶化吉，那麼好友雪中送炭帶來的喜悅，反倒超越災難導致的痛苦。

某些人膚淺而偏差地認為這種情況少之又少，事實不然。坦白說，欠缺同情心這種缺點並不普遍。嫉妒才是我們性格裡的暗黑元素。因此，當我們仰望那些明顯比我們尊貴、優秀、明智或快樂的人，眼神裡難免帶有一絲怨毒。

反之，我們俯視卑微困頓的人，通常伴隨著滿懷的善心與憐憫。我曾經說過，根據我的觀察，人與人之間的情誼最常見的瑕疵都是從嫉妒而來，這是一種糟糕至極的毛病，可惜我發現很少人能夠全然倖免。不過，這個話題到此為止，如果繼續探討下去，可能會離題太遠。

命運女神是不是擔心湯姆在苦難中沉淪，從此失去折磨他的機會，或者她真的已經減輕對她的嚴苛。總之，這回她手下留情，派兩個摯友來陪伴他。更難得的是，還給了他一個忠實的僕人。帕崔吉雖然有許多缺點，卻有一片忠心。雖然他因為太害怕，不可能代替主人上絞刑架，我相信他絕不會為了任何利益背棄主人。

湯姆正在感謝朋友的到來帶給他無比安慰，帕崔吉帶來最新消息：雖然外科醫生鐵口直斷費茲派翠回天乏術，他卻還沒死。湯姆聽完嘆了一口氣。

奈丁格爾對他說，「親愛的湯姆，這次的事只是意外，你何必這麼苦惱？不管結果如何，你都不會有危險，就連你的良心都沒辦法對你有一丁點的責備。就算那傢伙死了，你也只是自我防衛時失手殺了一個暴徒。法醫的調查一定會是這個結果，之後你很快可以保釋。雖然你還是必須出庭受審，不過，一定會有很多人樂意不計代價為你辯護。」

密勒太太說，「好了，好了，瓊斯先生，打起精神。我知道一定不是你去招惹對方，我也是這麼告訴歐渥希先生。他必須相信，否則我會說到他相信為止。」

湯姆沉重地答道，「不管我的命運如何，我畢竟殺了人，這件事會是我生命中最大的不幸，讓我永遠悔恨。不過我還有另一件讓人肝腸寸斷的不幸……噢！密勒太太，我失去世上最珍貴的東西了。」

密勒太太說，「那一定是情人。不過，我知道的可多了，（多嘴多舌的帕崔吉老早什麼都說了）而且我聽說的比你知道的還多。我跟你保證，事情的發展比你想像中來得好。我敢打賭布里菲絕對娶不到那位小姐。」

「親愛的朋友，」湯姆說，「妳真的不明白我為什麼難過。如果妳知道來龍去脈，就會明白我的情況一點都不樂觀。我不擔心布里菲，我是咎由自取。」

密勒太太說，「別灰心，你不知道女人有多少本事，只要我能力所及，一定會全力以赴幫你。那是我該做的。我親愛的女婿好心告訴我這方面他也有一點責任，所以他知道那是我該做的。要不要我去見見那位小姐？你想跟她說什麼，我都會幫你轉達。」

「妳是天底下最好的女人，」湯姆拉起她的手說，「別說什麼責任不責任的。看來妳的確知道占據我心頭的那位小姐的事（雖然我不知道妳是怎麼知道的），如果妳能幫我把這個交給她（他從口袋裡拿出一封信），我會永遠記住妳的仁慈。」

「交給我，」密勒太太說，「如果今晚睡覺前沒有把這封信交到她手上，就讓我一睡不起！我的好青年，放心吧。拿出你的智慧，記取過去胡鬧的教訓，我保證一切都會圓滿，將來你一定能跟世上最迷人的小姐（我聽每個人都這麼誇讚她）過著幸福快樂的生活。」

「女士，請相信我，」湯姆說，「我現在說的不是碰上這種倒楣事的人常說的場面話。在這件可怕的意外發生前，我已經決心擺脫過去的習氣，因為我意識到那種行為卑劣又愚蠢。雖然我不幸在妳家做出那些糊塗事（我誠心請妳原諒），我向妳保證我不是無可救藥的浪蕩子。我一時孟浪做了錯事，我卻唾棄卑劣的人格。從今天起，我絕不要再背上這樣的罵名。」

密勒太太對湯姆這番話表達充分的肯定，她說她絕對相信這些話是湯姆的肺腑之言。接下來的談話中，密勒太太和奈丁格爾想盡辦法為心情低落的湯姆打氣，成果十分豐碩，所以他們離開時，湯姆的情緒已經比一開始開朗得多。

湯姆心情好轉，最主要的原因是密勒太太答應去給蘇菲亞送信。這件事他原本已經不抱任何希望，因為當初黑喬治送來蘇菲亞的最後一封信時告訴帕崔吉，蘇菲亞嚴禁他帶湯姆的回信給她，否則就要把信交給她父親。

再者，他也很高興聽到密勒太太極力在歐渥希面前說他的好話。密勒太太的確是個非常可敬的女性。密勒太太探監大約一小時後（奈丁格爾待的時間比她長一點），就跟女婿一起離開。兩人都向湯姆保證很快會再來看他：密勒太太希望能從小姐那裡幫他帶來好消息；奈丁格爾則說他會去打聽費茲派翠的傷勢，順便找出決鬥時在現場的目擊證人。

密勒太太直接去見蘇菲亞，我們也追隨她的腳步前往。

第六章
密勒太太走訪蘇菲亞

見蘇菲亞一點也不難，因為如今她跟姑姑處得一團和氣，擁有接見任何客人的自由。

僕人通報樓下有位女客求見時，蘇菲亞正在著裝打扮。對於女性訪客她既不畏懼也不羞怯，因此密勒太太很快被請上樓。

兩人依陌生女性初次見面的禮數彼此行禮致意之後，蘇菲亞說，「女士，我好像沒見過妳。」

密勒太太答，「確實，小姐，請原諒我突然來見妳。等妳知道我為什麼來打擾妳，希望……」

蘇菲亞有點不悅地打斷她，「女士，請問妳有什麼事？」

密勒太太低聲說，「小姐，這裡有旁人在。」

蘇菲亞說，「貝蒂，妳下去吧。」

貝蒂離開後，密勒太太說，「小姐，有個非常悲傷的年輕男士託我送這封信給妳。」

蘇菲亞看見信封上熟悉的字跡，臉色一變。她遲疑片刻後說，「女士，從妳的外表我一點也看不出妳來竟是為了這件事。不管這封信是誰交給妳的，我不會看。我不願意胡亂猜測別人的用意，可是我完全不認識妳。」

密勒太太說，「小姐，如果妳肯耐心聽我說，我會告訴妳我是誰，又如何拿到這封信。」

蘇菲亞答，「女士，那些事我沒興趣聽。我請妳務必把這封信還給當初交給妳的人。」

密勒太太於是跪下來，用最激動的口氣請求蘇菲亞發發慈悲。

蘇菲亞說，「女士，我很驚訝妳竟然這麼在乎這個人的事。我不認為……」

密勒太太說，「不，小姐，除了真相，我希望妳什麼都別猜測。我會把所有事都告訴妳，那麼妳就不會驚訝我為什麼會在乎。他是天底下心地最好的人。」接著她開始敘述她表妹夫安德森的事。然後說，「小姐，他就是這麼善良。不過我還欠他更多人情。他救了我的孩子。」說到這裡，她掉了幾滴淚，才開始說明整件事，只略去有關她女兒名節的細節。最後她說，「小姐，請妳說說，這麼仁慈、好心又慷慨的年輕人，我能不盡力為他奔走嗎？他的確是天底下最善良，最可敬的人。」

在此之前蘇菲亞的臉龐變得太過蒼白，減損了她的美貌。現在她的雙頰緋紅更勝硃砂，說道，「我不知道該說什麼。妳為了感恩才這麼做，我當然不能責怪妳，可是我讀這封信對妳朋友又有什麼幫助呢？我已經決定永遠……」

密勒太太又開始苦苦哀求，她請蘇菲亞原諒，因為她不能把信帶回去。蘇菲亞說，「女士，如果妳硬要塞給我，我也沒辦法。不管我要不要，妳當然可以把它留下。」蘇菲亞這話是什麼意思，或她心裡想什麼，我不妄加揣測。密勒太太倒是聽出一點弦外之音，趕緊把信放在桌上，起身告辭。離去前請蘇菲亞允許她日後再來拜訪。蘇菲亞不置可否。

密勒太太前腳剛走出去，桌上的信就不見了，因為蘇菲亞已經拆開來讀。

這封信對湯姆幾乎沒有幫助，因為他只是承認自己的過錯，表達絕望的悔恨，並且嚴正宣稱他對蘇菲亞忠心不二。他說，如果將來有機會見到她，希望能夠讓她相信他的真誠。他說他能解釋他寫給貝拉斯頓夫人那封信，雖然不敢奢望蘇菲亞會原諒他，至少希望得到她的憐憫。最後他發誓他從來沒有跟貝拉斯頓夫人結婚的念頭。

那封信蘇菲亞聚精會神讀了兩遍，卻猜不透他是什麼意思，也想像不出湯姆能有什麼好理由。她還是非常氣惱他，只是，貝拉斯頓夫人已經占去她溫柔內心的大部分怒氣，能用在別人身上的所剩無幾。

很不幸地，這天那位夫人跟她姑姑約好共進午餐，下午三個人一起去看歌劇，之後再去湯瑪斯・哈契特夫人的午茶會。蘇菲亞寧可都不參加，卻不願意得罪姑姑。至於裝病推辭，由於她對這種事一竅不通，所以壓根兒沒想到。因此，她換好衣裳以後就下樓去，打定主意面對這恐怖的一天。過程果然無比煎熬，因為貝拉斯頓夫人一找到機會就笑裡藏刀地羞辱她，她心情沮喪，沒有力氣回應。說實在話，要論口齒伶俐的程度，她最多只能算平庸。

這天可憐的蘇菲亞碰上了另一件倒楣事：費勒瑪爵爺也在場。他在歌劇院遇見她，又陪著她去參加午茶會。雖然這兩個地方都是公共場合，不容許任何私下接觸，而且其中一個地方有音樂為她解悶。另一個地方有牌局供她消遣，可是，只要有他在場，她完全無法放鬆。女人有種特質，只要有自己不欣賞的追求者在場，就會有種芒刺在背的感覺。

本章兩度提及「午茶會」這個詞，我認為後世讀者可能無法理解這個詞在這裡的涵義。所以，儘管此時我腳步匆忙，還是停下來解說這種娛樂活動，何況略述一二花不了多少時間。

午茶會是一群衣著光鮮的男男女女的聚會，大多數人玩紙牌，其他人無所事事。女主人扮演類似客棧老闆娘的角色，她跟老闆娘一樣以賓客人數為榮；但老闆娘招呼客人至少有利可圖，她通常卻是一無所獲。要讓這麼枯燥乏味的場面顯得活潑熱鬧，需要耗費多少精力可想而知，這就難怪上流社會人士經常抱怨精神不濟，這是上等人專屬的困擾。我們不難想像，這種無謂的聚會對此刻的蘇菲亞有多難以忍受。她心裡只有最深沉的憂傷，每個念頭都帶來痛苦折磨，表面上卻要強顏歡笑，實在太為難她。

夜晚到來，她終於上床就寢。雖然她恐怕很難入眠，至少可以獨自排憂解鬱。我們要暫時離開她，繼續敘述我們的歷史。我有種預感，彷彿有什麼重大事件即將發生。

第七章
歐渥希和密勒太太之間令人動容的一幕

午餐過後歐渥希回到住處，密勒太太跟他展開一段長談。她告訴歐渥希湯姆不幸遺失了離家前他給他的那筆錢，以及之後因為沒錢碰上的種種困難。這些事的詳情她都是從忠實的宣傳家帕崔吉那裡聽來的。接著她說明她欠了湯姆什麼樣的恩情。有關她女兒那部分她並沒有據實以告。雖然她絕對相信歐渥希，何況這件事很不幸已經有五、六個人知道，恐怕也很難保密，但她就是沒辦法親口說出有損女兒名節的話語，只好隱藏那段情節，彷彿她就站在法官面前，而她女兒被控謀殺一名私生子。

歐渥希說，再怎麼壞的人都會有一絲善念。他說，「然而，不管那個傢伙多麼惡劣，我不否認他確實於妳有恩，所以我可以原諒妳先前的態度。不過我必須請妳別再對我提起他的名字，我可以向妳保證，我會對他做出那樣的處置，是基於最完整、最明確的證據。」

密勒太太答，「先生，我相信時間會揭露一切真相，到時候就會知道這個可憐的年輕人比某些我不想指名的人更值得你善待。」

「女士，」歐渥希面色慍怒，「我不想聽到任何非難我外甥的話。如果妳再說出這樣的言語，我馬上搬出妳家。他人品高尚心地善良，我再一次告訴妳，他對那傢伙的情義已經超出應有的限度，長久替他隱瞞某些最惡劣的行為。最讓我生氣的是那壞傢伙對這個好青年忘恩負義。因為我有充足理由相信他設下詭計想取代我外甥在我心目中的地位，謀奪他的繼承權。」

「先生，」密勒太太有點害怕（因為歐渥希笑的時候親切和藹，生氣的時候卻非常嚇人），「我絕不會再說任何受您讚賞的男士的壞話。先生，這不是我該有的行為，何況那位男士是您的近親。可是先生，如果我祝福那個可憐的壞傢伙，也請您別跟我生氣，真的別生氣。我現在可以喊他壞傢伙，可是以前如果我說出任何對他不敬的話，您就會不高興。有多少次您在我面前說他是您的兒子？有多少次您懷著慈父的心情滔滔不絕地說著他的事？先生，我忘不了您跟我說過的那些溫柔慈愛的話語，說他長得多麼俊俏、多麼有才華、多麼善良、脾氣多麼隨和又寬大。先生，我永遠忘不了那些話，因為我發現那些都是真的，我自己親身體驗到了。那些優點救了我一家人。先生，您必須原諒我流淚，真的必須原諒。因為我想到這個對我恩同再造的年輕人受到命運的殘酷打擊；想到他失去您的疼愛，我不得不為他難過，因為我知道他將您的疼愛看得比自己的生命更重要。即使你手裡拿著刀，準備刺進我心臟，我也要為那個過去您那麼疼愛、而我會永遠敬愛的人感傷。」

歐渥希聽完這番話心情似乎有點激動，卻不是生氣。他沉默良久，而後拉起密勒太太的手，親切地說，「好了，女士，我們來想想令嫒的事。我可以理解妳很欣慰女兒結了一門好親事，可是這門親事好不好，很大程度取決於男方父親願不願意接受。我認識老奈丁格爾先生，過去曾經跟他有過往來。我會去拜訪他，看能不能幫妳做點什麼。他雖然為人世故，可是他只有一個兒子，婚事也已經成了定局，也許假以時日他會回心轉意。我一定會盡力去促成。」

對於歐渥希這個寬厚的舉動，密勒太太連聲道謝，也忍不住趁機表達對湯姆的感激之情。她說，「先生，因為他的幫忙，今天我才有這個機會麻煩您。」歐渥希溫柔地制止她。他生性仁慈，知道密勒太太這些舉動都是出於感恩，自然不會放在心上。說實在話，如果不是殺人事件重新激起他對湯姆的怒氣，他聽見密勒太太說的那些話，對湯姆的態度也許會軟化，畢竟再壞的人都沒辦法指控湯姆做那些事有什麼不良意圖。

歐渥希跟密勒太太談了超過一小時，布里菲就帶著另一個人回來，他們的談話因此結束。那個人原來就是律師道林先生，他現在成了布里菲眼前的紅人。由於布里菲的舉薦，歐渥希聘他為財產管理人。布里菲也將他推薦給威斯頓，威斯頓答應只要那個職位出缺，就聘用他。在此同時，威斯頓委託他處理在倫敦的抵押事宜。

道林先生這次來倫敦主要就是為了這件事，也順便幫歐渥希處理一些金錢方面的事務，再向歐渥希匯報其他事項。那些事索然無味，不適合收錄在這本歷史裡，所以我們讓這對甥舅和他們的律師自行洽談，再去看看其他的事。

第八章 幾件事

我們回到湯姆身邊以前，先去看蘇菲亞一眼。

蘇菲亞雖然用我早先提到的那些安撫手法討得姑姑歡心，卻沒辦法消滅姑姑對爵爺這門親事的熱情。何況又有貝拉斯頓夫人從旁煽風點火：夫人前一天晚上告訴威斯頓女士，根據蘇菲亞的舉止和她對爵爺的態度，婚事再拖下去會有危險。夫人說，想要成功只有一個辦法，就是用迅雷不及掩耳的速度辦理，蘇菲亞沒有時間考慮，糊里糊塗就答應。她說，上流社會有半數的婚姻都是這樣辦成的。我想，她這話或許是真的，可能是因為這樣，才會有那麼多對彼此充滿愛意的美滿夫妻。

貝拉斯頓夫人也跟爵爺說了類似的話，兩個人都極力贊同。在爵爺要求下，威斯頓女士答應隔天安排他跟蘇菲亞單獨相處。威斯頓女士將這件事告訴蘇菲亞，而且態度無比堅決，蘇菲亞挖空心思推辭無效，最後只好答應表現出年輕小姐的最高度柔順，跟爵爺單獨見面。

由於這類談話沒有什麼娛樂效果，恕我不予細述。總之，爵爺對蘇菲亞說了許多話，表達他最純潔、最熾熱的愛情。蘇菲亞紅著臉默默聽完，最後鼓足勇氣，用顫抖、微弱的聲音說，「爵爺，你一定知道你先前對我的舉動跟你此刻說的話自相矛盾。」

爵爺答，「我難道沒有機會彌補過去的瘋狂嗎？我會做出那件事，證實我對妳的愛已經強烈到讓我失去理智。」

蘇菲亞說，「爵爺，你有能力向我證明另一種我更能接受，也會更感恩的情意。」

爵爺激動地說，「小姐，請告訴我。」

蘇菲亞低頭看著手裡的扇子，答道，「爵爺，你一定知道你假稱愛我，對我造成多少困擾。」

爵爺說，「妳竟能這麼殘忍，說我『假稱』愛妳？」

蘇菲亞答，「對我們迫害的人表白，是最羞辱人的虛情假意。你的追求，是對我最殘忍的迫害，甚至，是非常自私地利用我不幸的處境乘人之危。」

爵爺說，「最美麗、最可愛的小姐，別說我乘人之危，因為我考慮到的只是妳的榮耀和利益。除了將我自己、我的地位、財富和一切送到妳面前，我沒別的意圖、期待或野心。」

蘇菲亞說，「爵爺，正是因為你的財富和爵位，我才會說你乘人之危。這些東西迷惑了我的親人，在我眼裡它們卻一文不值。如果爵爺願意得到我的感激，只有一個方法。」

爵爺說，「聖潔的小姐，請原諒我，不可能有這樣的方法。我能為妳做的一切都是我該做的，會帶給我許多快樂，妳不需要感激我。」

蘇菲亞答，「爵爺，真的，你可以得到我的感激、我的讚揚，以及我能表達的所有善意和祝福。你輕易就能得到這些，因為以你的寬大胸懷，要答應我的請求一點也不難。所以我請求你，別再把心思浪費在不可能成功的事情上。為了你自己也為了我，我請你幫我這個忙。你人品這麼高尚，不會以折磨可憐人為樂。我以人格和生命發誓，無論爵爺的堅持帶給我多少苦惱，我也不會改變心意。爵爺這麼做只是自尋煩惱。」

爵爺深深嘆了一口氣，說道，「小姐，難道我何其不幸，竟然受到妳的憎惡與鄙夷？或者請原諒我猜測小姐芳心另有所屬？」說到這裡，他停頓一下，蘇菲亞有點激動地說，「爵爺，我不會向你說明我拒絕的理由。承蒙爵爺提出那麼優渥的條件，坦白說我受寵若驚。可是，當我說我無法接受，希望爵爺不要追問原因。」

爵爺回應了很多話，內容我不完全理解，可能在語義或語法上都不夠清晰正確。最後他為自己這番激動言談做出結論：「如果小姐已經屬意任何一名紳士，那麼我不管多麼痛苦，基於個人榮譽都必須放棄。」也許爵爺過度強調「紳士」這兩個字，不然我看不出來有什麼其他原因讓蘇菲亞那麼生氣。她回答的時候，彷彿他犯了什麼不可原諒的錯。

她正說著（音量比平時高了點），威斯頓女士走進來，氣得滿臉通紅、兩眼噴火。她說，「爵爺，你竟然受到這樣的對待，我無地自容。我向爵爺保證，我們整個家族都明白爵爺給我們多大的光采。還有，威斯頓小姐，我必須告訴妳，妳的家族期待妳有更好的表現。」這時爵爺為蘇菲亞說話，卻沒有用。威斯頓女士繼續謾罵，直到蘇菲亞掏出手帕，整個人撲進椅子裡痛哭流涕。

在接下來的談話中，爵爺只是哀傷感慨，威斯頓女士則以最堅定的語氣保證她姪女應該、也必定會滿足爵爺的心願。她說，「坦白說，爵爺，那孩子沒有受到像樣的教育，跟她的財富和出身都不相稱。我不得不說，這一切都怪她父親。這孩子只學會鄉下女孩的小家子氣。我保證就只是這樣，沒別的。我相信她至少有點見識，腦子總有一天會轉過來。」

最後那些話是背著蘇菲亞說的，因為她早先已經帶著罕見的怒氣離開房間。爵爺連聲向威斯頓女士道謝，一再強調他對蘇菲亞的愛堅定不移，也保證絕不放棄。他得到威斯頓女士的支持鼓勵，於是告辭離去。

我描述蘇菲亞和姑姑接下來的談話以前，可能必須先交代一起不幸事件，正是因為這件事，威斯頓女士才會像我們見到的那樣匆匆折返。

讀者一定知道蘇菲亞目前的貼身女僕是貝拉斯頓夫人推薦來的。那女孩原本是夫人的侍女，已經服侍夫人一段時間，為人十分靈巧，受到夫人指示嚴密監督蘇菲亞的行動。很遺憾，這些指示是由阿娜轉達的。阿娜如今已經徹底被貝拉斯頓夫人收服，過去對舊雇主的愛護之心，已經被對新雇主的忠誠取代。

早先密勒太太離開後，貝蒂（這就是那個女僕的名字）回到小姐房間，發現小姐專注地讀著一封長信。貝蒂之所以起疑，也許是因為蘇菲亞臉上的表情。不過，她其實有更具體的理由，因為她在門外偷聽到蘇菲亞和密勒太太的所有對話。

貝蒂向威斯頓女士報告這些事，威斯頓女士嘉勉她的忠心，也給她一些賞賜，吩咐她如果送信那位太太再上門，她要親自接見。

很不巧，密勒太太再次拜訪時，蘇菲亞正在跟爵爺談話。貝蒂依照她接收到的命令，帶密勒太太去見威斯頓女士。由於威斯頓女士熟知前一天密勒太太與蘇菲亞見面的所有經過，輕而易舉讓密勒太太相信蘇菲亞把什麼都跟姑姑說了，於是三兩下就套出密勒太太所知、關於那封信和湯姆的一切。

可憐的密勒太太實在是個胸無城府的人，也就是那種人家說什麼都相信的人，沒有得到「欺騙」這種造物者賜予的攻擊或防禦武器，任何人只要稍微撒點小謊，就能騙到她。威斯頓女士騙得密勒太太說出她知道的一切（其實不多，卻足以引起威斯頓女士諸多揣測），告訴她蘇菲亞不會見她，不會回信，也不再收任何信件。她還趁機狠狠教訓密勒太太一頓，說她這樣的行為形同拉皮條，之後才將密勒太太打發走。這件事令她心頭火起，她於是走到蘇菲亞與爵爺談話的隔壁房間，聽見蘇菲亞激動地拒絕爵爺的求愛，滿腔怒火瞬間引爆，怒不可遏地衝進去痛批蘇菲亞。這段情節和之後她跟爵爺之間的交談，我都已經描述過。

爵爺一走，威斯頓女士就去找蘇菲亞，用最狠毒的言語痛斥蘇菲亞卑鄙地利用她對她的信任，也指責她出爾反爾，前一天還願意對天發誓再也不跟某個人往來，竟然跟他互通消息。蘇菲亞說她沒有違背誓言跟那人往來。

她姑姑說，「什麼！威斯頓小姐，妳敢否認昨天收到他的信嗎？」

蘇菲亞有點吃驚，「收到信！」

她姑姑說，「小姐，重複我的話不太禮貌。我說妳收到信，而且要求妳馬上交給我。」

蘇菲亞說，「姑姑，我唾棄撒謊。我的確收到一封信，但我並不想要收，也要求對方別寫。」

她姑姑說，「小姐，妳光是承認自己收到信，就該感到羞恥了。信在哪裡？我要看。」

對於姑姑蠻橫的要求，蘇菲亞沉吟半晌才回答，但她只說目前信不在她身邊。這是事實，但她姑姑再也壓抑不住怒氣，只簡單問蘇菲亞到底答不答應嫁爵爺，蘇菲亞斬釘截鐵地拒絕。威斯頓女士氣得咒罵了一句（或者說了某種類似咒罵的言語），還說隔天一早就送蘇菲亞回她父親身邊。

蘇菲亞設法跟姑姑講道理：「姑姑，我為什麼一定得被逼著出嫁？請想想，如果事情發生在妳身上，妳會覺得這事多麼殘忍？也會覺得當年妳父母給妳自由，又是多麼慈祥？我做錯了什麼，為什麼被剝奪這種自由？沒有我父親和妳的同意，我絕不會結婚。如果將來你們不滿意我的選擇，再強迫我接受別的對象還來得及。」

威斯頓女士說，「一個口袋裡裝著殺人犯來信的女孩說出這種話，我能信嗎？」

蘇菲亞說，「我跟妳保證，我口袋裡沒有這樣的信。如果他真是殺人犯，那麼再過不久妳就不必擔心他了。」

她姑姑說，「威斯頓小姐！妳竟然這麼無恥，用這種口氣說起那個人？竟敢當我的面承認妳對他的感情？」

蘇菲亞說，「姑姑，妳用非常奇怪的方式曲解我的話。」

威斯頓女士叫道，「威斯頓小姐，我不能容忍妳這種態度。妳會這樣對我，都是跟妳爸學的，都是他教會你說謊騙我。他用這種錯誤的教育方式毀了妳。上天明鑑，這種惡果他要自己承受。我再一次告訴妳，明天一早我就送妳回去。我要從戰場全面撤軍，從今以後學習英明的普魯士國王[12]，保持完全中立。你們兩父女都太聰明，我管不動。收拾好妳的東西，明天一早就離開。」

蘇菲亞費盡唇舌抗辯，可惜她姑姑一個字都聽不進去。看來事情已經沒有轉圜餘地，我們必須暫時讓她面對這個難關。

12 指腓特烈大帝（Frederick the Great，一七一二～一七八六），文武雙全的傑出軍事家兼政治家，一七三九年率軍投入奧地利王位繼承戰爭，一七四五年順利取得西里西亞（Silesia）後就撤軍保持中立。

第九章
湯姆在監獄裡的情況

奈丁格爾離開後，湯姆獨自在監獄裡度過苦悶的二十四小時，期間偶爾有帕崔吉相伴。忠誠的奈丁格爾並沒有拋棄或遺忘湯姆，在這二十四小時內，他幾乎都在為湯姆奔走。

根據他打聽的結果，那場不幸的決鬥發生時，只有幾個人目擊，那些人是一群水兵，隸屬一艘停靠在德普福德港的軍艦。於是他趕到德普福德港找那些人，在那裡打聽到他要找的人都上岸去了。於是他東奔西走一路追蹤，最後找到其中兩個正在奧德斯門一家三流酒館喝酒，同席還有另一名男士。

奈丁格爾說他要私下跟湯姆聊聊（因為當時帕崔吉在）。等帕崔吉出去後，奈丁格爾拉起湯姆的手，說道，「勇敢的朋友，我有些話跟你說，你聽了別喪氣。很遺憾我必須傳達壞消息，但我認為我有責任告訴你。」

湯姆說，「我已經猜到是什麼壞消息：那個可憐的紳士死了？」

奈丁格爾答，「但願還沒，今天早上他還活著。只是，我也不想哄你開心，根據我得到的消息，他的傷有致命危險。不過，事情如果像您說的那樣，那麼不管發生什麼事，你唯一要擔心的是你自己的懊悔。可是親愛的湯姆，請原諒我，我必須請你把故事的真相全說出來。如果你對我們有所隱瞞，到頭來只會害了你自己。」

湯姆說，「親愛的傑克，我以前做過什麼，你竟這麼殘酷地懷疑我？」

奈丁格爾說，「別著急，我會詳細跟你說。我費盡千辛萬苦總算找到出事時在場的兩個人。很遺憾，他們的說法跟你不一樣，對你比較不利。」

湯姆驚叫道，「什麼！他們說了什麼？」

奈丁格爾答，「我實在不願意重述，因為我知道那些話對你有什麼影響。他們說當時他們離得太遠，聽不見你們說的話。不過他們兩個都說是你先動手。」

湯姆說，「那麼我發誓他們誣陷我。他不但先動手，而且不由分說就出手。那些壞蛋為什麼要說謊陷害我？」

奈丁格爾說，「我也不知道。只是，如果連你自己和我這個真心實意的好朋友都想不出他們有什麼理由抹黑你，那麼法庭上客觀中立的法官又有什麼理由不相信他們？同樣的問題我問了他們好幾次，在場另一位紳士也是。那位紳士應該也是海員，顯然盡力在幫你，因為他不停提醒那兩個人，這件事牽涉到人命，再三問他們是不是確定自己說的話。那兩個人都說他們很確定，也願意宣誓做證。親愛的朋友，請你務必打起精神。萬一他們說的是真的，你就得趕緊考慮自己的權益。我不想嚇你，但你一定知道，不管對方如何用言語激怒你，法律不會站在你這邊。」

湯姆說，「唉！我的朋友，我這樣的可憐蟲能有什麼權益可言？再者，你認為我會願意背著殺人罪名活下去嗎？如果我有親人（可惜我沒有），我有臉請他們為一個犯下人類最冷血罪行的人辯白嗎？相信我，我不敢懷抱這種希望。不過我對另一個崇高得多的殿堂有信心，深信它可以提供我應得的保護。」接著他又正經嚴肅地慷慨陳詞，聲明他原先說的話絕無虛言。

奈丁格爾的想法又動搖了，開始傾向相信湯姆。這時密勒太太來了，說出她走訪蘇菲亞令人失望的結果。湯姆聽完英勇地說，「朋友，現在我什麼都不在乎了，至少不在乎我這條命。如果天意要我一命抵一命，我只能希望將來上帝大發慈悲為我洗刷冤屈，也讓世人相信我臨死前說的話，至少還我人格清白。」

接下來是十分哀傷的一幕，我相信多數讀者沒有興趣目睹，也不想聽我轉述他們交談的一字一句，所以我直接描寫獄卒進來對湯姆說，等他有空，外面有位女士想見他。

湯姆對這個消息表示驚訝，他說，「我不認識任何會來探監的女士。」然而，由於他沒有理由拒絕見任何人，密勒太太和奈丁格爾於是起身告辭，湯姆吩咐獄卒請那位女士進來。

如果湯姆訝異竟有女士想見他，那麼當他發現那位女士是華特夫人時，又該有多麼震驚！只是，我們暫且拋下震驚的他，先來為讀者解惑。對於這位女士的出現，讀者想必也摸不著頭緒。

這位華特夫人是什麼人，讀者已經很清楚；她是什麼樣的人，想必讀者也知之甚詳。因此，讀者一定記得這位女士跟費茲派翠和另一位愛爾蘭男士一同搭馬車離開厄普頓，結伴前往巴斯。

當時費茲派翠身邊剛好有個職缺，那就是妻子：原本擔任那個職務的女士前不久辭了職，或者該說擅離職守。費茲派翠在旅途中仔細考核華特夫人，發現她極為合適填補那個空缺。馬車抵達巴斯後，他立刻授予她那個職位，她毫不遲疑地接受了。他們就這樣以夫妻身分在巴斯停留一段時間，又以夫妻身分一起進城來。

費茲派翠究竟是天資聰明，在不確定能不能拿回另一件物品時，暫時保留手中的好東西；或者華特夫人表現得太稱職，他打算扶正她，讓妻子擔任副手（一般都是如此），這我不敢說。可以確定的是，他從來沒跟她提起過他妻子，也沒讓她知道威斯頓女士交給他的那封信的事，甚至從來不曾透露他打算把妻子找回來。他也沒在她面前提起過湯姆的名字。雖然他決定一見到湯姆就跟他決鬥，可是在這方面他不像那些行事慎重的人，認為母親、妻子、姊妹、甚至整個家族會是最堅定的支持者。因此，華特夫人第一次聽見這些事，是他在酒館包紮完傷口被送回家後親口說的。

不過，費茲派翠原本說話就不清不楚，受傷後腦袋或許比平時更糊塗，經過一段時間，華特夫人才弄明白，原來刺傷他的人，正是當初傷她心的人。她的心受的雖然不是致命傷，傷口卻很深，留下一道巨大疤痕。不過，當她發現那個涉嫌謀殺被送進監獄的人是湯姆，一找到機會就把費茲派翠交給護士照顧，匆匆趕來見獄中的湯姆。

這時她帶著愉快的心情走進牢房，見到可憐的湯姆抑鬱的神情，怔在原地。湯姆見到她也嚇了一跳，連忙在胸前畫十字。她見狀說，「也難怪你嚇一跳，你應該沒想到會在這裡見到我。因為除了妻子以外，紳士們在這種地方很少會有女性訪客。瓊斯先生，現在你明白我對你沒有一點抵抗力。自從在厄普頓分手，我怎麼也想不到再次見面會是在這種地方。」

湯姆說，「夫人，妳一定是出於一片善心才來探望我。沒有多少人願意理會患難中人，何況又是在這麼一個陰沉的地方。」

她答道，「瓊斯先生。我幾乎認不出你就是我在厄普頓遇見的那個迷人傢伙。你的表情比天底下所有地牢都淒慘。你這是怎麼了？」

湯姆答，「夫人，既然妳知道我在這裡，一定也知道那個不幸的原因。」

華特夫人說，「咄！你決鬥的時候刺了對方一劍，如此而已。」

湯姆對她輕描淡寫的態度表達憤怒，再以最懺悔的口氣敘述事情經過。

她聽完說，「先生，既然你為這件事這麼難過，我可以讓你安心。那位先生還沒死，而且我很有信心他不會死。最初幫他包紮傷口那個外科醫生是個年輕人，喜歡把病情說得太嚴重，這樣以後治好才顯得他醫術高明。不過之後宮廷的御醫來為他治療，說除非他發燒，否則沒有生命危險。目前他沒有一丁點發燒跡象。」

湯姆聽見這些話，臉上的陰霾幾乎一掃而空。華特夫人重申她說的是實話，她說，「真是世上最巧合的事，我剛好跟那位先生住同一棟房子，也見過他。他已經還你公道，也說無論他的傷未來好不好得了，當初都是他主動挑釁，你沒有一點錯。」

湯姆說他很高興聽見這些話，也對華特夫人說了許多她已經知道的事，比如費茲派翠是什麼人，為什麼生他的氣等等。他另外對她說了幾件她不知道的事，像是手籠事件，以及其他一些事，只是略去蘇菲亞的名字不提。他也懊悔自己的愚蠢與劣行。他說，他做過的每一件蠢事都造成惡果，如果他還不知警惕、不肯痛改前非，就太不可原諒了。最後他告訴她，他再也不會犯下罪行，以免遭受更恐怖的惡果。

華特夫人笑嘻嘻地揶揄他，說這都是因為他失去自由加上心情沮喪所致。她跟他說起那句有關魔鬼的俏皮話[13]，「我相信你不久後就可以出獄，也會變回以前那個活潑爽朗的傢伙。之後，現在糾結在你良心上的那些困擾就會煙消雲散。」

她又說了很多諸如此類的話，某些東西如果寫在這裡，恐怕有些讀者會因此看輕她。湯姆的回答可能會也引來其他讀者的訕笑，所以我就略過這段對談，只敘明他們最後前嫌盡釋，而湯姆的心情比華特夫人更愉快。因為華特夫人帶來的消息讓他精神為之一振；但他決定痛改前非，華特夫人卻不怎麼開心，畢竟現在的他給她的印象，跟他們初見面時差太多。

於是，奈丁格爾的消息引發的煩悶幾乎一掃而空，可是密勒太太帶給他的沮喪還縈繞心頭。密勒太太說的話跟蘇菲亞在信裡的意思不謀而合，所以湯姆相信蘇菲亞把他的信交給她姑姑，下定決心放棄他。這件事帶給他的痛苦，只有命運女神即將送來的另一件消息可以相抗衡。那件事我留待下一卷第二章再敘述。

13 英語諺語：When the Devil was sick, the Devil a monk would be; When the Devil was well, and the devil a monk was he！意思是人生病時會決心改過向善，病好後又故態復萌。

第十八卷　大約六天時間

第一章
向讀者道別

讀者，我們已經來到漫長旅途的最後一程。既然我們相伴走過這麼多頁，就讓我們像在驛馬車上共度多日旅程的旅伴，雖然沿途偶有爭執或小嫌隙，最後都會誤會冰釋，再一次和樂融融地坐上馬車。因為在這最後一段旅程結束後，我們或許跟他們一樣，再也沒有相見的機會。

既然我用了驛馬車的比喻，容許我進一步引申。在這最後一卷，我決定效法驛馬車最後一段旅程的旅客。眾所周知，到這時所有的戲謔笑語都拋在一旁，任何乘客在旅途中為了逗趣扮演的角色也就此放下，彼此的對話多半平淡又一本正經。

同樣地，如果我寫這本書的過程中說了笑話逗你開懷，也都到此為止。我必須在這一卷填塞各式各樣的內容，因此沒有空間容納我在別的地方發表的那些趣味見解。那些趣味見解也許曾經為昏昏欲睡的你趕跑瞌睡蟲，在這最後一卷你再也看不到那種東西（最多只有一丁點）。這裡只有平鋪直敘。說實在話，等你讀完本卷即將呈現的重大事件，就會認為這區區幾頁根本不夠講述那些事。

接下來，我的朋友，我要趁這個機會（因為我沒有別的機會）衷心祝福你。如果你覺得我是個有趣的同伴，請相信那是我的初衷。萬一我對你有所冒犯，請相信那是無心之過。書中某些文字或許刺傷你或你的朋友，我必須嚴正聲明我沒有針對你或他們。我相信你和我同行前已經聽說過我許多事，包括我言語粗鄙無禮。然而，跟你說這種話的人含血噴人。沒有人比我更憎惡、更不齒粗鄙言語，也沒有人比我更有理由這麼做，因為沒有人比我受到更多中傷誹謗。最慘烈的是，某些人寫的謾罵文章竟然被誤認為出自我的手，而那些人卻又在其他作品裡用最惡毒的言語攻詰我。

然而，我深信等那些人的作品消失許久以後，你還能讀到這本書。因為不論我的作品存在多麼短暫，它們一定會比它們體弱多病的作者更長壽，也比他那些專事辱罵的同代作家的無病呻吟之作更經得起時間考驗。

第二章 一樁沉痛的悲劇

早先我們丟下湯姆，讓他沉浸在不愉快的思緒中自我折磨。這時帕崔吉跌跌撞撞衝進牢房，臉色慘白、兩眼發直、頭髮豎立，四肢不住顫抖。簡言之，他活像看見了鬼，或者，他自己就是鬼。

湯姆向來臨危不懼，見到帕崔吉的模樣也不免心驚。他臉色變了，有點結巴地問帕崔吉出了什麼事。

帕崔吉答，「先生，希望你別生我的氣。我真的沒有偷聽，可是我必須留在外面的房間。但願我離這裡一百公里遠，總好過我聽見的那些。」

湯姆問，「為什麼？怎麼回事？」

帕崔吉答，「天哪！先生，剛才出去那女人，就是在厄普頓跟你在一起那女人嗎？」

湯姆答，「是她沒錯。」

帕崔吉顫抖地問，「那麼先生，你當真跟那女人上床？」

湯姆說，「我跟她之間的事恐怕已經不是祕密了。」

帕崔吉激動地說，「不，先生，看在老天份上，先生，回答我。」

湯姆說，「你也知道那是事實。」

帕崔吉叫道，「那麼求上帝憐憫你的靈魂，寬恕你。你跟自己的親生母親上了床，這事千真萬確，就像我現在活生生站在這裡一樣。」

湯姆聽完這些話，臉色變得比帕崔吉更驚恐。事實上，他震驚得說不出話來，跟帕崔吉面對面站著，狂野的眼神緊盯對方。最後他的言語找到出口，斷斷續續地說，「怎麼會！怎麼會！你剛才說什麼？」

帕崔吉嚷嚷道，「不行，先生，我已經沒有力氣再說了。不過我說的話是真的，剛才走出去那個女人是你的親生母親。先生，你實在太不走運，當時我沒見到她，沒機會阻止！這一定是魔鬼親手安排的惡毒詭計。」

「看樣子，」湯姆說，「命運女神非得把我逼瘋才肯罷休。不過我為什麼責怪命運女神？這一切不幸都怪我自己。我碰上的所有恐怖災禍都是我自己愚蠢行為的後果。帕崔吉，你跟我說的事嚇得我幾乎暈過去！那麼華特夫人當真是……但我又何必問，你一定認識她。如果你對我有一點情義，不，如果你同情我，請你幫我把那悲慘的女人找回來。天哪！亂倫！跟自己的母親！我活著還有什麼意思！」這時他因為傷心絕望，陷入最慘烈最狂暴的痛苦中。

帕崔吉說他不能丟下他不管。不過，湯姆發洩完一波猛烈情緒後，總算稍微鎮定下來。他告訴帕崔吉那女人跟受傷那位紳士住在同一棟屋子裡，就派他去找她。

讀者如果回想一下本書第九卷厄普頓那一幕，看見華特夫人在客店跟湯姆相處一天，帕崔吉卻因為種種陰錯陽差的不幸巧合，始終沒能跟她打照面，想必嘖嘖稱奇。我們不難在真實人生中目睹這樣的情況，許多重大事件往往由一連串巧妙的小插曲組成，明察秋毫的讀者可以在本書中找到更多這樣的例證。

帕崔吉找了兩三小時，始終找不到華特夫人，只好回去見湯姆。湯姆等得心急如焚，聽見他無功而返，氣得幾乎發狂。不過，不久後他就收到以下這封信：

先生，離開你之後我見到一位先生，得知某些與你有關的事，令我無比震驚。此刻我沒有時間去跟你說這件要事，你只好暫時壓抑好奇心，等到我們下一次見面。我一得空馬上就去見你。噢，瓊斯先生，我跟你在厄普頓度過那愉快的一天時，萬萬沒想到為我帶來那些快樂的是什麼人。那段歡樂時光永遠會是我未來人生的痛苦陰影。

珍・華特敬上

附言：請盡量放寬心，費茲派翠先生沒有生命危險，不管你有什麼重罪需要懺悔，殺人絕不是其中一項。

湯姆讀完後信紙從手中滑落（因為他拿不住，事實上他全身動彈不得）。帕崔吉把信撿起來，得到湯姆的默許，也讀了內容，震撼的程度不輸湯姆。他們此刻的驚懼表情無法以文字形容，只能用畫筆描繪。他們兩人都目瞪口呆的時候，獄卒走進來，沒有發現他們充分呈現在臉上的心情，直接告訴湯姆外面有位先生想見他。那人很快被請進來，原來是黑喬治。

黑喬治不像獄卒看慣了驚恐表情，他馬上察覺湯姆臉上的驚慌不安。他認為是因為這起殺人事件，畢竟這件事在威斯頓家裡被說得糟糕至極，所以他猜那個傷者死了，湯姆很快也會蒙羞而亡。想到這裡，黑喬治心裡十分難受，畢竟他也是個有同情心的人，雖然曾經因為抵抗不了誘惑背棄了朋友道義，大致上他還記得湯姆對他的恩情。

因此，可憐的黑喬治見到眼前的情景，忍不住流下眼淚。他對湯姆的不幸表達最深切的遺憾，問湯姆有什麼需要他做的。他說，「先生，你可能需要用錢。如果是，我的錢雖然不多，你儘管拿去用。」

湯姆感動地跟他握手，連聲感謝他的好意。他說，「我現在不需要錢。」黑喬治聽湯姆這麼說，要拿錢給湯姆的口氣比先前積極得多。湯姆再次謝謝他，強調現在沒有人能幫上他的忙。

黑喬治說，「好了，好了。我的好少爺，別把事情想得太嚴重。事情可能會有意想不到的好結果。說真格的，以前也有過紳士殺了人後判無罪。」

帕崔吉說，「喬治，你弄錯了。那個受傷的先生還沒死，也不會死。你別煩我少爺，他現在有一件傷心事，你無論如何都幫不上忙。」

黑喬治答，「帕崔吉先生，你不會知道我能幫上什麼忙。如果他為我家小姐心煩，我可以跟他說點新消息。」

湯姆說，「喬治先生，你說什麼？我的蘇菲亞出了什麼事嗎？我的蘇菲亞！我這樣的壞傢伙竟敢這樣褻瀆她的名字。」

黑喬治說，「我倒希望有一天她會是你的人。少爺，沒錯，我可以跟你說點她的消息。威斯頓女士把蘇菲亞小姐送回來了，鬧得可嚇人了。事情經過我不清楚，只知道老爺發了好大脾氣，威斯頓女士也是。她出門上轎子以前，我聽見她說再也不踏進老爺家。我不知道出了什麼事，我出來的時候屋子裡靜悄悄。不過在餐桌旁侍候的羅賓說，他很久沒見過老爺跟小姐處得這麼和樂了。老爺吻了小姐好幾下，還說小姐想做什麼就做什麼，他以後再也不會把她鎖在房裡了。我覺得你聽見這個消息會很開心，雖然時間很晚了，還是溜出來跟你說。」

湯姆告訴黑喬治他確實非常開心，雖然他再也不敢仰望那位天下無雙的小姐，但聽見她過得平安快樂，他的煩惱就減輕一大半。

接下來的談話不值得在此記上一筆，所以請讀者原諒我就此打住，並請聽聽威斯頓對女兒的態度為什麼大轉彎。

威斯頓女士來到哥哥住處後，馬上滔滔不絕地說起跟爵爺結親能為家族增添多少光采、帶來多少利益，沒想到蘇菲亞竟然拒絕。鄉紳說女兒拒絕得對，威斯頓女士立刻大發雷霆，鄉紳也被氣得怒氣攻心，所有的耐性和慎重都化為烏有。兩人發生激烈口角，驚人的聲勢，恐怕連比靈門魚市場的小販軍團都望塵莫及。他們破口大罵的過程中，威斯頓女士扭頭就走，沒有機會告訴哥哥蘇菲亞收到的那封信。她如果說出來，只怕會衍生不良後果。不過說實在話，當時她可能壓根沒想到那件事。

蘇菲亞自始至終不發一語，一來她必須保持沉默，二來她生性不愛爭吵。她姑姑離開後，她父親贊許她沒有跟姑姑同一陣線，她也給予善意回應，說父親反對姑姑是對的。這是她第一次這麼做，她父親大喜過望。另外，由於歐渥希堅持不得使用任何暴力手段，而他認為湯姆再過不久就會上絞刑架，深信只要使用溫和手段，女兒終究會點頭。因此，他不再壓抑滿溢的父愛，恭順、感恩、溫柔又深情的蘇菲亞深受感動，如果不是她對湯姆承諾在先，又記掛著有關湯姆的某些事，我猜她極有可能為了回報父親的愛自我犧牲，下嫁一個自己不愛的男人。她向父親承諾這一生都會順從父親的意願，永遠不會嫁給父親不贊同的人。她父親聽得心花怒放，也決定採取溫和手段，最後喝得醉醺醺倒頭就睡。

第三章
歐渥希走訪老奈丁格爾，碰巧發現一件怪事

這些事發生後的第二天早上，歐渥希依照承諾去拜訪老奈丁格爾。他對老奈丁格爾有極大影響力，跟他談了三個小時後，總算勸得他答應見兒子。

歐渥希在老奈丁格爾的住處碰上一件非比尋常的事。這事實在太巧合，那些虔誠又嚴肅的人會斷定，這是上帝插手干預，揭發最不為人知的惡行，警惕人們不要以為自己的惡行天衣無縫，誠實做人才是正途。

歐渥希走進老奈丁格爾家的時候看見黑喬治。當時他沒有特別留意，黑喬治也認為歐渥希沒看見他。不過，等正事談得差不多，歐渥希問老奈丁格爾認不認識一個叫喬治．席格姆的人，那人來找他又有什麼事。

老奈丁格爾答，「嗯，我跟他很熟，真是個不簡單的傢伙，靠一片年租三十鎊的微薄產業，短期內就攢了五百鎊。」

歐渥希驚訝地問，「他親口跟你說的嗎？」

老奈丁格爾答，「嗯，我跟你保證這是真的，因為那筆錢現在就在我手上。五張銀票，他讓我借人，或到英格蘭北部買點田產。」

他應歐渥希要求拿出那些銀票，歐渥希直說這事實在太奇怪了。他告訴老奈丁格爾那些銀票是從他手上拿出去的，然後把事情經過說出來。

正如沒有人比強盜、賭徒和其他類似的匪類更痛恨欺騙行為，也沒有人比放高利貸的、掮客或其他諸如此類的奸徒更痛恨賭徒等的欺詐。不知是因為某種騙術在另一批騙徒眼中顯得可恥或可議，或者金錢這個所有騙徒共同追逐的可人兒使得他們視彼此為情敵。總之，老奈丁格爾聽完立刻嚴詞痛斥黑喬治，罵得比公正賢明的歐渥希嚴厲得多。

歐渥希請老奈丁格爾先別處置那筆錢，也別聲張，等候他進一步通知。如果這段期間他又見到黑喬治，也先別透露他的發現。之後他趕回住處，看見密勒太太因為女婿帶回來的消息心情沮喪。

歐渥希用愉快的口吻告訴她有個好消息，然後開門見山說老奈丁格爾已經答應跟兒子見面。他說，雖然老奈丁格爾為家族裡發生的另一件類似的事心裡不痛快，但他相信這對父子一定能夠和好如初。接著他說起老奈丁格爾姪女私奔的事。這件事是老奈丁格爾告訴他的，密勒太太和她女婿還不知情。

讀者可能會認為密勒太太聽見這事會千恩萬謝，而且欣喜異常。然而，她對湯姆的友情是這麼地深厚，我不知道她為他的事憂心的程度，會不會掩蓋這個關係她自己家人幸福甚巨的消息帶給她的喜悅，也不清楚她聽見這個消息究竟是傷心或者歡喜，畢竟這會讓她想到湯姆的恩澤，因為她感恩的心告訴她，「我的家人得到幸福快樂，但帶給我們這些幸福快樂的可憐人現在卻是多麼悲慘！」

歐渥希說了第一個消息以後，給她一點時間反芻（容許我用這個詞），才說他還有別的事要告訴她，相信她聽了一定會很開心。

他說，「我想我找到一筆屬於那位年輕紳士（妳朋友）的鉅款。不過，以他目前的處境，那筆錢對他可能沒有用處了。」

密勒太太聽見後面那句話，才知道他指的是誰。她嘆口氣說，「先生，但願不會。」

歐渥希說，「我也衷心希望不會。不過今天早上我外甥告訴我，他聽說那件事非常不樂觀。」

密勒太太說，「天哪！先生，我不該多說什麼，可是聽見某些話還得忍著不回應，實在很難受。」

歐渥希說，「女士，妳想說什麼就說吧，妳夠了解我，知道我不會對任何人懷有偏見。至於那個年輕人，我向妳保證，如果他能夠洗清一切罪名，特別是這件悲傷的事，我會很欣慰。我以前有多愛他，妳可以做見證。我知道外人都責怪我太溺愛他，如果不是有充分理由，我絕不會收回我對他的愛。密勒太太，請相信我，如果我發現自己錯了，會很高興。」

密勒太太正急著回答，不巧僕人通報外面有位男士要求立刻見她。歐渥希問起他外甥，得知他跟那位經常來見他的先生在房裡一段時間了，歐渥希猜到那人是道林先生，命人請他過來說話。

道林來了以後，歐渥希問他那些銀票的事，但沒有提及姓名。他想知道這種行為會受什麼樣的處罰。道林答道，「我想也許可以用《偷獵法》[14]將他起訴。」不過，他覺得這件事茲事體大，最好向大律師諮詢。他正好要去那裡幫威斯頓處理一件案子，如果歐渥希同意，他可以順便提出諮詢。

歐渥希同意，這時密勒太太打開門，驚叫道，「抱歉，我不知道你有客人。」

歐渥希說他們談完了，請她進來。於是道林離開了，密勒太太帶女婿來見歐渥希，親自感謝歐渥希幫他一個大忙。不過，她沒耐心聽女婿說完道謝的話，打岔說，「先生！我女婿跟我說了瓊斯先生的大消息。他剛才去見了那個受傷的先生，他已經沒有生命危險，不只如此，他還承認是他去招惹瓊斯先

14 Black Acts，英國於一七二三年通過的法案，盜獵者最高可處極刑。當時橫行各地的盜獵者將臉塗黑，法案因此得名。此法案經常被擴大解釋，殃及無辜。

生，動手打他。先生，您一定不希望瓊斯先生當個懦夫。如果我是個男人，有人出手打我，我也一定會拔劍。親愛的，來跟歐渥希先生說，全都告訴他。」

奈丁格爾確認丈母娘說的話，最後還說了很多湯姆的好話，稱讚他是全世界脾氣最好的人，一點都不喜歡跟人起爭執。奈丁格爾話已經說完，密勒太太又拜託他轉述過去湯姆如何提起他對歐渥希先生的敬愛。

奈丁格爾說，「說歐渥希先生的好話只不過是客觀評論，算不上什麼優點。但我必須說，沒有人比可憐的湯姆更明白他欠歐渥希先生多大的恩情。先生，說實在話，我相信您對他的不滿是他內心最沉重的負擔。他經常向我訴說他的悔恨，也經常用最嚴肅的口吻聲明他從來不曾故意惹您生氣。不，他甚至發誓他寧可死一千次，也不願意因為對您有任何不敬、不知感恩或不順從的念頭，受到良心的苛責。不過請您原諒，這是私人的事，我好像管太多了。」

密勒太太說，「你只是說了基督徒該說的話。」

歐渥希說，「確實如此，奈丁格爾先生，我讚賞你真摯的友誼，也希望他值得你這樣情義相挺。聽你說起有關這位不幸紳士的好消息，我真的很高興。如果事情的發展真如你所說（我完全相信你說的話），也許近日來我對這個年輕人的看法會慢慢改觀。這位虔誠的女士可以做證，不，所有認識我的人都可以證明，我將他當親生兒子疼愛。事實上，我一直認為他是命運交給我養育的孩子。我還記得當時發現他時、他那天真、無助的模樣，到現在還能感覺到他的小手輕輕拉住我的手。他曾經是我的心肝寶貝，真的。」說到這裡，他停下來，眼眶含著淚水。

密勒太太的回答涉及新事件，所以我在此暫停，先解釋歐渥希的想法為什麼明顯轉變，他對湯姆的怒氣又為什麼減輕。沒錯，很多小說或戲劇作家會在作品中安排這樣的急轉彎，唯一的理由是故事或劇情已經接近尾聲，而且這屬於作者權限。我自認跟所有作家一樣擁有這種權限，但使用上會盡量審慎保守，只有在絕對必要的情況下才會祭出。以本書的情節發展，我認為還沒有這個必要。

歐渥希想法會改變，是因為他收到斯奎爾的信，我在下一章開頭揭曉信的內容。

第四章 兩封截然不同的信函

我敬愛的朋友：

我在上一封信向您說明醫生禁止我水療，因為根據過往經驗，他們認為溫泉水非但不能舒緩我的病症，反而會讓它們加劇。現在我必須告訴你一個新消息，我認為我的朋友聽見這個消息會比我更難過：哈靈頓醫生和布魯斯特醫生告訴我，我的病已經沒有復元的希望。

我在某本書讀到過，哲學最大的作用是學習死亡。那麼，當我接受一堂我顯然學習已久的課程，我不會大驚小怪來辱沒自己。坦白說，關於這堂課，《聖經》裡的一頁就教得比古今哲學家的全部著作更透澈。《聖經》讓我們堅定相信死後的生命，給予虔誠的心靈強而有力的支持，遠比我們從所謂生死有命、浮生若夢或其他類似觀點得到的慰藉更有效。

當我們面對死亡，那些觀點偶爾可以讓我們用一股堅忍卓絕的毅力鞏固我們的心靈，我們卻不能真正無視死亡，更別提將死亡看成好事一樁。請別誤以為我在指控我們稱為哲學家那些人都是可憎的無神論，甚至譴責他們完全否定永生。自古至今許多哲學派別藉助理性的光輝找到未來的一絲希望，只是，那個光輝其實相當微弱，閃爍不定，那絲希望又是如此渺茫又遙不可及，他們的信仰最後會轉向哪個方向，實在令人存疑。關於這點，柏拉圖在他的〈斐多篇〉[15]結論聲稱，他最有力的論點最多也只能增加一點或然性。西塞羅說他只是「傾向」相信永生，而非真正相信。至於我自己，不瞞您說，直到我變成虔誠的基督徒，永生才成為我的信念。

您讀到剛才那句話，心裡一定很納悶。但請您相信，我是直到最近，才能夠心口如一地以基督徒自稱。哲學的傲慢毒害我的理性，我就像古代的希臘人，將最崇高的智慧視為愚昧無知。然而，仁慈的上帝及時讓我醒悟自己的愚痴，帶我走上真理的道路，我才沒有永久陷入黑暗深淵。

我發現體力愈來愈弱，所以趕緊說明我寫這封信的主要目的。

我回顧這一生所做所為，發現最愧對自己良心的事，是誣陷了您那位可憐又卑微的養子。我不但默許其他人的惡行，自己也對他做了許多不公不義的事。

親愛的朋友，請相信我這個垂死之人的話，他受到最惡毒的傷害。至於導致您將他逐出家門的那些讒言，我向您保證他是無辜的。當時醫生宣布您可能一病不起，全府上下只有他真心哀慟。他後來做出那些事，一來是因為聽見您康復欣喜若狂，二來是因為另一個人（我只想證實他的無辜，無意指控任何人）表現太過卑鄙。

朋友，請相信我，這個年輕人有著最寬大的胸襟、最真摯的友情、最高尚的品格，凡是高貴的人品該有的美德他都有。他有缺點，但其中絕不包括對您不恭敬或不感恩。相反地，當您將他趕出家門，我深深相信，比起他自己的處境，他更在乎您的心情。

我之所以長久對您隱瞞此事，是為了邪惡而卑劣的世俗利益。現在對您吐露實情，我沒有別的目的，只想說出真相，還無辜的人一個公道，全力彌補自己過去的錯誤。因此，我希望這番話能收到預期

15　Phaedon，柏拉圖《對話錄》中的一篇，討論靈魂與生死。

效果，幫那位敦厚的年輕人贏回您的疼愛。如果我能活著得知這樣的結果，就會是此生最大的安慰。

敬請 台安

湯瑪斯·斯奎爾敬上

歐渥希在同一時間收到另一封來自史瓦坎、內容大相逕庭的信。儘管如此，讀者看過這封信，想必不難理解歐渥希的想法為什麼大幅改變。我也將史瓦坎的信收錄在此，因為這可能是我最後一次提及那位先生的大名。

先生：

我從您可敬的外甥那裡聽說無神論者斯奎爾那個高徒的最新惡行，一點也不覺得驚訝。他犯下謀殺罪我毫不意外，只希望最後將他送往充滿哀號與痛楚地獄的，不會是您的鮮血。

過去您對這個惡徒的態度過於軟弱，以至於侵害您合法親屬的權益，也損及您的人格，再多的懺悔也不足以彌補。如今您的良心應該已經受到充分的苛責，但假使我不趁機給您一些告誡，讓您明白自己錯在哪裡，就是怠忽職守。因此，我請求您認真地思索那個惡徒即將受到的裁決，至少當做對自己的警惕，日後別再鄙視一個時時刻刻為您祈福之人給您的忠告。

當年若非我的教鞭受到箝制，我早就將那孩子的惡魔本質清除殆盡。打從他襁褓時期開始，我就發現他已經徹底被魔鬼掌控。不過如今說這些為時已晚。

很遺憾您如此草率處理威斯特登的牧師職缺。如果我預先知道您不會徵詢我的意願，就會提早申請。您堅決反對兼職，實在是過度正義。如果牧師兼職是一種罪，就不會有那麼多敬神的人同意它。如果奧德格洛夫的教區牧師過世（聽說他已經是風中殘燭），希望您會考慮我，因為我確定您很清楚我最關心您的最高福祉。相較於這種福祉，塵世的一切都微不足道，就像《聖經》裡提到的什一奉獻[16]跟沉重的法定稅額之間的差別。

順頌 大安

羅傑・史瓦坎敬上

史瓦坎第一次用這種專斷的語氣寫信給歐渥希，日後他會有充分理由後悔這麼做，就像那些將最高善意誤認為最軟弱無能的人一樣。歐渥希其實從來不喜歡這個人，他知道史瓦坎心高氣傲脾氣暴躁，更知道他的脾氣扭曲了他的宗教觀，以至於他無法認同他的很多觀點。不過，史瓦坎確實滿腹經綸，教導兩個孩子不遺餘力。另外，他在生活與行為方面至為嚴謹、誠實可信，信仰無比虔誠。因此，儘管歐渥希對他評價不高，也不喜歡他，卻始終狠不下心辭退這樣一個學識與勤奮度都相當稱職的教師。他認為，反正兩個孩子在家學習，他可以就近監督，及時導正史瓦坎教學上的偏差。

16 tithe，過去教會向成年教徒收取的宗教稅。根據《聖經・創世記》第十四章第二十節，亞伯蘭奪回遭搶的財物後，將其中十分之一奉獻給帶著餅與酒來為他祝福的撒冷王麥基洗德，一般認為什一奉獻由此而來。

第五章
故事向前推展

在前一段談話中，歐渥希回想起過去對湯姆的疼愛，不禁潸然淚下。

密勒太太見狀說，「對，對，先生，雖然您努力隱瞞，我們都知道您對這個可憐年輕人的仁慈舉動。只是，那些壞人說的話沒有一個字是真的。奈丁格爾先生已經查明所有真相。好像是某位對瓊斯先生不滿的爵爺雇用那些傢伙，打算拉他上船當水兵。真不知道接下來他們又要拉哪個人。奈丁格爾先生親自見到那個軍官，對方是個好人，什麼事都跟他說了，也對自己奉命做的事感到抱歉。他說如果他知道瓊斯先生是個紳士，絕不會那麼做，可是有人告訴他瓊斯先生只是尋常的街頭流浪漢。」

歐渥希聽得目瞪口呆，直說他沒聽過這些事。密勒太太說，「是，是，我相信您沒聽說過。因為那些人對律師說的完全是另一套。」

歐渥希問，「女士，妳說什麼律師？妳剛才的話是什麼意思？」

密勒太太答，「是啊，是啊。您向來都是這樣，不肯承認做了好事。不過我女婿見到他了。」

歐渥希問，「見到誰？」

密勒太太答，「還有誰，您的律師啊。您好心派他去了解案情。」

歐渥希說，「我真的什麼都不知道。」

密勒太太說，「女婿，你跟他說。」

奈丁格爾說，「先生，我確實在奧德斯門一家酒館看見剛才走出你房間那個律師，當時他跟兩個費勒瑪爵爺派去拉湯姆上船的人在一起。那兩個人為了拉軍伕，才看見湯姆跟費茲派翠那場決鬥。」

密勒太太說，「我看見那位先生進您房間的時候，就告訴我女婿一定是您派他去調查那件案子。」

歐渥希聽見這些話一臉震驚，足足兩三分鐘說不出話來。最後他對奈丁格爾說，「先生，坦白說我這輩子從來不曾像現在這麼驚訝過。你確定就是這位律師嗎？」

奈丁格爾答，「非常確定。」

歐渥希問，「在奧德斯門？你跟這位律師和那兩個傢伙說話？」

奈丁格爾答，「是的，先生。談了將近半小時。」

歐渥希又問，「那麼那位律師的態度如何？你聽見他跟那兩個人的對話了嗎？」

奈丁格爾答，「沒有。我到的時候他們已經談過一陣子了。我在場的時候律師很少開口。不過，我反覆詢問那兩個傢伙，因為他們描述的情節和湯姆告訴我的不一致，後來我在費茲派翠先生那裡確認他們說的根本是卑鄙的謊言。那個律師也要求他們說實話，聽起來像在為湯姆說話，所以後來我看見他跟您在一起，就猜測是您好心派他去調查。」

密勒太太問，「那麼您沒派他去嗎？」

歐渥希答，「真的沒有。我也是到現在才知道他做了這件事。」

密勒太太激動地說，「我明白了，我敢發誓，我全明白了！難怪他們最近走得那麼近。女婿，我拜託你馬上去找那兩個傢伙，只要他們還活著，就把他們找出來。或者我自己去……」

歐渥希說，「女士，別著急。麻煩妳幫個忙，派個人上樓看道林先生還在嗎，在的話請他下來一趟。不然就請布里菲先生。」

密勒太太喃喃自語地走出去，不久後回報，「道林先生已經離開了，『另外那個』馬上下來。」

密勒太太為湯姆義憤填膺，歐渥希個性沉穩得多，不過，他心中不免也起了某些跟她類似的狐疑。等布里菲下樓來，他板著臉孔問他話，語調也不像過去那麼慈祥：「你知不知道道林先生去見湯姆跟那位先生決鬥的目擊證人？」

對於那些必須隱瞞真相或圓謊的人，沒有什麼比突如其來的質問更危險。基於這個原因，那些專門在中央刑事法庭拯救同類的可敬人士才會格外謹慎，透過事前的反覆盤問，演練開庭當天委託人可能被問到的問題，讓他們能從容提出即使想像力最豐富的人都未必想得出的回答。再者，驚訝往往使得血流突然加速，造成面部表情變化，內心有愧的人也會因此露出馬腳。當時布里菲的表情就發生了這種變化，所以我們就不能責怪密勒太太馬上大喊，「心裡有鬼！我敢發誓，肯定心裡有鬼！」

歐渥希嚴厲斥責她的急躁，又轉頭問明顯畏縮的布里菲，「你為什麼不回答？一定是你派他去的，因為他不可能自作主張去辦這樣的事，特別是沒有事先知會我。」

布里菲於是答道，「舅舅，我承認我犯了錯，但我希望您能原諒我。」

歐渥希憤怒地說，「原諒？」

布里菲又說，「是。我知道您會生氣，可是我親愛的舅舅一定會寬恕人性的厚道造成的結果。我承認同情不值得同情的人是一種罪過，但是這種罪過您自己偶爾也會犯。我知道我對這個人就犯過不只一次這種罪過，我也承認是我派道林先生去的，但我不是派他去做些沒有用處的空泛調查，我是請他去找出目擊者，盡可能軟化他們的證詞。舅舅，這都是事實。雖然我很想瞞著您，但我不會否認。」

「沒錯。」奈丁格爾說，「那位律師給我的感覺確實是如此。」

「好啦，女士，」歐渥希說，「這下子妳總該承認妳弄錯了，不會再像先前那樣生我外甥的氣了。」

密勒太太沉默不語。她認定是布里菲害湯姆淪落到如今這個地步，沒辦法立刻對他改觀，但目前這件事她跟其他人一樣都被他騙了。因為魔鬼是如此盡心盡力扶持他的爪牙。俗話說，「魔鬼會在緊要關頭拋棄他的門徒。」我認為這是對魔鬼性格的嚴重誤解。偶爾他或許會拋棄那些只敬過他一杯酒的人，或者那些只能算半個門徒的人，但他通常會全力支持他最忠心的侍從，救他們脫離一切難關，直到他們的合作關係結束為止。

正如叛亂平定後政權會更穩固，疾病痊癒後身體會比過去更健康。同樣地，怒氣化解後，愛也會增長。歐渥希的情況就是如此。布里菲撇清這個重大嫌疑後，其他那些小事（斯奎爾來信引發的那些）當然也就被掩蓋、被遺忘。另外，史瓦坎因為惹惱了歐渥希，斯奎爾所說湯姆遭人陷害的那些罪責也因此都落到他頭上。

歐渥希對湯姆的怒氣漸漸減輕，因此對布里菲說，「我不但要原諒你基於善心做的這些努力，更要效法你的榜樣。」這時他轉頭對密勒太太露出天使般的笑容，說道，「女士，我們雇一輛出租馬車，大家一起去探望你朋友如何？這絕不是我第一次去探監。」

我相信所有讀者都猜得出密勒太太的回應，可是只有最仁慈、最理解友情的人，才能體會她此刻的感受。但願只有極少數的人能夠明白布里菲此時的心情，不過，相信所有理解他心情的人都知道，他這時候沒有立場反對去探監。然而，命運女神（或者魔鬼）及時伸出援手，讓他免於經歷這麼重大的震撼。因為眾人等候馬車時，帕崔吉來了，把密勒太太找出去，跟她說了前不久才揭曉的那樁驚悚悲劇。如他聽見歐渥希要去探監，連忙拜託密勒太太想辦法阻止。他說，「這件事無論如何都不能讓他知道。如果他現在去了，就會撞見瓊斯先生和他生母在一起，因為我離開時他生母剛到。他們現在應該在懊悔彼此在不知情的情況下共同犯下的恐怖罪行。」

可憐的密勒太太聽完這個驚悚消息嚇得幾乎暈過去，編藉口的應變能力大不如前。不過，在這方面女人的腦子總是比男人靈活，她總算還是想出理由。她回去對歐渥希說，「先生，難得您一片好心想去探監，聽見我提出反對意見，一定非常訝異。只是，我們這樣突然去看他，我怕會有不良後果。先生，您不難想像，這可憐的年輕人最近碰上接二連三的災禍，情緒低落到極點。您突然出現，他肯定會欣喜若狂，我擔心會對他的健康造成致命威脅，尤其他的僕人告訴我他現在狀況不太好。他的僕人現在就在外面。」

「在外面嗎？」歐渥希說，「請讓他進來，我要問些關於他主人的事。」

起初帕崔吉不敢見歐渥希，後來密勒太太（她常聽帕崔吉說起他自己的故事）允諾幫他說好話，他才答應。歐渥希雖然多年沒見過帕崔吉，不過帕崔吉一進門他就認出他來。密勒太太原本想好的推薦詞也就派不上用場。讀者想必已經發現，善良的她隨時願意為朋友美言幾句。

歐渥希問，「那麼你就是瓊斯先生的僕人？」

帕崔吉答，「先生，稱不上正式僕人。不過老爺明察，目前我跟他住在一起。老爺看得出來，就像拉丁話說的，『我已經今非昔比。』」

歐渥希於是問他許多有關湯姆的問題，比如他的健康狀況等等。帕崔吉一一回答，他答話依據的不是事實，而是他希望呈現的景況，因為他個人的道德或宗教信條之中，並沒有據實以告這一項。

他們談話過程中，奈丁格爾起身告辭，之後密勒太太跟著離開。歐渥希也要布里菲上樓去，因為他覺得沒有別人在場，帕崔吉會比較願意坦誠相告。等眾人離去後，歐渥希就說話了，請看下一章。

第六章
故事繼續推展

「我的朋友，」歐渥希說，「你真是天底下最古怪的人。過去百般固執不肯說實話吃了很多苦，到現在還執迷不悟，竟然冒充你親生兒子的僕人欺騙世人！這麼做對你有什麼好處？你的動機是什麼？」

「老爺，」帕崔吉雙膝跪地，說道，「看來您對我偏見太深，打定主意不相信我說的話。所以，我又何必多費唇舌？不過，上面有一位知道我不是這個年輕人的父親。」

「什麼！」歐渥希說，「你過去因為無法辯駁的鐵證被判定的罪責，現在還要來否認嗎？不只如此，你現在還跟這個年輕人在一起，不就確認二十年前你被控的罪名！我以為你已經離開家鄉！不，我甚至以為你早就不在人世。你怎麼會知道這個年輕人的事？除非你們一直保持聯絡，否則又怎麼會遇見他？別否認，因為這麼一來我會認為你兒子善盡孝道，偷偷照顧生父多年，對他產生好印象。」

帕崔吉說，「如果老爺有耐心聽，我會把事情全都跟您說。」歐渥希讓他說下去，於是他接著說，「老爺因為那件事降罪於我，不久後我的人生就毀了。我的學堂辦不下去，教會執事的兼差也沒了（牧師可能是為了討好您，也將我辭退）。我除了理髮鋪，再也沒有別的收入。可是在那樣的偏僻鄉間，光靠理髮撐不起家計。當時有個匿名人士每年給我十二鎊津貼，我一直相信那人就是老爺您，因為除了您，我沒聽說過還有誰會做這種事。後來我妻子過世，那筆津貼也離我而去。當時我欠了兩三筆小額債務，開始變成我的煩惱。特別是其中一筆，那是一個律師將訴訟費從十五先令抬高到三十鎊[17]。當時我的謀生管道一一斷絕，只好收拾起所剩無幾的家當遠走他鄉。

「我去的第一個地方是索爾茲伯里，在那裡為一名法律界的紳士工作。那是我所認識最好心的紳士，不只對我好，我在那裡的時候，他做了上千件善事。我知道他經常拒接那些卑鄙無恥或欺壓弱小的案件……」

歐渥希打斷他，「不需要講這麼詳細。那位先生我認識，為人確實十分可敬，是律師界的表率。」

帕崔吉接著說，「之後我搬到利明頓，為另一個律師工作三年，那人也非常好，說真格的，算是全英格蘭最開朗的人。三年後我開了一家小學堂，如果不是發生最不幸的事件，學堂可能已經辦得有聲有色。當時我養了一頭豬，有一天我運氣不好，那豬跑了出去，擅闖（他們好像是這麼說的）隔壁鄰居家的花園。我那鄰居心胸狹小又高傲自負，他聘了律師，好像叫……叫……我記不得他叫什麼，總之他寫了狀子告我，我就去巡迴法庭受審。上帝垂憐，我在法庭上聽那些大律師說了什麼話！其中有一個向法官扯了一大堆莫名其妙的謊話誣陷我。他說我經常把整群豬趕進鄰居的花園，還說了有很多其他的話。最後他說，他希望我能把豬群趕到市集去。說真格的，不知情的人還以為我不是只養一頭豬，而是全英格蘭最大的養豬戶。後來……」

歐渥希又說，「拜託你，別說這些細節，我到現在還沒聽見你兒子的事。」

帕崔吉答，「哎呀，要到很多年以後，我才會見到我兒子（既然你非得說他是我兒子）。那場官司又毀了我，我在溫徹斯特坐了七年牢，之後去了愛爾蘭，在科克教書。」

歐渥希說，「好，那段跳過去，直接說你回到英格蘭後的事。」

帕崔吉說，「那麼，先生，我是大約半年後去到布里斯托，在那裡停留一段時間，發現那裡不好謀生，又聽說布里斯托和格洛斯特之間某個地方的理髮匠死了，就去了那地方。在那裡待了大約兩個月後，遇見瓊斯先生。」接著他鉅細靡遺描述他跟湯姆第一次見面的情景，也就他記憶所及說出那天以來發生的所有事，過程中夾雜不少對湯姆的讚美，也沒忘記迂迴地傳達湯姆對歐渥希的敬愛與景仰。最後他總結說，「老爺，這就是全部的事實。」之後又鄭重地聲明，「我不是瓊斯先生的生父，正如我不是羅馬教皇。」還強調如果他沒說實話，就不得好死。

歐渥希說，「這事我該怎麼看呢？在我看來這件事對你有利，你為什麼極力否認？」

帕崔吉再也忍不住，他說，「您錯了，先生。如果您不相信我，再過不久您也會知道真相。但願您也誤認那孩子的生母，就像您誤認他的生父一樣。」

歐渥希問他這話什麼意思，他露出極端驚恐的聲音和表情，將不久前拜託密勒太太瞞住歐渥希的事說出來。

歐渥希聽見這樣的事，驚駭的程度不下於帕崔吉敘述時的神態。他驚叫道，「我的天！惡習和輕率會引人走上多麼悲慘的境地！惡行又會導致多麼令人意想不到的後果啊！」他話聲未落，華特夫人突然闖了進來。

帕崔吉一見到她，馬上大聲嚷嚷，「先生，就是她，就是這個女人。這就是瓊斯先生那個不幸的生母。相信她能向您證明我的無辜。女士，拜託妳……」

17　原注：這是我確知的真人真事，多塞特群一名惡律師向窮牧師收取高額訴訟費，事後食髓知味，再針對同一個案件提起訴訟。當時不少律師用這種方法壓榨窮人，增加自己的收入，可說是司法之恥，令國家、基督教、甚至人性蒙羞。

華特夫人沒有回應帕崔吉的話，幾乎無視他的存在，直接走到歐渥希面前，「先生，距離上一次有幸見到您已經過了多年，相信您不記得我是誰。」

歐渥希答，「的確，妳各方面都變了很多，如果不是這個男人已經告訴我，妳的身分，我可能一時之間認不出妳來。女士，妳今天來找我有什麼特別的事嗎？」歐渥希的語氣非常冷淡。過去他對這位女士的所做所為略有耳聞，今天又聽帕崔吉說了那些話，讀者不難想像他對這位婦人的行為很不滿意。

華特夫人答，「沒錯，先生，我有重要事要跟您談，而且只能告訴您一個人。所以我希望單獨跟您談談。我保證我要說的話非常重要。」

歐渥希於是命帕崔吉離開。帕崔吉走之前央求華特夫人向歐渥希證明他的無辜。華特夫人答，「先生，你不需要擔心，那件事我一定會向歐渥希說得清楚明白。」

於是帕崔吉走了，歐渥希和華特夫人之間的對談請見下一章。

第七章
故事進一步發展

華特夫人沉默了幾分鐘，歐渥希忍不住說，「女士，很遺憾，根據我聽見的一切，妳的行為實在愧對……」

華特夫人打斷他的話，「歐渥希先生，我知道我犯過錯，但我從來無法、也不會忘記您的恩德。我永遠記得您對我的善意，我實在不配接受。不過請您暫時先別責備我，因為我有重要事要說，這事跟那個您用我的娘家姓瓊斯為他命名的年輕人有關。」

歐渥希問，「這麼說來，難道我無意中處罰了無辜的人，也就是剛才出去那個人？難道他不是孩子的生父？」

華特夫人說，「先生，您應該還記得我曾經說過有一天您會知道真相。我承認是我的疏忽，沒有及早告訴您。我真的沒想到這事有多麼必要。」

歐渥希說，「那就請妳說吧。」

她說，「先生，您應該記得一個姓薩莫的年輕人。」

歐渥希答，「記得很清楚。他父親是一位學識人品兼具的牧師，也是我交情深厚的朋友。」

她說，「確實如此，您栽培這個年輕人，供他上大學，畢業後他一直住在府上。我必須說我沒見過比他更優秀的人，不但相貌英俊，文質彬彬，而且聰明又有教養。」

歐渥希說，「可憐的人，可惜他英年早逝。我沒辦法想像他會犯下這種罪行，因為我猜妳要告訴我他就是妳兒子的生父。」

華特夫人答，「先生，那倒不是。」

歐渥希驚訝地說，「什麼！那妳為什麼提起他？」

她答，「為了要說一個故事，看來這件事注定由我來告訴您。先生！請您做好心理準備，接下來您聽見的事會令您震驚又哀傷。」

歐渥希說，「說吧。我自認問心無愧，不怕聽見任何事。」

華特夫人說，「先生，您朋友的兒子、由您資助栽培的薩莫先生，在您府上住了一年，您待他就像親生兒子。後來他染上天花過世，您哀痛逾恆，像安葬親生兒子般將他安葬了。先生，那位薩莫先生就是這孩子的生父。」

歐渥希十分訝異，「什麼！妳自相矛盾！」

她說，「我沒有。他確實是那孩子的生父，但生母不是我。」

歐渥希說，「女士，當心哪，不要為了推諉卸責撒謊。別忘了妳瞞不了上帝，在祂的法庭上，撒謊只會加重罪責。」

她答，「先生，我真的不是他的生母，就算給我全世界，我也不會說我是他生母。」

歐渥希說，「我明白妳為什麼這麼做。如果事情真像妳說的那樣，我會跟妳一樣高興。但妳別忘了，當年妳親口跟我承認過。」

華特夫人說，「到目前為止我承認的都是事實。我承認是我這雙手將那孩子送到您床上，但我是奉孩子的母親的命令行事，事後同樣奉她的命令承認我做了這件事。我為她保密、替她承擔恥辱，她也非常慷慨大方地酬謝我。」

歐渥希問，「這女人會是誰？」

華特夫人答，「我實在不敢說出她的名字。」

歐渥希說，「妳迂迴婉轉地說了這麼多，我猜她是我的親戚。」

她答，「確實是您的近親。」歐渥希怔住了。她接著又說，「先生，您曾經有個妹妹。」

歐渥希一臉錯愕，「妹妹！」

華特夫人說，「這事千真萬確。令妹就是您在床上發現的那孩子的生母。」

歐渥希驚叫道，「老天！會有這種事嗎？」

華特夫人說，「先生，請稍安勿躁。我會把一切都告訴您。您剛出發去倫敦不久，有一天布莉姬小姐來到我母親家。她聽說我人品出眾，無論學問或見識都比鄰里間的年輕小姐高得多（她就是這麼說的），她要我去府上一趟。我去了以後，她要我讀書給她聽。我讀完後她很滿意，對我非常和善，送我很多東西。然後她再三問我能不能保守祕密，我給的回答很令她滿意，於是她鎖上她房門，帶我走進更衣室，同樣把門鎖上。她說她要告訴我一件關係到她的名譽（因此也牽涉她的人生）的祕密，好讓我相信她有多麼信任我的人格。說到這裡，她停下來，沉默了幾分鐘，過程中不斷擦眼淚。她問我母親能不能守密。我說我可以用我的生命替我母親擔保。於是她向我吐露那個壓在她心頭的祕密，我相信那個祕密帶給她的折磨，比後來生產時的痛苦更劇烈。當時我們商量好，等她生產時，會把黛博拉支開，由我和我母親照料她。後來她按照計畫派黛博拉去多塞特郡最遠的地方打聽某個僕人的品格。布莉姬小姐在預產期之前三個月辭退她的貼身侍女，那段時間我就以試用的名義充當她的侍女，後來她又對外宣稱我表現不稱職。這些事以及後來她批評我的那些話，都是為了避免將來我假裝是那孩子生母時，黛博拉會起疑。她認為她用那些難聽話數落我，別人才不會懷疑到她身上。先生，您別擔心，我雖然受辱，卻也得到豐厚的補償。何況我知道那只是演戲，一點也不介意。布莉姬小姐最不信任的是黛博拉。她並不是對她有什麼成見，只是覺得她口風不緊，特別是在您面前。布莉姬小姐曾經告訴我，如果哪天黛博拉殺了人，也一定會主動告訴您。最後，那個重要日子到了，黛博拉也出發了。她其實一星期前就準備動身，小姐卻以這個或那個理由拖延她的行程，以免她太早回來。後來孩子出生時，只有我和家母在場。家母將孩子帶回自己家，偷偷照顧到您回家的前一天晚上，那時我聽布莉姬小姐的吩咐，把孩子放在您的床鋪上。布莉姬小姐故意假裝討厭那孩子，表現得一副她善待那孩子只是為了討您歡心。她演得太逼真，所以沒有人懷疑到她頭上。」

華特夫人信誓旦旦地強調她說的都是真的，最後說，「先生，您終於找到自己的親外甥。我相信您一定會認他，而且他一定會為您帶來榮耀與安慰。」

歐渥希說，「女士，我不用說，妳也知道我聽見這些事有多麼震驚。只是，我相信妳不會、也無法想出那多細節來證明一個謊言。我承認我想到一些關於薩莫的事，當時我一度認為我妹妹對他有意。我曾經跟她提起這事，因為我非常看重那個年輕人，畢竟他和他父親都很值得讚揚。我告訴我妹妹我贊成他們的婚事，她非常生氣，指責我不該這樣惡意地懷疑她，後來我就沒再提起那件事。天哪！唉，一切都是天意！不過，我妹妹實在太不應該，竟然帶著這個祕密離開人世。」

華特夫人說，「先生，請相信我，她絕對沒有這個意思。她經常告訴我有一天會讓您知道真相。她說她很高興她的計畫這麼成功，您主動愛上那孩子，她暫時還不需要說出來。先生！如果布莉姬小姐活著目睹那孩子被趕出門四處流浪，甚至，先生，如果她活著聽見您請律師指控他，他沒犯過的殺人罪，先生，請原諒我，我必須說您這麼做很不厚道。您真的被騙了，他不該受到您這樣的對待。」

歐渥希答，「女士，跟妳說這種話的人不管是誰，都中傷了我。」

華特夫人說，「先生，請別誤會，我不是說您做了什麼壞事，來找我的那位先生也沒這麼說。他誤認我是費茲派翠先生的妻子，對我說如果瓊斯先生謀殺我丈夫，有位非常可敬的紳士會資助我打官司討公道的所有費用。他說，那位紳士很清楚我要對付的是什麼樣的惡棍。我就是從那人口中得知瓊斯先生的身分。那個人姓道林，瓊斯先生告訴我，他是您的財產管理人。我也是無意中得知他姓道林，因為他不肯告訴我。帕崔吉以前在索爾茲伯里跟他認識，他第二次去我住處時遇見那人。」

歐渥希表情無比震驚，「那麼這個道林先生告訴妳，我會出錢幫妳打官司？」

華特夫人答，「那倒沒有，我不會胡亂指控別人。他只說有人會幫我，沒有指名道姓。先生，請您原諒，根據種種情況判斷，我想不到還會有誰。」

歐渥希說，「確實沒錯，根據種種情況，我完全相信是另一個人做的。天哪！最陰險最惡毒的詭計有時候會以多麼神奇的方式暴露出來！女士，能不能請妳留到妳說的那位先生來到？我猜他應該馬上就到了。不，也許他已經在這房子裡了。」

這時歐渥希走到房門口，打算喊個僕人，碰巧有個人走進來。這人不是道林，我下一章揭曉他的身分。

第八章
繼續發展

剛到的先生不是別人，正是威斯頓。他一見到歐渥希，也不管華特夫人在一旁，就大聲叫嚷道，「我家出了丟人的事啦！偷雞摸狗終於被我逮個正著！見鬼的誰養女兒誰倒楣。」

歐渥希問，「好鄰居，出了什麼事？」

威斯頓答，「出大事啦！我以為她要回心轉意；不，是她答應我會乖乖聽我的話；我以為接下來什麼事都沒有，只要找律師來辦手續，一切就搞定了。你猜我找到了什麼？那個小賤人原來一直耍著老子玩，跟你那個雜種偷偷摸摸往來。我為了她跟妹妹大吵一架，後來妹妹派人告訴我有這樣一封信。我派人趁她睡著搜她口袋，找到那個婊子養的雜種親筆簽名的這封信。我讀不到一半就沒耐心了，因為這信比薩坡牧師的布道詞還長。不過我猜裡面全是情啊愛的，還能有什麼？我又把她關在她房裡了，明天一早就送她回鄉下。除非她答應馬上出嫁，否則就得一輩子住在閣樓裡，吃麵包配白開水。這種小賤人越快心碎越好，該死的丫頭，可惜我看她的心強悍得很。她一定會折磨我一輩子。」

歐渥希說，「威斯頓先生，你知道我向來反對使用暴力，你自己也答應我絕不會這麼做。」

威斯頓說，「條件是不用暴力她也會答應出嫁。見他媽的大頭鬼！我自己的女兒不能任我擺布嗎？何況我全是為她好。」

歐渥希說，「好鄰居，如果你不反對，我會再去勸勸令嬡。」

威斯頓說，「你肯嗎？呀，你真是太好心了，果然遠親不如近鄰。也許你比我有辦法說服她，因為她非常敬重你。」

歐渥希說，「好，先生。現在請你先回家把令嬡放出來，我半小時內就到。」

威斯頓說，「萬一她趁這時候跟他跑了呢？道林律師告訴我，沒機會把那傢伙送上絞刑架，因為受傷那個人還沒死，而且應該會好起來。他覺得那個瓊斯很快就可以出獄。」

歐渥希驚叫道，「什麼！那麼是你雇他去調查或干涉那件案子？」

威斯頓答，「不是我。剛才他主動告訴我的。」

歐渥希說，「剛才！那麼你看見道林先生了？我急著要見他。」

威斯頓說，「你上我那兒就可以見到他。早上有幾個律師會在那裡碰面，討論一筆貸款的事。該死！我可能會損失兩三千鎊，我猜一定是那個老實的奈丁格爾害的。」

歐渥希說，「那麼先生，我半小時內會過去。」

威斯頓說，「拜託你聽一回傻子的忠告，別想用溫和的手段對付她。相信我，那種法子行不通，我試過太多次了。一定得嚇嚇她，沒別的法子。告訴她我是她老子，告訴她不孝是多麼嚴重的罪，將來到了另一個世界會受到多麼恐怖的懲罰，再告訴她不聽話會被關在閣樓裡一輩子，只能吃麵包配開水。」

歐渥希說，「我會盡力而為。因為我真的很希望把令嬡這麼溫柔的人兒娶進門。」

威斯頓說，「這方面那丫頭倒真是不錯。石頭只會越撿越小顆，雖然是我的女兒，我也敢這麼誇口。只要她肯聽我的話，我敢說方圓百里內找不到比我疼女兒的人。我看你跟這位女士還有事要談，我先回去等你。告辭了。」

活。」

威斯頓離開後，華特夫人說，「看來威斯頓先生一點都不記得我。歐渥希先生，我想您可能也一樣。我變了很多，跟當初您好心給我那些忠告時不一樣了。如果我聽了您的忠告，就會過著幸福的生活。」

歐渥希說，「確實，當初聽說妳沒照我的話做，我非常憂心。」

她回答，「先生，我是被非常惡毒的奸計陷害了。當然，我不敢奢望您會因此對我改觀，但如果您知道內情，對我的怒氣應該可以減輕，甚至會同情我。您現在沒有時間聽我的故事，但我向您保證，我是被人用最正式的婚姻承諾欺騙了。不，在上帝眼中我已經嫁給他。我讀過很多這方面的文章，我相信那些特定儀式只是為了讓婚姻取得法律的認可，唯一的世俗功能就是賦予女人妻子的身分。女人只要私下真心將終身託付給某個男人，忠貞地跟他生活在一起，不管世人怎麼看她，她都不需要愧對自己的良心。」

歐渥希說，「很抱歉，妳嚴重誤用妳的知識。如果妳多懂一些，或者根本什麼都不懂，反而比較好。只是，妳犯下的罪恐怕不只這一樁。」

她說，「我鄭重向您保證，他在世那十幾年，我沒做過錯事。不過先生，請替我想想，一個女人名譽掃地，身無分文，不管她多麼渴望，這個善良的世界會允許這樣一頭迷途的羊回到正途嗎？如果我有能力，我也願意那麼做。可是為了生活，我不得已投入華特上尉的懷抱。我沒有跟他結婚，卻以妻子的身分跟他共同生活許多年，也冠他的姓氏。我在伍斯特跟他分開，他帶兵去攻打叛軍。我就是那時遇見瓊斯先生，當時我被壞人控制，是他救了我。他為人很值得敬佩，跟他同年齡的年輕人沒有人道德感比他強烈，只有少數人有他的二十分之一美德。不管他過去有什麼惡習，我相信他現在都決心改過了。」

歐渥希說，「但願如此，也希望他能夠堅持下去。我必須說，我對妳也有這樣的期待。的確，在這方面這個世界往往嚴苛了些，不過，只要能夠長久堅持，還是有機會扭轉人們欠缺同情心的傾向。這個社會雖然不像天國那樣寬容悔過的罪人，不過，只要持續懺悔，總有一天也能被社會接納。華特夫人，請妳相信，只要我認為妳是真心悔過，我一定會盡全力幫助妳走回正道。」

華特夫人淚流滿面跪在他面前，激動地感謝他的仁慈。正如她所說，這樣的胸懷可說超凡入聖。

歐渥希扶她起身，用他想像得到最親切的話語安慰她。不一會兒道林走進來，打斷他的話。道林一進門看見華特夫人，冷不防怔了一下，顯得有點慌張。他盡力讓自己鎮定下來，說他急著趕去威斯頓那裡開會，卻覺得有責任過來一趟，向歐渥希說明先前那件案子請教大律師的結果。大律師認為侵占那筆錢不構成犯罪，倒是可以提起追討侵占物訴訟，如果陪審團認定那筆錢屬於原告所有，就會裁定歸還。

歐渥希沒有回應，只是走過去拉上門閂，再板著臉走向道林，說道，「先生，不管你有多急，都得先回答我幾個問題。你認識這位女士嗎？」

道林遲疑不答，「這位女士！」

歐渥希於是用最嚴肅的口吻說，「道林先生，如果你在乎我對你的好感，或者還想繼續替我工作，別猶豫也別支吾，老老實實回答我問的每一個問題。你認識這位女士嗎？」

道林說，「認識。我見過她。」

歐渥希問，「在哪裡？」

道林答，「在她的住處。」

歐渥希問，「你為什麼去那裡？誰派你去的？」

道林說，「先生，我去是為了調查瓊斯先生的事。」

歐渥希問，「誰派你去調查他的事？」

道林答，「誰派我去？先生，呃，是布里菲先生。」

歐渥希又問，「那麼關於那件案子你跟這位女士說了什麼？」

道林答，「先生，我記不太清楚了。」

歐渥希說，「女士，妳能不能幫這位先生恢復記憶？」

華特夫人說，「先生，他告訴我，如果瓊斯先生蓄意殺死我丈夫，我打官司不必擔心錢的問題，有位非常可敬的先生願意資助我。那位先生很清楚我要對付的是什麼樣的惡徒。我敢發誓，他就是這麼說的。」

歐渥希問，「你是這麼說的嗎？」

道林說，「我也不太記得，不過我相信我的確表達了那樣的意思。」

歐渥希問，「是布里菲先生要你這麼說的嗎？」

道林答，「先生，我不會主動去，更不會逾越權限做這種事。如果我說了那些話，那麼應該是認為這是布里菲先生的指示。」

歐渥希說，「道林先生，我當著這位女士的面向你保證，不論你在這件案子上奉布里菲的指示做了什麼，只要你現在說出實話，我都會原諒你。因為我相信你說的，你不會擅自越權去做這樣的事。那麼你在奧德斯門的酒館向那兩個傢伙問話，也是布里菲先生派你去的？」

道林答，「是的，先生。」

歐渥希問，「當時他給你的指示是什麼？盡量想清楚，最好把他的話一字一句跟我說。」

道林答，「布里菲先生派我去找那場決鬥的目擊證人。他說他擔心瓊斯先生或他的朋友會企圖左右他們的證詞。他說血債要血償，隱匿殺人犯、或沒有盡一己的力量讓他接受法律制裁，都算是共犯。他說他發現您也非常希望讓那個惡徒接受制裁，只是您不太適合出面。」

歐渥希問，「他這麼說？」

道林答，「是的，先生。如果不是為了您，我不會那樣處心積慮辦事。」

歐渥希問，「如何處心積慮？」

道林答，「先生，請相信我無論如何都不會教唆他人做偽證。不過，引導證詞的方式有兩種。我告訴他們，如果對方想收買他們，一定要拒絕。只要他們說實話，一定不會吃虧。我說，有人告訴我瓊斯先生先攻擊另一位先生，如果那是事實，他們就該說出來。當然，我向他們暗示這麼做不會有損失。」

歐渥希說，「你果然處心積慮。」

道林說，「不，先生，我並沒有要他們說謊。如果不是為了替您辦事，我也不會說那種話。」

歐渥希說，「如果你知道瓊斯先生是我的親外甥，就不會認為這是在替我辦事。」

道林說，「先生，您不願意公開的事，我最好假裝不知道。」

歐渥希驚叫道，「什麼！那麼你早就知道了？」

道林說，「先生，既然您要求我說實話，我就會照辦。我的確知道這件事，因為那是布里菲夫人的遺言。當時只有我在她身邊，她把給您的那封信交給我的時候親口對我說的。」

歐渥希震驚地問，「什麼信？」

道林答，「我從索爾茲伯里送到府上，親手交給布里菲先生的信。」

歐渥希說，「天哪！遺言是什麼？我妹妹跟你說了什麼？」

道林說，「她拉住我的手，交給我那封信，她說，『我不知道自己寫了些什麼。告訴我哥哥，湯姆是他外甥，他是我兒子。祝福他。』說完就倒回床上，像是快死了。我把其他人叫進房間，之後她沒再跟我說話，幾分鐘後就過世了。」

歐渥希沉默了一分鐘，然後抬起視線，轉頭問道林，「你為什麼沒有告訴我這些事？」

道林答，「先生應該記得當時您臥病在床，我又趕時間（我一向如此），就把信和遺言交給布里菲先生，他說他會轉交給您。後來他告訴我，他已經向您轉達了，不過基於您對瓊斯先生的愛護，也考慮到妹妹的名譽，決定不對外聲張。所以，要不是您主動提起，我絕不會向您或任何人說出這件事。」

我們在其他地方討論過，人能夠用實話掩飾謊言，此時的情況正是如此。布里菲確實跟道林說過那些話，但他並沒有騙道林，也不認為他瞞得過他。道林之所以配合隱瞞，全是因為布里菲給了他某些承諾。如今他知道布里菲已經沒有能力兌現諾言，歐渥希又答應不怪罪他，因此覺得最好坦白說出來。何況歐渥希已經知道真相，又用那麼嚴厲的語氣與表情威脅他，而他猝不及防，沒有時間思考對策。

歐渥希似乎對道林的答覆十分滿意，他嚴格禁止道林洩露他們的對話，還親自送他離開，免得他見到布里菲。當時布里菲在自己房裡，暗自慶幸早先順利騙過舅舅，一點也不知道樓下發生了什麼事。

歐渥希回到自己房間時，在門口遇見臉色蒼白的密勒太太，她驚恐地說，「先生，我看見那個壞女人在您房裡，您什麼都知道了。請別因為這樣放棄那個可憐的年輕人。先生，請想想，他當時不知道那是他生母。現在他知道了，就算您不責怪他，他可能也已經痛苦萬分了。」

「女士，」歐渥希說，「剛才聽見的事讓我太震驚，現在我沒辦法跟妳說清楚。請進來我房間。密勒太太，我有重大發現，妳很快就會知道。」

可憐的密勒太太顫抖著跟他走進房間。歐渥希走向華特夫人，拉起她的手，再轉身對密勒太太說，「這位女士幫了我一個大忙，我該怎麼答謝她？密勒太太，過去我無數次在妳面前稱呼那位妳忠誠相待的朋友是我兒子，當時我一點都不知道他真的跟我有血緣關係。女士，妳朋友是我外甥，他是那條我親自養大的陰險毒蛇的哥哥。華特夫人會把一切都告訴妳，包括那孩子是怎麼被誤認成她兒子。密勒太太，他遭人陷害，我也被人矇騙。騙我的人真是天底下最狠毒的惡人，而妳明察秋毫地看穿他邪惡的本質。」

密勒太太高興得說不出話來，要不是喜悅的淚水及時宣泄，就算沒有危及性命，恐怕也會暈過去。最後她總算有辦法開口說話，激動地說，「那麼先生，我親愛的瓊斯先生是您的外甥，不是這位女士的兒子？您終於知道他遭人誣陷了嗎？我這輩子終於有機會看見他得到他應得的幸福嗎？」

歐渥希答，「他確實是我外甥，其他那些問題我也希望答案是肯定的。」

密勒太太又問，「那麼這位親愛的好女人，就是揭曉這一切的人嗎？」

歐渥希答，「是她沒錯。」

密勒太太跪下來祈求，「那麼求上帝將最好的福份都賜給她，不管她做過多少錯事，都因為她做了這件好事一筆勾銷！」

華特夫人告訴他們，湯姆應該很快可以獲釋，因為那位外科醫生跟一位貴族一起去找將他收押的那位治安官，要證明費茲派翠沒有生命危險，還湯姆自由。

歐渥希說他現在要去辦重要的事，他回來的時候如果能看見湯姆就太好了。接著他命僕人幫他找轎子，就留下兩位女士出門去了。

布里菲聽見舅舅命人找轎子，趕緊下樓來送舅舅上轎。他從不疏忽這些孝道。他問舅舅是不是要出門，這話是在婉轉詢問別人上哪兒去。歐渥希沒有答話。布里菲又問他什麼時候回來，歐渥希還是悶不吭聲。等他坐進轎子前，才轉頭說，「先生，聽好了，我回來以前，把你母親臨死前派人送來的那封信找出來。」說完他就走了。以布里菲當時的處境，大概只有即將上絞刑架的人會羨慕他。

第九章 故事再發展

搭轎子那段時間，歐渥希讀著威斯頓交給他那封湯姆寫給蘇菲亞的信，其中部分內容提到他，看得他傷心落淚。最後他抵達威斯頓的住處，見到蘇菲亞。

問候禮儀結束後，兩人各自坐下，沉默了幾分鐘。應父親要求見客的蘇菲亞把玩手中的扇子，舉手投足流露出藏不住的困惑。歐渥希心情也不太平靜，最後他開口說，「威斯頓小姐，我的家人好像帶給妳一些困擾，而我也在不知情的狀況下害妳為難。請小姐相信，如果我一開始就知道妳多麼反對這件婚事，絕不會讓妳受這麼多委屈。所以，希望妳知道，我這次來見妳，不是為了舊事重提惹妳心煩，而是為了讓妳從此安心。」

蘇菲亞適度遲疑後答道，「您這麼做實在是寬厚又仁慈，這種事我相信只有歐渥希先生做得到。不過既然您提起，請容許我表明，這件事確實帶給我不少困擾，我因此受到家父不少殘忍對待。在這件事發生以前，他是世上最親切、最慈祥的父親。先生，我相信您寬宏大量，不會介意我拒絕您外甥。我們沒有能力掌控自己的喜好，不管他有多少優點，我都沒辦法強迫自己喜歡他。」

歐渥希說，「最溫柔的小姐，就算妳拒絕的是我的親生兒子，而我對他百般看重，我也絕不會介意。妳說得很對，我們無法左右自己的感情，當然更不可能接受別人的擺布。」

蘇菲亞說，「先生，難怪世人都說您大慈大悲善良厚道，您說的每句話，都證明您配得上那些讚美。先生，請您相信，如果不是確定未來不會幸福，我絕不會違背父親的意願。」

歐渥希答，「小姐，我完全相信。我要為妳的先見之明真心恭喜妳。妳拒絕得有理，確實躲過一場災禍。」

蘇菲亞說，「歐渥希先生，世上很少有男性能說出這麼體諒人的話！我認為跟一個沒有感情的人生活在一起是一種不幸。如果對方有很多優點，我們卻沒辦法喜歡，那份痛苦甚至會加重。如果我嫁給布里菲先生……」

歐渥希不讓她說下去，「小姐，原諒我打岔，我沒辦法忍受這樣的假設。小姐，請相信我，我打從心底歡喜，慶幸妳逃離魔掌。我已經查出來，那個害妳受令尊這麼多折磨的人，原來是個奸惡之徒！」

蘇菲亞驚叫道，「什麼！先生，我實在太驚訝了。」

歐渥希說，「小姐，我也非常震驚，恐怕全世界都沒辦法相信。不過我說的是實話。」

蘇菲亞說，「從歐渥希先生口中說出來的，我相信一定是實話。不過先生，這實在太突然、太意外。您說『查出來』，但願世上所有惡事都被揭發。」

歐渥希說，「詳細經過妳很快就會聽說，現在我們不要提那麼可憎的人。我要跟妳談一件非常嚴肅的事。威斯頓小姐，我太明白妳的可貴，不想輕易錯過妳這樣的好女孩。我有個近親，這個年輕人的品德跟那個惡棍可說有天壤之別，我打算讓他取代原來那個當我的繼承人。小姐，我能請妳見他一面嗎？」

蘇菲亞沉吟一分鐘後答道，「基於您的人格與您對我的愛護，我必須以最坦誠的態度回答您。我決定暫時不談婚事，現在我最想做的是重新贏回家父的疼愛，繼續為他操持家務。希望先生能助我一臂之力。我請求先生、拜託先生發揮我和所有人都見識過的慈悲心，不要剛將我從一個困境解救出來，立刻又將我捲進另一個同樣悲慘、同樣不會有結果的難題。」

歐渥希答，「小姐，我絕不可能做出那樣的事。既然妳心意已決，不管這個失望的結果會帶給他多大的痛苦，他也只能接受。」

蘇菲亞說，「歐渥希先生，您竟說那人會受苦，我忍不住想笑。畢竟我不認識他，他當然也不會認識我。」

歐渥希說，「親愛的小姐，很抱歉，他對妳太熟悉，我開始擔心他這輩子都不得安寧了。我相信世上沒有哪個男人能像我這個不幸的外甥一樣，對妳懷著一份真誠、熱烈又高貴的愛。」

蘇菲亞驚訝地說，「您的外甥！這實在太奇怪了，我以前沒聽說過這人。」

歐渥希說，「事實上，妳只是不知道他是我外甥，我也是直到今天才知道。已經愛慕妳很久的湯姆，他！他是我外甥！」

蘇菲亞驚訝地說，「瓊斯先生是您外甥！先生，這是真的嗎？」

歐渥希答，「他確實是。他是我親妹妹的兒子，我會認他是我外甥，一點也不覺得羞恥。我過去對待他的行為才讓我覺得羞恥，當時我不知道他的優點，也不知道他的身世。威斯頓小姐，我太虧待他，真的。」說到這裡，他擦擦眼淚，短暫停頓後又說，「沒有妳的協助，我永遠沒辦法彌補他受過的苦。相信我，最溫柔的小姐，我是非常重視這門婚事，才會向妳開這個口。我知道他有缺點，但他也有一顆最善良的心。小姐，相信我，他真的有。」他停下來，等蘇菲亞回答。

蘇菲亞不期然聽見這麼離奇的消息，心情不免激盪，等她稍微鎮定下來，就說，「先生，看來這件事讓您十分開心，我也衷心祝福您。我相信這件事一定也如您預期，能帶給您最大的安慰。瓊斯先生確實有數不清的優點，一定會真心孝敬您這麼慈愛的舅舅。」

歐渥希說，「小姐，我也希望他擁有當個好丈夫的優點。我相信他會是最毫無保留鍾愛妻子的男人，如果像妳這樣才貌雙全小姐願意……」

蘇菲亞打斷他的話，「歐渥希先生，請您見諒，我不能接受這樣的求婚。瓊斯先生是個好人，但我絕不會答應嫁給他。我發誓永遠不會。」

歐渥希震驚地說，「小姐，請原諒我有點驚訝，畢竟這跟威斯頓先生告訴我的不一樣。如果那可憐的孩子有幸曾經博得妳的好感，希望不是因為他做了什麼事讓妳對他失望。也許妳誤信別人中傷他的言語，就像我一樣。那個惡徒可能到處散播謠言詆毀他。有人說他是殺人犯，我向妳保證他不是。」

蘇菲亞說，「歐渥希先生，我已經把我的決定告訴您了。我知道家父跟您說了什麼，不過，不管他在擔心或害怕什麼，我相信原因都不在我身上。我向來堅守原則：沒有他的同意絕不結婚。我認為這是為人子女對父母的義務，也希望自己無論如何都不會背棄這個原則。然而，我也不認為父母的權威可以逼迫我們嫁給不喜歡的人。當初我覺得自己可能受到這種壓力，才會離開家，到其他地方尋求保護。事實的真相就是這樣，如果外人或家父往別的地方想，我也無愧於心。」

歐渥希說，「小姐，妳這番話令我敬佩。我敬佩妳通情達理的見解，可是事情不是那麼單純。我不想冒犯妳，但難道到目前為止，我聽見或看見的一切都是夢嗎？妳承受令尊那麼多殘忍對待，只是為了一個妳對他沒有一點感情的男人？」

蘇菲亞答，「歐渥希先生，我請您別追問我的理由。沒錯，我是吃了不少苦。我不對您隱瞞，我會跟您說實話，我承認過去對瓊斯先生印象很好，我相信……我知道我為了這點吃了不少苦，受到我姑姑和家父的殘忍對待。但那些都過去了，我只希望不會再受到壓迫。不管過去發生什麼事，我目前心意已決。先生，您的外甥有許多美德，有非常高尚的品格。我相信有一天他會為您帶來榮耀，讓您開心。」

歐渥希答，「小姐，我也希望我能讓他幸福，不過，我相信只有妳有這種能力。正因如此，我才會積極主動來替他提親。」

蘇菲亞說，「先生，您受騙了，真的受騙了。希望不是他欺騙您，騙我一個也就夠了。歐渥希先生，我真的不想再談論這個話題。我不希望……算了，我不想破壞您對他的觀感，我衷心祝福瓊斯先生幸福，真的。我再說一次，不管我看見他什麼缺點，我都確定他本性善良。我不會否定過去的看法，可是那些都回不來了。現階段我最不能接受的男人就是瓊斯先生，即使布里菲先生都未必比他更不合我意。」

威斯頓早就等得不耐煩，這時剛好走到門外偷聽，聽見蘇菲亞最後一句話表露的心聲，不禁火冒三丈，氣得推開門大罵，「這是謊話！該死的謊話！這都怪瓊斯那個該死的渾球！如果對象是他，她隨時都願意嫁。」

歐渥希帶著惱怒表情說，「威斯頓先生，你沒有遵守對我的承諾。您答應不使用粗暴手段。」

威斯頓說，「我是答應過，前提是不用暴力也辦得成。聽見這臭丫頭撒那種莫名其妙的謊。呸！她以為她騙得過別人，就能騙得過我？不，不，我比你更了解她。」

歐渥希說，「先生，請原諒我這麼說，根據你對小姐的態度，你一點都不了解她。我說這種話請你別介意，可是我們畢竟交情深厚，你也希望兩家結親，加上目前的情況，才不得不說點重話。威斯頓先生，她是你女兒，我認為你該以她為榮。如果我會羨慕別人，一定會羨慕你有這樣的女兒。」

威斯頓罵道，「去它的女兒！我倒寧可她是你女兒，最好早點把這個麻煩精甩掉。」

歐渥希說，「好朋友，麻煩都是你自己惹來的。你女兒值得你信任，只要你願意相信她，你就是全天下最快樂的父親。」

威斯頓嚷嚷說，「我相信她？去死吧！我要她往東她偏往西，我要怎麼相信她？只要她答應嫁我要她嫁的人，我就什麼都相信她。」

歐渥希說，「鄰居，你沒有權利要她答應這種事。你女兒允許你反對，就已經不違反天意和人情了。」

威斯頓氣呼呼地說，「允許我反對！好呀！好呀！我就讓你看看我怎麼反對。滾！回妳房間去！妳這頑固的……」

歐渥希說，「威斯頓先生，你對她實在太殘酷，我實在看不下去。你應該、你必須對她溫柔一點。她值得你疼愛。」

威斯頓說，「是，是，我知道她值得什樣的疼愛。她走了，我來告訴你她值得什麼樣的對待。你看這個，這是我堂妹貝拉斯頓夫人的信。她好心告訴我那傢伙已經出獄了，叫我好好看著那丫頭。媽的！老鄰居，你不明白管教女兒有多累人。」

威斯頓抱怨完了不忘讚美自己的英明，而後歐渥希說了一段開場白，再告訴他有關湯姆的一切，也提及他多麼氣惱布里菲，詳細說出我在前一章敘述的那些事。

性情暴烈的人往往說變就變。威斯頓聽見歐渥希打算讓湯姆當繼承人，馬上改口跟歐渥希一起稱讚湯姆，一心一意要把女兒嫁給湯姆，就像當初硬要她嫁布里菲一樣。

歐渥希不得不再次勸阻，說出他與蘇菲亞的對話，還說蘇菲亞的答覆出乎他意料。

威斯頓聽完震驚得說不出話來，最後才大聲嚷嚷，「老鄰居，你說她這是什麼意思呢？她是真的喜歡他，這我敢發誓。媽的！我懂了！我什麼都弄明白了。都怪妹妹。那丫頭看上那個婊子養的爵爺。我在我堂妹貝拉斯頓夫人家撞見他們在一起。她一定是被他迷走了，錯不了。見鬼了，他想娶她門都沒有，我家裡不要爵爺或宮廷裡的人。」

這時歐渥希說了一大段話，再次強調避免粗暴手段的決心，極力建議威斯頓採用一些他覺得蘇菲亞比較能接受的溫和策略。之後他就告辭離開，趕回密勒太太家。

臨走前威斯頓硬逼他答應下午帶湯姆來見他，好讓他「跟那個年輕人和解」。威斯頓也答應歐渥希會聽從他的建議，對蘇菲亞溫柔點。他說，「歐渥希，我真搞不懂為什麼你叫我做什麼我就做。我的家業不比你小，也跟你一樣都是治安官。」

第十章
故事開始邁向尾聲

歐渥希回到住處時，得知湯姆只比他早一步進門。他趕緊找個空房間，命人帶湯姆來見他。

沒有人能想像出比這對甥舅見面更深情、更感人的情景（讀者想必已經猜到，華特夫人最後一次探監時，已經對湯姆說出他的身世）。我自認力有未逮，無法描述兩人見面時那份極端的喜悅，因此決定省略。

湯姆撲倒在舅舅面前，歐渥希將他扶起來摟進懷裡，激動地說，「我的孩子！我錯得太離譜！傷害你太深！我竟然對你生起那樣不仁慈、不公平的懷疑，害你受了那麼多罪，我該怎麼做才能補償你？」

湯姆答，「我現在不是得到補償了？就算我受的罪嚴重十倍，現在不都得到滿滿的回報？親愛的舅舅，您的慈祥、您的疼愛讓我無力招架，心情澎湃不能自已。我內心一陣陣狂喜，幾乎無法承受。終於重新回到您跟前，重新得到您的恩寵，再一次得到我最偉大、最崇高、最寬容的恩人仁慈的接納。」

歐渥希說，「孩子，我對你實在太不公平。」接著他說出布里菲的奸計，也再一次重申自己中了那些奸計，對湯姆那麼無情，心裡非常過意不去。

湯姆說，「別說這種話！舅舅，您待我太仁厚了。即使最有智慧的人，也難免像您那樣受騙。在受騙的情況下，即使最慈悲的人，也會採取您的做法。您就算震怒，仍然滿懷慈悲，就像當時那樣。因為您的慈悲，才有今天的我，我一點都不值得您那樣的善待。請不要對我太寬厚，否則我會更自責。唉！舅舅，我受到的懲罰是罪有應得。從今以後我會好好做人，才配得上您此刻賜給我的幸福。親愛的舅舅，請相信我，我那些罪沒有白受。我雖然犯了很多錯，卻不會執迷不悟。我感謝上帝讓我有時間反省過去的生活。我雖然稱不上大奸大惡，卻有太多愚蠢荒唐的行為需要懺悔，實在無地自容。那些荒唐帶來恐怖的後果，也幾乎毀了我的一生。」

歐渥希說，「親愛的孩子，聽你說出這番明智的話，我太高興了。我知道你向來不說假話（天哪！我被別人的假話騙得團團轉！），所以完全可以相信你的決心。湯姆，你現在該明白，光是輕率就會為美德帶來多大的威脅，因為現在我相信你非常重視美德。慎重的確是我們該承擔起的責任，如果我們硬是跟自己為敵，執意忽視它，就不能怪世人虧待我們。一個人既然自掘墳墓，別人往往會加速他的敗亡。不過，你說你已經看清自己的錯誤，也會改正，親愛的孩子，我完全相信你，從現在開始，你不會再聽見我提起那些事。你只要記取教訓，不要重蹈覆轍就好了。另外，有件事可以給你一點安慰，那就是：沒有心機的輕率行為導致的過錯，跟純粹懷著惡念做的壞事大不相同。輕率的過錯也許更容易毀掉一個人，但只要他肯改過，他的人格最後還是能得到肯定。雖然需要一點時間，世人終究會接納他，他可能會為自己躲過的危險感到一絲欣慰。然而，惡行一旦被揭穿就無法挽回，再多的時間也清洗不了它留下的污點。世人的譴責會窮追不捨，他們的鄙夷會令他在公開場合感到羞愧。就算他因為恥辱遠離塵世，也會滿懷憂懼，就像怕鬼的孩子獨自上床睡覺一樣。他被泯滅的良知會糾纏他，平靜的心會像個虛情假意的朋友離他遠去。不管他的視線落在哪裡，恐怖的畫面就會浮現。如果他回頭看，無濟於事的懊悔如影隨形；往前看，無可救藥的絕望盯著他的臉。直到最後，他像個關在地牢裡的死囚，既痛恨自己當前的處境，又畏懼解脫那一刻帶來的後果。孩子，你可以安心，那不是你的情況。要歡喜地感恩上帝讓你看見自己的過失，沒有因為執迷不悟步向毀滅。你已經揮別過去的莽撞，今後你前途一片光明，重新掌握自己的幸福。」

湯姆聽到這裡深深嘆了一口氣。歐渥希問他為什麼嘆氣，他說，「舅舅，我不想對您有所隱瞞，我犯的錯可能已經造成無法彌補的損失了。親愛的舅舅！我失去最珍貴的東西。」

歐渥希說，「你不必再說了。我也不需要瞞你，我知道你傷心的原因。我見過那位小姐，跟她談過你的事。為了證明你說的話是出自真心，也為了展現你的決心有多堅定，有件事我希望你聽我的：不管威斯頓小姐答不答應，你都要完全尊重她的意願。她已經為了另一件我不願意提起的婚事吃了太多苦，不應該再因為我們家受到逼迫。我知道接下來她父親會繼續折磨她，就像先前為另一個人逼迫她。我已經決定不再讓她失去自由或遭到粗魯對待，不再讓她惶恐不安。」

湯姆答，「親愛的舅舅！這件事原本就是我該做的，不需要您開口。請相信我，我只有一件事會違逆您的意旨，那就是帶給我的蘇菲亞痛苦不安。不，舅舅，如果她因為生我的氣，永遠不肯原諒我，那麼我絕不敢再有懷抱希望。何況還可能害她吃苦受罪，我萬萬做不到。能夠喊她一聲『我的蘇菲亞』是上帝額外賜給我的最大、也是唯一的福份，不過，這件事必須由她決定。」

歐渥希說，「孩子，你別太樂觀，你恐怕沒有機會了。她拒絕接受你求婚的語氣是那麼強烈，我從來沒聽見過任何人把話說得那麼堅決、那麼不留餘地。我想，原因你比我更清楚。」

湯姆答，「是啊，我比誰都清楚！我對她犯過太多錯，沒有希望得到寬恕。雖然我確實有錯，偏偏我犯的過錯呈現在她面前卻比實際上嚴重十倍。親愛的舅舅！我的愚蠢已經導致無法挽回的後果，您的慈愛也無法扭轉我的厄運。」

這時僕人通報威斯頓在樓下。原來他急著見湯姆，沒耐心等到下午。湯姆眼眶還含著淚水，他拜託舅舅先陪威斯頓先生聊一會，給他幾分鐘恢復平靜。歐渥希答應了，命僕人帶威斯頓到客廳，自己也下樓去了。

密勒太太聽說湯姆一個人在房間（他回來後她還沒見到他），馬上進去看他。她走向湯姆，滿心歡喜地恭喜他跟舅舅相認、澄清過去的誤會。她說，「親愛的孩子，真希望我也能恭喜你另一件事，可是我沒碰過那麼讓人束手無策的事。」

湯姆露出驚訝神情，問她這話什麼意思。她答，「我去見過你那位小姐，照我女婿奈丁格爾的說法向她解釋。那封信的事她已經不懷疑了，這點我可以確定，因為我告訴她，我女婿願意發誓寫那封信是他的主意，內容也是由他口述。我還告訴她，她應該因為那封信對你更有信心才對，一來那封信是為她而寫，二來也表明你今後不會再過那種放蕩的生活。我說你自從在倫敦見到她以後，就再也沒有做出對不起她的事。我可能有點誇大其詞。不過請上帝寬恕我！希望你未來的表現能為我做證。能說的話我都說了，可惜沒有用，她還是無動於衷。她說她可以原諒年幼無知的過錯，卻非常憎惡放蕩的性格，我聽得啞口無言。我想盡辦法幫你說話，可是她的每一項指控都言之成理。我敢發誓，她真是最可愛的小姐，我沒見過比她更溫柔、更明理的女孩。她說的一段話實在太通情達理，我幾乎想親她一口。那種話簡直像從古羅馬學者塞內卡或任何主教嘴裡說出來的。她說，『女士，我曾經以為我在瓊斯先生身上找到一顆非常仁厚的善心，我承認我曾經真心敬重那份善心。可是放浪的行為能夠腐化世上最善良的人，一個好心腸的浪子唯一能期待的是，人們對他的輕蔑與憎惡之中摻有一絲同情。』她真像個天使，真是這樣。」

湯姆說，「密勒太太！想到失去這樣的天使，我怎麼能忍受？」

密勒太太說，「失去！不，但願你還沒失去她。下定決心改邪歸正，也許還有希望。就算她仍然不肯回頭，還有一個年輕女士，溫柔又美麗，而且有一大筆財產。她非常愛慕你。我是今天早上才聽說的，也告訴威斯頓小姐了。這回我又誇大其詞了，因為我告訴她，你已經拒絕那位女士。不過我真的相信你會拒絕。有件事可以給你一點安慰：我跟她提起那位女士的名字（也就是漂亮的寡婦杭特太太），她臉色好像有點蒼白。後來我說你拒絕了，我發誓她忽然滿臉通紅，說了這些話：『我不否認他對我還算有點情意。』」

這時威斯頓闖進來打斷他們的談話。儘管歐渥希的威嚴向來對他有神奇的約束力，這回卻沒辦法繼續將他擋在門外。

威斯頓急忙走到湯姆面前，說道，「我的老朋友湯姆，見到你真是太開心了！把過去的事都忘掉，我不是故意冒犯你，歐渥希知道（你自己也知道）我把你當成別人了。只要不是存心害人，說一兩句難聽話又有什麼？基督徒必須遺忘和寬恕。」

湯姆說，「先生，我希望我永遠不會遺忘過去您對我的好。至於什麼冒犯不冒犯的，我聽都沒聽說過。」

威斯頓說，「好，那就來握個手。你是全英國最痛快、最坦率的男子漢。跟我走，我馬上帶你去見你的心上人。」

歐渥希出面阻止，威斯頓說不過他們甥舅，經過一番爭論，勉強同意下午再讓湯姆跟蘇菲亞見面。歐渥希一方面出於對湯姆的關愛，一方面拗不過威斯頓的極力邀約，答應屆時帶湯姆過去喝下午茶。

接下來的談話氣氛融洽，如果發生在本書稍早階段，我就會記錄下來供讀者消遣。可是礙於時間的關係，我現在只能敘述要緊的大事，只簡單說明大家約好下午見面後，威斯頓就回家去了。

第十一章
故事更接近尾聲

威斯頓離開後，湯姆告訴歐渥希和密勒太太，他之所以順利獲釋，要感謝兩名貴族出面相助。他們由兩名外科醫生和奈丁格爾的一個朋友陪同，一起去找當初將他收押的治安官。治安官聽見外科醫生宣誓傷者已經沒有生命危險，就將他釋放了。

湯姆說，那兩位貴族他只見過其中一位，而且只見過一次。可是另一位竟向他道歉，說早先他不知道他的身分，對他有所冒犯，令他非常驚訝。

要到後來湯姆才會聽說整件事的經過，詳情如下：費勒瑪爵爺受到貝拉斯頓夫人唆使，派一名中尉帶人去拉湯姆上船當水兵。後來中尉向爵爺回報我們已經知道的那些經過，對湯姆各方面的表現讚譽有加。他說，爵爺一定是弄錯對象了，因為那個瓊斯肯定是個紳士。爵爺本身為人正派，絕不願意做出任何可能遭到世人責難的事，開始後悔當初聽從貝拉斯頓夫人的建議。

大約一兩天後，爵爺碰巧跟那位愛爾蘭貴族餐敘，席間聊起那樁決鬥事件。愛爾蘭貴族向爵爺說明費茲派翠的性格。當然，他的描述不算客觀公正，特別是有關費茲派翠太太那部分。他說費茲派翠太太是世上最無辜、受害也最深的女性，他之所以出手相助，純粹基於同情。貴族說他隔天早上要去費茲派翠的住處，希望能說服他同意跟妻子分開。他說，費茲派翠太太如果回到丈夫身邊，恐怕有生命危險。

爵爺答應陪同前往，因為他想進一步了解湯姆的為人和那場決鬥的真相。對於自己在這件事扮演的角色，他始終耿耿於懷。費勒瑪爵爺願意協助處理費茲派翠的分居事宜，愛爾蘭貴族滿心歡喜，因為他認為位高權重的爵爺出馬，費茲派翠一定會乖乖就範。也許他猜得沒錯，因為可憐的費茲派翠看見兩個貴族連袂為他妻子撐腰，馬上就屈服了，當場起草並簽署相關文件。

費茲派翠從華特夫人口中聽說厄普頓客店的經過，知道妻子跟湯姆之間沒有瓜葛，或者基於其他原因，總之他對過去的事已經沒有一點芥蒂，在爵爺面前說盡湯姆的好話，直說全是他自己的錯，湯姆始終表現得像個正派紳士。爵爺進一步打聽湯姆的身分，費茲派翠說湯姆的舅舅是個有頭有臉、家財萬貫的鄉紳。這些事都是華特夫人見過道林之後告訴他的。

爵爺認為自己嚴重損害湯姆權益，有必要還湯姆一個公道。另外，他對蘇菲亞已經斷念，所以不再視湯姆為情敵，加上外科醫生和費茲派翠都確認傷勢無礙，因此決定幫助湯姆重獲自由。他於是請愛爾蘭貴族陪他走一趟監獄，接下來的事我之前已經敘述過。

接著歐渥希單獨帶著湯姆到自己房間，跟他說明所有的事，包括華特夫人說的那些，以及他從道林口中問出來的一切。

湯姆聽完既震驚又憂心，卻沒有表達任何意見。這時布里菲派僕人傳訊，想知道他什麼時間可以見舅舅。歐渥希怔了一下，臉色丕變，要僕人告訴布里菲，他不認識他。他的口氣非常激動，我相信他從來不曾用這種語氣對任何人說過話。

湯姆用顫抖的聲音說，「親愛的舅舅，請您三思。」

歐渥希答，「我想清楚了，而且要由你親自去向那個惡人傳達。過去他處心積慮用奸計想毀掉你的人生，現在由你去宣布他的人生已經毀了，再適合不過。」

湯姆說，「親愛的舅舅，請見諒。您只要稍微思考一下，就會知道我是最不適合的人選。這種話由別人去說會是公理正義，由我去說卻變成羞辱。而被羞辱的是誰？是我的親弟弟、您的外甥。他以前並沒有這麼蠻橫地羞辱我，如果有，那會比他對我做的任何事都不值得原諒。本質不算太壞的人可能會受到命運引誘，做出不公不義的事；可是羞辱只會來自最黑暗、最惡毒的心靈，甚至不能以受到誘惑當藉口。舅舅，請您別在盛怒之下對他做出任何處置。請您想想，當初你也曾給我機會辯解。」

歐渥希默默站了一會兒，然後抱住湯姆，老淚縱橫地說，「我的孩子！我竟然這麼盲目，看不見這麼善良的心。」

密勒太太輕輕敲門沒得到回應，就推門走進來。她看見歐渥希抱著湯姆，高興得跪下來，為這一切欣慰地感謝上帝。之後她跑向湯姆，激動地抱住他，說道，「我最親愛的朋友，為這幸福的一天，我祝福你得到成千上萬倍的喜悅。」接著她以同樣的話語祝賀歐渥希。

歐渥希答道，「密勒太太，我確實開心得無法形容。」

接下來三個人歡天喜地聊了一陣子，密勒太太請他們下樓到客廳一起吃午餐，她說客廳裡聚了一群非常開心的人，其實就是她女兒和女婿，以及奈丁格爾的堂妹和她的新婚夫婿。

歐渥希感謝她的盛情，不過他已經命人幫他和湯姆送些簡單餐點到房間，他們還有私事要談。但他承諾他和湯姆都會跟他們一起用晚餐。

密勒太太接著問起該拿布里菲怎麼辦。她說，「說實在話，家裡有這樣的壞蛋，我沒辦法安心。」

歐渥希說，「我也跟妳一樣不安心。」

密勒太太說，「哎呀！既然這樣就交給我處理。我保證馬上把他攆出去。樓下有兩三個壯漢。」

歐渥希說，「不需要動粗，只要妳願意幫我帶個口信給他，我相信他會主動離開。」

密勒太太答，「我當然願意！這是我這輩子最願意做的事。」

湯姆出面阻止道，「我仔細考慮過，如果舅舅答應，我願意去當這個信差。我已經明白舅舅的心意，請舅舅同意讓我用我的方式傳達。舅舅，我請您想想，這時候把他逼到絕境，會有什麼不良後果。唉！這個可憐人萬一就這樣死去，就太糟了。」

密勒太太對湯姆的做法很不以為然，她走出房間時喃喃念叨著，「瓊斯先生，你心地太好，好到不適合活在這個世界上。」

歐渥希卻相當動容，他說，「我的好孩子，你的仁慈和敏捷的反應都叫我驚奇。沒錯，上帝不會容許我們剝奪這個惡人悔改的途徑與時間！那樣做實在太駭人聽聞。那就去吧，運用你的判斷力去處理。不過，別讓他心存幻想，以為有朝一日能得到我的原諒。除非我的信仰允許，否則我絕不寬恕惡徒。就算是那樣，我也不會給他金錢資助或跟他往來。」

湯姆上樓到布里菲房間，看見布里菲的模樣，惻隱之心油然生起。不過，很多人見到了可能會生起不太好的感受。布里菲萬念俱灰地躺在床上掉眼淚。但他流下的不是懊悔的淚水。人性脆弱，即使是好人，偶爾也難免因為受到誘惑或一時大意，犯下違反天性的過失，懊悔的淚水可以洗去這種罪咎。不是，他流下的是坐上囚車送往刑場的盜匪那種畏懼的淚水。即使最凶殘的暴徒，在那一刻都難免流下這種眼淚。

若要鉅細靡遺描寫這幕情景，讀起來只怕既不愉悅又嫌乏味。簡單說，湯姆的表現實在仁慈過了頭。他先用所有想像得到的言語鼓舞頹喪的布里菲，才告訴他舅舅希望他當天晚就搬走。他說布里菲如果需要錢，他可以提供。他要布里菲放心，他原諒他過去所做的一切，永遠會認他這個弟弟，也會竭盡所能幫他爭取舅舅的寬恕。

起初布里菲繃著臉一聲不吭，心裡盤算著該不該矢口否認。後來覺得證據確鑿，只好坦白認錯。他用最懇切的語氣求哥哥原諒，整個人趴在地上親吻湯姆的腳。簡言之，過去他有多惡毒，現在就有多卑微。

湯姆看見布里菲卑躬屈膝的模樣，內心不免鄙夷，臉上也忍不住表露出來。他盡快把弟弟扶起來，要他像個男人勇敢承擔後果，並且重申他會盡力幫助他。布里菲連忙說自己不值得原諒，對哥哥千恩萬謝。他說他會馬上搬到別地方去，湯姆於是回到舅舅身邊。

歐渥希跟湯姆說了許多事，包括他找到那五百鎊銀票。他說，「我問過律師，結果很令我驚訝。律師說法律上沒辦法處罰這種欺瞞。說實在話，那傢伙對你這麼忘恩負義，跟他比起來，攔路打劫的強盜都算良民了。」

湯姆震驚地說，「我的天！這是真的嗎？我實在太震撼了。我一直以為他是世上最老實的人。不過，這麼大一筆錢，對他來說實在是難以抵擋的誘惑，因為他曾經受託送一筆小錢給我。親愛的舅舅，請別介意，我必須說他只是意志力薄弱，不是忘恩負義。我相信那可憐的傢伙真心對我好，為我做過很多事，我永遠不會忘記。我甚至相信他內心也很後悔，因為就在一兩天前，我處於最絕望的境地，他去監獄看我，要我如果缺錢用就跟他開口。舅舅，請您想想，一個曾經三餐不繼的人看見一筆可以讓他和家人從此不擔心挨餓的金錢，那是多麼大的誘惑。」

歐渥希說，「孩子，你太寬宏大量了。這種錯誤的慈悲不只是軟弱，甚至可說是不公不義，它會鼓勵犯罪，所以可能危害社會。我也許可以原諒這傢伙的欺騙，卻不能原諒他的忘恩負義。我必須強調，當我們以誘惑為理由寬恕別人的欺騙行為，就已經展現出該有的公正與仁慈。我承認我曾經做到這一步，過去我參加大陪審團時，經常同情強盜的命運，只要案情有一點值得原諒的地方，我就會請法官酌量減刑。但如果欺騙伴隨著其他更可惡的罪過，比如殘忍、殺人、忘恩負義之類的，同情和寬恕就變成過錯。我相信那傢伙是個惡棍，應該受到懲罰，至少在我權責範圍內給他懲罰。」

歐渥希說這番話時面容嚴峻，湯姆覺得不適合再多說什麼。再者，威斯頓指定的時間就快到了，幾乎連換衣服的時間都不夠，他們於是結束談話，湯姆到另一個房間，帕崔吉奉命帶著他的衣服過來。

湯姆跟舅舅相認以後，帕崔吉一直沒有機會見到他。這可憐的傢伙高興得手足無措，幾乎連話都說不出來。他整個人瘋瘋顛顛的，幫湯姆穿衣服時頻頻出錯，像極了舞台上的丑角表演穿衣橋段。

不過，他的記憶倒是完好如初。他想起許多預言這件喜事的好兆頭，其中有些他曾經說過，還有更多是這時才想起來。他也沒忘記他遇見湯姆前一天晚上那個夢。最後他總結說，「我跟少爺說過很多次了，我一直有個預感，總有一天你會有能力讓我交上好運。」

湯姆告訴他，既然關於他自己的那些預兆都靈驗了，這個關係到帕崔吉的好夢一定也會成真。可憐的帕崔吉原本因為湯姆的事已經開心得不得了，聽見這話更是樂不可支。

第十二章
更接近尾聲

湯姆換好衣服就陪舅舅去拜會威斯頓。他可以說是世間少見的美男子，光是外表就足以迷倒大多數女性。不過，我希望本書已經充分說明，造物者創造他的時候，不是只憑這個優點（祂偶爾會這麼做）來呈現祂的傑作。

蘇菲亞雖然還生湯姆的氣，卻也精心打扮（女性讀者想必了解原因），千嬌百媚地出現，連歐渥希見了都忍不住悄聲告訴威斯頓，她真是天下第一美人。威斯頓用所有人都聽得見的耳語回答，「這下湯姆更樂了，他不跟她胡整一通才有鬼。」蘇菲亞羞得雙頰緋紅，湯姆卻臉色慘白，幾乎想找個地洞鑽。

午茶一結束，威斯頓急著拉歐渥希離開，說有重要事必須馬上私下跟他談，免得忘記。

這對戀人終於獨處。讀者想必深感詫異，冒險犯難才能見面的人總有說不完的話，關山阻隔的人總是急於奔向對方懷抱，然而，一旦障礙消失，想說什麼或做什麼都不受拘束的時候，竟然坐著發呆不發一語。不太靈敏的陌生人看見了，還以為他們兩個關係冷淡。不管多麼古怪，眼下的情況正是如此。他們兩個各自端坐，目光投向地板，好幾分鐘都沒說話。

這段期間湯姆曾經一兩次想開口，卻什麼都說不出來，只是含糊吐出幾個字，或者更像是嘆息。蘇菲亞一來因為可憐他，一來為了迴避他想談的話題，說道：「先生，你解開身世之謎，成了世上最幸運的人。」

湯姆嘆口氣答，「小姐，我惹妳不高興，妳還認為我幸運嗎？」

她說，「先生，關於那件事，你心裡明白自己是不是活該。」

湯姆說，「確實，小姐，我的過錯妳比誰都清楚，密勒太太什麼都跟妳說了。我的蘇菲亞！我沒有希望得到妳的寬恕嗎？」

蘇菲亞答，「瓊斯先生，我相信你內心自有公理，所以讓你對自己的行為做出適當的裁決。」

湯姆說，「唉！小姐，我向妳請求的是慈悲，不是公理。我知道自己罪該萬死，但不是因為我寫給貝拉斯頓夫人那封信，那件事我相信妳已經知道真相。」接著他強調當初奈丁格爾向他保證，萬一夫人出乎他們意料接受他的求婚，他們還有個備案可以結束這段關係。不過，湯姆承認當初太過輕忽，沒有想到這封信會變成貝拉斯頓夫人手中的把柄。他說，「我已經為這個疏忽付出慘痛代價，因為這封信惹妳生氣。」

蘇菲亞說，「關於那封信，我的判斷跟你告訴我的一樣。你從我的態度也看得出來，我根本不相信那封信的內容。不過，我生氣的理由還不夠充足嗎？經過在厄普頓的事件，你馬上又搭上另一個女人，而當時的我聽信你的話，以為你的心在為我淌血。你的行為真叫人難以理解。你口口聲聲說愛我，我能相信嗎？或者，就算我能信，跟一個不忠實的男人在一起，我的未來還有幸福可言嗎？」

湯姆說，「我的蘇菲亞！不要懷疑世間最真摯最純潔的愛情。最可愛的人兒，請想想我當時的不幸與絕望。我的蘇菲亞，當時如果我還有一丁點希望能像現在這樣臣服在妳面前，絕不會有任何女人能讓我生起絲毫會受到最貞潔的人譴責的念頭。對妳不忠實！蘇菲亞，如果妳能好心原諒過去的一切，就別讓對未來的擔憂扼殺妳對我的慈悲。沒有人比我更誠心懺悔。噢！讓我重新回到妳心中那個天堂吧！」

蘇菲亞說，「瓊斯先生，誠心悔改的罪人是可以得到寬恕，但寬恕只能來自全能上帝，因為只有祂能判斷罪人是不是真誠悔改。人的心容易被蒙蔽，也沒有任何萬無一失的辦法可以設防。就算我相信你會悔改，願意原諒你，你該知道我至少會要求你充分證明自己的真誠。」

湯姆說，「妳需要什麼證明，只要我能力所及都沒問題。」

蘇菲亞答，「時間。瓊斯先生，只有時間能說服我你真心改過，決心揚棄過去的荒唐行徑。如果我發現你惡習難改，是會鄙視你的。」

湯姆說，「請妳別那麼想。我跪下來求妳相信我，我未來的人生目標就是做一個值得妳信任的人。」

蘇菲亞說，「那就先用一部分人生向我證明你值得。我想我已經說得夠明白了，哪天我確認你值得我信任，我就信任你。先生，經過那麼多事，你能期待我相信你的話嗎？」

湯姆答，「不需要相信我的話，我有更好的保證，可以宣誓我的忠誠，妳見了絕不會再懷疑。」

蘇菲亞有點驚訝，「是什麼？」

湯姆說，「我可愛的天使，我帶妳去看。」他拉起她的手，帶她走到鏡子前，說道，「看吧，看看那美麗的倩影，那臉蛋，那身材、那雙眼睛，還有眼神裡散發出來的慧黠心靈。擁有這些的男人還會見異思遷嗎？不可能！我的蘇菲亞，就算是多里曼[18]或羅徹斯特爵爺，也從此不再有二心。妳只要用別人的眼光看看自己，就一定會相信。」

蘇菲亞紅著臉淺淺一笑，卻又蹙起娥眉，說道，「如果我根據過去預測未來，我的人只要離開你的視線，你的心裡就不會有我。就像我只要走出這個房間，那鏡子裡也不會有我的影像。」

湯姆說，「我對天發誓，妳永遠在我心裡。妳們女人感情細膩，不明白男人的低俗，也不明白某種情慾其實跟我們的愛情沒有一點關係。」

蘇菲亞非常嚴肅地說，「我不接受這種觀點，也不會嫁一個抱持這種觀點自甘墮落的人。」

湯姆說，「我會改，我已經改了。當我知道我的蘇菲亞可能成為我的妻子，我就改過了。從那時起，除了她以外的女人都不能夠引起我的情慾，也不能使我動心。」

蘇菲亞說，「如今你只能用時間來證明。瓊斯先生，你的處境改變了，對於這個改變，我非常高興。你現在有機會接近我，有機會讓我相信你的心靈也改變了。」

湯姆說，「我的天使！我要怎麼感謝妳的好心！妳真的這麼好心，願意承認妳為我的好運感到高興？小姐，相信我，只因為妳，我才慶幸自己有這份好運，因為它帶給我這個珍貴的希望。我的蘇菲亞！但願這個希望不會太遙遠。我會服從妳的命令，不敢有任何要求。不過，我請求妳觀察期別拖太久。請告訴我妳什麼時候才願意相信我最誠摯的實話。」

蘇菲亞答，「瓊斯先生，我已經做了很多讓步，你不該催促我。不，我不接受催促。」

湯姆說，「我的蘇菲亞，別露出那麼冷酷的表情。我不會，也不敢催促妳。請容許我再一次請妳訂個期限，請考慮愛讓人心急如焚。」

蘇菲亞答，「也許十二個月。」

湯姆埋怨道，「噢，我的蘇菲亞！那是地老天荒。」

蘇菲亞說，「也許時間會縮短一點。別再逼我了，如果你對我的愛符合我的期待，你現在就可以安

18 Dorimant，英國劇作家埃斯里奇（George Etherege，約一六三六～一六九二）的作品《模範之王》（*The Man of Mode, or, Sir Fopling Flutter*）裡的主角，是個風流成性的花花公子。據說這個人物是以第二代羅徹斯特伯爵約翰・威默特（John Wilmot，一六四七～一六八〇）為範本。

心了。」

湯姆說，「安心！別用這麼冷冰冰的字眼形容我天大的幸福。我太開心了！我怎麼會不相信那喜悅的日子一定會來到？到時候我就可以擁有妳，不再擔心害怕。我可以擁有帶給我的蘇菲亞幸福的那種珍貴、強大、美妙又令人著迷的喜悅。」

蘇菲亞說，「先生，那天什麼時候到來，全看你自己。」

湯姆激動地說，「我親愛的、聖潔的天使，這些話讓我開心得發狂。我一定要感謝那對親愛的嘴唇，它們如此甜美地宣布我的喜訊。」於是他將她擁入懷中，用前所有未的熱情親吻她。

已經站在門外偷聽一段時間的威斯頓這時衝進來，用他打獵時的嗓門和術語大聲嚷嚷著，「孩子，上吧！去抓她！抓住她！小情人，這樣就沒啦？真沒啦！好吧。事情都過去了嗎？孩子，她有沒有訂出日子？明天或後天？我決定了，最晚是後天，一分鐘都不能超過。」

湯姆說，「先生，我求求你。別因為我……」

威斯頓說，「求求我個屁！我還以為你至少有點男子氣概，不會被小丫頭的花招耍得團團轉。別聽她胡說八道。媽的！她巴不得今晚就進洞房。小菲，我說得對不對？偶爾當個誠實女孩，說一句實話。怎麼？妳啞巴啦！為什麼不說話？」

蘇菲亞說，「爸，既然我心裡想什麼你都知道，還要我說什麼？」

威斯頓說，「這才是乖女孩。那麼妳答應了？」

蘇菲亞答，「沒有。我沒有答應。」

威斯頓問，「那麼明天或後天妳都不肯嫁他？」

蘇菲亞答，「爸，我的確沒有這種打算。」

威斯頓說，「我知道妳為什麼不肯。因為妳喜歡忤逆妳老子，氣得妳老子七葷八素。」

湯姆打圓場，「先生，我求求您……」

威斯頓打斷他的話，說道，「你就是一條哈巴狗。我不讓她愛你，她就成天哀聲嘆氣，不是鬧相思就是寫信。現在我答應了，她又不嫁你了。總愛跟我唱反調，硬是不服她老子的管教，就這麼簡單。我說往東她偏往西。」

蘇菲亞問，「爸爸希望我怎麼做？」

威斯頓答，「我希望妳怎麼做？我要妳現在馬上把手交給他。」

蘇菲亞說，「我聽你的。瓊斯先生，我的手在這裡。」

威斯頓問，「那妳答不答應明天一早跟他結婚？」

蘇菲亞說，「我都聽你的。」

威斯頓說，「那好，就是明天早上。」

蘇菲亞說，「爸，既然你希望這麼做，就明天早上吧。」

湯姆興奮得跪下來吻她的手。

威斯頓開心得在房間裡手舞足蹈，馬上又大喊，「歐渥希他媽的上哪去了？這裡有事要辦，他卻在外面跟那該死的律師道林說話。」他衝出去找歐渥希，這對戀人幸運地多享受了幾分鐘甜蜜時光。

不一會兒，威斯頓就拉著歐渥希回來，「如果你不相信我，可以自己問她。小菲，妳是不是答應明天出嫁？」

蘇菲亞說，「爸，那是你的命令，我不敢不聽。」

歐渥希說，「小姐，但願我外甥不會辜負妳的垂青，也跟我一樣永遠銘記妳賜給我家族的這份光采。有幸迎娶像這樣品貌兼具的小姐，真的是全英格蘭最大的光采。」

威斯頓說，「說得對。不過，如果我繼續讓她扭捏拖拉，你還得等好一陣子才能得到那份光采。我不得不發揮一點父親的權威逼她點頭。」

歐渥希驚叫道，「希望你沒有強迫她。」

威斯頓說，「那你試試能不能叫她把說出去的話都收回。小菲，剛才答應的事妳後悔了嗎？」

蘇菲亞答，「爸，我不後悔。只要跟瓊斯先生有關的承諾，我永遠不會後悔。」

歐渥希對湯姆說，「那麼外甥，你是天底下最幸福的男人，我衷心祝賀你。小姐，也請容許我為這件喜事恭賀妳。我相信妳選了一個懂得欣賞妳優點的男人，而他也會盡最大的努力讓自己配得上妳。」

威斯頓叫道，「盡最大的努力！肯定會的，我掛保證。歐渥希，我用五鎊跟你賭一克朗，明天起再過九個月，我們就會有個男娃娃。不過你先跟我說你想喝什麼！想喝勃根地、香檳或別的？朱彼特在上，今晚我們要喝個痛快。」

歐渥希說，「先生，請你原諒，我跟我外甥已經有約，早先我沒料到外甥這件喜事這麼快有結果。」

威斯頓重複他的話，「有約！我不管。今晚無論如何都不准走，一定要在這裡吃飯。」

歐渥希說，「親愛的鄰居，你一定要多包涵！我已經鄭重答應別人，你知道我從來不毀約。」

威斯頓說，「那你說說，你跟誰有約？」

歐渥希回答他，並且說明同席有些什麼人。

威斯頓說，「媽的！我跟你去，小菲也去！今晚我一定要跟你喝一杯，這時候拆散小倆口太殘忍。」

歐渥希馬上同意，蘇菲亞私下要求父親絕口不提她要結婚的事，才答應一起去。

最後一章
故事畫下句點

那天下午奈丁格爾依約去見父親，他父親的態度比他預期中熱絡得多。他也見到進城來找新婚女兒的叔叔。堂妹私奔結婚，對奈丁格爾而言可說是最幸運的事。他父親和叔叔長期以來在管教子女方面互別苗頭，都極端不屑對方採用的模式。因此，目前兩人都極力粉飾自己孩子的過錯，也批評對方孩子的婚姻。基於跟弟弟之間的較量，加上歐渥希的苦勸，老奈丁格爾氣消了一大半，見到兒子時臉上甚至露出笑容，也答應當天晚上到密勒太太家餐敘。

至於奈丁格爾的叔叔，他對女兒溺愛到極點，所以樂於跟女兒和解。他從姪兒口中得知女兒和女婿的去處，馬上趕去找她。兩父女見面時，女兒正要跪下請求原諒，他連忙扶她起身，無比慈愛地摟住她，在場的人見了無不動容。短短十五分鐘後，他就和女兒女婿一團和樂，彷彿他們結婚是有經過他的許可。

這就是歐渥希一行人抵達時的情景，他們的到來讓密勒太太喜上加喜。她一看見蘇菲亞，馬上猜到這是怎麼回事。她對湯姆的友誼是如此深厚，這件事帶給她的快樂不亞於她女兒的喜事。

聚會場合中像這樣皆大歡喜的情況並不多見。只是，老奈丁格爾開心的程度比其他人略遜一籌。儘管他疼愛兒子，加上歐渥希的權威勸說，以及先前提及的其他理由，他仍然對兒子選擇的對象不完全滿意。尤其有蘇菲亞在場，更令他暗自惋惜，因為他不時想到，要是有這樣的兒媳婦該多好。他相中的倒不是蘇菲亞的美貌和才德，而是她父親的財產。他很難接受兒子為了密勒太太的女兒放棄婚姻帶來的財富。

兩位新娘子都是眉清目秀的美人，在嬌豔的蘇菲亞面前卻都黯然失色。幸虧她們個性都極為溫婉，才沒有生起一絲嫉妒之心，因為她們的丈夫目光不時投向蘇菲亞。這時的蘇菲亞端坐在餐桌旁，像個接受萬民朝拜的女王，或者，像個受到凡人傾慕的天仙。不過，這種傾慕是他們發自內心的反應，不是她索求來的。她雖然有各種無懈可擊的優點，卻是極端謙遜與和藹。

這天晚上在歡樂的氣氛中度過，所有人都非常開心，最開心的就是之前吃最多苦的人。他們過去的苦難與憂懼，讓他們更充分體會此刻的歡愉。沒有經過這樣的比較，即使最甜蜜的愛情或最龐大的財富，也不能帶來這樣的喜悅。然而，極度的喜悅通常沉默無語，尤其是那種情勢突然逆轉導致的喜悅，通常停留在心房，而非展現在唇舌上。因此，湯姆和蘇菲亞在人群之中顯得最平靜，看得威斯頓心急火燎，不停大聲問他們，「湯姆，你怎麼不說話？表情怎麼那麼嚴肅？女兒，妳舌頭不見了嗎？再喝一杯酒，再喝一杯。」為了幫女兒助興，他甚至唱起小曲，歌詞涉及結婚和洞房之夜。如果不是歐渥希偶爾瞪他一眼，甚至不只一次對他說，「咄！威斯頓先生。」他多半還會繼續談那個話題，逼得蘇菲亞含羞離席。其實他一度表達抗議，宣稱他高興怎麼跟女兒說話、就怎麼跟女兒說話。不過他的話沒有得到認同，只好乖乖服從。

威斯頓雖然沒能盡興說話，卻喜歡跟這群爽朗和善的人們相處，力邀大家隔天再到他住處用餐。大家準時赴約，可愛的蘇菲亞也悄悄變成新嫁娘，負責操辦這次宴會。以上流社會的用語，就是以女主人的身分招呼賓客。當天早上她在民法博士公會的小教堂跟湯姆正式成婚，到場觀禮的只有歐渥希、威斯頓和密勒太太。

蘇菲亞極力央求父親別對當天的賓客說出她結婚的事，她也請密勒太太保密，湯姆則是拜託歐渥希別說出去。蘇菲亞原本不願意出席這個熱鬧餐宴，只是為了迎合父親不得不參加，父親等人答應保密，她才稍稍放寬心。她相信風聲不會走漏，所以輕鬆自如地扮演女主人角色。不料她父親喝了將近兩瓶酒之後，再也壓抑不住內心的歡喜，倒滿一杯酒敬新娘子。在場賓客也立即舉杯祝賀，可憐的蘇菲亞不知所措，羞紅了臉，害得湯姆也為她忐忑不安。事實上，在場所有人早已經知道了，因為密勒太太偷偷告訴南希，南希偷偷告訴她丈夫，她丈夫偷偷告訴他堂妹，他堂妹再告訴其他人。

蘇菲亞第一時間跟著其他女士退席，威斯頓繼續開懷暢飲。不過，其他男客也陸續離席，最後只剩跟他一樣貪杯好飲的奈丁格爾叔叔。他們倆就這樣喝了一整晚，直到夜深人靜，迷人的蘇菲亞終於投入欣喜若狂的湯姆急切的懷抱之後許久，他們還在對酌。

讀者，這部歷史終於來到尾聲。結局也許不如你的預期，但我們非常開心，因為湯姆成了世上最幸福的男人。畢竟，這個世界還有什麼比擁有蘇菲亞這樣的妻子更幸福，至少我真的還沒發現過。

這部歷史之中還有不少有分量的人物，鑑於有些讀者可能想知道他們的後續，所以我們盡量言簡意賅地滿足他們的好奇心。

歐渥希始終不肯見布里菲，不過，由於湯姆的苦苦哀求和蘇菲亞的附議，他終於同意給他每年二百鎊，湯姆私下偷偷追加到三百鎊。布里菲搬到倫敦以北大約三百公里的某郡，靠這筆收入過日子。他一年存下二百鎊，也跟當地某個律師談好，打算下次國會選舉時買下鄰近選區的議員席位。他前不久改信衛理公會，希望迎娶當地一名信仰那個教派的富孀。

斯奎爾寫了先前提到的那封信後不久就過世了。至於史瓦坎，他仍然擔任牧師。他一再努力想重拾歐渥希對他的信任，也想討湯姆歡心，都沒有結果。他在他們面前逢迎拍馬，背地裡卻惡言辱罵。歐渥希近來請亞伯拉罕・亞當斯[19]到家裡長住，蘇菲亞非常喜歡這位先生，打算將來讓他教導她的孩子。

哈麗葉跟她丈夫分開了，保有僅剩的一點財產。她在倫敦的上流社會頗有知名度，非常擅於理財，雖然開銷是收入的三倍，卻不至於負債。她跟那位愛爾蘭貴族的夫人成了知交密友，以這份友誼答謝貴族對她的協助。

威斯頓女士很快就跟蘇菲亞和解，到鄉下住了兩個月。貝拉斯頓夫人趁著蘇菲亞去倫敦時正式拜訪這對新婚夫妻，她對待湯姆的態度像對待陌生人，非常客套地祝賀他新婚快樂。

老奈丁格爾幫兒子在湯姆家附近購置了一片田產，奈丁格爾、南希、密勒太太和南希的妹妹都住在那裡，兩家人相處和樂融融。

至於其他身分比較卑微的人們：華特夫人回到故鄉，歐渥希為她設定一份每年六十鎊的津貼，她嫁給薩坡牧師。在蘇菲亞的建議下，威斯頓也給薩坡牧師一筆相當可觀的收入。

黑喬治聽說五百鎊的事東窗事發，逃得無影無蹤，從此沒有下落。湯姆把那筆錢交給他的家人，不過分配得不公平，莫莉拿到最多。

至於帕崔吉，湯姆一年給他五十鎊津貼，他又辦了學堂，這回成效比過去好得多。目前蘇菲亞正在幫他和莫莉說媒，也許不久就會傳出好消息。

接下來我們要跟湯姆和蘇菲亞道別。他們結婚兩天後，就陪著歐渥希和威斯頓回鄉下。威斯頓把房子和大部分田產交給湯姆，自己搬到郡內另一個區域一棟比較小的房子，那裡打獵方便多了。他經常去探望女兒女婿，湯姆和蘇菲亞總是想盡辦法逗他開心，威斯頓對他們的孝心十分滿意，經常說這是他人生最快樂的時期。湯姆在家裡為他安排專屬的客廳和接待室，他可以隨意跟任何人把酒言歡。蘇菲亞還是跟以前一樣，隨時樂意為他彈奏他愛聽的曲子。因為湯姆曾經告訴她，他最大的願望是讓她過得幸福，再來就是讓老先生安享晚年。因此，蘇菲亞對父親盡的孝道，就跟她對湯姆的愛一樣令湯姆歡喜。蘇菲亞已經幫湯姆生了兩個娃娃，一男一女。威斯頓非常疼愛這對外孫，成天待在嬰兒室裡。他說他一歲半的外孫女牙牙學語的聲音，比全英格蘭最好的獵犬的叫聲更好聽。

歐渥希對新婚的湯姆同樣慷慨大方，從來不吝惜表達對湯姆夫妻的疼愛。蘇菲亞也把他當親生父親一樣孝敬。不管過去湯姆有什麼不良習性，都因為跟歐渥希相處耳濡目染，加上娶了美麗賢淑的蘇菲亞，已經盡數戒除。他因為經常反省過去的荒唐，個性變得謹慎穩重，以他這種生性活潑狂野的人而言，算是相當罕見。

總之，世上再也找不到比這對如膠似漆的夫妻更可敬的人，因此也沒有人比他們更幸福。他們對彼此始終保有一份最純潔、最溫柔的愛，由於相互愛慕、相互尊重，這份愛與日俱增，更形穩固。他們對待親人和朋友的態度也跟他們對待彼此一樣，對待地位卑下的人更是謙和、寬容又慷慨。所有鄰居、佃戶和僕人都深深慶賀湯姆和蘇菲亞共結連理的那一天。

19 Abraham Adams，費爾丁另一本著作《約瑟夫・安德魯斯》(*Joseph Andrews*) 裡人品高潔學養豐富的牧師。

國家圖書館出版品預行編目資料

湯姆．瓊斯（全譯本）/ 亨利．費爾丁（Henry Fielding）著；陳錦慧譯．--
初版．-- 臺北市：商周出版：家庭傳媒城邦分公司發行，2019.11
面；　公分．--（商周經典名著；63-64）
譯自：The history of Tom Jones, a foundling.
ISBN 978-986-477-738-9（上冊：平裝）. --
ISBN 978-986-477-739-6（下冊：平裝）. --
ISBN 978-986-477-740-2（全套：平裝）

873.57　　　108015566

商周經典名著64

湯姆．瓊斯（全譯本｜下）

THE HISTORY OF TOM JONES, A FOUNDLING

編　　著／亨利．費爾丁（Henry Fielding）
譯　　者／陳錦慧
企劃選書／黃靖卉
協力編輯／葉耀琦
責任編輯／彭子宸

版　　權／黃淑敏、林心紅、翁靜如
行銷業務／莊英傑、周佑潔、黃崇華、李麗渟
總 編 輯／黃靖卉
總 經 理／彭之琬
事業群總經理／黃淑貞
發 行 人／何飛鵬
法律顧問／元禾法律事務所 王子文律師
出　　版／商周出版
台北市104民生東路二段141號9樓
電話：(02) 25007008　傳真：(02)25007759
E-mail：bwp.service@cite.com.tw
Blog：http://bwp25007008.pixnet.net/blog
發　　行／英屬蓋曼群島商家庭傳媒股份有限公司 城邦分公司
台北市中山區民生東路二段141號2樓
書虫客服服務專線：02-25007718；25007719
服務時間：週一至週五上午09:30-12:00；下午13:30-17:00
24小時傳真專線：02-25001990；25001991
劃撥帳號：19863813；戶名：書虫股份有限公司
讀者服務信箱：service@readingclub.com.tw
城邦讀書花園：www.cite.com.tw
香港發行所／城邦（香港）出版集團有限公司
香港灣仔駱克道193號東超商業中心1樓；E-mail：hkcite@biznetvigator.com
電話：(852) 25086231　傳真：(852) 25789337
馬新發行所／城邦（馬新）出版集團 Cite (M) Sdn. Bhd.
41, Jalan Radin Anum, Bandar Baru Sri Petaling,
57000 Kuala Lumpur, Malaysia.
Tel: (603) 90578822 Fax: (603) 90576622 Email: cite@cite.com.my

封面設計／廖韡
排　　版／極翔企業有限公司
印　　刷／韋懋實業有限公司
經 銷 商／聯合發行股份有限公司
電話:(02)2917-8022　傳真（02）2911-0053
地址:新北市231新店區寶橋路235巷6弄6號2樓

■2019年11月14日初版一刷
定價450元　　Printed in Taiwan

城邦讀書花園
www.cite.com.tw

版權所有 翻印必究 ISBN 978-986-477-739-6

商周出版

廣　告　回　函
北區郵政管理登記證
北臺字第000791號
郵資已付，免貼郵票

104　台北市民生東路二段141號2樓

英屬蓋曼群島商家庭傳媒股份有限公司城邦分公司　收

請沿虛線對摺，謝謝！

商周出版

書號：BU6064　　書名：湯姆・瓊斯（全譯本｜下）　編碼：

請於此處用膠水黏貼

商周出版

讀者回函卡

感謝您購買我們出版的書籍！請費心填寫此回函卡，我們將不定期寄上城邦集團最新的出版訊息。

不定期好禮相贈！
立即加入：商周出版
Facebook 粉絲團

姓名：________________ 性別：☐男 ☐女

生日：西元________年________月________日

地址：________________

聯絡電話：________________ 傳真：________________

E-mail ：

學歷：☐ 1. 小學 ☐ 2. 國中 ☐ 3. 高中 ☐ 4. 大學 ☐ 5. 研究所以上

職業：☐ 1. 學生 ☐ 2. 軍公教 ☐ 3. 服務 ☐ 4. 金融 ☐ 5. 製造 ☐ 6. 資訊
☐ 7. 傳播 ☐ 8. 自由業 ☐ 9. 農漁牧 ☐ 10. 家管 ☐ 11. 退休
☐ 12. 其他________________

您從何種方式得知本書消息？

☐ 1. 書店 ☐ 2. 網路 ☐ 3. 報紙 ☐ 4. 雜誌 ☐ 5. 廣播 ☐ 6. 電視
☐ 7. 親友推薦 ☐ 8. 其他________________

您通常以何種方式購書？

☐ 1. 書店 ☐ 2. 網路 ☐ 3. 傳真訂購 ☐ 4. 郵局劃撥 ☐ 5. 其他______

您喜歡閱讀那些類別的書籍？

☐ 1. 財經商業 ☐ 2. 自然科學 ☐ 3. 歷史 ☐ 4. 法律 ☐ 5. 文學
☐ 6. 休閒旅遊 ☐ 7. 小說 ☐ 8. 人物傳記 ☐ 9. 生活、勵志 ☐ 10. 其他

對我們的建議：________________

____

____

【為提供訂購、行銷、客戶管理或其他合於營業登記項目或章程所定業務之目的，城邦出版人集團（即英屬蓋曼群島商家庭傳媒（股）公司城邦分公司、城邦文化事業（股）公司），於本集團之營運期間及地區內，將以電郵、傳真、電話、簡訊、郵寄或其他公告方式利用您提供之資料（資料類別：C001、C002、C003、C011 等）。利用對象除本集團外，亦可能包括相關服務的協力機構。如您有依個資法第三條或其他需服務之處，得致電本公司客服中心電話 02-25007718 請求協助。相關資料如為非必要項目，不提供亦不影響您的權益。】

1.C001 辨識個人者：如消費者之姓名、地址、電話、電子郵件等資訊。
2.C002 辨識財務者：如信用卡或轉帳帳戶資訊。
3.C003 政府資料中之辨識者：如身分證字號或護照號碼（外國人）。
4.C011 個人描述：如性別、國籍、出生年月日。

請於此處用膠水黏貼